Emily Bold
Wenn Liebe Wunden heilt

Das Buch

Als Brooke und Fynn sich begegnen, treffen zwei Welten aufeinander …

Für Brooke Adams steht alles auf dem Spiel. Und Gefühle für einen Musiker kann sie sich gerade im Moment nun wirklich nicht leisten. Denn nach einem Skandal, der ihre Karriere als PR-Profi schlagartig beendet hatte, braucht sie ein Wunder, um sich wieder in der Musikbranche zu etablieren. Vielleicht ein Wunder, wie Fynn Keller.

Der unbekannte, aber stimmgewaltige Mechaniker aus Alaska überzeugt in einem Internetvideo – nicht nur mit einer einmaligen Stimme und einem tollen Look, sondern auch mit einem gefühlvollen Song über Wunden verursacht durch die Liebe.

Die Autorin

Emily Bold lebt mit ihrer Familie in einem idyllischen Ort in Bayern mit Blick auf Wald und Wiesen – äußerst ruhig und inspirierend. Sie schreibt Liebesromane für Jugendliche und Erwachsene.

EMILY BOLD

Wenn Liebe Wunden heilt

Roman

Montlake
Romance

Deutsche Erstveröffentlichung bei
Montlake Romance, Amazon Media EU S.à r.l.
5 Rue Plaetis, L-2338, Luxembourg
Februar 2019
Copyright © der deutschsprachigen Ausgabe 2019
By Emily Bold

Umschlaggestaltung: semper smile, München, www.sempersmile.de
Umschlagmotiv: © Madlen / Shutterstock; © Keith Publicover /
Shutterstock; © binik / Shutterstock; © Walter Cicchetti / Shutterstock
Lektorat und Korrektorat: Verlag Lutz Garnies, Haar bei München,
www.vlg.de
Gedruckt durch:
Amazon Distribution GmbH, Amazonstraße 1, 04347 Leipzig /
Canon Deutschland Business Services GmbH, Ferdinand-Jühlke-Str. 7,
99095 Erfurt /
CPI books GmbH, Birkstraße 10, 25917 Leck

ISBN 978-2-91980-445-0

www.montlake-romance.de

KAPITEL 1

New York

Der Regen rann in Bächen an den Scheiben des Taxis hinunter, und der Gehweg schwamm förmlich von Pfützen. Brooke spürte den ungeduldigen Blick des indischen Fahrers über den mit bunten Perlenketten behängten Rückspiegel auf sich ruhen. Zeit war Geld – besonders in New York.

»Ich geh ja schon!«, murrte sie leise und hängte sich ihre Tasche um. Dann stieß sie die Wagentür auf und hastete durch den Regen bis ans Portal von »Dream Music«. Getrieben von dem unwirtlichen Wetter riss sie die Tür auf und stolperte in den Eingangsbereich.

»Miss Adams?« Die Überraschung in der Stimme von Heather Green, der Empfangsdame, war nicht zu überhören.

Brooke strich sich die blonden Haare glatt und registrierte, wie ihr Gegenüber sie skeptisch musterte. Ihr olivgrüner Parka wies nasse Flecken auf, und der Saum ihrer Jeans hatte sich mit Wasser vollgesogen.

»Was machen Sie denn hier?«

»Hi, Heather, ich …« Kurz fragte sich Brooke, ob Heather wohl bereits den Knopf für den Sicherheitsdienst gedrückt hatte. »Ich muss zu Brennan. Es ist wichtig.«

Heather räusperte sich verlegen, und Brooke vermutete, dass sie sich gerade an das letzte Mal erinnerte, als Brooke hierhergekommen war. Oder vielmehr an ihren spektakulären Abgang …

»Bitte, Heather«, flehte Brooke leise und fuhr sich hilflos durch die feuchten Haare.

»Erwartet Mister Ward Sie?«, gab sich die Empfangsdame distanziert und blätterte durch den Kalender, als suchte sie nach einem eingetragenen Termin.

Unauffällig ballte Brooke die Hände zu Fäusten. Sie trat an den Empfangstresen und beugte sich dichter zu ihr hinüber. »Hör zu, Heather«, fauchte sie, da es auf die freundliche Art ja offenbar nicht ging. »Du weißt verdammt genau, dass er mich nicht erwartet! Aber es ist dringend, also hab dich nicht so wichtig und öffne den Scheißfahrstuhl!«

»Miss Adams, ich muss doch sehr …«

»Brooke?«

Weder Heather noch sie selbst hatten bemerkt, dass noch jemand durch die Eingangstür gekommen war. Als sie nun die vertraute Stimme hörte, stiegen Brooke vor Erleichterung fast die Tränen in die Augen.

»Brennan!« Ihre Stimme klang zittrig, und sie sah ihn flehend an. »Ich … muss dich sprechen.«

In seinem dunklen Anzug und mit den modisch nach hinten gekämmten, schwarzen Haaren sah er so gut aus wie immer. Vielleicht sogar besser. Er schien in den letzten Monaten mehr Sport getrieben zu haben. Seine dunklen Augen musterten sie ebenfalls skeptisch, ehe er auf sie zukam und ihr einen höflichen Kuss auf die Wange gab. Der Blick, den er Heather dabei zuwarf, war zustimmend, so als wollte er sagen, »Gut gemacht, dass Sie die Wahnsinnige nicht durchlassen wollten.«

»Ich hatte nicht mit dir gerechnet«, gab Brennan zu und ging auf Distanz. Er richtete seine Krawatte. »Was führt dich … her?«

Brooke kaute auf ihrer Lippe. Sein Blick verunsicherte sie, und sie bereute schlagartig, überhaupt das Bett verlassen zu haben.

»Ich muss dir etwas zeigen«, rechtfertigte sie sich. »Wirklich, Brennan, ich … bin nicht wegen uns hier. Ehrlich, ich … können wir bitte in dein Büro gehen, denn ich … komme mir echt verdammt beschissen vor, von dieser Kuh nicht mal auf deine Etage vorgelassen zu werden.«

»Du hast eine Scheibe zertrümmert«, erinnerte er sie tonlos, bedeutete Heather aber mit einem zögernden Nicken, die Fahrstuhltür zu öffnen.

Brooke schluckte einen Fluch hinunter. Sie hatte nicht damit gerechnet, mit offenen Armen empfangen zu werden. »Ja, das … das war Scheiße, aber … ich meine, … du weißt, was zuvor passiert ist. Da ist einfach … vieles zusammengekommen.«

Der Fahrstuhl schloss sich hinter ihnen, und Brooke atmete erleichtert durch, als er sich in Bewegung setzte. Sie erinnerte sich an all die vielen Male, die sie in dieser Kabine Arm in Arm mit Brennan in den 23. Stock gefahren war. Heute hielt er Abstand und beobachtete sie abschätzend unter gesenkten Lidern hervor.

»Was genau willst du hier?«, fragte er schließlich, so als hätten seine Überlegungen dazu ihn nicht wirklich schlauer gemacht. »Dein Haar ist nass, deine Hose …«

»Es regnet!«

»Noch nie was von einem Schirm gehört?«

Brooke kniff die Lippen zusammen und band ihre schulterlangen Haare zu einem einfachen Pferdeschwanz, ehe sie sich wieder seinem kühlen Blick stellte. »Ich bin nicht hier, um dir zu gefallen«, gab sie trotzig zurück. »Ich will mit dir übers Geschäft reden.«

Brennan hob fragend eine Augenbraue. »Du arbeitest nicht mehr für Dream Music.«

Die Fahrstuhltür glitt geräuschlos auf und offenbarte den Blick in die heiligen Hallen der viertgrößten Plattenfirma der USA. Moderne Kühle schlug ihnen entgegen, und der ganze Flur war deckenhoch mit Gold- und Platinschallplatten verkleidet. Einige neugierige Köpfe drehten sich nach ihnen um, und Brooke wusste, jeder würde gleich mehr oder weniger ungeniert über sie tuscheln.

Sie beeilte sich, Brennan in sein gläsernes Büro hinterherzukommen. Er hatte die Scheibe erneuern lassen. Natürlich hatte er das ...

Etwas verloren schloss Brooke die Tür hinter ihnen. Ihr wäre es lieber gewesen, Brennan hätte wie so oft, wenn sie ihn in der Vergangenheit hier besucht hatte, die Lamellenvorhänge geschlossen. Aber das tat er nicht.

Stattdessen blickte er ihr beinahe besorgt ins Gesicht und bedeutete ihr, sich zu setzen.

»Also, noch mal von vorne, Brooke. Was ist los? Du tauchst überraschend hier auf und siehst, wenn ich das sagen darf, echt fertig aus. Ich mache mir Sorgen.«

Brookes Lachen klang selbst in ihren Ohren verzweifelt. »Du machst dir Sorgen? Um mich?« Sie schüttelte ungläubig den Kopf. »Wie nett, dabei hast du doch nicht ein einziges Mal angerufen, seit ...« Sie biss sich auf die Lippe. »Na, egal. Ich bin nicht hier, um ...«

»Du hast gesagt, es geht ums Geschäft«, kam Brennan ihr zuvor.

Brooke nickte. »Hör zu, ich weiß, ich habe Mist gebaut. Nach ... nach der Sache mit Jason gibt mir niemand in der Branche mehr eine Chance.«

»Wundert dich das? Der Junge ist tot!«

»Ja, aber das … das ist nicht meine Schuld!«

»Du hast viel zu viel Druck aufgebaut.«

»Verdammt, Brennan, komm mir nicht so! Du willst, dass deine Stars den Druck spüren. Das sagst du immer wieder! Und jetzt ist das meine verdammte Schuld?«

Er sah ihr in die Augen und lehnte sich in seinem Chefsessel zurück. »Für dich gab es keine Grenzen mehr, Brooke. Du hast die Kontrolle verloren. Du bist … gefährlich.«

»Ich bin die Beste!« Sie stand auf, trat an die Glaswand und schloss selbst die Jalousie. »Ich mache die Stars! Du weißt, dass das so ist. Wie viele dieser goldenen Schallplatten da draußen verdankst du mir?« Sie lehnte sich gegen die Textilbahnen und stellte sich seinem Blick.

»Na schön. Was willst du? Einen Job? Wir haben keinen.«

»Und wenn ich dir einen Riesendeal verschaffe?« Sie klopfte auf die Tasche an ihrer Seite.

Zum ersten Mal wirklich interessiert, veränderte sich Brennans Haltung. Er kniff die Augen zusammen. »Worum geht es?«

Ein triumphierendes Lächeln erhellte Brookes Gesicht. »Ich wusste, dass du mich anhörst. Du wirst es nicht bereuen«, freute sie sich und zog einen USB-Stick aus der Tasche. Sie setzte sich auf die Schreibtischecke und schob ihm den Stick zu. Ihr Bein streifte seines, und sein Blick wurde milder.

»Du weißt, ich kann dir nichts versprechen, egal, was da auf dem Stick ist«, sagte er sanft.

»Bitte, Brennan, sieh es dir einfach an. Ich will doch nicht mehr als eine zweite Chance. Was soll ich denn sonst machen?«

Er hielt noch immer den Stick in der Hand. »Du brauchst Abstand zur Musikwelt. Du bist großartig – jemand mit deinen Qualitäten ist doch anderweitig gefragt.«

Sie fuhr sich durchs Haar, was einige der mühsam gebändigten Strähnen wieder aus dem Pferdeschwanz löste. Tränen glitzerten in ihrem Wimpernkranz, und sie knetete ihre Finger. »Ich habe im letzten halben Jahr das Wahlkampfteam von Senator Stevens in Oregon geleitet. Aber das ist nichts für mich. Es ist … nicht das Gleiche.«

Brennan grinste. »Du und Politik?«

»Als hätte ich eine Wahl gehabt.«

»Und? Hat er gewonnen?«

Brooke grinste. »Na, was glaubst du denn?«

Mit einem Lächeln schob Brennan den Stick in den Computer und öffnete den einzigen Ordner, der sich darauf befand.

»Na schön, Babe. Dann schieß mal los. Was hast du da Schönes für mich?«

KAPITEL 2

Vier Tage zuvor in Palmer, Alaska

Fynn hatte die Augen geschlossen. Gedankenverloren lauschte er den Geräuschen um sich herum. Gläser klirrten, feuchte Stiefel schmatzten auf den Bodendielen, und etliche ausgelassene Stimmen zeugten von einem feuchtfröhlichen Abend in der Bar. Weiter hinten zupfte jemand unter mäßigem Beifall auf einer verstimmten Gitarre herum. Der Dunst von Alkohol hing in der Luft, vermischt mit dem Geruch von frittiertem Fisch.

Ein kalter Luftzug von der Tür her ließ Fynn ein Auge öffnen und den Kopf drehen.

Jen, Steve und Bryan kamen lachend herein und steuerten geradewegs auf seinen Tisch zu. Er stöhnte, setzte sich auf und fuhr sich müde durch die blonden Haare.

»Na, schläfst du schon?«, neckte ihn Jen und stieß ihn sacht gegen die Schulter, ehe sie sich auf die Bank neben ihn gleiten ließ.

»Wir sind etwas spät dran«, entschuldigte sich Bryan und streifte sich die Mütze ab. Sein dunkler Schopf war verstrubbelt, und er strich sich die Locken ebenso wie seinen dichten Vollbart glatt, ehe er sich Fynn gegenüber neben sein jüngeres Ebenbild Steve auf den Sitz fallen ließ. »Das Scheißquad ist mitten in der Tour verreckt und hat damit bei der Tussi aus Florida fast zu

11

einem Nervenzusammenbruch geführt.« Er lachte laut und hob den Arm, um der Kellnerin zu zeigen, dass er durstig war. »Vier Bier!«, rief er durch den Laden.

Bryans Bruder Steve erzählte weiter. »Die kommen nach Alaska, um die Wildnis zu erleben, und scheißen sich dann ein, sobald es mal etwas ungemütlich wird.«

Jen lachte und streckte ihre Stiefel von sich. »Hatte vermutlich Angst, ein Bär zerfleischt sie.«

»Ist schon vorgekommen«, gab Fynn schulterzuckend zu bedenken.

»Aber nicht auf unseren Quad-Touren!«, widersprach Steve.

»Jedenfalls bring ich dir morgen das Scheißteil vorbei«, erklärte Bryan mürrisch und lächelte die Kellnerin verschmitzt an, als sie die Bierdosen auf den Tisch stellte. »Wann machst du Feierabend, Kelly?«, foppte er sie und zwinkerte ihr zu. »Du hast doch noch nichts vor, oder?«

»Lass Kelly in Ruhe«, ging Steve dazwischen. »Sie ist jetzt eine verheiratete Frau. Leider!«

»Alle erstklassigen Mädels sind unter der Haube«, meinte Bryan.

»Na danke! Und was bin ich dann?«, brummte Jen und nippte an ihrem Bier.

»Na, du bist unsere Jen. Das ist was anderes!«, beschwichtigte Steve mit mäßigem Erfolg und zuckte dann zusammen, als sie unter dem Tisch nach ihm trat.

»Willst du gar nichts dazu sagen?«, fragte Jen an Fynn gewandt. »Du bist heute ja nicht gerade gut drauf.«

Fynn versuchte sich an einem Lächeln. »Doch, doch. Alles bestens, Jen. Und natürlich sind nur alle zweitklassigen Frauen verheiratet, denn das einzige Mädchen mit wirklicher Klasse hier in Palmer ist nicht so doof, sich mit einem von uns Loosern abzugeben, richtig?«

Lachend schmatzte Jen ihm auf die Wange. »Nur die beiden sind Looser«, kicherte sie. »Du bist mein Held!«

Steve funkelte die beiden über den Tisch hinweg gespielt böse an. »Womit punktet er denn, Jen? Mit seinen blauen Augen?«

Jen tat so, als musterte sie Fynn. »Na, die Augen sind schon mal nicht schlecht. Seine Haare ...«, sie fuhr ihm durch die Strähnen, bis Fynn ihr murrend die Hände wegschob, »... sind natürlich nicht zu verachten, vor allem aber hat er im Gegensatz zu euch Köpfchen.«

Fynn kniff die Lippen zusammen, auch wenn die anderen drei am Tisch lachten. Er leerte sein Bier und bestellte etwas Stärkeres.

»Na, wenn er so schlau ist, dann findet er hoffentlich morgen gleich den Fehler an meinem Quad. Ich habe für mittags wieder drei Touren gebucht und brauche jedes verdammte Fahrzeug.«

»Bring es einfach in die Werkstatt. Ich kümmere mich gleich als Erstes darum«, versprach Fynn und neigte dankbar den Kopf, als Kelly ihm den Whisky reichte. Er drehte das Glas in den Händen und sah Bryan durch die goldbraune Flüssigkeit an. »Ist ja nicht so, als hätte ich nichts zu tun.« Als wollte er das Gespräch abschließen, kippte er den Drink hinunter und schob das leere Glas von sich.

»Was ist heute mit dir los?«, fragte Jen und sah ihn besorgt an. »Ist es wegen Ava?«

»Nein.«

»Hast du mit ihr gesprochen? Oder mit Corey?«

»Hör auf zu fragen, Jen«, erklärte Fynn und bedeutete Kelly, ihm noch einen Whisky zu bringen.

»Wenn du nicht willst, dass wir fragen, wie es dir geht, dann sitz hier nicht rum und zieh so ein Gesicht.«

»Er zieht kein Gesicht, er sieht immer so aus«, witzelte Steve und erntete umgehend einen weiteren Stiefeltritt und einen warnenden Blick.

»Im Ernst, Fynn, wenn du reden willst ...«

»Will ich nicht.« Er schob Jen von der Bank, um sich an ihr vorbeizuquetschen. »Ich will nicht reden. Und schon gar nicht über Ava.« Entschlossen zog er sich die Hose an den Gürtelschnallen höher und nahm sich den zweiten Whisky direkt von Kellys Tablett. Er kippte den Drink wie den vorherigen hinunter und knallte das Glas zusammen mit einem Geldschein auf den Tisch. »Bring morgen das Quad, dann kümmere ich mich darum«, brummte er und durchquerte die Bar. Der Abend war noch zu jung, um nach Hause zu gehen. Und doch ertrug er heute die Nähe seiner Freunde nicht.

Er hatte sie angelogen. Weil er nicht wusste, wie darüber reden. Er hatte vielleicht Köpfchen. Und doch wusste er nicht, was er tun sollte. Es gab keine Worte, die beschreiben würden, was er fühlte. Keinen Drink, der ihn vergessen lassen würde ...

Er nahm dem Grünschnabel die Gitarre aus der Hand.

»Mach mal Pause«, bat er und orderte ihm bei Kelly mit einem Wink ein Bier. Dann setzte er sich auf den Hocker und stimmte kopfschüttelnd die Gitarre. Die Haare fielen ihm in die Stirn, als er Saite für Saite stimmte und immer wieder ihren Klang prüfte. Seine Finger waren steif. Er hatte lange nicht gespielt.

KAPITEL 3

New York, heute

»Was sagst du?« Brooke sah ihn mit diesem unverwechselbaren Glanz in den Augen an. Sie witterte einen Hit. Und auch wenn Brennan nicht davon überzeugt war, dass es ihr wirklich gut ging, war er nicht so dumm, ihr Gespür zu unterschätzen.

»Nicht schlecht«, gab er deshalb zu. »Wer ist das?«

Brooke entspannte sich etwas. Sie hatte zwar noch keinen Sieg errungen, aber zumindest hörte Brennan ihr zu. Im Grunde war das wohl ein erster Sieg. »Sein Name ist Fynn Keller. Kommt offenbar aus Alaska. Das ist das einzige Video, das ich von ihm finden konnte. Es ist seit drei Tagen online und wurde schon millionenfach gesehen.«

»Kein Wunder«, stimmte Brennan zu und ließ das Video erneut ablaufen. »So echt … das sieht man selten.«

»Ich glaube, der Typ war sich nicht mal bewusst, dass er gefilmt wurde«, sprudelte Brooke weiter. »Sein Schmerz packt einen, und man hat das Gefühl, neben ihm in dieser ranzigen … was ist das eigentlich? Eine Bar? Na, man meint jedenfalls, man stünde direkt neben ihm.« Sie sah Brennan in die Augen. »Man will ihn trösten, oder nicht?«

Er rollte mit den Augen. »Ließe sich vielleicht verkaufen.«

»Vielleicht?« Brooke konnte nicht mehr stillsitzen. Sie griff nach Brennans Hand. »Seine Stimme ist einmalig. Du weißt, dass ich recht habe. Dieser Typ sieht auf seine unscheinbare Weise hammermäßig aus, klingt absolut gefühlvoll und ist noch bei keinem Label unter Vertrag. Ich schwöre dir, das wird sich ändern. Dieses Video geht gerade richtig um die Welt.«

Brennan streichelte ihre Finger, und ein Lächeln erschien auf seinen Lippen. »Und du hast ihn gefunden.«

Brookes Herz schlug schneller. Seine Nähe hatte sie noch nie kalt gelassen. »Ich will ihn, Brennan«, flehte sie und biss sich auf die Lippe. »Du weißt, was ich aus ihm rausholen könnte. Ich könnte …«

»Du arbeitest nicht mehr hier«, erinnerte er sie mit einem bedauernden Schulterzucken, und Brooke riss sich verzweifelt von ihm los.

»Na komm schon, Brennan! Um der alten Zeiten willen, gib mir doch eine Chance.«

Er lachte und stemmte sich aus seinem Sessel. »Ich kann doch niemandem einen Job geben, nur weil ich mit ihr im Bett war.«

»Tu nicht so, als sei ich nur eines deiner Betthäschen gewesen. Wir waren ein super Team, das weißt du. Also verdammt, lass mich jetzt nicht so hängen.« Sie deutete auf den Monitor. »Lass mich diesen Fynn aufbauen, ehe ihn sich jemand anders schnappt.«

Brennan zögerte. Er ging auf sie zu und hob ihr Kinn an, sodass er ihr direkt in die Augen sehen konnte. »Das ist viel Arbeit. Der Typ ist kein junger Justin Bieber. Der müsste um die dreißig sein, so, wie er aussieht. Den kann man nicht mehr so leicht … formen. Verdammt viel Arbeit …«

»Ich weiß.« Am liebsten hätte sie die Augen geschlossen, um ihren Schmerz vor ihm zu verbergen. Schmerz, den auch er ihr zugefügt hatte.

»Ich habe nicht den Eindruck, als könntest du …«

Sie legte ihm die Hände an die Brust, strich über sein Hemd. »Ich schaffe das. Bitte, Brennan. Gib mir diesen Typ, dann beweise ich dir, dass ich zurück im Business bin.«

Sein Blick wurde milder, fast so wie vor der zerbrochenen Scheibe. »Du wirst dir jeden Schritt zweimal überlegen, ehe du ihn machst. Du fügst verdammt noch mal keinem mehr Schaden zu, denn das können wir uns nicht leisten, und du …«

»Oh, ich danke dir!« Sie schlang ihm die Arme um den Hals. »Danke, danke, danke! Ich schwöre, diesmal läuft alles ganz nach Plan!«

Er zog sie an seine Brust und zwang sie, stillzuhalten. »Das ist nicht wie früher, Brooke«, warnte er sie. »Ich werde mich nicht schützend vor dich stellen, wenn das schiefgeht.«

Sie lachte bitter. »Als hättest du dich jemals schützend vor mich gestellt! Du hast mich doch diesen Haien zum Fraß vorgeworfen und dann tatenlos zugesehen, wie sie mich vernichten.«

Er rückte von ihr ab und strich sich die Krawatte glatt. »Wie gesagt, der Junge ist tot. Ich konnte nichts für dich tun.«

»Du redest so, als hätte ich ihn umgebracht!« Achtlos wischte sie sich die Tränen aus den Augenwinkeln. Dies war nicht der richtige Zeitpunkt, die Vergangenheit auszugraben.

Brennan räusperte sich und ging zurück an seinen Schreibtisch. Noch einmal spielte er das Video ab. »Sorg einfach dafür, dass nicht wieder jemand stirbt.«

Wütend biss sich Brooke auf die Lippe. »Das war der Plan«, brummte sie und streckte die Hand aus, um ihren Stick zurückzufordern. »Genau *das* war der Scheißplan!«

Brennan grinste und neigte den Kopf, um ihre Aufmerksamkeit auf den Klang aus den Boxen zu lenken. »Er singt, die Liebe würde die tiefsten Wunden reißen«, flüsterte er, als wollte er den Klang durch seine Worte nicht stören. »Er kennt dich noch nicht!«

Mit einem Seufzen zog er den Stick aus dem Rechner, und der Ton verstummte.

»Was meinst du damit?«, fragte Brooke und packte ihren USB-Stick ein.

Brennan zuckte mit den Schultern. »Die Wunden, die du reißt, Brooke – haben nichts mit Liebe zu tun. In deinem Ehrgeiz hinterlässt du nur zu oft ein wahres Trümmerfeld.«

Brooke trat an die Glastür. Ohne ihn noch einmal anzusehen drückte sie die Klinke nach unten. »Ein Trümmerfeld, das dich reich gemacht hat«, gab sie zurück und trat in den Flur. Sie wusste, etliche Mitarbeiter beobachteten sie, und sie hätte zu gern den Mittelfinger gestreckt, nur um ihnen eins auszuwischen. Stattdessen ballte sie wie so oft die Hände zu Fäusten und rief: »Lass die Verträge aufsetzen. Und buch mir inzwischen einen Scheißflug nach Alaska!«

Als Brooke zwei Tage später in Anchorage aus dem Flieger stieg, war sie erstaunt. Statt der erwarteten Wildnis erblickte sie nur grau betonierte Landebahnen und Parkplätze, soweit das Auge reichte. Das Flughafengebäude sah mit seiner gewellten Glasfront sogar recht modern aus.

Keine Bären oder Lachse …

Brooke zuckte mit den Schultern, warf sich ihre Reisetasche auf den Rücken und folgte den anderen Fluggästen in die Ankunftshalle. Da sie nur diese eine Tasche dabeihatte, brauchte sie sich nicht am Gepäckband anzustellen, sondern folgte schnurstracks der Beschilderung zum Ausgang.

»Du hast es ja eilig«, hörte sie eine Stimme hinter sich, mit der sie absolut nicht gerechnet hatte.

Ungläubig fuhr sie herum, wobei ihr die Tasche von der Schulter rutschte. »Ich glaub, ich spinn! Was zum Teufel machst du denn hier?«

Grinsend kam Brennan auf sie zu. »Was ich hier will? Ist das nicht offensichtlich?«

»Verfolgst du mich?«

»Das würdest du dir wohl wünschen!« Sein Lachen weckte Erinnerungen. »Ich will natürlich dabei sein, wenn du uns den nächsten Goldjungen einfängst«, stellte er klar und nahm ihr die Tasche ab.

»Lass das! Ich schaff das selbst!«, wehrte Brooke sich wenig erfolgreich. »Und ich brauch dich hier auch nicht!«

»Ich weiß. Aber ich gehe ein großes Risiko ein. Da will ich mir lieber selbst ein Bild machen.«

»Mit wem gehst du ein Risiko ein? Mit mir? Oder mit diesem Fynn?«

Brennan zwinkerte. »Mit euch beiden.«

»Ehrlich, das Letzte, das ich brauchen kann, ist ein Babysitter, der mir auf die Finger schaut!«, keifte Brooke, folgte ihm aber zwangsweise weiter durch die Halle, da er ja schließlich ihre Tasche hatte.

»Keine Sorge, Babe. Ich halte mich zurück. Ich will mich nur davon überzeugen, dass dieser Provinzsänger auch hält, was das Video verspricht.«

Dagegen konnte Brooke schlecht etwas sagen. Trotzdem ging ihr Brennans Anwesenheit tierisch auf die Nerven. Allein die Art, wie er ging, erinnerte sie daran, dass es Zeiten gab, in denen er dabei stets seinen Arm um sie gelegt hatte. Sie kniff die Lippen zusammen und folgte ihm aus dem Flughafengebäude ins Freie. Obwohl sie sich fast sicher war, dass auch Brennan noch nie in Anchorage gewesen sein konnte, schien er sich auszukennen. Ohne Probleme fand er den Weg zur Autovermietung.

Während er sich um die Details kümmerte, wartete Brooke vor der Tür. Noch immer waren keine Lachse in Sicht. Nicht einmal ein Fluss. Nur säuberlich von Menschenhand angelegte Beete mit Birken und irgendwelchen Nadelbäumen. Wie diese hießen, konnte sie beim besten Willen nicht sagen, und es interessierte sie auch nicht. Sie löste ihren Pferdeschwanz und massierte sich die Kopfhaut. Seit sie wusste, dass Brennan hier war, fühlte sie sich verspannt. Es ärgerte sie, dass er offenbar kein Problem damit hatte, alles, was zwischen ihnen war, einfach beiseitezuschieben und sich aufs Geschäft zu konzentrieren.

»Vermutlich leidet er unter Gedächtnisverlust!«, murmelte sie und suchte in ihrer Jackentasche nach einem Kaugummi. »Oder Hirnschwund!«

»Was sagst du?«, hakte Brennan nach und hob triumphierend den Autoschlüssel hoch.

»Nichts.«

Er sah sie skeptisch an, nickte dann aber. »Na schön. Dann lass uns fahren. Der von der Autovermietung meint, in einer Stunde müssten wir in Palmer sein.«

Eine Stunde! Brooke atmete tief durch. Eine Stunde mit Brennan auf engstem Raum … schlimmer ging es wirklich nicht.

Wenigstens war der Mietwagen ein geräumiger Ford Kombi, und während Brennan sich ans Steuer setzte, lümmelte sie sich auf die Rückbank.

»Willst du nicht vorne sitzen?« Er warf ihr über die Schulter einen fragenden Blick zu.

»Nein. Ich … gönn mir noch ne Mütze Schlaf. Schließlich will ich in Topform sein, wenn ich mir diesen Fynn angle.«

Brennan startete den Motor, lenkte den Wagen auf die Hauptstraße und stellte das Radio an. »Wenn du mich fragst, ist es lange her, dass du in Topform warst.«

Brooke schlüpfte aus ihrem Parka und knüllte ihn sich wie ein Kopfkissen ans Seitenfenster. Der Blick nach draußen offenbarte endlich Berge. In der Ferne zwar, aber zumindest gab es welche.

»Ich frage dich aber nicht«, gab sie tonlos zurück und schloss die Augen.

»Hör mal, Babe, ich meine das ja nicht böse …«

»Ich bin nicht mehr dein Babe, Brennan. Hör auf, mich so zu nennen.«

In dem Schweigen, das folgte, gab sie sich größte Mühe, sich schlafend zu stellen. Doch das machte sie nur noch unruhiger. Frustriert zog sie die Füße auf den Sitz und versuchte eine bequeme Schlafposition zu finden.

»Du hättest im Flieger schlafen sollen«, meinte Brennan mit einem amüsierten Blick in den Rückspiegel.

Brooke öffnete ein Auge. »Apropos Flieger. Warum habe ich dich da nicht gesehen?«

Er lachte. »Du denkst doch nicht, dass ich Holzklasse fliege.«

Brooke schnaubte. Dass er nur wenige Sitzreihen von ihr getrennt in der ersten Klasse Champagner geschlürft hatte, ärgerte sie. Nicht, dass sie auf seine Gesellschaft Wert gelegt hätte, aber allein die Tatsache, dass er sie in die dritte Klasse abschob, zeigte, dass alles, was zwischen ihnen war, der Vergangenheit angehörte. Sie waren kein Paar mehr. Sie würden nie wieder Arm in Arm bei den Grammy-Verleihungen auflaufen. Sie würden nie wieder gemeinsam in der Ersten Klasse fliegen.

Als sie Anchorage hinter sich gelassen hatten, wurde die Straße schlechter, und Brooke gab es auf, so zu tun, als würde sie schlafen. Sie setzte sich auf, kramte eine Haarbürste aus ihrer Tasche und kämmte ihre Locken aus. Sie spürte Brennans Blick durch den Rückspiegel, ignorierte ihn aber. Schweigend fasste sie die Haare zu einem lockeren Knoten zusammen und trug einen dezenten Lippenstift auf. In dem winzigen Schminkspiegel wirkte ihre helle Haut fahl, und die Augenringe kamen ihr dunkler vor als zuletzt. Brennan hatte recht. Sie hatte schon besser ausgesehen. Unauffällig kniff sie sich in die Wangen, um ihren Teint zu beleben, und strich sich die feinen Augenbrauen über den grünen Augen nach. »Wird schon gehen«, murmelte sie und klappte den Spiegel zu. Dann quetschte sie sich zwischen den Vordersitzen hindurch auf den Beifahrersitz.

»Wie weit ist es noch?« fragte sie, denn die Landschaft hatte sich nun deutlich verändert. Wälder verdeckten den Blick auf den Horizont, und die Berge waren nähergerückt.

»Laut Navi noch dreißig Meilen nach Palmer«, sagte Brennan, ohne den Blick von der Straße zu nehmen. »Weißt du schon, wie du vorgehen willst?«

Brooke zuckte mit den Schultern. »Mal sehen. Ich zeig ihm den Vertrag – und vielleicht reicht die Aussicht auf eine goldene Musikkarriere ja schon, ihn ins Boot zu holen.«

»Und wenn nicht?« Brennan grinste sie an.

»Das wirst du schon sehen.«

»Ich wette, du hoffst auf Widerstand. Ich sehe dir das an. Du brauchst einen Kampf, richtig?«

»Unsinn!« Brooke blickte aus dem Fenster.

»Schon allein, wie du Heather Green wegen des Fahrstuhls angeschnauzt hast … du bist richtig heiß auf … Komplikationen.«

»Das ist Bullshit!«

Brennan grinste. »Ist es nicht. Aber weißt du was, Babe. Ich kann es kaum erwarten, dich in Aktion zu sehen.«

Brooke biss die Zähne zusammen. Sie wusste, Brennan hatte nicht ganz unrecht. Dieser Fynn stellte eine Herausforderung dar. Und ja, sie hoffte auf eine Herausforderung, denn sie wollte endlich zeigen, dass man sie in der Branche nicht abschreiben sollte. Sie war die Beste – und das musste sie beweisen. Nicht nur sich selbst, sondern auch Brennan. Er sollte verdammt noch mal bereuen, sie einfach aufgegeben zu haben! Aber das würde sie vor ihm niemals zugeben. Darum schüttelte sie leichthin den Kopf.

»Ich bin nicht dein Babe!«, wiederholte sie kühl, auch wenn ihr verdammtes Herz bei diesem Kosewort noch immer schneller schlug.

KAPITEL 4

Palmer, Alaska

Fynn summte passend zur Melodie aus dem Radio vor sich hin, während er sich auf dem Rollbrett unter den Pick-up schob. Das Loch im Auspuff war nicht zu übersehen, und er löste die Schellen, die den Topf am Unterboden befestigten. Sobald er damit fertig war, wollte er sich endlich Bryans Quad ansehen.

»Zahlende Kundschaft geht vor«, murmelte er verstimmt, denn schließlich war es Bryans eigene Schuld, dass er noch immer keine Zeit gefunden hatte, sich um das Quad zu kümmern. Dieses dumme Video, das sein Freund im Internet hochgeladen hatte, hatte sein Telefon heißlaufen lassen und ihn regelrecht von der Arbeit abgehalten. Wildfremde Leute wollten ihn für dämliche Auftritte buchen. Als wäre er ein verdammter Hochzeitssänger!

Die Schellen am Auspufftopf waren gelöst, und Fynn konnte nun versuchen, das lange Zwischenstück mit dem Loch im Blech herauszunehmen. Er legte die Schellen neben sich und rüttelte am Auspuff.

»Hallo?«, hörte er eine Stimme über die Geräusche des schabenden Metalls hinweg. Er hielt in der Bewegung inne und horchte.

»Hallo? Ist da jemand? Mister Keller?«

Fynn schnaubte, rüttelte aber weiter am Auspuff. »Hier!«, rief er. Die ineinandergesteckten Röhren glitten langsam auseinander. Er verrückte das Rollbrett etwas und zog weiter. »Hier unten.«

Schritte kamen näher, und Fynn sah ein Paar helle Sneakers und schlanke Beine in einer Jeans, die etwas unsicher auf den Pick-up zukamen. »Sind Sie Mister Keller?«, fragte die Stimme, die zu den Beinen gehörte, und Fynn verkniff sich ein Stöhnen. Wenn er jetzt noch einen Auftrag dazwischenschieben musste, konnte Bryan das Quad auch für heute wieder abschreiben.

»Worum geht es denn?«, fragte Fynn und zog die beiden Auspuffteile auseinander. Schwarzer Abgasrückstand rieselte auf ihn herunter.

Brooke blickte auf die Beine des Mechanikers hinunter. Mehr konnte sie nicht erkennen, da der Mann bis zu den Knien unter dem Wagen lag. Sie räusperte sich, denn sie hatte sich das erste Treffen mit ihrem neuen Superstar irgendwie anders vorgestellt. Beinahe war sie erleichtert, dass Brennan schon im Hotel eingecheckt hatte. Sie hatte wirklich befürchtet, er würde ihr auf Schritt und Tritt folgen und sie dabei stören, ihren Job zu machen. Und sicher wäre er skeptisch, sähe er sie mit schmutzigen Boots sprechen.

»Ja, also …« Sie wischte sich die Hände an der Jeans ab und sah sich um. Einige Autos, zwei Motorboote und ein dreckverkrustetes Quad sahen so aus, als warteten sie auf einen Wiederbelebungsversuch. Allerdings schienen sie darauf schon länger zu warten, denn abgesehen von den Beinen im Blaumann vor ihr war kein Mitarbeiter zu sehen. »Ich suche Mister Keller«, erklärte sie den Beinen.

»Sie haben ihn gefunden«, hallte es etwas dumpf unter dem Wagen hervor. Keine Frage: Das war die Stimme aus dem Video.

Brooke bückte sich und spähte unters Auto. »Das ist ja fabelhaft, Mister Keller. Ich bin Brooke. Von Dream Music in New York. Ich bin wegen Ihres Videos hier.« Es war doch etwas lästig, nur mit Füßen zu reden. »Könnten Sie … könnten Sie nicht unter dem Wagen hervorkommen?«

Doch anstatt ihrer Aufforderung zu folgen, hob der Schatten unter dem Fahrzeug die Hände wieder an den Unterboden. Sie hörte Metall schaben.

»Ich habe das Video nicht eingestellt«, erklärte der Mechaniker ungerührt. »Und ich habe weder Interesse daran, auf Ihrer Grillparty zu singen, noch eine Anzeige vor das Video zu schalten. Wenn Sie es genau wissen wollen …« Es schepperte unter dem Auto, und Brooke kniete sich fluchend auf den Boden. Sie legte den Kopf schief und schaffte es tatsächlich, einen Blick in das Gesicht ihres Gesprächspartners zu werfen. Helle blaue Augen sahen ihr entgegen. Aber sie blickten nicht gerade freundlich.

»Wenn Sie es genau wissen wollen«, wiederholte er, »dann würde ich das Video am liebsten löschen. Falls Sie also kein Problem mit Ihrem Wagen haben, dann …«

»Mister Keller«, unterbrach Brooke ihn schnell und legte ihre Hand auf sein Bein. »Was ich Ihnen anzubieten habe, sollten Sie wirklich nicht voreilig ablehnen. Können Sie nicht fünf Minuten erübrigen und mich anhören?«

Mit einem genervten Schnauben ließ Fynn den Auspuff halb am Unterboden hängen, zog sich unter dem Auto heraus und setzte sich auf dem Rollbrett auf. »Sie haben fünf Minuten«, erklärte er, stand auf und wischte sich die Hände an einem Lappen ab, der über seinem Werkzeugwagen hing. Erst dann schaute er die Frau an. Sie war klein und zierlich, aber der verbissene Ausdruck in ihren überraschend grünen Augen ließ ihn fürchten, dass es wohl länger als fünf Minuten dauern würde, sie wieder loszuwerden.

»Schießen Sie los«, murrte er und stemmte die Hände in die Hüften. »Worum geht es?«

Brooke atmete erleichtert aus. Die Stimme aus dem Video klang trotz seiner mangelnden Begeisterung rauchig und verlockend tief. Und obwohl er Schmieröl in den Haaren und undefinierbaren schwarzen Schmutz im Gesicht hatte, sah er vielversprechend gut aus. Das war wirklich Material, mit dem sie arbeiten konnte.

Sie schenkte ihm ein strahlendes Lächeln und reichte ihm die Hand, um seine abweisende Haltung zu durchbrechen. »Fangen wir also noch mal von vorne an, Mister Keller – Fynn, ich darf doch Fynn sagen, oder?« Sie ließ ihm keine Zeit, das abzulehnen. »Ich bin Brooke. Und ich bin aus New York hergekommen, um Ihnen einen Plattenvertrag mit Dream Music anzubieten. Wir haben Ihr Video gesehen und ...«

»Es ist nicht mein Video«, warf Fynn ein. »Und ich bin kein Sänger. Tut mir leid, dass Sie umsonst hergekommen ...«

»Wir machen einen Sänger aus Ihnen, Fynn. Einen Star! Ich werde Sie aufbauen, Ihnen alles beibringen, genau genommen *gehöre* ich Ihnen, bis wir die Platte auf den Markt gebracht und Sie an die Spitze der Charts katapultiert haben.«

Verdammt, irgendetwas lief da falsch! Brooke spürte, dass ihre Worte Fynn überhaupt nicht lockten. Er sah immer noch so aus, als wollte er sie schnellstmöglich loswerden.

»Ja, nun, ... wie gesagt, ich singe eigentlich nicht«, erklärte er beinahe entschuldigend und griff nach dem Schraubenschlüssel auf dem Werkzeugwagen. »Wenn Sie mich also entschuldigen, ich muss ...« Er deutete auf den Pick-up.

Brooke fasste nach seinem Arm. »Es ist fast Mittag. Ich mache Ihnen einen Vorschlag. Sie gehen mit mir eine Kleinigkeit essen – ich lade Sie natürlich ein –, und ich erläutere Ihnen ganz ungezwungen meine Absichten. Wenn Sie nach dem Essen

noch immer lieber unter diesen Wagen klettern wollen, dann …
dann flieg ich zurück, und Sie sehen mich nie wieder.«

Fynn schüttelte den Kopf, aber Brooke hatte nicht vor, aufzugeben. »Es ist nur ein Essen, Fynn.« Sie trat näher an ihn heran und sah ihn von unten herauf an. Verbindung schaffen war die Devise. Sie wusste, gerade bei Männern kam es ihr zugute, dass ihre geringe Körpergröße sie verletzlich wirken ließ. Ihr etwas abzulehnen, fiel Männern generell nicht leicht. Es wäre doch gelacht, wenn sie diesen Mechaniker nicht so lenken konnte wie geplant. Noch ehe er zustimmte, erkannte sie ihren Sieg, denn seine Gesichtszüge wurden milder.

»Na schön«, gab er nach und legte den Schraubenschlüssel zurück auf den Wagen. »Wenn Sie Ihre Zeit verschwenden wollen, bitte.«

Brooke lachte. »Das lassen Sie mal meine Sorge sein. Sagen Sie mir lieber, wo wir hier in diesem abgelegenen Örtchen was Gutes zu essen bekommen.«

Fynn ging durch die Werkstatt bis zu einem verschmutzten Waschbecken. Dem sah man an, dass hier täglich Ruß, Schmieröl und sonstiger Motorendreck abgewaschen wurden. Ohne sich an ihrer Anwesenheit zu stören, schlüpfte Fynn aus seinem schmutzigen Shirt, drehte den Wasserhahn auf und schäumte sich die Arme bis zu den Schultern mit Seife ein.

»Bei John's Fish … gibt es Fisch«, erklärte er, ehe er sich eine Handvoll Wasser auch ins Gesicht schwappte. »Das ist nur ein Stück die Straße runter. Sollte für Ihre Zwecke reichen.«

Brooke rollte mit den Augen. Der Kerl war ja ganz niedlich – wirklich niedlich, so ohne Shirt –, aber dennoch meilenweit von einem Superstar entfernt. Zwar würde es sich in einem Musikvideo ganz gut machen, wie das Wasser über seine durchtrainierte Brust lief, aber im Ganzen schien er viel zu bodenständig, als dass er sich von ihrer Vision einer Zukunft als Superstar würde einfangen lassen. Vielleicht hatte Brennan recht, und sie war noch nicht wieder so weit, so ein umfassendes Projekt in Angriff zu nehmen. Schließlich hatte sie schon Mühe, ihm ein simples Mittagessen aus dem Ärmel zu leiern. Wie sollte sie ihm da einen durchaus einengenden Plattenvertrag aufschwatzen?

Verdammt! An Brennan hatte sie schon fast nicht mehr gedacht. Den konnte sie wirklich nicht brauchen, solange Fynn nicht zumindest ein Grundinteresse zeigte. Schnell tippte sie eine Handynachricht an ihren Boss, damit der ihr nicht in die Quere kam. Dann atmete sie tief durch und bemühte sich, nicht so nervös zu wirken, wie sie war. Und dass sie nervös war, ärgerte sie. Schließlich war dies genau ihre Welt.

Fynn rieb sich mit einem Handtuch das Wasser aus dem Gesicht und strubbelte seine blonden Haare trocken. Dann zog er ein sauberes weißes Shirt über und deutete auf das Tor. »Wollen wir? Ich kann nicht ewig zumachen.«

Brooke nickte und beeilte sich, ihm zwischen den Autos hindurch nachzukommen. »Sie sind also Mechaniker?«, fragte sie. »Gehört Ihnen die Werkstatt?« Sie erinnerte sich an das Schild *Keller Car and Boat Motors.*

»Es ist ein Familienbetrieb«, antwortete Fynn knapp. »Aber er gehört mir nicht.«

»Ein Familienbetrieb. Wie nett. Aber Sie waren allein. Ich hätte gern den Rest der Familie kennengelernt.«

Fynn zog die Augenbrauen zusammen. »Das wird nicht nötig sein. Und ist auch nicht möglich. Sie wollten nach dem Essen verschwinden«, erinnerte er sie.

Er betätigte einen Knopf am elektrischen Tor und schloss die Werkstatt hinter ihnen. Tatsächlich war der Weg zum Lokal nicht weit, und das Leuchtreklameschild von John's Fish am Ende der Straße war bereits gut zu erkennen.

»Warum sind Sie denn so ablehnend?«, hakte Brooke nach und hastete neben ihm den Gehweg entlang. »Die meisten

Menschen freuen sich, wenn man ihnen einen Plattenvertrag anbietet.« Sie zwinkerte ihm zu. »Das ist ehrlich gesagt sogar die normale Reaktion auf so ein lebensveränderndes Geschenk.«

Fynn schüttelte den Kopf, ohne auch nur ein bisschen langsamer zu gehen. »Vielleicht will ich mein Leben nicht ändern?«

»Wie bitte?« Nun lachte Brooke. »Sie leben in Alaska! Ich habe Sie gerade aus einer Lache Schmieröl unter einem Auto hervorgeholt. Sie können das unmöglich reizvoll finden!«

»Ach nein?« Er sah sie schief von der Seite an. »Na, wenn Sie meinen. Dann wird das wohl so sein.«

Brooke biss sich auf die Lippe. Sie prallte an diesem Kerl ab wie ein Gummiball von einer Wand.

»Selbst wenn es Ihnen hier im Nirgendwo gefällt ... Sie können doch nicht abstreiten, dass eine Karriere als Musiker nicht verlockend klingt.«

»Ich habe Ihnen schon gesagt, ich bin kein Musiker.«

»Und ich habe gesagt, dass ich Ihr Video gesehen habe. Jemand, dem die Musik nicht im Blut liegt, singt so nicht!«

»Ich war betrunken!«, erklärte Fynn ungerührt, nahm immer zwei Stufen auf einmal zum Eingang von John's Fish hinauf und hielt ihr die Tür auf, von der der blaue Lack abblätterte.

»Wenn Sie betrunken schon so gut sind, würde ich Sie gern in nüchternem Zustand hören«, überging Brooke seinen Einwand und suchte ihnen in dem gut besuchten Lokal einen Tisch.

»Ganz schön was los hier«, stellte sie fest und setzte sich an einen Tisch am Fenster.

»Sie finden in ganz Alaska keinen besseren Fisch.« Fynn nahm ihr gegenüber Platz und sah sie abwartend an. »Jetzt mal ehrlich ...«

Brooke hob die Hand, um ihn zum Schweigen zu bringen. »Nein, nein! Sie fangen nicht wieder an, alles von vornherein abzulehnen.« Schnell zog sie einen zusammengehefteten

Blätterstapel aus der Tasche und schob ihn Fynn zu. »Sehen Sie sich das doch erst mal an«, bat sie und löste ihren Pferdeschwanz. Während sie sich durch die Haare fuhr, schloss sie genussvoll die Augen. »Ich habe einen ganz schönen Weg auf mich genommen, um Ihnen das zu zeigen, also nehmen Sie sich doch die Zeit und lesen es, ehe Sie mich zum Teufel jagen.«

Fynn schielte auf den Papierstapel.

Plattenvertrag prangte auf der ersten Seite, und unwillkürlich streckte er die Hand danach aus. Er hob das oberste Blatt an und blätterte ohne echtes Interesse durch den Entwurf. Dutzende Paragrafen regelten wie ihm schien jede Kleinigkeit. Dann zog er die Hand zurück und musterte Brooke.

»Warum ich? Warum dieser Aufwand? Schicken die Musiker, die erfolgreich sein *wollen,* keine Tapes mehr ein?«

Brooke lachte und lehnte sich lässig zurück. »Nicht jeder, der ein Tape macht oder einschickt – oder der erfolgreich sein will –, bringt mit, was einen Star ausmacht.« Sie zwinkerte ihm wieder zu und hob die Hand, um den Kellner zu ihnen an den Tisch zu rufen. »Aber ich habe ein Auge für Talente.« Ihr Lächeln verwandelte sich in ein strahlendes Lachen. »Und ich habe Sie im Auge.«

Fynn konnte nicht anders, als bei ihrer Begeisterung in ihr Lachen mit einzustimmen. »Sie haben doch einen Knall«, stellte er fest. »Ich habe überhaupt keine Zeit für solch einen Unsinn.«

»Unsinn?« Brooke machte große Augen. »Sie haben schon die dickgedruckte Summe auf der zweiten Seite des Vertrages gesehen, oder? So einen Batzen Geld nenne ich keinen Unsinn.«

Anstatt zu antworten, bestellte Fynn ihnen jeweils ein Bier und einen gegrillten Lachs mit Kartoffeln. Erst dann schaute er sie wieder an. Er mochte nicht, dass sie ihn offenbar für verrückt hielt. »Ums Geld geht es ja nicht«, stellte er klar. »Ich kann hier im Moment nicht weg. Wir würden die Werkstatt verlieren. Deshalb ist egal, wie viel da auf dem Zettel steht.«

»Warum können Sie nicht weg?«

»Das geht Sie nichts an. Fakt ist: Ich werde hier gebraucht.«

Brooke nickte. »Wie hoch müsste denn die Summe sein, damit Sie über das Angebot noch einmal nachdenken würden?«

»Sie verstehen nicht.« Fynn beugte sich über den Tisch und sah ihr in die Augen. Goldene Sprenkel vertieften den Glanz ihrer Iris. »Ähm … was … was ich sagen wollte …«

»Ich weiß, was Sie sagen wollten, Mister Keller. Sie wollen mir erklären, dass ich meinen Vertrag nehmen und gehen soll. Das ist mir klar. Sie sind ein bodenständiger Mann, der Tag für Tag hart arbeitet, um den Betrieb der Familie aufrechtzuerhalten. Der im Grunde gar kein Musiker ist, und für den es vermutlich – wie Sie mir gleich sagen werden – keinen Grund gibt, eine echte Karriere anzustreben.« Sie holte Luft. »Aber ich mache diesen Job schon lange genug, um zu wissen, dass JEDER einen Grund in sich trägt, nach den Sternen zu greifen. Jeder!« Sie lächelte milde, als spräche sie mit einem Kind, das noch dabei war, eine wichtige Lektion zu lernen. »Denken Sie doch mal nach, Fynn.« Sie benutzte bewusst seinen Vornamen. »Was wünschen Sie sich am meisten? Geld ist es nicht, wie Sie sagen. Dann vielleicht Anerkennung? Ruhm? Eine schöne Wohnung, ein neues Auto?« Sie grinste breit. »Heiße Groupies im Hotelzimmer?«

»Sie sind doch verrückt!«, unterbrach er sie, als das Essen kam.

Brooke griff nach dem Bierglas. »Die Groupies also …«, foppte sie ihn und nahm einen großen Schluck, sodass sie Schaum an der Lippe hatte, als sie das Glas wieder absetzte.

»So ein Quatsch!«

»Sagen Sie mir nicht, dass es hier am Arsch der Welt so viele tolle Frauen gibt, dass die Aussicht auf willige Mädels mit Modelkörpern auf der Aftershowparty Ihres Konzerts Sie vollkommen kalt lässt.«

»Ich brauch keine …«

Brooke fasste über den Tisch nach seiner Hand. Ihr Blick war eindringlich, und ihre Stimme kaum mehr als ein Flüstern. »Es gibt immer *ein* Mädchen, für das man der große Held sein will. Sei es, um ihr zu beweisen, dass sie einen Fehler gemacht hat, einem das Herz zu brechen, sei es, um sie für sich zu gewinnen, oder … oder einfach nur, um ihr zu zeigen, wie sehr man sie liebt. Manche wollen mit Ruhm und Ehre auch einfach nur über so eine Frau hinwegkommen.« Sie leckte sich den Schaum von der Lippe. »Jeder Mann, dem ich jemals begegnet bin, hat so ein Mädchen. Tief in seinem Herzen, unter den ganzen Pornoheftchen, dem ganzen Alkohol und all den anderen ›Vergnügungen‹ einer Männerseele liegt das Wissen begraben, dass es diese Frau gibt. Eine, für die man alles tun würde, nur um sie lächeln zu sehen. Nur, um …«

»Sie müssten die Zahl auf der zweiten Seite verdoppeln!«, unterbrach Fynn sie und entzog ihr seine Hand. Ihre Berührung war viel zu eindringlich gewesen, und er hatte das Gefühl, keine Luft zu bekommen. Ihre Worte schmerzten, und er versuchte das Bild, das sie erweckt hatte, aus seinem Kopf zu bekommen. »Ich kann hier nur weg, wenn Sie die Zahl mindestens verdoppeln.«

Ihr Blick ruhte auf ihm. Sie sah ihn an, ohne eine Reaktion.

»Haben Sie gehört?«, hakte er nach und schob den Teller mit dem köstlich dampfenden Fisch unangetastet von sich.

»Ich wusste es«, murmelte sie, und obwohl sie sich eigentlich über sein Einlenken freuen sollte, schwang Enttäuschung in ihrer Stimme mit. »Gebrochene Herzen kittet man am besten mit Geld. Aber ich sage Ihnen gleich, so einen Verhandlungsspielraum habe ich nicht. Ich muss das abklären.« Sie griff nach dem Vertragsentwurf. »Da Sie so eine Summe fordern, muss ich Sie singen hören. Sie müssen mich überzeugen, anderenfalls …«

Fynn schüttelte den Kopf und sprang so abrupt auf, dass der Stuhl beinahe umkippte. »Wissen Sie was? Vergessen Sie es! Das ... war eine doofe Idee und ... ich bin kein Musiker.«

Brooke nickte. Auch sie stand auf. Sie sah ihn nicht an, sondern nahm ihre Geldbörse und legte einige Scheine auf den Tisch, um das Essen zu bezahlen, das keiner von ihnen angerührt hatte. »Vielleicht haben Sie recht, Mister Keller. Vielleicht sind Sie kein Musiker.« Sie reichte ihm die Hand. »Danke für Ihre Zeit. Sollten Sie Ihre Meinung ändern, finden Sie mich im *Anchor Inn*.«

KAPITEL 5

»Das Doppelte?« Brennan klang ungläubig. »Spinnt der?«

Er kratzte sich am Kinn und ließ seinen Blick nachdenklich durch Brookes Hotelzimmer schweifen. »Wir haben noch nicht mal Probeaufnahmen gemacht. Da ist so eine Forderung schon verdammt …«

»Ich krieg das hin, Brennan«, unterbrach Brooke ihn und roch unter ihren Achseln. Sie schlüpfte aus dem Shirt und warf es aufs Bett. »Als ich gefragt habe, ob es keine Tussi gibt, die er beeindrucken möchte, da ist er ganz unruhig geworden. Der beißt schon noch an.« Sie verschwand im angrenzenden Badezimmer und zog sich aus. »Gib ihm eine Nacht, um das Angebot zu überdenken«, rief sie durch die offenstehende Tür und stieg unter die Dusche. »Ich wette, dem geht noch auf, was wir ihm bieten.«

Brennan streifte weiterhin durchs Zimmer. Sein Blick fiel auf den Unterwäschehaufen auf dem Boden vor der Dusche. Er trat einen Schritt näher, wandte sich dann aber doch wieder dem Fenster zu. »Das will ich hoffen, denn das Doppelte bekommt er nur, wenn er mir seine Seele überschreibt.«

»Ich glaube ja, dass er das Doppelte durchaus wert ist«, überlegte Brooke und stellte das Wasser ab. Dampf waberte aus dem Badezimmer, als sie aus der Dusche stieg. »Er sieht viel besser aus, als gedacht. Du hättest ihn in seinem schmutzigen Shirt sehen sollen, mit Schmieröl im Haar.« Sie schlang sich ein Badetuch um den Körper und steckte die Enden zwischen den Brüsten fest ineinander. Dann kam sie zurück ins Zimmer. »Ein wahrgewordener Mädchentraum, sag ich dir. Wenn wir den passend in Szene setzen, dann …«

»Er gefällt dir«, stellte Brennan schmunzelnd fest, während er auf sie zuging. Ihr ungezwungener Umgang mit ihrer Nacktheit hatte ihn schon früher angemacht. Und obwohl er sich nach dem Ende ihrer Beziehung geschworen hatte, sich an einer Frau wie Brooke nicht noch einmal die Finger zu verbrennen, fühlte er die altbekannte Erregung aufsteigen. »Dieser Mädchentraum … du findest ihn also heiß, ja?« Er strich Brooke die Wassertropfen von der Schulter und sah sie an. Ob sie wusste, was sie da anrichtete? Bestimmt. Brooke tat nie etwas ohne Hintergedanken.

Er ließ seine Fingerspitzen ihre Halsbeuge hinabwandern, immer näher an das Tal zwischen ihren Brüsten heran.

»Natürlich gefällt er mir«, verteidigte sie sich schwach, denn Brennans Zärtlichkeit weckte Erinnerungen. Sie drängte sich näher an ihn. »Ich bin eine Frau. Und damit genau unsere Zielgruppe. Wenn er es schafft, mir ein feuchtes Höschen zu machen, dann geht es dem Rest der amerikanischen Weiblichkeit genauso.« Sie hob das Kinn, wie um ihn zu ermuntern, und fuhr sich durchs nasse Haar, sodass Tropfen auf sein Hemd perlten. »Du stehst doch auf feuchte Höschen«, flüsterte sie und schwang ihr Haar auf den Rücken, was dazu führte, dass das Badetuch an ihrem Körper hinabrutschte. Nur kurz stellte sie sich Brennans Blick, ehe sie aus der Handtuchwolke zu ihren Füßen stieg und sich frische Kleidung aus dem Koffer nahm. »Und Fynn Keller garantiert auch. Er braucht nur jemanden, der ihm das deutlich macht.«

Sie spürte, wie Brennans Augen jeder ihrer Bewegungen folgten, als sie langsam den schwarzen Slip hochzog und sich das dunkle Levisshirt überstreifte, das er irgendwann bei ihr in der Wohnung vergessen hatte.

»Du bist ein manipulatives Miststück«, raunte Brennan und schluckte hart.

Brooke grinste. »Danke.«

»Das war kein Kompliment, Babe. Das weißt du.«

Sie zuckte mit den Schultern und war sich dabei mehr als bewusst, dass sich ihre Brustwarzen deutlich unter dem Stoff abzeichneten. Natürlich war sie manipulativ. Nur so machte man Stars. Nur so machte man Geld. Sie wusste das, und Brennan ebenfalls. Noch immer ohne Jeans trat sie auf ihren Chef zu. Sie stellte sich auf die Zehenspitzen und küsste ihn leicht auf den Mund. »Ihr Männer wollt doch alle manipuliert werden«, flüsterte sie und ließ ihre Zunge über seine Unterlippe gleiten, während sie ihr eigenes wild klopfendes Herz verfluchte. Dies war kein Moment, dummen Gefühlen nachzuhängen. Sie legte ihre Arme um seinen Hals und schmiegte sich an ihn, bis er seine kühle Haltung aufgab und seine Hände an ihre Taille legte. »Das ist keine gute Idee, Babe«, sprach er ihre eigenen Gedanken aus und schob seine Hände unter ihr Shirt. Ihr nasses Haar streifte seine Wange, als sie sich noch enger an ihn presste.

»Ich will das Doppelte für ihn«, raunte sie und zog ihm atemlos das Hemd aus dem Hosenbund.

»Was?« Brennan stutzte. Seine Hände verharrten auf der sündigen Spitze ihres Slips.

Brooke lächelte. Wie früher ließ sie ihre Hand in seine Hose gleiten. Rückblickend war der Sex das Beste an ihrer Beziehung gewesen. »Du hast mich schon verstanden. Ich kann nicht arbeiten, ohne … Material. Ich will ihn!«

Keuchend schloss Brennan die Augen und kam ihren kühnen Fingern entgegen. Er schob seine Hände unter die Spitze ihres Slips und umfasste ihren Hintern. »Du willst ihn? Du weißt schon, wie das klingt«, stöhnte er und ließ zu, dass sie die Knöpfe seiner Jeans öffnete. Ihr Lachen reizte ihn, und er drängte sie rückwärts ans Bett. »Wie sehr willst du ihn?«, fragte er, ließ seine Hände nach oben bis zu ihren Brüsten wandern und genoss, wie sie sich ihm entgegenwölbte.

»Unbedingt!«, wisperte sie und drängte sich für einen heißen Kuss an ihn.

Brennan wusste, sie spielte mit ihm. Er wusste, sie manipulierte ihn. Sie konnte nicht anders. Und vielleicht konnte auch er nicht anders, als sich ganz im vollen Bewusstsein wieder darauf einzulassen. Er verbot sich die Frage, ob er sie vielleicht sogar genau deswegen nach Alaska begleitet hatte. Er schob sie aufs Bett, zog ihr das Shirt über den Kopf und sog scharf die Luft ein, als er die rosigen Spitzen sah, die sich ihm so verführerisch entgegenreckten. Er beugte sich hinab, um von der verbotenen Frucht zu kosten, als das Klingeln des Telefons Brooke in Bewegung brachte.

»Babe, warte ...«, er fluchte, als sie sich unter ihm hervorwand und aus dem Bett kletterte. Ungeniert nahm sie den Hörer des Hausanschlusses ab und wickelte sich die Telefonschnur um den Finger. Die Sonne küsste ihre Brüste, als sie sich grinsend zu ihm umdrehte.

»Mister Keller? Er ist hier? Im Hotel? Danke.« Sie hielt die Sprechmuschel zu und sah Brennan herausfordernd an. »Ich will ihn«, flüsterte sie. »Ich will ihn unbedingt.« Damit streifte sie sich lasziv den Slip ab und warf ihn Brennan zu. Mit einem Laut, wie ein gequälter Hund ließ der sich auf den Rücken fallen und streckte gierig die Hände nach ihr aus.

»Keinen Cent mehr als das Doppelte!«, knurrte er und riss sie zurück aufs Bett. »Du Miststück!«

Brooke unterdrückte ein siegreiches Lachen und wehrte sich, als er ihre Brustwarze in den Mund saugte. Sie hielt ihm den Telefonhörer vors Gesicht und presste ihm drohend den Finger auf die Lippen. »Ja, das ist prima«, flötete sie in die Sprechmuschel. »Sagen Sie ihm, ich treffe ihn in …«, sie zwinkerte Brennan schelmisch zu, »in zehn Minuten in der Lobby.«

Ohne Rücksicht auf eine mögliche Erwiderung drückte Brennan auf die Telefongabel und beendete das Gespräch. Dann zog er Brooke unter sich und schlüpfte hastig aus seiner Hose. »Zehn Minuten? Für das Doppelte? Du bist wirklich ein Miststück!«

»Wann hast du je länger als zehn Minuten gebraucht?«, lachte Brooke und ließ sich auf die Matratze sinken, als er sich über sie schob.

Fynn wippte mit dem Fuß und starrte den Minutenzeiger der Uhr in der holzvertäfelten Lobby des *Anchor Inn* an. Seit einer guten Viertelstunde wartete er schon auf Miss Adams. Auf Brooke, wie er sich in Erinnerung rief. Was ihn hergeführt hatte, wusste er. Aber es gefiel ihm nicht. Zuhause wartete Arbeit auf ihn. Und doch hatte ihn nach ihrem Abgang im Restaurant etwas davon abgehalten, zurück in die Werkstatt zu gehen. Ziellos war er durch Palmer spaziert mit nur einem Gedanken im Kopf:

Dem Gedanken an das Mädchen, derentwegen er sich vielleicht doch einmal ernsthaft anhören sollte, was diese Brooke zu sagen hatte. Das Mädchen mit den goldgesprenkelten Augen und den Sommersprossen. Das Mädchen, deren Lachen …

Fynn unterdrückte einen Fluch, als der Minutenzeiger erneut weitersprang. Es kam ihm vor, als wäre eine Ewigkeit vergangen, als die New Yorkerin endlich die Stufen herunterkam. Unsicher stand er auf und trat ihr entgegen.

»Fynn!« Sie strahlte ihn an und er bemerkte, wie süß gehetzt sie aussah. Ihre Wangen waren gerötet und ihr Haar noch leicht feucht, so, als hätte sie nicht mehr mit ihm gerechnet. Was ja nur normal war, denn er selbst hatte schließlich auch nicht damit gerechnet, ein weiteres Mal mit ihr zu sprechen. »Wie schön, dass Sie hier sind. Ich hoffe, Sie haben noch einmal über unser Gespräch nachgedacht – und Ihre Meinung geändert.«

Er wollte zu einer Erklärung ansetzen, doch sie hob die Hand, um ihn zum Schweigen zu bringen. »Ehe Sie etwas sagen: Ich habe mir das Okay eingeholt, Ihnen tatsächlich das Doppelte anbieten zu können.« Sie machte eine gewichtige Pause. »Aber der Deal gilt nur bis heute Abend. Und auch nur, wenn Sie zeigen, was Sie können.« Sie neigte sich leicht nach vorne, um ihm etwas zuzuflüstern. Dabei streifte sie seinen Arm, und er stellte überrascht fest, dass sie offenbar keinen BH unter ihrem Shirt trug. Sie hatte wohl wirklich nicht mehr mit ihm gerechnet. Irritierenderweise lenkte ihn der Gedanke an ihren BH – oder vielmehr dessen Fehlen – von dem Gespräch ab.

»Bitte?«

Brooke lächelte. »Ich sagte, dass mein Chef, Mister Ward, Sie heute Abend gern hören würde, ehe er den Vertrag an Ihre Forderung anpassen lässt.« Sie lächelte ihn von unten herauf aus ihren strahlenden Augen an und offenbarte ihm dabei perfekte Zähne. »Hören Sie, mein Chef, er … wird gleich hier sein, und …«

»Brooke, bitte …«, unterbrach er sie. »Ich bin noch mal hergekommen, weil ich wissen muss, ob …«, er schüttelte den Kopf, denn im Grunde wusste er selbst nicht wirklich, warum er hier war. Das passte doch überhaupt nicht zu ihm. Und er sollte lieber den Auspuff richten, anstatt … Trotzdem hatte der

Gedanke an Ava ihn gedrängt, sich dieses unerwartete Angebot noch einmal anzuhören. »Ich muss wissen, ob ... ich Presse bekommen würde?«, hakte er verunsichert nach. Der Gedanke in seinem Kopf, diese Idee, sie ließ sich kaum fassen, und doch hatte sie ihn wie von selbst hierhergeführt.

Brooke hob überrascht die Augenbrauen. »Presse?« Sie lachte. »Mister Keller, wenn es nach uns geht, räumen Sie bei den nächsten Grammys ab, gehen auf Tour und geben Interviews für jedes verdammte Käseblatt der USA. Natürlich bekommen Sie Presse!« Ihr Kichern gefiel ihm. »Und ich ganz persönlich werde dafür sorgen!«

Wie schon zuvor, überfuhr Brookes Begeisterung Fynn beinahe. Sie schien genau zu wissen, wovon sie sprach, aber für ihn klang das alles vollkommen abwegig. Er und Musik ...

Und doch machte es irgendwie Sinn. Vielleicht lag da der Schlüssel. Wieder dachte er an Ava und ihr Lächeln. Was sie wohl sagen würde, wenn sie ihn auf dem Cover des *Rolling Stone Magazine* sehen würde? Und was sie wohl von seiner Idee halten würde ...?

Brooke riss ihn aus seinen Gedanken, indem sie ihn am Arm berührte. »Hören Sie, Fynn. Ich verstehe, falls Sie noch Zweifel haben sollten. Aber ich bin hier, um Ihnen alle Fragen zu beantworten. Es war mein Ernst, als ich sagte, ich gehöre Ihnen.« Sie rückte näher, als teilte sie ein Geheimnis mit ihm. »Meine Karriere hängt von Ihrem Erfolg ab, also glauben Sie mir, wenn ich sage, dass ich mir meinen verdammten Arsch aufreißen werde, um aus Ihnen einen Star zu machen. Sie werden richtig durchstarten, aber dafür müssen Sie mir einfach den Gefallen tun und meinen Chef von Ihnen überzeugen, so, wie Sie mich schon mit dem ersten Ton in dem Video überzeugt haben.«

Fynn zögerte. Ihr Drängen erinnerte ihn an schlechte Geschäfte, die man sich aufschwatzen ließ und garantiert im

Nachhinein bereute. Das Leuchten in ihren grünen Augen konnte Begeisterung sein. Oder Verzweiflung. Er kannte sie nicht gut genug, um das erkennen zu können, auch wenn er deutlich den Druck spürte, unter dem sie zu stehen schien. Im Grunde hatte er diesen Druck schon im ersten Moment gespürt, als sie sich in der Werkstatt unter das Auto gebeugt hatte.

Sie sah über ihre Schulter und zuckte zusammen, als ein Mann, groß, mit dunklem Haar und in einem für Alaska etwas zu vornehmen Anzug, die Stufen herunterkam.

Sie murmelte etwas, und Fynn glaubte, einen Fluch gehört zu haben. Doch er konnte sich täuschen, denn sie schenkte dem Neuankömmling ein strahlendes Lächeln und winkte ihn her.

»Fynn Keller, das hier ist mein Chef, Brennan Ward. Chefproduzent bei Dream Music, und damit der Mann, der Ihre kühnsten Träume verwirklichen wird.« Sie lächelte den Produzenten an. »Brennan, das hier ist unser neuer Star: Fynn Keller. Der Mann, dessen Stimme ...«

Brennan grinste und schlug Fynn freundschaftlich auf die Schultern. »Der Mann, der Mädchen feuchte Höschen beschert«, beendete er den Satz für sie mit einem schallenden Lachen. »Ist es nicht so?«

Fynn runzelte verlegen die Stirn. Ihm entging nicht, wie sich Brookes Wangen röteten, und auch nicht der Blick, mit dem ihr Chef sie musterte. Irgendetwas Unausgesprochenes hing zwischen den beiden in der Luft.

»Brennan, bitte, du verschreckst unseren neuen Star«, stotterte sie und drückte kurz Fynns Hand. »Wir haben uns gerade überlegt, wo und wie Fynn für uns singen könnte. Ein Studio wird es hier kaum geben, und ...«

»Ich will ihn in natura sehen«, erklärte Brennan entschieden. »Nicht im Studio. Er wird schließlich nicht nur hinter verschlossenen Türen abliefern müssen, sondern auch live.«

Fynn räusperte sich. Man sprach über ihn, als wäre er gar nicht anwesend. »An was haben Sie gedacht?«, fragte er. »Soll ich einfach loslegen, oder …?«

»Gehen wir in diese Bar. Die von dem Video«, schlug Brooke vor, und Fynn sah, wie es in ihrem Kopf ratterte. »Das wäre gut. Ich mache einige Probeaufnahmen, und wenn es gut wird, gehen wir damit direkt online.«

Der Produzent rieb sich übers Kinn, nickte aber. »Gut. Dann lass ich über Nacht von der IT die Internetpräsenz anlegen, und wir starten direkt morgen durch. Schaffst du das?« Sein zweifelnder Ton galt Brooke.

»Sicher!« Sie fasste ihre noch feuchten Haare im Nacken zu einem losen Dutt zusammen. »Ich bin bereit. Wenn Fynn überzeugt und der Vertrag unterschrieben ist, dann legen wir los.«

Als erinnerten sich die beiden New Yorker plötzlich an ihn, wandten sie sich zu Fynn um und sahen ihn erwartungsvoll an.

»Was heißt, wir legen morgen los? Ich … ich habe Aufträge in der Werkstatt …«, gab er zu bedenken und fühlte sich in die Enge getrieben. Herzukommen war ein Fehler gewesen. Diese Brooke mit ihren grünen Augen hatte ihn verwirrt. Und der Gedanke an Ava hatte ihn verwirrt. Seine Familie verließ sich darauf, dass er die Werkstatt am Laufen hielt. Irgendwie hatte er das mit dem Plattenvertrag für einen Scherz gehalten. Doch die beiden nun so konkret planen zu hören, machte ihm klar, wie verrückt das alles war.

»Mister Keller … Fynn«, raunte Brooke und zog ihn einige Schritte von ihrem Vorgesetzten weg. »Sie erinnern sich an die Summe in dem Vertrag. Sie wollten das Doppelte, und wir geben es Ihnen. Dafür werden Sie die Werkstatt einfach einige Tage schließen, verstanden? Stellen Sie jemanden ein. Wir reden hier von einem wirklichen Riesendeal. Einer einmaligen Sache. So ein Angebot bekommen Sie nie wieder.«

Er zögerte. Sicher hatte sie recht, aber …

»Ich weiß nicht, warum Ihnen das wichtig war, aber eben wollten Sie noch Presse. Wenn Sie uns heute Abend überzeugen, bekommen Sie schon morgen Ihre erste Presse! Ist das nicht das, was Sie wollten?«, flüsterte sie verschwörerisch und traf damit tatsächlich einen Nerv.

Fynn ballte die Hände zu Fäusten. »Sie versichern mir, dass ich in Interviews sagen darf, was immer ich möchte?«, hakte er nach.

»Wie bitte?« Brooke schien verwirrt. »Was möchten Sie denn loswerden? Wir sollten uns politisch nicht zu sehr äußern, und natürlich haben wir eine gute Rechtsabteilung, die Sie bei kritischen Äußerungen auch vertreten wird, aber im Grunde sollte man den Ball doch flach halten und über die Musik reden, also ...«

»Sie verstehen mich nicht!«, erklärte er. »Ich will nur wissen, ob Sie mich in meiner ... Person und dem, was mir wichtig ist, beschneiden werden.«

Brooke lächelte noch immer verwirrt. »Aber nein. Sie müssen sich nicht verstellen, wenn es das ist, was Sie fürchten. Das Gesamtpaket, das Sie bieten, gefällt uns sehr, nur deshalb sind wir hier am Arsch der Welt.«

Sie griff nach seiner Hand, wie um den Deal zu besiegeln. »Vertrauen Sie mir!«

KAPITEL 6

»Wenn das stimmt, wer repariert dann mein Quad?«, brummte Bryan und nippte an seiner Bierdose. Über den Tisch in der Bar hinweg bedachte er Fynn mit einem mürrischen Blick.

»Das sind doch Betrüger!«, mischte sich Steve kopfschüttelnd ins Gespräch ein. »Sowas passiert einem doch nicht wirklich!«

Fynn musste zugeben, dass er das auch schon vermutet hatte. »Aber was hätten die davon, mich übers Ohr zu hauen.«

»Wirst schon sehen. Am Ende musst du irgendwelche Gebühren bezahlen oder sonst was, womit die dir das Geld aus der Tasche ziehen wollen.«

Jen grinste. »Oder unser kleiner Fynnie hier wird megaberühmt und stinkreich!« Sie hakte sich bei ihm ein und küsste ihn auf die Wange. »Dann stellst du mir bitte irgendeinen anderen coolen und verführerischen Superstar vor. Ich hätte nichts dagegen, Palmer hinter mir zu lassen.«

Fynn schüttelte den Kopf. »Könnt ihr mal nicht an *eure* Vor- oder Nachteile denken, was die Sache angeht? Weder das Quad noch Jens zukünftiger Ehemann spielen jetzt eine Rolle.«

»Du hättest das Video nicht hochladen sollen«, brummte Steve seinen Bruder an. »Es ist deine Schuld, wenn die einzige Werkstatt in Palmer ihre Tore schließt.«

»Kann nicht Corey … zurückkommen?«, fragte Jen scheu und mied dabei Fynns Blick.

Der zuckte mit den Schultern. »Keine Ahnung. Ich habe noch nicht mit ihm gesprochen.«

»Nicht?«, alle sahen ihn überrascht an. »Aber …?«

»Er hat keinen Kopf für die Werkstatt. Ihr wisst doch, wie überstürzt er hier abgehauen ist. Nur Ava zählt noch.«

Fynn wusste, dass die Bitterkeit in seiner Stimme deutlich zu hören war. Aber vor seinen Freunden musste er sich nicht verstellen.

Wie so oft war es Jen, die ihm zu Hilfe eilte. »Du musst tun, was du für richtig hältst«, wechselte sie das Thema. »Wenn du diesen Typen von Dream Music vertraust, dann mach den Deal!«

»Du hast leicht reden, Jen. Dein Quad wartet ja nicht auf eine Wiederbelebung!«, protestierte Bryan immer noch. »Aber okay, dann nehme ich das Ding eben selbst auseinander!« Er hob warnend den Finger. »Aber ich sag dir eines, Fynn: Wenn du da scharfe Bräute kennenlernst, dann will ich eine abhaben.«

Jen lachte laut und stieß Bryan unter dem Tisch mit dem Fuß an. »Du glaubst doch nicht, dass sich Fynns scharfe Bräute dann ausgerechnet nach Palmer verirren!«

Bryan grinste und neigte den Kopf in Richtung Tür. »Ich glaube, die scharfen Bräute sind schon hier«, murmelte er, als Brooke mit Brennan auf sie zukam.

Steve neigte sich über den Tisch. »Verdammt, warum reden wir überhaupt über den Vertrag, wenn diese Lady Teil des Geschäfts ist? Für die würde ich auch ohne einen Cent singen!«

»Weil man dir für deinen Gesang auch keinen Cent bezahlen würde«, kicherte Jen und streckte Steve die Zunge raus.

Ohne die Zankereien seiner Freunde weiter zu beachten stand Fynn auf und ging Brooke entgegen. Im schummrigen Licht der Bar wirkte ihre Haut blasser, aber dafür hatte sie sich die Augen dunkel geschminkt, was das Grün ihrer Iris noch betonte. Sie sah wirklich gut aus, da konnte er Steve nur zustimmen. Aber sie war ja nicht allein gekommen, und der Mann hinter ihr schien über Steves bewundernden Blick für seine Begleiterin nicht gerade erfreut.

»Das sind dann wohl Freunde von Ihnen«, erkannte er richtig, auch wenn er sich keine besondere Mühe gab, dabei einen freundlichen Eindruck zu hinterlassen. Stattdessen legte er Brooke vertraulich die Hand auf die Hüfte und hielt sie so davon ab, sich zu setzen. Er nickte kühl in die Runde, ehe er sich wieder an Fynn wandte. »Von mir aus kann's losgehen. Zeit ist schließlich Geld.«

Brooke stieß ihn mit dem Ellbogen in die Seite und lächelte Fynn entschuldigend an. »Vielleicht sollten wir uns erst mal setzen und etwas trinken?«, schlug sie vor und hob die Hand, um die Kellnerin auf sich aufmerksam zu machen.

»Er soll jetzt zeigen, was er kann«, widersprach Brennan und deutete auf die schmale Bühne mit dem Barhocker und der abgegriffenen Gitarre. »Wenn der Vertrag steht, gibt es schon heute Nacht genug zu tun, um alles auf den Weg zu bringen.«

Brooke biss die Zähne zusammen, aber Fynn spürte dennoch, dass etwas zwischen den beiden in der Luft lag.

»Klar, ich kann gleich anfangen«, stimmte er deshalb zu und wischte sich die Hände an der Jeans ab. Obwohl dies seine Stammbar war und er jeden hier kannte, fühlte er sich plötzlich gehemmt. »Soll ich … irgendwas Bestimmtes …«

Brooke lächelte und kam an seine Seite. Mit einem, wie Fynn glaubte, mahnenden Blick in Brennans Richtung hakte sie sich bei ihm ein und begleitete ihn zur Bühne. »Lassen Sie sich von Brennan nicht einschüchtern«, flüsterte sie. »Ihm tut es weh, das Doppelte zu bezahlen, aber wenn Sie ihm jetzt zeigen, was in Ihnen steckt, dann wird er ganz handzahm.«

Sie drückte Fynn die Gitarre in die Hand und strich sich das Haar auf den Rücken. »Das Lied aus dem Video – haben Sie es selbst geschrieben?«

Fynn zuckte mit den Schultern. »Ich habe es nicht geschrieben. Ich habe es mir einfach ausgedacht und gesungen.«

Brooke riss die Augen auf. »Das ist unfassbar! Fynn, ich … ich schwöre Ihnen, dieser Song wird ein Nummer-eins-Hit« Sie zog ihr Handy aus der Hosentasche und kniete sich vor die Bühne, richtete die Kamera auf ihn und startete die Aufnahme. »Und genau jetzt beginnt Ihre Karriere, Fynn! Legen Sie los!«

Fynn schluckte. Seine Kehle war trocken, und er bereute es, sein Glas auf dem Tisch stehengelassen zu haben. Obwohl er schon oft hier vor seinen Freunden gesungen hatte, fühlte er sich diesmal beobachtet. Die Handykamera, die auf ihn gerichtet war, verunsicherte ihn. Und die gespannte Erwartung in Brooke Adams' Blick trug nicht gerade dazu bei, ihn zu beruhigen. Dabei brauchte er sich doch überhaupt nicht nervös machen zu lassen. Er war doch nicht auf diesen Plattenvertrag aus. Nicht darauf angewiesen … oder doch? Wieder drängte sich Avas Lachen vor sein geistiges Auge. Ihr wunderbares Lachen. Die stürmische Art, mit der sie sich ihm immer um den Hals geworfen hatte. Der Duft ihres Haars …

Fynn atmete durch, damit der Geruch nach Alkohol und Frittierfett die Erinnerung vertrieb. Dann wischte er sich erneut die Hände an der Jeans ab und schlug leise die erste Saite der Gitarre an, die wie immer vollkommen verstimmt war. Er drehte die Wirbel fester und prüfte immer wieder den Klang. Dazu schloss er die Augen, und als der Klang der letzten Saite schließlich in perfekter Harmonie zu den Klängen der anderen Saiten passte, hatte sich seine Aufregung gelegt. Er sah nur noch Avas Lächeln vor sich, als er Luft holte und anfing zu singen.

Die Worte flogen ihm zu. Genau wie der Schmerz, der seine Stimme ganz rau werden ließ. Wut und Traurigkeit trugen seinen Text durch die Bar, und mit jeder Strophe, die seiner Kehle entstieg, wurde er sicherer. Die Gitarre lag so vertraut in seinen Armen wie früher das Mädchen, für das er sang. »Liebe reißt die tiefsten Wunden«, schmetterte er mit einem Druck in der Brust, die fast drohte, ihm den Atem zu nehmen. Er öffnete die Augen und blickte in Brooke Adams' verzücktes Gesicht. Sie strahlte, und das schien ihm wie ein Leuchten in der Finsternis seiner angestauten Gefühle. Die Saiten unter seinen Fingern zitterten, als er das Gitarrensolo spielte, während er vergeblich versuchte, den Kloß in seinem Hals hinunterzuschlucken. Wann immer er an Ava dachte, spürte er diese Enge, und nur wenn er wie jetzt seine Gefühle heraussang, linderte dies seine Not. Es war nicht einfach nur ein Song. Es waren nicht einfach nur irgendwelche Lyrics. Es war sein Leben, das er hier preisgab. »Die Liebe reißt die tiefsten Wunden.« Das war es, was das Leben ihn gelehrt hatte.

Er hob die Stimme an und schmetterte seinen Schmerz hinaus, und es war ihm egal, ob jeder hier im Raum fühlen konnte, wie sehr er litt. Diese Liebe – sie war brutal, und seine Wunden würden niemals heilen. Er war verwundet und würde es immer sein.

Brooke hielt den Atem an. In Wellen lief die Gänsehaut über ihren Körper und weckte eine Sehnsucht, die sie unmöglich in Worte fassen konnte. Das Handy in ihren zitternden Händen bebte, so ergriffen war sie von dem, was sie vor sich sah. Sie wollte aufstehen, das Scheißhandy weglegen und diesem Mann die Gitarre aus der Hand nehmen, um ihn zu trösten. Sie wollte ihre Arme um seinen Hals legen und seinen Schmerz auf jede erdenkliche Art lindern.

Die Masse an Gefühlen, die sie in seinem Blick las, prasselte wie ein Feuerwerk auf sie ein. In seinem gesenkten Blick, der sich unter den blonden Strähnen, die ihm wirr in die Stirn fielen, fast zu verbergen suchte. Wie konnte ein Mann, der so wenig darauf aus war, sich darzustellen, so überwältigen?

Brooke schluckte. Sie hing gebannt an seinen Lippen, und ihr Herz schlug im Takt der Musik. Die wenigen Strophen hallten in ihr nach und drangen bis in ihre Seele. Sie wollte mehr davon, auch wenn sie Angst hatte, nie wieder davon loszukommen, sollte sie sich dieser verletzlichen Stimme noch weiter öffnen.

Erst als der letzte Ton verklang, atmete sie langsam wieder ein. Sie verlor sich in Fynns traurigen Augen und jubilierte doch innerlich, dass sie es war, die diese Stimme entdeckt hatte. Dass sie es war, die diesen besonderen Moment gefilmt hatte. Sie ließ das Handy sinken und stand auf. Alles in ihr schrie danach, Fynn Keller um den Hals zu fallen, um das zu feiern, was sie beide erreichen würden.

Sie streckte die Hand nach ihm aus, als eine Bewegung hinter ihr sie zusammenzucken ließ.

Brennan Ward platzierte ungeniert seine Hand auf ihrem Po und strahlte sie an.

»Babe, das war Wahnsinn! Du hast echt ein Händchen für Talente, das muss man dir zugestehen!« Er küsste sie hart auf den Mund, ehe er sich an Fynn wandte. »Mister Keller, das war zugegebenermaßen beeindruckend. Brooke hat sich ...«, er zwinkerte ihr zu, »mächtig ins Zeug gelegt, um mich von Ihrem Wert zu überzeugen, aber jetzt glaube ich doch, dass unsere Zusammenarbeit sehr fruchtbar sein wird. Willkommen bei Dream Music!« Er reichte Fynn die Hand, die dieser mit leicht verlegenem Lächeln schüttelte.

»Danke. Ich … ich weiß noch immer nicht, was ich dazu sagen soll. Oder was das nun eigentlich bedeutet«, gestand er und fuhr sich durch die Haare.

Brooke gefiel es, wie krass der Gegensatz zwischen Brennan und Fynn war. Der eine so uneitel und still, der andere so ein selbstsicherer Macher, der sich nahm, was er wollte – ohne Rücksicht auf Verluste. Beides gefiel ihr, aber im Moment, in dieser schummrigen Bar, mit dem Echo dieser unvergleichlichen Stimme im Ohr hatte sie tatsächlich nur Augen für einen von beiden. Sie trat auf Fynn zu und legte ihm die Hand auf den Arm. »Vertrauen Sie mir, Fynn. Ich bin von nun an immer an Ihrer Seite.«

Brennan lachte. »Brooke passt gut zu Ihnen, Fynn. Wunden sind genau ihr Ding.«

»Idiot!«, brummte sie und presste die Lippen zusammen. »Nummer-eins-Hits sind mein Ding. Und deshalb sind wir ja wohl hier, oder nicht?«

Fynn zuckte mit den Schultern. »Vermutlich«, gab er zu und deutete zurück zum Tisch, wo Jen und seine Freunde auf ihre Rückkehr zu warten schienen. Die beiden New Yorker verunsicherten ihn. Dieser Brennan hatte eine Art an sich, die ihm definitiv nicht gefiel. Schon allein, wie herablassend er seine Mitarbeiterin behandelte …

»Wollen wir dann … auf unsere Zusammenarbeit anstoßen?«, fragte er noch immer etwas unsicher und lehnte die Gitarre zurück an den Barhocker.

»Ein Drink«, stimmte Brennan zu und folgte ihm zum Tisch seiner Freunde. »Trinken wir ein Glas auf den neuen Star am Musikhimmel.«

KAPITEL 7

Zurück im Hotel war sich Brooke den Schritten, die ihr folgten, nur zu deutlich bewusst. Bevor sie die Schlüsselkarte ins Schloss steckte, drehte sie sich zu Brennan um, der ihr wie selbstverständlich die Hand an die Taille legte.

»Das mit dem Sex war eine einmalige Sache«, erklärte sie mit klopfendem Herzen. Schon das, was am Nachmittag geschehen war, war ein Fehler gewesen. Sie hatte viel zu lange gebraucht, um über ihn hinwegzukommen, und sie durfte nicht vergessen, wie leicht er sich damit getan hatte, sie fallenzulassen. Eine so einseitige Beziehung brauchte sie nicht! Nur musste sie sich daran immer wieder selbst erinnern.

Brennan lächelte, kam dabei aber näher. »Ach wirklich? Und ich habe gedacht, dieser Fynn hat dich mit seinem Song so heiß gemacht, dass du froh bist, wenn jemand zum Löschen kommt.«

»Echt, Brennan! Warum musst du immer so ein Idiot sein?« Sie stieß ihn von sich, aber er gab sie dennoch nicht frei. Stattdessen fuhr er ihr mit den Händen unters Shirt.

»Komm schon, Babe! Immerhin haben wir einen Vertragsabschluss zu feiern.«

Brooke schüttelte den Kopf und zog die Karte durch den Schlitz. »Eben. Ich muss arbeiten.« Sie lehnte sich gegen die Tür und funkelte Brennan warnend an. »Schließlich ist mein Chef ein treuloses Arschloch, der mich feuert, wenn es nicht so läuft, wie er will.«

Brennan verzog das Gesicht. »Das hier läuft gerade auch nicht so, wie ich will«, murrte er und drängte sich noch einmal für einen Kuss an sie.

Brookes Puls beschleunigte sich, aber sie blieb hart. »So ist das Leben, Brennan«, flüsterte sie und schlüpfte durch die Tür. »Gewöhn dich lieber dran!«

Eilig drückte sie die Tür zu und lehnte sich drinnen schwer schnaufend dagegen. Sie fühlte sich, als wäre sie gerannt. Ihr dämliches Herz hätte Brennan natürlich zu gern hereingelassen, aber wenn sie wirklich erfolgreich sein wollte, dann durften sie ihre albernen Gefühle jetzt nicht ablenken. Sie hielt einen ungeschliffenen Diamanten in ihren Händen, und es war an der Zeit, ihn in Form zu bringen. Ohne Ablenkungen. Ohne … Sex.

Sie schlüpfte aus ihren Schuhen und fasste sich die Haare zusammen. Das leise Wummern der Zentralheizung war das einzige Geräusch in ihrem im Dämmerlicht liegenden Hotelzimmer.

Sie streckte die Hand nach dem Lichtschalter aus, hielt dann aber noch einmal inne. In der Stille des leeren Zimmers scholl das Echo von Fynns Gesang. Sie wusste, das war nur in ihrem Kopf, trotzdem summte sie leise mit. Das Lied hatte Suchtpotential. Und Fynn ebenfalls. Sie nahm ihr Handy aus der Tasche und spielte das Video ab. Er sah süß aus, wie er so konzentriert die Gitarre stimmte. Gedankenversunken, als hörte er den übrigen Lärm in der Bar überhaupt nicht. Sie mochte es, wie ihm die Strähnen seines Haars dabei leicht in die Augen hingen.

Brooke biss sich nachdenklich auf die Lippe und klappte ihren Laptop auf. Mit wenigen Befehlen übertrug sie das Video via Bluetooth auf den Laptop, und während es lud, nahm sie sich eine Flasche Scotch aus der Minibar.

Im Schneidersitz setzte sie sich aufs Bett und zog den Laptop zu sich heran. Der erste Schluck Alkohol brannte rauchig in ihrer Kehle, und sie hustete leise. Dann ließ sie das Video erneut laufen, hielt aber immer wieder an, um das Standbild mit ihrer Bildbearbeitungssoftware zu extrahieren. Nach einer Stunde hatte sie eine gute Handvoll Aufnahmen, die sie für den Launch ihres Marketings verwenden konnte. Sie klickte durch die Bilder und seufzte. Fynns Hände gefielen ihr besonders gut. Sie waren stark und erinnerten deutlich daran, dass er noch vor wenigen Stunden damit Motoren zerlegt hatte. Dennoch spielten sie die Gitarre so sanft, dass Brooke sich unwillkürlich fragte, wie es sich anfühlen würde, von ihnen berührt zu werden. Seine Finger glitten wie die Hände eines Liebhabers über den Hals und das Griffbrett des Instruments, er spreizte seine Finger so besitzergreifend und doch zärtlich über den Korpus, während sie die Seiten strichen, als würden sie Tränen trocknen.

Mit einem Kopfschütteln leerte sie die kleine Flasche und klickte aufs nächste Bild. Es war fast noch besser, denn diesmal lag der Fokus der Aufnahme auf seinen Lippen. Der Schatten des Dreitagebarts unterstrich die männliche Wirkung, obwohl die Lippen selbst einladend weich wirkten. Seine Zähne waren perfekt, und die kleine Narbe, die er am Kinn hatte, fesselte ihre Aufmerksamkeit. Sie rang das Verlangen nieder, den Monitor zu berühren.

»Verdammt, Brennan hat recht!«, brummte sie. »Fynn Keller liefert feuchte Höschen!« Sie minimierte die Videosequenzen und schrieb einige Mails. Mit den Aufnahmen im Anhang konnte die Welt schon morgen von ihrem neuen Star erfahren. Sie drückte auf Senden, und wie sie erwartet hatte, dauerte es keine Minute, bis ihr Handy klingelte.

Brennan war so berechenbar ...

»Du willst morgen ein komplettes Kamerateam hier haben?«, rief er ungläubig. »Das ist doch absurd! Das hier ist Alaska. Nicht die Oscarverleihung!«

Brooke grinste. Sie konnte im Hintergrund hören, dass in Brennans Zimmer der Pornokanal lief. »Das hier liefert besseres Material als die Oscars. Das hier ist authentisch! Ich werde für Fynn ein komplett neues und modernes Marketing anwenden. Er wird die sozialen Netzwerke erobern, wenn wir es auf meine Art machen. Ich schwöre dir, Brennan, ich weiß genau, was ich tue. Wir werden rund um die Uhr an ihm dran sein. Livestreamübertragungen für seine Kanäle starten, ihn im Tourbus begleiten, im Studio, auf seinen ersten Gigs und natürlich den Partys. Das gab's noch nie! Die Welt darf dabei sein, wenn ein Star geboren wird.« Einem Impuls folgend öffnete sie erneut Fynns Foto. Der verlorene Ausdruck, mit dem er ihr darauf entgegensah, war zum Dahinschmelzen, und Brooke sah unsicher zu ihrer Zimmertür. »Das ist meine Interpretation eines modernen Märchens«, führte sie weiter aus, während sie aus dem Bett stieg und barfuß über die kühlen Holzdielen ging. Sie öffnete die Zimmertür und spähte in den verlassenen Flur. »Der Mechaniker aus Alaska, der in nur wenigen Wochen die Welt erobert, ist besser als jedes Disney-Märchen.«

Ihr Herz klopfte so laut, dass sie beinahe Brennans Antwort nicht verstanden hätte. Aber das war auch nicht wichtig, denn sie hob die Hand und klopfte an seine Tür. Als er öffnete, fühlte sie sich schäbig und verloren. Und trotzdem trat sie ein.

Brennan schien nicht wirklich überrascht. Er grinste, ohne sich daran zu stören, dass er nur Boxershorts trug und hinter ihm auf der Mattscheibe ein billiger Porno flackerte. »Ein Märchen?«, fragte er, warf sein Handy auf seine Reisetasche und riss Brooke an sich. »Verdammt, Babe, du hast doch echt den Verstand verloren!«

Ohne Rücksicht auf Verluste schob er ihr die Jeans über die Hüften und fasste ihr in den Schritt.

Brooke keuchte, drängte sich aber näher an ihn. Sie schloss die Augen und stellte sich auf die Zehenspitzen, um ihn zu küssen. Das Keuchen aus dem Fernseher vermischte sich mit ihrem eigenen stoßweisen Atem, als Brennan sie rückwärts auf sein Bett drängte.

Verdammt, sie war so schwach. Sie sollte nicht hier sein, sich nicht wieder mit ihm einlassen, aber die unerträgliche Leere der letzten Monate schien zu verblassen, wenn sie seine Hände auf ihren Brüsten fühlte. Wenn sie wie jetzt seinen Atem an ihrer Wange spürte.

Sie spreizte die Beine, um ihn aufzunehmen, und hoffte, er würde die Träne nicht bemerken, die sich aus ihrem Augenwinkel stahl.

»Die Liebe reißt die tiefsten Wunden«, hallte es in ihrem Kopf und für einen Moment sehnte sie sich nach einer Zärtlichkeit, die sie nie kennengelernt hatte. Der Zärtlichkeit, mit der Fynn Keller eine Gitarre spielte, die ihm noch nicht einmal gehörte.

Fynn steckte die Hände in die Jackentaschen und kickte einen Kiesel über den Gehweg. Die Kühle der Nacht war ihm nach der Hitze in der Bar willkommen, und er atmete tief durch.

»Diese Brooke ist ja ganz niedlich, oder?«, fragte Jen und stupste den Kiesel zu ihm zurück.

Er spürte, wie sie ihn unter gesenkten Lidern hervor betrachtete. »Ist mir nicht aufgefallen«, log er deshalb, auch wenn er schon den ganzen Abend rätselte, ob Brooke wohl häufiger keinen BH trug. Nicht, dass das wichtig wäre. »Wir arbeiten ja auch nur zusammen«, erinnerte er sie beide.

Jen nickte. »Ich finde es schrecklich, dass jetzt auch noch du von hier weggehst. Erst Corey und Ava … und …«, sie räusperte sich, als bereute sie den letzten Satz, »und jetzt du.«

Fynn schwieg. Er war nicht freiwillig hier in Palmer. Aber die Sache mit Ava hatte seine Pläne vom Leben ordentlich durcheinandergeworfen. Vielleicht war also ein Neuanfang gar nicht so schlecht. Nicht, wenn er gehen konnte, ohne dabei den Familienbetrieb zu ruinieren. Mit dem Vertrag in der Tasche konnte er es sich leisten, die Werkstatt einfach zu schließen. Und vielleicht … er wollte sich keine allzu großen Hoffnungen machen, aber vielleicht würde das viele Geld auch für Ava einen Neuanfang bringen. Vielleicht würde sie bald wieder nach Palmer zurückkehren, die Arme um ihn schließen und ihm ihr unvergleichliches Lächeln schenken …

Sie hatten das Häuschen erreicht, in dem Jen mit ihren Eltern wohnte. Wie immer, wenn er sie nach einem Besuch in der Bar nach Hause brachte, umarmte sie ihn und drückte ihm einen Kuss auf die Wange.

»Ein Jammer, dass du gehst«, wiederholte sie traurig und sah ihm in die Augen.

Fynn zwinkerte ihr zu. »Ich halt die Augen für dich offen. Vielleicht finde ich ja einen Promi, der so eine zauberhafte Frau wie dich verdient hat.«

Jen lachte. »Ich nehme aber keinen C-Promi. Komm mir ja nicht mit so einem Bachelor an, verstanden?«

»Auf keinen Fall!«, lachte Fynn und drückte Jen zum Abschied fest an sich. »Für meine Jen nur das Beste!«, versprach er, aber sie schüttelte den Kopf.

»Das Beste bekommt ja jetzt diese Brooke, wenn du mit ihr gehst.«

»So ein Quatsch, Jen!«, flüsterte Fynn und umfasste liebevoll ihr Gesicht. »Du weißt, ich würde nicht gehen, wenn nicht …«

Sie kniff die Lippen zusammen und löste sich von ihm. »Wenn du nicht hoffen würdest, damit Ava hierher zurückholen zu können, richtig?«

Am nächsten Morgen verließ Brooke das Hotel in der Hoffnung, dass Brennan bei ihrer Rückkehr schon abgereist sein würde. Sie krallte die Fingernägel in ihre Umhängetasche, als sie an ihre Schwäche in der letzten Nacht dachte. Warum zum Teufel war sie nicht einfach in ihrem Zimmer geblieben? Warum warf sie sich immer Männern an den Hals, die sie überhaupt nicht respektierten? Sie fluchte über diese selbstzerstörerische Neigung und raffte die Jacke vor ihrer Brust zusammen, als ihr ein Windstoß entgegenwehte. Der Himmel war wolkenverhangen, und der Geruch nach Regen lag in der Luft.

Sie beschleunigte ihren Schritt und erreichte die Werkstatt, als die ersten Tropfen den Asphalt sprenkelten.

»Hi!«, rief sie in die kühle Halle hinein und lauschte dem Hall ihrer Stimme. »Fynn? Sind Sie hier?«

Unter einem Wagen klapperte es und sie trat näher. Wie schon am Tag zuvor ragten nur die Beine unter dem Auto hervor.

»Fynn?«, wiederholte sie lauter und stupste mit dem Fuß gegen seinen.

»Oh, hallo. Ich habe Sie gar nicht gehört!«, erklärte er und rollte sich vor. Wieder hatte er einen Schmutzstreifen an der Wange. »Ich wollte noch schnell den Auspuff fertigmachen, ehe mich Ruhm und Ehre davon abhalten.«

Brooke lächelte und reichte ihm die Hand zum Aufstehen. »Sie nehmen die Sache immer noch nicht ernst, oder?«

Fynn erhob sich schulterzuckend. »Kommt mir unwirklich vor.« Er wischte sich die Hände an einem Lappen ab und deutete dann zum Ende der Halle, wo im Eck zwei ausgebaute Autorückbänke wie Sofas an der Wand standen und einen Tisch aus aufeinandergestapelten Reifen mit einer Holzplatte darauf einrahmten. »Also, was steht an? Was muss ich machen?«, fragte er, bot Brooke einen Platz an und setzte sich auf die andere Rückbank.

Doch anstatt den ihr zugewiesenen Platz einzunehmen, setzte sie sich direkt neben ihn. »Wir werden viel Zeit miteinander verbringen, Fynn. Darum würde ich als erste Amtshandlung vorschlagen, dass wir zum Du wechseln.« Sie wartete sein zustimmendes Nicken ab, ehe sie ihren Laptop aus der Tasche nahm und ihn auf ihren Knien balancierend aufklappte. »Ich war schon fleißig.« Ihr Lächeln war ansteckend und ihre Finger waren schnell, als sie diverse Dateien öffnete. »Brennan und ich denken, dass wir für deine Marke nur deinen Vornamen verwenden werden. Oder was meinst du? Wie klingt das: ›Und hier kommt der Hit ›Deep Wounds‹ von Fynn!‹« Sie sah ihn mit einer Intensität in ihren grünen Augen an, die seinen Puls beschleunigte.

»Einfach nur Fynn?«, flüsterte er unsicher, denn sie schien regelrecht unter Strom zu stehen.

»Ein Mann wie du braucht nicht mehr«, versuchte sie ihn zu überzeugen. »Fynn K. klingt nach einem Rapper und Fynn Keller leider echt nach tödlicher Langeweile.«

»Na danke.«

Sie grinste. »Nicht falsch verstehen. Keller ist ein guter Name – für diese Werkstatt. Aber Hitpotential sehe ich darin nicht.«

Auch Fynn schmunzelte. »Schon klar. Fynn also. Ich denke, damit kann ich leben.«

Sie stieß ihm ihren Ellbogen in die Seite. »Ich wusste, dass man mit dir arbeiten kann«, scherzte sie und tippte etwas in ihren Rechner. »Da wir das nun geklärt haben, hier mein Plan: Wir möbeln dich ein bisschen auf, machen die ersten Pressefotos und lassen die Seiten in den sozialen Netzwerken onlinegehen.

Ich habe hier schon alles vorbereitet.« Sie drehte den Laptop etwas, sodass er besser sehen konnte. »Was sagst du?«

Staunend hob Fynn die Augenbrauen. »Seit wann habe ich eine Facebookseite?«

Brooke grinste ihn an. »Nicht nur Facebook. Du hast Twitter, Instagram, einen eigenen YouTube-Kanal und eine Webseite. Ich habe die halbe Nacht an deinem Wikipedia-Eintrag gearbeitet, aber um den nach was aussehen zu lassen, brauchen wir einige Titel deines neuen Albums.« Sie redete schnell und ihre Stimme überschlug sich fast vor Begeisterung. »Wir machen zwölf Titel fürs Album, und koppeln vier davon für die Single aus.«

»Wow, also … wow.« Er wischte sich die Strähne aus der Stirn, die Brooke so gefiel. »Das geht ja echt schnell.«

»Es geht sogar noch schneller. Noch heute kommt mein Team hier an, dann werden wir dich hier in deinem Reich filmen, und du wirst einige Fragen beantworten. Brennan will noch heute den ersten Livestream online gehen sehen.«

Fynn war sprachlos. Leicht überrollt von der Eigendynamik, die die ganze Sache bekam, starrte er auf Brookes Laptop. Sein Gesicht blickte ihm traurig von seiner neuen Facebookseite entgegen. »Das Foto …«, murmelte er. »Ich sehe ziemlich fertig aus.«

»Es ist super, oder? Ich schwöre dir, Fynn, jede Frau dieser Hemisphäre wird dich trösten wollen.«

Fynn runzelte die Stirn. »Ich brauche keinen Trost.«

Seine ernste Beteuerung brachte Brooke zum Lachen. »So ein Unsinn, Fynn. Dein Schmerz ist sogar sichtbar. Wenn du singst, dann haut es einen regelrecht um, so klar transportierst du dein gebrochenes Herz. ›Deep Wounds‹ lebt davon. Fürs Interview solltest du dir echt überlegen, was diese Wunden gerissen hat …« Brooke erstarrte mitten im Satz und schüttelte dann den Kopf. »Oder nein! Noch besser ist, wenn deine Fans darüber rätseln, was ...«

»Ich habe keine Fans«, erinnerte er sie, aber Brooke strahlte ihn nur an.

»Nach diesem Tag schon!« Sie warf einen Blick auf die Uhr und nickte zufrieden. »Hat dieses Örtchen am Arsch der Welt einen Frisör?«

»Du willst zum Frisör?«

Ihr Lachen übertönte sogar das Prasseln des Regens auf dem Werkstattdach. »Ich doch nicht!« Sie streckte den Arm aus und fuhr ihm durch die Haare. »Aber du. Deine Augen sind unfassbar. Man muss sie besser sehen können!«

Fynn rückte etwas von ihr ab. »Du willst mir die Haare schneiden lassen?«

»Keine Sorge. Es wird dir gefallen. Für Alaska geht dein Look ja, aber für die große Bühne darf es ruhig etwas geordneter auf deinem Kopf zugehen.«

Sie stand auf und packte ihren Laptop ein. »Na los. Worauf wartest du?«

Noch immer sah Fynn sie perplex an, sodass sie sich genötigt fühlte, ihn an der Hand von der Sitzbank zu ziehen. »Na komm schon. Du musst mir schon etwas Vertrauen entgegenbringen.« Sie stand ihm gegenüber und ließ erneut ihre Finger durch sein Haar streichen. Dabei studierte sie seine Gesichtszüge. »Du bist süß. Nur erkennt man das unter dieser Mähne nicht.«

»Das ist keine Mähne«, widersprach er und zupfte selbst an seinen Strähnen herum.

Brooke seufzte. »Du hast einen Vertrag unterschrieben, Fynn. Du bist jetzt mein Projekt. Und ich sage, die Haare müssen kürzer sein. Also hör auf, meine Zeit zu verplempern, und schwing deinen Knackarsch zum Frisör, ehe das Kamerateam kommt.«

Obwohl er eigentlich nicht besonders an seinen Haaren hing, verschränkte Fynn nach dieser Ansage störrisch die Hände vor der Brust. »Ich bin dein *Projekt*?«, hakte er ungläubig nach. »Du kannst doch nicht ernsthaft denken, dass ...«

Brooke hob energisch die Hand. »Und wie ich das kann. Du weißt vielleicht, wie man so einen Auspuff anschraubt, aber ich weiß, wie die Musikbranche tickt. Und deshalb habe ich hier das Kommando. Und zwar über alles. Wenn du das nicht glaubst, dann lies deinen Scheißvertrag noch mal durch!« Sie funkelte ihn böse an. »Anscheinend kann man mit dir doch nicht so gut arbeiten!«

»Ich will ja mit euch arbeiten, aber ...«

Brooke stemmte die Hände in die Hüften. »Du bist nicht in der Position für ein *Aber*, Fynn. Nicht nach der Summe, die du verlangt hast.« Sie neigte den Kopf versöhnlich und bemühte sich um ein geduldiges Lächeln. »Im Grunde, Fynn, hat Brennan dich in der Tasche. Und mir macht er die Hölle heiß, wenn du Schwierigkeiten machst. Das ist dir klar, oder?«

Fynn fuhr sich entnervt durchs Haar, aber Brooke spürte, dass sie ihn schon fast am Haken hatte.

»Ich bekomme für deinen Erfolg nicht so einen Batzen Geld, das sag ich dir. Aber das Risiko trage ich voll mit.« Sie raffte ihre Jacke vor der Brust zusammen wie einen Schutzschild. »Wenn das schiefgeht, kommst du einfach hierher zurück, richtig? Aber ich sitz dann auf der Straße. Ohne eine verdammte Perspektive, nur weil du nicht zum Frisör willst!«

Fynn schnaubte. »Du hast doch keine Ahnung. Ich kann hier auch nicht einfach das Tor runtermachen und hoffen, dass ich irgendwann, wenn dieses Kapitel Musik nicht aufgegangen ist, überhaupt noch Kunden habe, oder?«

»Das Risiko scheint mir gering. Hier am Arsch der Welt gibt es ja nicht viele Werkstätten zur Auswahl, richtig? Außerdem ...«, sie hob die Hand, als er etwas erwidern wollte,

»außerdem wird das mit der Musik aufgehen, wenn du mir nur endlich vertraust!«

»Du meinst, wenn ich tue, was du sagst!«

Ein kleines Lächeln erschien auf Brookes zarten Lippen. »Du bist ein roher Diamant, Fynn. Und ich verstehe etwas davon, wie man Diamanten schleift und so lange aufpoliert, bis ihr Glanz ganze Konzertsäle erhellt und ihr Strahlen regelrecht blendet.«

Fynn ließ die Schultern hängen. »Du willst die Welt also blenden, ja? Willst mich als etwas verkaufen, was ich nicht bin?«

Brooke lächelte und griff nach seiner Hand. Sie zog ihn hinter sich her zum Ausgang der Werkstatt. »Ganz im Gegenteil, Süßer! Wir zeigen der Welt erst mal deine Welt. Darum das Kamerateam. Du bist meine Cinderella!«

Widerstandslos folgte Fynn ihr bis zum Tor. »Cinderella? Sollte ich das verstehen?«

Brooke lachte, und obwohl Fynn noch immer verstimmt war, erhellte dies den regnerischen Tag. »Ich bin die gute Fee, die dich aus dem Schmutz und der Unsichtbarkeit holt, Fynn. Solche Märchen lassen sich unheimlich gut verkaufen. *Ich* kann solche Märchen unheimlich gut verkaufen!« Sie blickte durch den dichten Regenschleier in den grauen Himmel und über den mit Pfützen übersäten Hof. »Hast du ein Auto?«

Fynn nahm klimpernd einen Schlüsselbund aus der Hosentasche und deutete mit einem Grinsen im Gesicht auf den gelben Abschleppwagen. »Passt der in dein Märchen?«

Brooke riss die Augen auf und stieß ihm den Ellbogen in die Seite. »Jetzt hast du es kapiert, oder?«, lachte sie und zog sich den Mantel über den Kopf. »Vom Abschleppwagen zur Stretchlimo – ich sehe direkt die Schlagzeile in der *Times* vor mir!«

Kopfschüttelnd blickte Fynn ihr nach, wie sie geduckt im Schutz ihres Mantels, den sie wie ein Cape über sich hielt, durch den Regen hastete. Er selbst nahm sich Zeit, das Tor zu schließen, während sie schon nass neben dem Abschlepper stand und ungeduldig von einem Bein aufs andere tippelte.

»Sperr schon die Karre auf!«, rief Brooke und riss an der Tür.

Fynn grinste. Zwar hatte der Abschlepper eine Zentralverriegelung mit Fernbedienung, aber das musste Brooke ja nicht wissen. Gelassen schlenderte er durch den Regen und steckte den Schlüssel ins Schloss. »Immer mit der Ruhe«, sagte er und stieg ein. Dann beugte er sich auf die Beifahrerseite und öffnete umständlich von innen die Tür. Er konnte sich ein Schmunzeln nicht verkneifen, als er durch die Scheibe ihr nasses Gesicht sah. Strafe musste sein!

»Was für ein Pisswetter!«, schimpfte Brooke und schüttelte ihren Mantel aus, ehe sie auf den Sitz neben ihm kletterte. Das Haar klebte ihr nass im Gesicht, und sie klappte die Sonnenblende herunter, um ihr Make-up im Spiegel zu checken. Als sie feststellte, dass sich in der Sonnenblende kein Spiegel befand, knallte sie diese schnaubend wieder nach oben.

»Das ist ein Abschlepper«, kommentierte Fynn lachend. »Kein Schönheitssalon!«

Brooke funkelte ihn böse an und tupfte sich die Regentropfen von den Wangen. »Sehr witzig. Wirklich sehr witzig!«

Fynn lachte und startete den Motor. »Es ist nur Regen.«

»Ich hasse Regen!«, brummte Brooke und kämmte sich die Haare mit den Fingern aus, während Fynn den Wagen auf die Hauptstraße lenkte. »Und Alaska ist auch nicht gerade mein Ding!«

Ihre schlechte Laune amüsierte Fynn. Immer wieder ertappte er sich dabei, wie er zu ihr hinüberschielte. Und wie ihr Gebrummel ihm ein Lächeln aufs Gesicht zauberte. Diese kleine blonde Furie war echt nicht einfach. Sie war nicht mal sympathisch. Und doch gefiel ihm, was er sah. Obwohl der dunkle Lidstrich vom Regen etwas verlaufen war und ihr das Haar nass und strähnig am Kopf klebte, fand er sie ganz niedlich. In dieser Hinsicht hatte Jen recht gehabt.

KAPITEL 8

Fynn kam sich vor wie ein Kind. Brooke und die Frisörin fuhren ihm abwechselnd durch die noch nassen Haare, zupften ihm einzelne Strähnen ins Gesicht und redeten über seinen Kopf hinweg, als wäre er gar nicht da.

»Hier unbedingt länger lassen«, erklärte Brooke und strich ihm einige Haare über die Stirn. »Aber das hier im Nacken deutlich kürzer.« Ihre Hände waren warm und ihre Berührung zärtlich, auch wenn sie das selbst nicht zu bemerken schien. Ihr Daumen streichelte Fynns Haaransatz, während sie sein Bild im Spiegel musterte. Als ihre Blicke sich trafen, lächelte sie. »Er wird Herzen brechen, das steht fest!«

Die Frisörin stimmte dem nickend zu und setzte den Langhaarschneider an.

Brooke zog ihre Hand zurück und kurz war es Fynn, als fehlte ihm etwas. Er suchte erneut im Spiegel nach Brookes Blick, aber sie hatte sich abgewandt und tippte etwas in ihr Handy. Natürlich. Sie musste ja sicher ihrem Boss, diesem unangenehmen Brennan, einen Statusbericht liefern.

Fynn steckte den Finger in den Kragen des Frisörumhangs und weitete ihn etwas. Der Gedanke an den Musikproduzenten verstärkte seine ohnehin schon schlechte Laune wieder. Die herablassende Art, mit der er ihm, aber auch Brooke begegnete, war mehr als unhöflich. Der Typ benahm sich fast so, als wäre er wütend, dass er zwar Hits produzieren konnte, ihm selbst aber das Talent oder eine gute Stimme fehlte.

Die Frisörin beendete ihre Arbeit und pinselte ihm die Haare aus dem Nacken. Das riss Fynn aus seinen Grübeleien.

»So, bitte sehr. Passt es so?«, fragte sie und zupfte die letzten Strähnen zurecht.

»Das müssen Sie nicht mich fragen«, brummte Fynn und nickte in Brookes Richtung. »Sie ist hier der Boss!«

Die Frisörin lachte. »Ja, das Problem haben viele Männer. Die Freundin hat haartechnisch die Hosen an.«

»Wir sind kein Paar«, wehrten Fynn und Brooke gleichzeitig ab.

Die Frisörin schien verwirrt. »Na, jedenfalls sieht es gut aus, finden Sie nicht?«

»Er sieht megaheiß aus!«, stimmte Brooke zu. »Nicht überstylt, sondern mit diesem … diesem …«

»Hinterwäldler-Charme?«, schlug Fynn vor und stand auf. Er fuhr sich durch die ungewohnt kurzen Haare und machte damit die mühsamen Stylingversuche der Frisörin zunichte.

Brooke lachte und hielt seine Hände fest, damit er nicht noch mehr Schaden anrichtete. »Cinderella-Charme«, verbesserte sie ihn und bezahlte die Rechnung.

Fynn rollte mit den Augen. »Cinderella!«, murrte er und folgte ihr aus dem Laden. »Du weißt schon, dass das meiner Männlichkeit einen ordentlichen Dämpfer verpasst, oder?«

Brookes helles Lachen überraschte ihn, ebenso wie das Strahlen in ihren Augen. »Gott, Fynn, selbst ein Taftkleid könnte deiner männlichen Ausstrahlung nichts anhaben!«

Auch er lachte. »Ich würde mich aber mit all meiner Männlichkeit gegen ein Taftkleid wehren, das ist dir schon klar, oder?«

Sie zwinkerte. »Wenn ich dich in einem Kleid sehen will, wirst du es auch tragen, das ist *dir* hoffentlich klar!«

Er sperrte den Abschleppwagen mit der Fernbedienung auf und zwinkerte seinerseits. Jetzt musste ihr klar sein, dass er sie vorhin absichtlich im Regen hatte stehen lassen. »Wer von uns beiden am längeren Hebel sitzt, das werden wir ja noch sehen.«

Zurück in der Werkstatt widmete sich Fynn noch einmal dem fast fertigen Auspuff, während Brooke Telefonate führte, Termine checkte und das inzwischen angekommene Kamerateam einwies.

Das alles beobachtete er so nebenbei aus dem Augenwinkel. Er startete den Motor des nun reparierten Wagens und umrundete ihn, um zu prüfen, ob alles dicht war. Es kam ihm komisch vor, all die anderen Aufträge vorerst auf Eis zu legen, um eine Karriere als Sänger zu starten. Das war doch verrückt. Und doch wuselte ein Kamerateam in der Werkstatt herum, und er trug einen neuen, ungewohnten Haarschnitt. Ganz abgesehen davon, dass er jetzt eine Facebookseite hatte. Eine Seite, deren Inhalte er überhaupt nicht kannte, die aber seinen Namen und sein Foto aufwies.

Zufrieden mit seiner Arbeit stellte er den Motor wieder ab.

Das schien Brooke gerade recht zu kommen, denn als hätte sie nur darauf gewartet, winkte sie ihn zu sich.

»Fynn?«, rief sie und wedelte mit den Armen. »Wir brauchen dich jetzt hier.«

Er brummte eine unwillige Zustimmung, denn auch wenn er insgeheim ja neugierig war, wie sich diese Sache entwickelte, verspürte er doch überhaupt keine Lust, sich filmen zu lassen. Er würde das alles nicht machen, wenn er darin nicht eine Chance sehen würde, Ava wieder nach Hause zu holen.

»Na schön, Boss«, fügte er sich in sein Schicksal. »Was hast du vor?«

Brooke grinste. Seit sie ihm im Abschleppwagen gesagt hatte, dass er ein verdammter Idiot wäre, wenn er sich mit ihr anlegen würde, hatte sie nicht mehr mit ihm gesprochen. Aber er erkannte an der Art, wie ihre Augen funkelten, dass sie durchaus Spaß daran hatte, ihn zu reizen. »Wir brauchen Asche, aus der du dich wie ein Phönix erheben kannst.«

»Asche?«

Sie lachte. »Na, sprichwörtlich. Wir wollen doch zeigen, dass du aus dem Nichts kommst.«

»Und dazu brauchst du Asche?«

»Herrgott, Fynn!«, kicherte sie und rollte ihm die Ärmel seines ohnehin kurzärmeligen Shirts bis zu den Schultern nach oben. Sie legte den Kopf schief und musterte ihn kritisch. Dann zupfte sie ihm eine Strähne in die Stirn und schob ihn zu dem inzwischen reparierten Pick-up. Das Kamerateam folgte ihnen dicht auf den Fersen. »Kannst du dich bitte noch mal auf dieses Rollbrett legen und unter dem Auto verschwinden?«, bat sie und deutete auf den Boden.

»Warum?«

Brooke fuhr ungeduldig zu ihm herum und hielt die Hand vor die Kameralinse. »Du filmst noch nicht!«, wies sie den Kameramann an, ohne ihren bösen Blick von Fynn zu nehmen. »Und du hörst mir jetzt mal zu. Du kannst nicht bei jedem Schritt fragen, warum du dies oder jenes tun sollst. Du machst einfach, was ich dir sage, denn Brennan hat dir ein nicht gerade kleines Vermögen überwiesen, damit dein Arsch nach meiner Pfeife tanzt. Ist das klar?«

Fynn schüttelte den Kopf. »Du denkst echt, du hast mich gekauft wie eine billige Nutte, oder?«

Brooke lachte laut. »Ich denke es, weil es so ist, mein Süßer. Aber billig warst du definitiv nicht. Und du würdest dich nicht halb so billig fühlen, wenn du nicht ständig darauf aus wärst, alles zu kontrollieren.« Sie drängte sich an ihn und flüsterte in sein Ohr. »Du bist süß, wenn dieser Trotz deine Augen zum Funkeln bringt. Nutz das für die Kamera, dann sind wir hier für heute ganz schnell fertig.«

Fynn schob Brooke von sich. Ihr nahe zu sein reizte ihn bis aufs Blut. Er spürte ihre Berechnung, ihre Art, alles einzusetzen, um zu bekommen, was sie wollte. Und doch kribbelte seine Haut dort, wo ihr Atem ihn gestreift hatte.

Mit einem Fluch auf den Lippen kickte er das Rollbrett an die Wagenseite und legte sich drauf. Er sah noch, wie sie dem Kameramann ein Zeichen gab, ehe er sich unter das Auto schob.

»Und was soll das jetzt?«, brummte er und tippte ungeduldig mit dem Fuß auf. Ich dachte, wir machen Musik?«

Er sah Brookes schlanke Beine näher ans Auto kommen. »Du singst dein Lied, so als würdest du es bei der Arbeit einfach vor dich hinsingen.« Sie bückte sich und flüsterte ihm zu. »Dein Lied, oder irgendein anderes. Das überlass ich dir, sag also nicht, ich lass dich nicht mitentscheiden. Und dann …« Sie deutete auf seine Beine. »Dann schiebst du dich vor und singst noch ein zwei Sätze in die Kamera. Dabei könntest du deinen Schraubenschlüssel irgendwie sexy streicheln.«

»Echt jetzt?« Fynn schnaufte. »Für so einen Mist zahlt ihr mir bei Weitem noch nicht genug.«

»Du wirst es überleben, Fynn. Schluck einmal deinen Stolz hinunter, dann ist es beim nächsten Mal schon viel leichter.«

Er fühlte sich bescheuert. Am liebsten hätte er diese doofe Nuss gewürgt – und zwar vor laufender Kamera, um es sich dann auch immer wieder ansehen zu können. Aber sie hatte dummerweise recht. Der erste Teil des Geldes aus dem Vertrag war schon heute auf seinem Konto verbucht worden. Ein Zurück gab es nicht mehr.

»Ich streichle also einen Schraubenschlüssel!«, knurrte er und räusperte sich. Er hatte keine Ahnung, was er singen sollte.

Sein Song schien ihm nicht passend, um unter einem Auto geboren zu werden.

»Was ist denn nun?«, rief Brooke. »Willst du da unten überwintern?«

Er rollte mit den Augen und stimmte missmutig ein Lied von Ed Sheeran an. Er hatte ja keine Ahnung, was Brooke für Vorstellungen hatte.

»Lauter!«, rief die direkt und klopfte auf die Motorhaube. »Man kann dich hier oben kaum verstehen.«

Er legte mehr Kraft in seine Stimme, und wenn er ehrlich war, gefiel ihm, wie der dumpfe Hall seine Stimmfarbe unterstrich. Nachdem er die erste Strophe hinter sich gebracht hatte, ohne von Brooke kritisiert worden zu sein, rollte er sich also unter dem Auto hervor und blinzelte, als er schließlich in das grelle Kameralicht blickte.

»Cut!« Brooke riss die Arme in die Höhe. »Verdammt! Das war gut, aber du kannst doch nicht blinzeln wie ein Eichhörnchen, wenn es blitzt, nur weil wir hier ein paar Scheinwerfer auf dich richten!« Sie schob ihn mit dem Fuß zurück unters Auto. »Noch mal von vorne!«

Fynn verkniff sich eine Erwiderung. Vielleicht hatte er wirklich etwas komisch das Gesicht verzogen. Aber dieser ganze Mist nervte ihn ja auch. Wieder stimmte er das Lied an und sang so in etwa eine Strophe, ehe er sich dranmachte, unter dem Auto hervorzukommen. Diesmal schloss er die Augen für einen kurzen Moment und blickte dann so gut er konnte in die Kamera.

Da er keine Einwände vernahm, setzte er sich auf und streichelte den Schraubenschlüssel.

»CUT!«, gellte Brookes Schrei durch die Werkstatt. Sie schüttelte den Kopf und raufte sich die Haare. »Cut, cut, cut! Was war denn das?!« Kurzerhand fasste sie Fynn an der Hand und zog ihn auf die Beine. »Soll das sexy gewesen sein?«, fragte sie spöttisch und schnippte gegen den Schraubenschlüssel.

Fynn verschränkte die Arme vor der Brust. »Ich weiß nicht, was du willst«, verteidigte er sich. »Sexy einen Schraubenschlüssel streicheln? Das ist doch Bullshit!«

»Das ist kein Bullshit, Süßer! Das ist Business! Das Werkzeug hier ist ein stilisiertes Phallussymbol. Und das wirst du streicheln!«

Fynn verschluckte sich beinahe. Er riss die Augen auf und kratzte sich mit dem stilisierten Phallussymbol am Hinterkopf. »Ich streichle also einen fiktiven Penis?«, hakte er ungläubig nach. »Ich bin doch nicht schwul!«

Brooke lachte und nahm ihm den Schraubenschlüssel ab. »Guter Gott, ihr hier in Alaska seid aber auch verklemmt!«, kicherte sie, während sie ihm das Werkzeug aus der Hand nahm und zwischen ihren Fingern tanzen ließ. Sie trat hinter Fynn und legte die Arme um ihn, sodass sie den Schraubenschlüssel unterhalb seines Bauchnabels halten konnte. »Du sollst ja nicht so tun, als wäre das ein fremder Penis«, stellte sie klar und rückte so dicht an ihn, dass er ihre Brüste deutlich in seinem Rücken spüren konnte. Ihr Atem kitzelte seinen Nacken, und ihre Arme an seinen Hüften beschleunigten unwillkürlich seinen Puls.

Er senkte den Blick und sah hinab auf den Schraubenschlüssel, der nun glänzend und beinahe verletzlich in Brookes zarten Händen lag. Sie fuhr sanft mit den Fingern über den Stahl und umfasste dann so entschlossen den Schaft, dass er die Luft anhielt.

»Du sollst mit der Fantasie der Zuschauerinnen spielen«, flüsterte sie und bewegte wieder ihre Finger über das Metall. »Mach sie an, zeig ihnen, was du magst.« Ihr Fingernagel kratzte sanft über die Kante, während sie sich von hinten noch fester an ihn schmiegte.

Die sündige Art, wie sie den Schraubenschlüssel liebkoste, erzeugte eine unwillkommene Enge in Fynns Jeans. Er hatte verstanden, was sie meinte, dennoch brachte er nicht den Willen auf, diese Belehrung zu beenden. Wie gebannt hing sein Blick an ihren schlanken Fingern. Filigrane Hände, die das kalte Metall umfassten, als wäre es …

Er unterdrückte einen Fluch, als das Pulsieren in seinem Schritt drängender wurde.

Zögernd legte er seine Hand um ihre, und wandte sich halb zu ihr um. Er sah ihr in die grünen Augen und verstärkte ihren Griff um den Schraubenschlüssel. Ihre Pupillen weiteten sich und ihre Lippen öffneten sich leicht, als wollte sie etwas sagen, doch sie tat es nicht. Sie schluckte und benetzte ihre Lippen mit der Zunge, als würden ihr so die Worte leichter fallen.

Fynn wusste, das war verrückt. Die Scheinwerfer der Kameras waren auf sie beide gerichtet, ein halbes Dutzend Helfer standen um sie beide herum, und sie waren vollständig angezogen. Trotzdem glaubte er, diese grünäugige Hexe hielte anstatt des Schraubenschlüssels ihn umschlossen. Das Drängen in seinen Lenden tat beinahe weh, als er seinen Griff lockerte und ihre Finger mit quälender Langsamkeit von oben nach unten über den harten metallenen Schaft schob. Ihre Hände waren so nah an seinem Körper, dass ihr nicht entgehen konnte, wie er auf sie reagierte. Und tatsächlich sah er an ihrer Halsbeuge, wie auch ihr Puls nur so dahinflog. Wieder leckte sie sich die Lippen, und Fynn war versucht, sich zu ihr hinabzubeugen und sie zu küssen. Er spürte ihre harten Brustwarzen durch sein Shirt hindurch und ihren süßen warmen Atem auf seiner Haut, während ihre Hände in einem verbotenen Rhythmus über den Schraubenschlüssel glitten und dabei die pralle Fülle in seiner Jeans streiften.

»Wenn du mir feuchte Höschen lieferst, Fynn«, flüsterte Brooke heiser, »dann verkaufe ich dein Album.« Sie atmete zitternd durch und drückte ihm dann den Schraubenschlüssel in die Hand, ehe sie sich mit einer bedauernden Langsamkeit von ihm löste. Mit einem Räuspern strich sie sich die Haare zurück und scheuchte den Kameraassistenten zurück auf seinen Platz. »Los, los!«, rief sie streng. »Machen wir endlich weiter! Paul? Wo bleibt die Kamera?«

Als Fynn schließlich erneut unter dem Auto lag, versuchte er die stählerne Härte in seiner Hose zu ignorieren und sich stattdessen auf seine Stimme zu konzentrieren. Aber verdammt, das war nicht so einfach, denn noch immer hatte er das Gefühl von Brookes Fingern an seinem besten Stück. Er hatte sich diesen Moment der Hitze zwischen ihnen doch nicht eingebildet! Und dennoch war Brooke in Sekundenschnelle zur Normalität zurückgekehrt, während er noch immer einen verdammten Ständer mit sich herumtrug.

Wusste Brooke eigentlich, was sie da mit ihm anstellte? Vermutlich! Denn bei dieser blonden Teufelin schien nichts dem Zufall zu entspringen.

»Wir sind hier so weit«, teilte sie ihm mit einem Klopfen auf die Motorhaube mit. »Und jetzt zeig mal, was du kannst!«

Fynn kniff die Lippen zusammen und schloss die Faust fest um den Schraubenschlüssel, als könne er so das Pulsieren in seiner Jeans unterdrücken.

Er holte tief Luft und stimmte *November Rain* von Guns n' Roses an. In Ed-Sheeran-Stimmung war er seit dem Moment nicht mehr, als sich Brookes harte Nippel wie Kirschkerne an ihn gepresst hatten. Und wenn sie sagte, er solle ihr zeigen, was er könne, dann hatte sie ganz sicher nicht das im Sinn, was ihm im Moment durch den Kopf ging. Sie wäre nicht das erste Mädchen, das er hier in der Werkstatt auf einer Motorhaube verführen würde, aber sie wäre die Erste, bei der er sich keine Zurückhaltung auferlegen würde.

Seine Gedanken trugen nicht dazu bei, sein Verlangen zu lindern, aber sie verliehen seiner Stimme ein samtig raues Drängen, das gut zum Titel passte.

Er schob sich unter dem Wagen hervor und diesmal blinzelte er nicht, als die Scheinwerfer auf ihn trafen. Er blickte direkt in die Kamera, als sähe er noch immer in Brookes grüne Augen. Die Linsenblende öffnete sich so, wie sich Brookes Pupillen geweitet hatten, und als er diesmal seine Hand über den Schraubenschlüssel gleiten ließ, mischte sich ein raues Stöhnen in seine Stimme, das seiner eigenen Lust entsprang.

»Cut!«, murmelte Brooke und starrte ihn an, als wären sie allein. »Das war …«, sie rieb sich den Nacken, als hätte sich dort Schweiß gesammelt, »das war gut. Wir haben hier erst mal genug.«

Die Crew packte gehorsam zusammen und die Scheinwerfer erloschen, als Brooke näherkam und ihm die Hand zum Aufstehen entgegenstreckte, aber er kam ohne Hilfe auf.

Nur Millimeter vor ihr kam er zum Stehen, und er wartete, bis niemand mehr in ihre Richtung blickte. Dann hob er den Schraubenschlüssel an ihre Wange und strich ihr damit bis an die Halsbeuge. »Läuft das jetzt immer so?«, fragte er und senkte den Kopf, um ihr näherzukommen. »Wir verkaufen meine Musik mit … Sex?«

Die Art, wie sie leicht die Lippen öffnete, ohne etwas zu sagen, kostete ihn fast den Verstand. Instinktiv ließ er seine Hand in ihren Nacken gleiten und zwang sie so, den Kopf zu heben, um ihn anzusehen. Sie nickte und griff nach dem Schraubenschlüssel, wobei sie ganz bewusst seine Finger zu streicheln schien.

»Sex ist das falsche Wort. Aber deine Stimme hatte diese satte Trägheit, wie nach einem leidenschaftlichen Liebesspiel.« Sie grinste. »Du hast auf jeden Fall verstanden, wie es geht.«

KAPITEL 9

Er hatte nicht verstanden, wie es ging. Fynn war heilfroh, als er an diesem Abend hinter dem letzten Kameramann das Werkstatttor herunterließ. Unzählige Interviewschnipsel für seine neuen Social-Media-Profile waren gedreht worden, unzählige Fotos in unterschiedlichen Outfits, die eine Stylistin für ihn herausgesucht hatte, waren geschossen worden, und er hatte das Gefühl, den ganzen Tag hätte jemand versucht, sein Innerstes nach außen zu kehren. Er fühlte sich nackt und ausgelaugt.

Doch anstatt in die Wohnung hinter der Werkstatt zu gehen und die Dusche zu nehmen, nach der er sich schon sehnte, seit Brooke ihn mit dem Schraubenschlüssel so aus dem Konzept gebracht hatte, schaltete er das Radio an und widmete sich dem Quad. Steve brauchte es unbedingt, darum konnte er nicht abreisen, ehe er es wieder zum Laufen gebracht hatte.

Er griff nach dem Schraubenschlüssel und wog ihn in der Hand. Ein leichtes Lächeln umspielte seine Lippen, und er konnte den Gedanken an Brooke und ihre liebkosenden Finger nicht verhindern. Sofort regte sich etwas in seiner Hose.

»Verdammt!«, brummte er und setzte den Schlüssel an der Mutter an, um die Abdeckung zu lösen. »Ich werde nie wieder damit arbeiten können, ohne einen Steifen zu bekommen!«, knurrte er und versuchte sich auf das vor ihm liegende

Problem zu besinnen. Steves Quad machte regelmäßig schlapp. Meistens lag es an der Leitung für die Benzinzufuhr. Durch das unwegsame Gelände und gelegentliche Zweige, die sich trotz der Abdeckung in den Motorraum verirrten, lösten sich immer wieder die Anschlüsse der Leitungen. Die mit Staub verklebte ölige Lache, die sich unter dem Quad gesammelt hatte, bestätigte seine Vermutung. Entweder war der Hydraulikschlauch geplatzt, oder die Benzinzufuhr war unterbrochen worden.

Es war eine Kleinigkeit, das herauszufinden und zu beheben. Also machte er sich an die Arbeit. Und im Gegensatz zum restlichen Tag, hatte er das Gefühl, endlich etwas Sinnvolles zu tun. Als seine Hände schmutzig waren und das Werkzeug um ihn herum verteilt lag, konnte er endlich wieder durchatmen. Und als er das tat, kam der Gesang wie von selbst aus seiner Kehle. Er stimmte in den Radiohit mit ein und schmetterte lautstark durch die Werkstatt.

Er sang immer noch, als er schließlich den Motor startete und das Ergebnis seiner Bemühungen testete. Auf Anhieb sprang der Motor an und schnurrte wie ein Kätzchen. Fynn drehte eine knatternde Runde durch die Werkstatt, ehe er das Fahrzeug neben seinem Werkzeug wieder abstellte.

»Hi!«, ertönte hinter ihm eine Stimme. »Ich habe mehrfach am Tor geklopft, aber ...« Brooke deutete mit der einen Hand auf das Quad, auf der anderen balancierte sie eine große Pizzaschachtel. »Du hast mich wohl nicht gehört.«

Fynn hatte sie tatsächlich nicht gehört. Aber selbst wenn, war er nicht sicher, ob er sie hereingelassen hätte. Er war nicht gerade erfreut über ihre neuerliche Störung, auch wenn der köstliche Duft heißen Käses wirklich verlockend war.

»Ich habe nicht gedacht, dich heute noch einmal zu sehen«, grüßte er kühl und sammelte seine Werkzeuge vom Boden ein. Mit lautem Geschepper sortierte er sie in den Werkstattwagen, ohne Brooke dabei aus den Augen zu lassen. »Was willst du? Ist in deinem Business niemals Feierabend?«

Brooke lachte und schlenderte an ihm vorbei zu den Rückbank-Sofas. »New York schläft nie. Wenn man dort überleben will, macht man die Nacht zum Tag. Außerdem bin ich nicht wirklich geschäftlich hier.«

»Nicht?« Fynn gab sich keine Mühe, seine Zweifel zu verbergen.

Ohne darauf einzugehen setzte sich Brooke und klappte die Pizzaschachtel auf. Sie nahm sich ein Stück heraus und biss schnell die labberige Spitze mit den Käsefäden ab. »Du hast uns heute viel erzählt. Hast alle unsere Interviewfragen brav beantwortet, aber als ich jetzt im Hotel das Material gesichtet habe, da ist mir klar geworden, dass du dabei sehr geschickt vermieden hast, etwas von dir preiszugeben.«

Fynn schob den Werkstattwagen zurück an seinen Platz und wusch sich die Hände. Anders als am Vortag ließ er diesmal sein Shirt an, denn er hatte ja nur Kleinigkeiten gemacht. »Dann habt ihr offenbar die falschen Fragen gestellt«, entgegnete er und kam mit dem Handtuch in den Händen zu Brooke. Er setzte sich ihr schräg gegenüber und nahm sich ebenfalls ein Stück von der Peperoni-Käse-Pizza.

»Deine Lieblingssorte«, bemerkte Brooke. »Zumindest hast du das in einem der Interviews behauptet.«

Fynn lachte. »Du glaubst mir nicht?«

»Doch, doch. Ich will nicht sagen, dass du mich und das Team heute angelogen hast.« Ihr Blick wurde intensiver, und sie musterte ihn genau. »Aber ich glaube, du hast uns noch lange nicht gezeigt, wer du wirklich bist.«

Fynn neigte den Kopf, was durchaus wie eine Zustimmung hätte wirken können. »Ich dachte, du schreibst ein Märchen? Bei Cinderella weiß man doch am Anfang auch nicht, wer unter der Schicht aus Schmutz und Asche steckt.«

Brooke senkte den Blick. Vielleicht reichte ihr seine Antwort? Fynn war nicht so dumm, dies anzunehmen, aber es gefiel ihm, dass sie nicht nachhakte. Stattdessen aß sie schweigend zwei weitere Stücke Pizza, während aus dem Radio noch immer Rock aus den Achtzigern scholl.

»Willst du ein Bier?«, fragte Fynn und schlenderte zum Kühlschrank, ohne auf ihre Antwort zu warten. Als er ihr die geöffnete Dose reichte, sah er sie an. Wieder flackerte die Erinnerung an die Szene vom Vormittag vor seinem geistigen Auge auf. Als sie ihre Finger um das kühle Blech der Dose schloss, musste er sich zwingen, ihr das Getränk auch zu geben. Sein Blick glitt über ihre Lippen, die einladend weich und voll wirkten, über ihren Hals, wo er glaubte, ihren Puls hektisch schlagen zu sehen. Er folgte der sanften Linie über ihr Schlüsselbein, bis hinunter in das Tal zwischen ihren Brüsten. Diesmal trug sie einen BH, wie er an der schwarzen Spitze unschwer erkennen konnte, die aus dem weiten Ausschnitt ihres grauen lässigen Shirts herausschaute.

Wieder wurde ihm seine Hose eng, und er ließ die Dose los. Mit einem innerlichen Kopfschütteln über sich selbst setzte er sich zurück auf die andere Rückbank und nippte an seinem Bier.

»Wir arbeiten in den nächsten Wochen sehr eng zusammen«, setzte Brooke das Gespräch fort, und Fynn fragte sich, ob sie mit *enger Zusammenarbeit* auf das anspielte, was gerade in seiner Fantasie ablief.

Sie beugte sich etwas in seine Richtung, wodurch sie ihm einen noch tieferen Einblick in ihren Ausschnitt offenbarte.

Fynn schloss die Augen. Das tat sie doch mit Absicht, oder nicht? So berechnend, wie er Brooke heute erlebt hatte, so entschlossen zu bekommen, was sie wollte, traute er ihr alles zu. Trotzdem wollte er nicht glauben, dass sie selbst jetzt, wo sie vollkommen allein miteinander waren, noch immer mit falschen Karten spielte.

Als Fynn die Augen wieder öffnete, zwang er sich, den verlockenden Anblick ihrer Brüste auszublenden und ihr stattdessen ins Gesicht zu sehen. Doch das Grün ihrer Augen war fast noch verlockender als ihre sanften Rundungen.

»Um dich richtig zu verkaufen, um dich richtig zu positionieren, musst du mich an dich heranlassen, Fynn«, flüsterte Brooke und fing wie nebenbei einen Kondenstropfen von der Bierdose mit dem Finger auf. »Ich muss dich kennen, als wären wir eins. Doch dazu genügt es nicht, dass du mir und der Welt sagst, welche Pizza du gern isst. Ich muss mehr über dich erfahren. Darum bin ich noch mal hergekommen.« Sie leckte sich den Tropfen vom Finger und Fynns Hose drohte zu platzen.

Er ließ den Blick durch die Werkstatt schweifen, nur um Brooke nicht ansehen zu müssen. Er würde sich noch ganz furchtbar blamieren, wenn er sich jetzt nicht mal beherrschen konnte.

»Und was schwebt dir da genau vor?«, fragte er beinahe schroff, denn das, was ihm vorschwebte, ging eindeutig in die falsche Richtung.

»Zeig mir, wie du hier lebst. Zeig mir … dein Zuhause, oder diesen Ort. Erklär mir, was Alaska für dich bedeutet.«

Fynn nickte, auch wenn er einen Teufel tun würde, diese Sirene, die sich ihrer Wirkung auf ihn nicht einmal bewusst zu sein schien, in seine Wohnung mitzunehmen.

Das Quad fiel ihm ins Auge.

»Wir könnten eine kleine Runde drehen«, schlug er vor und deutete auf das Quad. »Ich zeige dir Palmer und die Umgebung, und … dann bringe ich dich zurück ins Hotel. Wie klingt das?«

Er verbot sich den Gedanken, sie im Hotel aus ihrem Shirt zu befreien, um sich davon zu überzeugen, dass ihre Brüste wirklich so verlockend waren, wie er glaubte.

Brooke lächelte. »Klingt gut. Aber ist das nicht gefährlich?«

Fynns heißeres Lachen entsprang seiner unterdrückten Erregung. »Ungefährlich ist es definitiv nicht.«

Der Fahrtwind fuhr Fynn kalt unter das Shirt, denn er hatte Brooke, die hinter ihm saß und ihre Arme um seine Hüften gelegt hatte, seine Lederjacke geborgt. Das Knattern des Motors hallte laut über die leere Straße. Der Nachthimmel war sternenklar, als er das Ortsschild von Palmer passierte und über die Brücke über den Matanuska River fuhr. Das Rauschen des breiten Gebirgsflusses hörte sich in der Stille der Nacht wie ein gurgelndes Donnern an.

»Wo fahren wir hin?«, fragte Brooke und umfasste ihn fester, als der Untergrund auf der anderen Flussseite unebener wurde.

»Vor uns liegt der Lazy Mountain. Viele Touristen kommen nach Palmer, um von hier aus zum Gletscher aufzubrechen.«

»Wir fahren zum Gletscher?«

Fynn lachte. »Wir würden gute vier Stunden bis dorthin brauchen. Bei Dunkelheit wäre das Selbstmord.«

»Ich hänge am Leben!«

Wieder musste Fynn lachen. Er fuhr etwas langsamer, um sich besser unterhalten zu können. Ihm war kalt, aber Brooke, die sich so dicht an ihn schmiegte, um nicht herunterzufallen, heizte ihm dennoch ordentlich ein. Immer wieder musste er sich daran erinnern, dass er hier mit seiner Produzentin oder Marketingexpertin – so genau wusste er gar nicht, welche Position Brooke innehatte – unterwegs war. Und nicht für ein Date. Trotzdem steuerte er einen Ort an, dessen malerische Schönheit schon für so manche Eheschließung verantwortlich war. Er bog von der ohnehin nur noch schlechten Straße in einen Feldweg ab und lenkte das Quad weiter in die Berge. Die Nadelbäume um sie herum verhinderten, dass der Glanz der

Sterne den Waldboden erreichte, und nur die Scheinwerfer des Quads fraßen sich durch die drückende Finsternis.

»Gott ist das unheimlich!«, presste Brooke heraus und rückte noch näher an Fynn heran.

»Keine Sorge. Ich war schon tausendmal hier. Ich kenne jede Wurzel, die hier aus dem Boden ragt.«

»Hier gibt es doch bestimmt Bären, oder?«

»Das Quad ist laut. Normalerweise trollen sich die Bären, wenn so ein Lärm auf sie zukommt.«

»Normalerweise? Das heißt, sie machen das nicht immer!«, schlussfolgerte Brooke scharfsinnig.

Fynn tätschelte ihre Hände, die sich vor seinem Bauch trafen. Natürlich wusste sie nicht, dass Steve immer eine großkalibrige Handfeuerwaffe in der Transportbox hinten auf dem Quad hatte. In Alaska wagte man sich besser nicht unbewaffnet in die Wildnis. Aber Fynn hatte in den letzten Jahren höchstens zwei oder drei Mal tatsächlich einen Bären zu Gesicht bekommen. So genau erinnerte er sich gar nicht daran, denn bedrohlich war keine der Situationen gewesen. »So, wie du dich heute den ganzen Tag aufgeführt hast, hätte ich dich nicht gerade als ängstlich eingeschätzt.«

»Ich habe mich nicht aufgeführt, sondern meinen Job gemacht. Und zwar recht gut, wenn du das genau wissen willst. Das Material von den Dreharbeiten heute ist super.«

Fynn wusste nicht, was er darauf sagen sollte. Er hatte keine Ahnung, wie *super Videomaterial* ihm helfen sollte, ein Album zu produzieren oder dieses dann zu verkaufen. Und im Grunde war er sich noch immer nicht sicher, ob das überhaupt sein Ding war.

Er drosselte das Tempo und lenkte das Quad langsam auf eine Lichtung. Dort stellte er den Motor ab und drehte sich zu Brooke um.

»Hier sind wir«, flüsterte er ehrfürchtig. Der Fels vor ihnen fiel steil senkrecht ab und offenbarte eine unglaubliche Aussicht auf Palmer. Die Lichter der Stadt erinnerten an goldene Körnchen am Boden einer Goldwaschpfanne, und obwohl sie weit oberhalb des Flusses waren, hörten sie noch immer sein tosendes Rauschen. Der Wind trug den feuchten Geruch des Waldes mit sich, und die Sterne schienen zum Greifen nah.

»Nirgends hat man eine bessere Aussicht auf Palmer. Die Jugendlichen nennen diesen Ort *Kissing Secret*«, erklärte er und stieg vom Quad. Er half Brooke beim Absteigen und umfasste dabei behutsam ihre Taille. Sie war schlanker, als erwartet. Beinahe mager. Das hatte er unter ihren lässigen Shirts bisher nicht bemerkt, und es machte ihn stutzig. Es erinnerte ihn auf schmerzliche Weise an Ava.

»Kissing Secret«, flüsterte Brooke und grinste Fynn an. »Und was genau hast du jetzt vor?« Sie schlug die Lederjacke enger um sich und verschränkte die Hände vor der Brust. Dann schlenderte sie an ihm vorbei bis direkt an die steil abfallende Felskante, ehe sie ihn über die Schulter wieder ansah. »So romantisch das hier auch ist – dir ist schon klar, dass zwischen uns nichts laufen wird, oder?«

Fynn nickte. Natürlich wusste er das. Aber es war auch gut, Brooke das noch einmal sagen zu hören. »Wir arbeiten zusammen«, stimmte er ihr zu und trat neben sie. Es erschreckte ihn, wie nah sie an der Kante stand. So, als hätte sie nichts zu verlieren.

Sie grinste. »Das ist es nicht. Ich habe schon mit einigen Musikern geschlafen, mit denen ich gearbeitet habe.«

Überrascht hob Fynn die Augenbrauen. Ihre direkte Art unterschied sich deutlich von der zurückhaltenden, beinahe verschlossenen Art seiner Landsleute. Wenn in New York alle so wären, würde er sich ganz schön umstellen müssen.

»Wirklich?«, hakte er nach. »Ich dachte, du bist ein Profi in deinem Geschäft?«

Brooke lachte. »Bin ich auch. Mir ist die große Liebe einfach noch nicht begegnet. Und wenn beide wissen, dass es nur um Sex geht, dann kann man professionell zusammenarbeiten und trotzdem Sex haben.«

»Klingt ziemlich unromantisch.«

Brooke trat einen Schritt zurück und setzte sich dann auf einen der Felsbrocken. Sie blickte zu Fynn auf, und ein Lächeln umspielte ihre Lippen. Im Mondschein sah ihr Haar nicht mehr blond, sondern wie ausgewaschenes Silber aus, und der grüne Glanz ihrer Augen hatte etwas Magisches an sich. Sie schien ihn mit ihrem Blick regelrecht zu fesseln, als sie ihr Handy hervorholte und die Videofunktion aktivierte. »Du bist süß, Fynn«, raunte sie. »Und Romantik ist dir also wichtig?«

Er atmete durch. Wollte nicht schon wieder gefilmt werden. Und doch war er nicht in der Lage, den Bann zu brechen. Also nickte er. »Ja. Romantik ist mir wichtig«, gestand er und setzte sich ebenfalls. Er fuhr sich durchs ungewohnt kurze Haar und war froh um die wenigen längeren Strähnen, die wenigstens noch seine Augen etwas überdeckten. So fühlte er sich nicht ganz so verletzlich, als er in die Kamera blickte.

»Du singst, dass Liebe die tiefsten Wunden reißt«, sagte Brooke, ohne ihn aus den Augen zu lassen. »Warum?«

Fynn wollte nicht antworten. Er bereute, sie hierher gebracht zu haben. »Weil es stimmt.«

Das rote Leuchten, das anzeigte, dass die Aufnahme noch lief, irritierte ihn. Ebenso, wie der eindringliche Blick aus diesen grünen Augen.

»Hast du Wunden davongetragen, Fynn?«, fragte Brooke so leise, als wollte sie die Geister des Waldes nicht wecken.

Fynn zögerte. Er spürte den Drang, aufzustehen und ihr das Handy abzunehmen, immer stärker werden. Wieder fuhr er sich durchs Haar, nur um etwas zu tun. »Meine Wunden gehen niemanden etwas an.«

Brooke beugte sich näher zu ihm. »Erzähl mir davon«, bat sie atemlos. »Ich werde es nicht verwenden, wenn du es nicht willst. Aber ich ... muss es wissen.«

Beinahe zornig brach Fynn einen dünnen Zweig neben sich ab und drehte ihn zwischen seinen Fingern. Die Sekunden verstrichen und doch wusste er nicht, was er sagen sollte. Er schlug sich leicht mit dem Zweig in die Handfläche. Wieder und wieder. Dann hob er den Blick und sah Brooke direkt an. »Die Menschen, die uns nahestehen, haben die Macht, uns großen Schmerz zuzufügen«, sagte er kühl. »Je glücklicher man ist, je mehr man sein Herz für andere Menschen öffnet, umso verletzlicher ist man. Umso mehr hat man zu verlieren. Und umso tiefer sind die Wunden, die man mit sich trägt, weil man verdammt noch mal einfach nichts kontrollieren kann!« Ihn hielt es nicht mehr auf dem Stein, und er stand auf. Unruhig ging er an der Klippe auf und ab, denn er spürte noch immer diese verdammte Kamera auf sich. »Mach das Ding aus!«, verlangte er und funkelte Brooke an.

Sie senkte das Handy, aber das rote Licht glomm noch immer. »Das ist verdammt gutes Material, Fynn. Vertrau mir, ich weiß, was ich ...«

Mit einem schnellen Satz war er bei ihr, riss sie auf die Beine und packte ihre Hand. Er drückte zu, bis sie das Handy fallen ließ.

»Es reicht!«, knurrte er. »Du hast, was du wolltest.«

Sie stemmte sich gegen ihn. »Sag mir ihren Namen, Fynn«, forderte Brooke und krallte ihre Hände in sein Shirt. »Sag mir, wem dein Herz gehört!«

»Mein Herz gehört niemandem«, widersprach er und umfasste hart ihre Taille. Seine Beine drängten sich an ihre und seine Bartstoppeln kratzten leicht über ihre Wange. »Frag mich nie wieder danach!«

Brooke keuchte, als Fynn sie freigab. Sie bückte sich nach ihrem immer noch laufenden Handy und steckte es weg. Sie hätte jubeln können. Der Abend hatte sich gelohnt. Und zugleich kam sie sich schäbig vor, weil sie sein Vertrauen ausgenutzt hatte. Sie wischte sich die Hände an der Jeans ab und zog Fynns Lederjacke enger um ihren Körper. Der Duft, der dem Leder entstieg, gefiel ihr. Sie mochte, wie Fynn roch. So ganz anders als Brennan und doch sehr verführerisch. Sie musterte Fynn unter gesenkten Lidern hervor, wie er ruhelos vor dem Quad auf und ab tigerte. Sie hatte ihn aus seiner emotionalen Reserve gelockt, und das gefiel ihm nicht. Ihr dafür umso mehr. Genaugenommen war sie gerade regelrecht scharf auf ihren neuen Schützling. Diese gigantische Ladung Gefühl, die er mit sich herumtrug, zu der er fähig zu sein schien, auch wenn er sich dagegen wehrte, diese Verletzlichkeit in seinem Blick, das alles machte sie total an. Und es hielt sie zugleich davon ab, sich ihm gerade jetzt noch einmal zu nähern. Was sie vorhin gesagt hatte, stimmte. Sie konnte Sex vom Geschäft trennen, aber sie glaubte nicht, dass Fynn das konnte. Und das war auch gut so. Romantiker verkauften sich gut.

»Wir sollten zurück in die Stadt fahren«, schlug sie deshalb vor. Sie klopfte leicht auf die Jackentasche, in der sie ihr Handy nun sicher verstaut hatte. Sie konnte es kaum erwarten, das Material zu sichten.

KAPITEL 10

Der nächste Morgen kam Fynn unwirklich vor. Jen und Steve brachten ihn zum Municipal Airport am Stadtrand. Wer hier einen richtigen Flughafen erwartete, wurde enttäuscht. In einem mit Maschendrahtzaun umspannten Gelände gab es nur zwei Landebahnen und zwei Gebäude, von denen eines ein rostrot gestrichener Flugzeughangar für die kleinen Cessnas war. Ein gutes Dutzend davon stand auf dem Gelände bereit, eine zog gerade ihre gelb lackierte Nase hoch, als sie durch das Tor im Zaun fuhren und auf den kaum nennenswerten Tower zufuhren.

»Ich habe heute Morgen gesehen, dass neue Bilder von dir online sind«, brachte Jen das Gespräch erneut auf Fynns aufkeimende Internetpräsenz. Sie beugte sich von ihrem Platz auf der Rückbank nach vorne zwischen die Sitze. »Warst du mit dem Kamerateam am Kissing Secret?«

Fynn verzog das Gesicht. »Nein. Ich war nur mit Brooke da.«

»YES!«, Steve schlug begeistert aufs Lenkrad und zwinkerte Fynn von der Seite her zu. »Und? Ist der Adler gelandet?«

»Idiot!«, Jen zog ihn am Ohr, was dazu führte, dass der Wagen auf der Straße schlängelte.

»Man wird doch wohl fragen dürfen, ob da was gelaufen ist. Immerhin ist diese Brooke ein echtes Schnittchen!«, verteidigte Steve sich.

»Es ist nichts gelaufen!«, brummte Fynn, um einen Streit zwischen den beiden zu verhindern. »Ich habe nur das Quad getestet. Und Brooke hat mich begleitet, weil es noch etwas zu besprechen gab.«

»Du siehst auf den Bildern jedenfalls irgendwie verletzt aus«, stellte Jen fest und legte ihre Hand auf Fynns Schulter. »Bist du sicher, dass du diese ganze Sache überhaupt willst?«

Steve kicherte. »Ich glaube, du hast deinen ersten Stalker, Fynn«, scherzte er und parkte den Wagen direkt vor dem Eingang.

»Ich bin doch kein Stalker!«, verteidigte sich Jen und funkelte Steve warnend an. »Ich bin ein Fan. Und für die Fans von diesem Goldkehlchen sind diese ganzen Internetseiten doch da. Hab deine Seite jedenfalls geliked.«

Fynn grinste. »Na Wahnsinn! Ein Follower! Ich sehe schon, die Sache läuft richtig gut!«

»Du hast dir deine Seiten wohl noch nicht angeschaut?«, wunderte sich Jen kopfschüttelnd. »Von wegen ein Follower! Die Seite ist seit gestern online und hat schon achtunddreißigtausend Fans. Das ist der Wahnsinn, oder?«

»Achtunddreißigtausend?«, riefen Fynn und Steve wie aus einem Mund.

»Verdammt!« Steve schlug Fynn anerkennend auf die Schulter. »Alter, das ist ja echt der Hammer!«

Die leichte Röte auf Fynns Wangen ließen vermuten, dass er selbst das nicht so den *Hammer* fand. Jen tätschelte beruhigend seinen Arm. »Ja, dein Video ist schon millionenfach angeschaut worden. Das ist doch verrückt, oder?«

Fynn murmelte eine unverständliche Antwort und öffnete die Wagentür. Er stieg aus und kniff die Augen zusammen.

Neben dem Eingang für die Passagiere wartete bereits die Frau, die ihm eine schlaflose Nacht beschert hatte. Und sie trug noch immer seine Lederjacke. Und Paul, der Kameramann neben ihr, richtete schon jetzt wieder die Linse auf ihn.

»Bist du bereit?«, fragte Jen, die ebenfalls ausgestiegen war und ihm seine Tasche reichte. Ihr skeptischer Blick folgte seinem, und beim Anblick der Jacke kratzte sie sich missbilligend am Ohr. »Wirst du versuchen Ava zu besuchen, wenn du in New York bist?«, fragte sie und suchte seinen Blick.

Fynns Miene verdunkelte sich. »Ich denke schon«, murmelte er und nahm ihr die Tasche ab.

»Was sie wohl dazu sagt, dass du jetzt berühmt wirst?«, fragte Jen und stieß Fynn leicht in die Seite, als der nur mit den Schultern zuckte. »Denk immer daran, dass ich dein Groupie Nummer eins bin, okay?«, scherzte sie und schlang ihm zum Abschied die Arme um den Hals. »Komm bald wieder. Dann könnten *wir* doch mal zum Kissing Secret fahren«, schlug sie mit einem Zwinkern vor und küsste ihn leicht auf die Wange. »Schließlich habe ich nichts mit meinem Chef laufen.«

Fynn horchte auf. »Wer hat denn was mit dem Chef?«

Jen machte ein lustiges Gesicht. »Na diese Brooke. Sag nicht, das ist dir in der Bar neulich Abend nicht aufgefallen? Das war doch offensichtlich!«

Über diese offensichtliche Beziehung zwischen Brooke und Brennan dachte Fynn noch nach, als die Cessna über die Startbahn rollte. Konnte das stimmen? Tatsächlich war ihm ebenfalls eine ungewöhnliche Spannung zwischen Brooke und dem Produzenten aufgefallen, aber an eine Beziehung hatte er dabei nicht gedacht. Vor allem, weil er durchaus den Eindruck hatte, dass Brooke gelegentlich mit ihm flirtete. Nicht, dass er darin ein Experte wäre, schließlich hatte er seit fast zwei Jahren kein Date gehabt und abgesehen von Jen nicht mal besonders oft mit Frauen gesprochen. Es kamen eben hauptsächlich Männer in die Werkstatt oder in die Bar.

Als die kleine Maschine wankend den Böen trotzend Richtung Anchorage flog, richtete der Kameramann wieder das Objektiv auf ihn. Fynn versuchte, sich dadurch nicht aus der Ruhe bringen zu lassen und sah stur aus dem Fenster. Palmer verschwand hinter ihnen, und er genoss wie so oft, wenn er flog, den Anblick der Weite, die nur Alaska bieten konnte. Sie würde ihm fehlen, diese Weite. Genau wie das letzte Mal, als er seine Heimat verlassen hatte. Damals hatte er das nicht erwartet. Heute wusste er es besser.

»Kannst du mal in die Kamera sagen, wie es sich für dich anfühlt, aufzubrechen, um deine Karriere zu starten?«, bat Brooke und lächelte ihn an, als hätten sie sich gestern Nacht nach diesem Streit nicht wortlos getrennt. Als hätte sie nicht direkt nach ihrer Auseinandersetzung Teile ihres Gesprächs in seiner Insta-Story hochgeladen.

Mit mehr Wut im Bauch, als er zugeben wollte, fuhr Fynn sich durchs Haar. Brookes Lächeln verstärkte sich. Offensichtlich gefiel ihr das.

»Es fühlt sich toll an!«, brummte er in die Kamera, ehe er erneut aus dem Fenster sah.

Brooke schüttelte den Kopf und legte ihre Hand auf die Kamera. »Paul, warte mal«, wies sie ihren Mitarbeiter an. »Das müssen wir noch mal machen«, erklärte sie. »Fynn, du musst in ganzen Sätzen antworten, schließlich sind ja meine Fragen nicht Teil des Videos. Du musst also sowas in die Richtung sagen, wie: *Hey Leute, ich bin total aufgeregt, denn jetzt geht es ab ins Studio!*, oder so.«

Fynn konnte sich ein Grinsen nicht verkneifen. Sie hatte die Stimme gesenkt und ihre Arme bewegt, als wäre sie ein mit Goldkettchen behängter Gangsterrapper.

»So soll ich das sagen?«

»Na, so in der Art eben«, gab Brooke zurück und stieß Paul an, damit der die Kamera wieder einschaltete.

Fynn schluckte. Er kam sich so dämlich vor. Was hatte er sich nur dabei gedacht, diesen Vertrag zu unterschreiben? »Hey«, stotterte er, nur um sich dann kopfschüttelnd die Hände vors Gesicht zu schlagen. »Das ist doch Mist«, erklärte er. »Das bin ich einfach nicht.«

Brookes Augenbrauen zogen sich über ihrem Nasenrücken zusammen. »Das ist vielleicht nicht Fynn Keller. Aber mein Superstar Fynn will seine Fans schließlich teilhaben lassen. Du musst das einfach ein wenig voneinander trennen.«

Fynn schluckte eine Erwiderung hinunter. Er sah sie an und fragte sich, wie abgebrüht man sein musste, um alles so differenzieren zu können. Bedeutungslosen Sex mit Musikern, mit denen sie arbeitete, eine mögliche Affäre mit Brennan und dann noch ihre kühle Entschlossenheit, was ihn und seine Rolle in ihrem Projekt anging. Hatte diese kleine blonde Frau mit den zierlichen Händen und den leuchtend grünen Augen auch nur eine menschliche Regung inne?

»Na komm schon, Süßer. Verkauf dich. Die ersten Reaktionen auf deine Seiten sind doch überwältigend. Ich habe Brennan versprochen, dass wir bis Freitag eine Million Follower knacken.«

Fynn machte ein mürrisches Gesicht. »Ich kann es kaum erwarten!«, brummte er und rang sich ein künstliches Lächeln ab. »Es ist ein unglaublich gutes Gefühl, die Begeisterung der Leute zu spüren«, log er mit all der Überzeugung, die er aufbringen konnte. Er wusste, Brooke würde erst aufgeben, wenn sie hatte, was sie wollte. Nach dem gestrigen Abend war ihm das wirklich klar.

Wie er erwartet hatte, klatschte Brooke jubelnd in die Hände. »Cool, das geht genau in die richtige Richtung!« Sie bedeutete Paul, die Kamera weiterlaufen zu lassen. »Wenn du jetzt noch ein Wort über deinen Song sagen könntest …«

Fynn drehte die Augen zur Decke, gab sich aber geschlagen. Sie würden gleich in Anchorage landen, dann musste Paul seine Kamera für den Weiterflug nach New York ohnehin als Gepäck aufgeben.

Er fuhr sich also noch einmal durchs Haar und blickte in die Kamera. »Ich kann es kaum erwarten, meinen Song endlich im Studio zu performen.«

Brooke grinste zufrieden. »Sag das noch mal, und binde dabei deine Fans mit ein.«

Fynn sah sie fragend an.

»Ich meine, sag sowas, wie: Ich hoffe, ihr freut euch!, oder so«, erklärte sie.

Schnaubend schüttelte Fynn den Kopf, holte aber Luft, um einen neuen Anlauf zu starten. »Ich hoffe, ihr seid genauso aufgeregt wie ich, denn jetzt geht es dran, meinen Song im Studio aufzunehmen«, trällerte er mit gespielter Freude in die Kamera.

»Perfekt!«, rief Brooke und bedeutete Paul, das Equipment wieder wegzupacken. »Siehst du, wie easy das ist, wenn du tust, was ich sage?«, freute sie sich und streckte zufrieden die Beine aus.

Brooke fühlte sich super. Offenbar hatte sie Fynns Widerstand gebrochen. Vielleicht sah er endlich ein, dass sie wusste, was sie tat. Sie hatte die ganze Nacht kein Auge zugetan, weil sie mitansehen wollte, wie die Likes nach ihrem letzten Post immer weiter stiegen. Die Reaktionen im Netz übertrafen ihre Erwartungen. Das Material vom Kissing Secret war Gold wert, auch wenn sie noch längst nicht alles davon verwendet hatte. Aber allein der Moment, als er sich als Romantiker geoutet hatte, war so echt, dass Brooke sich die Szene selbst mindestens dreißig Mal hatte ansehen müssen. Seine Augen waren einfach der Hammer, und seine Silhouette im bläulichen Mondlicht so sexy, dass sie all die liebeshungrigen, einsamen und untervögelten Mädels vor ihren Rechnern regelrecht seufzen gehört hatte.

Die Cessna landete, und Paul öffnete die Flugzeugtür. Anchorage hatte noch immer nicht viel mit ihrer Vorstellung von Alaska gemeinsam. Und doch gefiel ihr Alaska jetzt besser als bei ihrer Ankunft. So ungern sie es zugab, aber die Quadtour durch die Wildnis hatte ihr Spaß gemacht. Was natürlich vor allem an Fynn lag, der trotz seiner verschlossenen Art ein wirklich angenehmer Zeitgenosse war. Wenn er ihr nicht gerade widersprach!

Wobei sie sich sicher war, dass er ihr in New York weniger oft die Stirn bieten würde. Die Stadt allein konnte schon einschüchternd wirken, und er war vollkommen fremd in dem Geschäft. Er würde sich also an sie halten – und das bedeutete, er würde ihre Führungsrolle leichter akzeptieren. Der schnelle Aufbruch aus Alaska war geschickt kalkuliert, um Fynn Kellers Willen zu brechen. Wenn sie mit ihm arbeiten wollte, musste er funktionieren. Und sie musste lernen, auf ihm zu spielen wie auf einem Instrument.

Leichtfüßig sprang er aus dem Flugzeug und bot ihr dann trotz seiner versteinerten Miene die Hand zum Aussteigen.

Es kam nicht oft vor, dass jemand ein Angebot, wie das, das sie ihm gemacht hatten, so widerwillig annahm. Irgendwie gefiel es Brooke, dass er nicht so extrem geil auf den Ruhm und das Geld zu sein schien. Aber vielleicht täuschte sie sich ja auch, und Fynn Keller war nur geschickt darin, seine eigentlichen Motive zu verbergen. Und irgendwie war sie sich sicher, dass der Name, nach dem sie ihn im Wald gefragt hatte, einer dieser Beweggründe war.

Sie nahm seine angebotene Hand an und kletterte mit deutlich weniger Geschick als er aus der Cessna. Das Bodenpersonal des Flughafens lud bereits das Kamera-Equipment auf einen

Gepäckwagen. Paul stand dabei und sorgte dafür, dass alles glattlief.

»Wir können schon mal reingehen. Es ist fast Zeit fürs Boarding für unseren Flug nach New York«, erklärte sie und blickte Fynn in die Augen. Das eisige Gletscherblau seiner Iris schien den Himmel zu reflektieren, und kurz hatte sie das Gefühl, sie würde ein wildes Tier mit Gewalt zähmen, denn Fynn blinzelte, und die Weite des Himmels war aus seinem Blick verschwunden.

»Na dann«, murmelte Fynn. »Auf nach New York.«

Kapitel 11

New York

Sie hatten gerade die Passkontrollen hinter sich gebracht, als Brooke auf Fynn zukam. Den gesamten Flug über hatte er kaum mit ihr geredet. Er dachte über Jens Behauptung nach, Brooke würde mit Brennan schlafen. Und er versuchte zu ergründen, warum ihn dies störte. Brooke war süß und hübsch, und er hätte sie vielleicht sogar nett gefunden, wenn sie nicht immer wie eine Maschine ticken würde. Er hatte wirklich noch nie einen Menschen wie sie getroffen. Und er tat sich schwer, mit ihr umzugehen. Gerade blieb sie vor ihm stehen und legte ihm die Hand an die Brust.

»Pass auf, Fynn. Wenn du da durch die Tür in die Haupthalle gehst, dann werden da einige Fotografen sein.«

»Fotografen?«

Sie nickte und blickte kurz zu der automatischen Glasschiebetür, die sie meinte. »Ja. Presse, einige Blogger und Influencer. Sei ganz entspannt. Du freust dich, hier in New York zu sein, und kannst es nicht erwarten, mit den Studioaufnahmen zu …«

»Sagst du mir gerade vor, was ich sagen soll?«, fragte er ungläubig.

»Ich will dir nur helfen. Für viele sind die ersten Kontakte mit den Medien unangenehm.« Sie fuhr ihm durchs Haar und zupfte die wenigen langen Strähnen in seine Stirn, bis er ihre Hand beiseiteschob.

»Lass das«, brummte er und schulterte seine Reisetasche. »Ich schaff das schon.«

Brooke eilte ihm fluchend nach. »Klar schaffst du das! Aber verkaufst du auch das Album?«

Fynn blieb schnaubend noch einmal stehen. Er wandte sich zu ihr um und kniff die Lippen zusammen. »Also?«, fauchte er. »Sag mir, was möchtest du, dass ich sage – um dieses bekloppte Album zu verkaufen?«

Zufrieden stellte er fest, dass Brooke zumindest den Anstand hatte, etwas verlegen zu wirken. »Du machst das schon. Ich weiß ja, dass deine natürliche Art das ist, was die Leute von dir überzeugen wird. Aber es wäre toll, wenn du nebenbei einfließen lassen könntest, dass wir morgen im Seven Seconds einen kleinen Live-Act haben werden.«

»Einen Live-Act?« Fynn glaubte, sich verhört zu haben.

»Das besprechen wir später. Eins nach dem Anderen.«

Fynn schüttelte den Kopf. »Wann denn später? Es ist gleich zehn. Ich dachte, wir fahren jetzt ins Hotel und …«

»Und machen Feierabend?« Brooke lachte. »Süßer, wir machen Feierabend, wenn wir den Scheißgrammy in der Hand halten!« Sie drängte ihn weiter Richtung Schiebetür. »Und bis dahin immer schön freundlich lächeln!«

Fynn biss die Zähne zusammen und trat durch die Tür. Obwohl Brooke ihn vorgewarnt hatte, zuckte er zusammen, als ein regelrechtes Blitzlichtgewitter über ihn hereinbrach.

»Fynn!«, scholl es zugleich aus mehreren Richtungen, und eine kreischende Teenagerin mit einem Teddy in der Hand stürmte auf ihn zu. »Bitte hierher!«, verlangte ein Reporter winkend, während er in einer Tour den Auslöser seiner Kamera drückte.

Fynn lächelte in die angegebene Richtung, während sich die Kleine hysterisch kreischend an ihn drückte. »Ist ja gut!«, versuchte er sie zu beruhigen. »Wie heißt du denn?«

»Cara«, japste sie und hielt ihm den Teddy vors Gesicht. »Ich kann nicht fassen, dass ich Sie hier wirklich treffe!«

Gezwungen rang Fynn sich ein Lächeln ab. »Ich auch nicht!«, murmelte er und bückte sich etwas, um Cara in den Arm nehmen zu können. Sie war sicher noch keine zwanzig.

»Können wir ein Foto machen?«, fragte sie und hatte schon ihr Handy in der Hand.

»Sicher. Warum nicht.« Fynns Herz stolperte nur so dahin. Die vielen Blitzlichter irritierten ihn, und dass jemand, den er gar nicht kannte, ein Foto mit ihm machen wollte, war auch absurd. Trotzdem lächelte er in Caras Display, bis sie zufrieden schien.

»Danke, danke! Wow, das ist sooo cool! Ich habe dein Video gesehen und war sofort geflasht!«

»Freut mich«, stotterte Fynn. Und es stimmte. Ihre Begeisterung für seinen Song fühlte sich gar nicht mal so schlecht an. »Dann komm doch morgen ins Seven Seconds. Ich habe gerade erfahren, dass ich dort morgen einen kleinen Auftritt haben werde.«

Cara versprach, da zu sein, ehe sie mit erhitzten Wangen und einem gemeinsamen Selfie auf ihrem Handy einem Reporter Platz machen musste. Der hielt Fynn ein Mikrofon unter die Nase und nickte begeistert. »Willkommen in New York. Wie fühlt sich dieser neue Rummel für Sie an?«

Fynn schluckte. Rummel war ein gutes Wort für den Irrsinn. »Großartig!«, log er und sah sich nach Brooke um, die sich im Hintergrund hielt. »Ich bin glücklich, hier zu sein. Die

Arbeit am Album beginnt und der erste öffentliche Auftritt steht morgen Abend an.«

Der Reporter nickte. »Sie stehen am Anfang Ihrer Karriere, Fynn. Und Sie arbeiten mit Dream Music zusammen. Ich sehe dort hinten Brooke Adams stehen. Arbeiten Sie mit ihr? Zuletzt hatte Dream Music sich ja von ihr distanziert. Was sagen Sie dazu? Fühlen Sie sich gut aufgehoben?«

Wovon zum Teufel sprach der Kerl? Fynn fuhr sich durchs Haar und das Lächeln erstarrte auf seinen Lippen. Mit einem Mal blendeten die Blitze der Kameras unangenehm, und er hatte das Gefühl, gehetzt zu werden. »Ja, also ... ich kann wirklich nichts zur Firmenstrategie meiner Plattenfirma sagen«, stotterte er. Er merkte selbst, dass er den Teddy etwas zu fest packte. »Ich möchte nur alle ins Seven Seconds einladen.«

»Das reicht!« Brooke drängte sich von der Seite zwischen ihn und die Reporter. »Ich weiß, Fynn ist gerade sehr angesagt, aber lassen sie uns doch erst mal die Platte aufnehmen«, bat sie und schob Fynn unbarmherzig weiter in Richtung Ausgang. Dort wedelte Paul schon mit den Händen und Fynn brauchte keine weitere Aufforderung. Er verabschiedete sich mit einem Nicken und eilte dann so schnell er konnte, ohne unhöflich zu wirken, in Pauls Richtung. Der hatte ein Taxi ergattert, das mit bereits geöffneten Türen auf sie wartete.

»Broadway, Ecke 49. Straße West, Radio City Apartments«, wies Brooke den Fahrer an, ehe sie gehetzt die Tür hinter ihnen schloss.

Sie ließ sich erleichtert in den Sitz sinken, umklammerte aber ihre Tasche noch immer so fest, als hätte sie Angst, jemand könnte sie ihr entreißen. »Willkommen in New York«, flüsterte sie und zwinkerte Fynn zu. »Die erste Prüfung hast du ganz gut gemeistert.«

»Ich habe sie gut gemeistert? Wirklich? Ich hatte ja den Eindruck, dass ich auf manche Fragen nicht gut vorbereitet war.« Er funkelte sie böse an. »Willst du mir vielleicht etwas sagen? Warum hatte sich die Plattenfirma von dir distanziert? Worauf hat der Kerl angespielt?«

Brooke schüttelte den Kopf. »Ich … will da jetzt nicht drüber reden. Lass uns einfach ins Apartment fahren und den morgigen Tag planen.«

»Sollen wir den Abend noch für Bilder nutzen?«, mischte sich Paul ins Gespräch ein und deutete auf den sich langsam dunkler färbenden Himmel.

»Nein!« Entschlossen wandte Fynn sich an Brooke. »Es reicht. Ich habe für heute die Nase wirklich voll.«

Nach kurzem Zögern ließ Brooke die Schultern nach vorne sacken und rieb sich die Schläfen. »Er hat recht. Für heute ist es genug. Es reicht, wenn wir morgen mit den Bildern weitermachen. Der Fahrer soll uns …« Sie deutete auf Fynn und sich selbst. »… am Hotel absetzen, dann gehen wir noch kurz den Pitch für morgen durch. Du kannst aber direkt ins Büro weiterfahren, Paul.«

»Okay. Und das Material von heute? In die Cloud? Oder reicht das morgen?«

»Das brauche ich heute noch«, erklärte Brooke und versuchte ein Gähnen zu unterdrücken, als das Taxi in den Lincoln-Tunnel hineinfuhr. Im dämmrigen Licht wirkte ihre helle Haut fahl, und die Schatten unter ihren Augen ließen sie verletzlich wirken. »Social Media funktioniert am besten in Echtzeit. Unser Material darf nicht wie aus der Schublade wirken, sondern soll brandaktuell sein«, erklärte sie Paul und schloss für einen Moment die Augen. »Ich brauche die Bilder.«

»Du bist der Chef. Ich kümmere mich darum, sobald ich im Büro bin. Soll ich dort auf dich warten?«

Ohne die Augen wieder zu öffnen schüttelte Brooke den Kopf. »Brauchst du nicht. Ich fahr dann direkt nach Hause und mach das von dort aus.«

Obwohl Fynn sauer war, weil er nach wie vor keine Antwort auf seine Fragen bekommen hatte, musterte er Brooke während der Fahrt. Sie und Paul schienen sich ganz gut zu kennen. Er wusste offenbar, was Brooke erwartete. Und anders als Fynn selbst, schien er darauf zu vertrauen, dass sie wusste, was sie tat. Zumindest stellte er ihre Entscheidungen nicht in Frage.

Brooke hatte die Augen geschlossen und den Kopf schlapp gegen die Kopfstütze gelehnt. Sie rieb sich den Nacken, und Fynns Blick folgte den sanften Bewegungen ihrer Finger. Ihr Hals war schlank, und die blonden Strähnen, die sich bei der Massage aus ihrem Zopf lösten, sanken müde auf ihre Schultern. Alles an dieser Frau sah erschöpft aus. Selbst ihr Puls, der wie Fynn wusste, gern dahinflog, schien nur noch kraftlos unter der blassen Haut ihrer Kehle zu schlagen. Sie sah aus, als würde sie jeden Moment einschlafen. Und doch sprach sie davon, was sie heute noch alles tun musste.

Insgeheim konnte Fynn nicht anders, als davon beeindruckt zu sein. Er selbst war ebenfalls müde. Der Tag war lang und durch die beiden Flüge recht anstrengend gewesen. Wenn er bedachte, dass Brooke in der vergangenen Nacht auch noch seine Social-Media-Kanäle mit Bildmaterial versorgt hatte, dann fragte er sich, wann dieses sture Wesen wohl zuletzt geschlafen haben mochte.

Die eng an eng stehenden Häuser in Manhattan lenkten Fynns Aufmerksamkeit auf sich. Es herrschte viel Verkehr, der sich aber relativ reibungslos durch die Metropole wälzte. Im Zwielicht der aufkommenden Nacht blendeten die vielen Lichter und unterstrichen zugleich die Lebendigkeit dieser niemals schlafenden Stadt. Nahe des Time Square waren viele Fußgänger unterwegs, und die farbigen Schatten der Reklameschilder färbten sogar den Himmel.

Die Fahrt durch die Stadt ging weiter. Beton und Glas ließen die Straßen enger erscheinen, und nur die überall wehenden amerikanischen Flaggen zeigten, dass die Stadt unter den bis in die Wolken reichenden Gebäuden nicht erstickte.

Als das Taxi schließlich anhielt, hatte Fynn keine Ahnung mehr, wo genau in New York er sich befand.

»Brooke!« Paul rüttelte seine Chefin an der Schulter. »Wir sind da.«

Sie setzte sich stöhnend auf, als hätte sie Muskelkater, ließ die Schultern einmal kreisen und kramte dann in ihrer Reisetasche nach dem Geldbeutel. Sie beglich die Rechnung und gab zwanzig Dollar mehr, damit der Fahrer Paul noch bis ins Büro bringen würde. Dann lächelte sie Fynn müde an und ließ ihm beim Aussteigen den Vortritt.

»Gefällt dir die Unterkunft?«, fragte sie und deutete auf den zwischen einem Pasta-Restaurant und dem Radio City Pizza gelegenen Eingang zu den Apartments. Das Gebäude war mit seinen gerade mal zwölf Stockwerken ein Winzling zwischen seinen deutlich höheren Nachbarn.

»Verhungern werde ich jedenfalls nicht«, stellte Fynn nüchtern fest. Ein Lokal reihte sich in der Straße an das andere. Und das Starbucks an der Ecke war auch nicht zu übersehen.

»Nein, dafür haben wir gesorgt«, lachte Brooke und schulterte ihre Reisetasche. »Wir wollen nicht, dass es unserem neuen Star an irgendwas fehlt.«

»Außer an Privatsphäre …«, murmelte Fynn und trat auf den Eingang zu.

Brooke kam ihm leise lachend nach. »Du bist in New York, Fynn. Hier stehen die Häuser so dicht, dass man ungehindert von seinem Schlafzimmer aus sehen kann, was die Nachbarn im Haus nebenan auf den Tellern haben. Privatsphäre wird überbewertet.«

»Mir fehlt Alaska schon jetzt«, grummelte er, während er Brooke durch die mit Marmor gefliese Eingangshalle mit den stuckverzierten Decken folgte. Blattgold veredelte den Stuck, und teuer wirkende Leuchter erhellten den ansonsten recht dunkel wirkenden Eingang. Er trat zu Brooke in den Fahrstuhl, und erst als sich die Türen hinter ihnen schlossen, atmete sie erleichtert aus.

»Bist du froh, dass wir endlich hier sind?«, fragte sie und sah ihn scheu an.

»Ich wäre lieber nicht hier«, gab er ehrlich zu.

Brookes Lächeln spiegelte sich in den Fahrstuhlwänden. »Ich auch nicht.«

»Warum bist du es dann?«, hakte Fynn verwundert nach.

Brooke zuckte mit den Schultern und stieg in der achten Etage aus dem Fahrstuhl. Sie wandte sich nach ihm um und reichte ihm die Schlüsselkarte zu Apartment Nummer 26. »Dieser Job ist meine Berufung«, erklärte sie. »Ich bin gut in dem, was ich tue. Darum mache ich es.«

Fynn zögerte damit, die Tür zu öffnen. Der mit rotem Teppich ausgelegte schmale Flur schien die Worte irgendwie zu dämpfen. So, als könne man hier alles sagen, ohne dass es jemanden verletzen würde.

»Was du tust, macht dich total unsympathisch«, gestand er und stellte sich ihrem überraschten Blick. »Ich mag nicht, was du tust. Oder wie du es tust.«

Brooke griff nach Fynns Hand und führte die Schlüsselkarte in den Schlitz. Sie zwinkerte ihm zu und drückte die Tür auf. »Ich werde ja auch nicht dafür bezahlt, dass ich mir Freunde mache.«

Fynn voraus ging sie in das kleine Einzimmerapartment. Das dominierende Möbelstück war ein mit einem bordeauxroten Überwurf bedecktes Doppelbett. Daneben fanden sich auf kleinster Fläche ein Tisch mit zwei Stühlen und eine winzige Küchenzeile mit Mikrowellenherd und einem Wasserkocher. Die cremefarbenen Vorhänge vor dem Fenster waren geöffnet und gaben tatsächlich den Blick in ein Zimmer im Nebengebäude frei.

»Die schließen wir mal besser«, meinte Brooke, zog die hellen Stoffbahnen vor das Fenster und schlüpfte endlich aus seiner Lederjacke. »Du bist ein aufkommender Star. Wir wollen nicht, dass jemand Bilder von dir schießt, wie du aus der Dusche steigst.«

Fynn lachte und ließ seine Tasche vors Bett fallen. »Ach, nicht? Ich hätte jetzt gewettet, dass das Likes bringt.«

Auch Brooke warf die Jacke aufs Bett, stellte ihre Tasche ab und setzte sich auf den dunklen Ledersessel, der vor dem Fenster stand. »Solche Bilder bringen wirklich Likes«, gab sie grinsend zu. »Besonders, wenn jemand so gut aussieht wie du. Aber wir wollen so ein Material lieber selbst bringen, anstatt uns davon überraschen zu lassen.«

»Apropos Überraschung. Ich würde jetzt wirklich gern noch mal über die Sache am Flughafen reden. Was war da los? Wovon hat der Reporter gesprochen.«

Brooke kniff die Lippen zusammen. Sie löste ihren Pferdeschwanz anstatt zu antworten und fuhr sich mit den Fingern durch die Haare.

»Ich finde, du schuldest mir eine Erklärung«, forderte Fynn, nicht bereit, das Thema fallen zu lassen.

Er sah sie abwartend an, während sie unruhig im Sessel herumrutschte. »Es scheint ja was zu sein, was in den Medien herumging«, riet er, da sie ihn noch immer anschwieg. »Soll ich deinen Namen googlen, um selbst herauszufinden, was der Reporter meinte?«

»Im Netz stehen nur Lügen!«, fuhr Brooke ihn an. Ihre Augen glänzten feucht, und sie ballte die Hände zu Fäusten.

»Dann erzähl mir die Wahrheit«, forderte er. »Wenn mich der nächste Reporter darauf anspricht, will ich wissen, was ich darauf erwidern kann.«

»Du sollst überhaupt nicht davon reden. Wir sind nicht hier, um über meine Fehler zu sprechen oder alte Geschichten aufzuwärmen. Ich bin hier, um denen da draußen mit dem Erfolg, den du haben wirst, zu beweisen, dass der ganze Mist nicht meine Schuld war.«

Fynn nickte verstehend. »Du benutzt mich also für deine Zwecke. Wäre schön gewesen, das zu wissen.«

Die Bitterkeit in seiner Stimme entging Brooke nicht. »Ich benutze niemanden. Wenn du aber durch meine Unterstützung an die Chartspitze kommst, dann nehme ich den Nebeneffekt gern in Kauf, der diejenigen zum Schweigen bringt, die mich zuletzt ans Messer geliefert haben.«

Fynn ließ sich matt aufs Bett sinken. »Du redest um den heißen Brei herum. Sag doch einfach, was passiert ist.«

Brooke schnaubte. Dann schlüpfte sie aus ihren Schuhen und zog die Beine auf den Sessel. »Na schön. Besser, du hörst es von mir, als dass du den Halbwahrheiten glaubst, die geschrieben wurden.« Sie schlang die Arme um sich, als wäre ihr kalt. Dann sah sie Fynn in die Augen. »Ein junger Musiker ist gestorben. Und man gibt mir die Schuld daran.«

KAPITEL 12

»Was ist denn passiert?«

Brooke knetete unruhig ihre Hände. »Ich weiß nicht, wo ich anfangen soll. Sagt dir der Name Jason Briggs etwas?«

Fynn neigte leicht den Kopf. »Habe ich schon gehört, aber ich habe jetzt kein Bild dazu vor Augen.«

»Jason war neunzehn. Und er ist vor zwei Jahren zusammen mit drei weiteren Jungs in der Boygroup »Soulbreaker« ganz gut im Geschäft gewesen«, fing Brooke zögernd an zu berichten.

»Soulbreaker sagt mir was. Die waren ganz gut.«

»Waren sie. Jason hatte alles, was die jungen Mädels wollen. Er sah total süß aus, hatte eine gute Stimme, und von seinen Moves hätte sich selbst Justin Timberlake noch eine Scheibe abschneiden können.«

»Und du hast mit ihnen gearbeitet?« Fynn zog die Beine aufs Bett und lehnte sich mit dem Rücken gegen das Kopfteil.

Brooke nickte schweigend. Schmerz sprach aus ihren Zügen.

»Du sagst, er ist gestorben?«, hakte Fynn nach, da es nicht so aussah, als würde Brooke von sich aus weitersprechen. »Woran?«

»Er hat …« Brooke krampfte ihre Hände so fest zusammen, dass ihre Finger knackten. »Es ging durch alle Nachrichten«, flüsterte sie kaum hörbar. »Jason Briggs stirbt in seiner Badewanne an einer Überdosis Schlaftabletten‹.« Sie sah Fynn an. »Hast du davon nichts gehört?«

Fynn schüttelte den Kopf. »Sowas hat in Alaska keine Bedeutung.«

Brooke lachte bitter. »Dann hätte ich mich besser nach Alaska verkriechen sollen, denn hier hatte es Bedeutung. Und deshalb brauchte man einen Sündenbock.«

Fynn setzte sich wieder auf. Brookes Geschichte verursachte ihm Unbehagen, und er fühlte sich zu ruhelos, um einfach sitzenzubleiben. »Warum du? Was hattest du damit zu tun?«

Mit nervös zitternden Fingern kämmte Brooke ihre Haare aus. Es sah aus, als wollte sie sich dahinter verstecken. »Jason Briggs war schwul«, presste sie durch ihre blutleeren Lippen. »Er war homosexuell, und das war nicht gut fürs Geschäft. Die Mädels waren verrückt nach ihm, also ...«

»Kennt man ja von Ricky Martin«, warf Fynn ein. »Musste der nicht auch für sein Label den Hetero spielen?«

Brooke nickte. »Das ist gar nicht so selten in dem Geschäft. Man verkauft, was gut ankommt. Und wenn man für weibliche Teenies singt, dann sollte man besser nicht auf Schwänze stehen.«

»Also hat er den Druck und die Lügen nicht verkraftet?«, riet Fynn und stand auf, um einen Blick in den Kühlschrank des Apartments zu werfen. Aber der war leer. Dabei hätte er nach dieser Enthüllung gut einen Drink gebrauchen können.

»Es war nicht der Druck. Das ist es ja, was Brennan mir vorwirft. Ich hätte zu viel Druck gemacht.« Brooke wurde lauter. »Ich sollte den Jungen in die Spur bringen. Sollte alles tun, um ihn in der Öffentlichkeit so darzustellen, wie es von ihm erwartet wurde.« Ihre Stimme überschlug sich beinahe, und sie umklammerte die gepolsterte Lehne des Sessels. »Wir haben ihn auf jede Party geschleppt, ihm die Mädels direkt vor die Nase gesetzt.« Brooke rieb sich übers Gesicht, als müsse sie die Bilder vertreiben. »Er hat brav mitgespielt. Hat geflirtet, hier und da mal ein Kuss mit einem Girl, für die Presse … Er war professionell genug, zu erkennen, um was es ging.«

»Wo war dann das Problem?«

Brooke zuckte mit den Schultern. »Er konnte nicht aus seiner Haut. Hat sich auf einen Kerl eingelassen, der ihn in einem der Clubs angemacht hat. Er wusste nicht, dass der sie beide heimlich gefilmt hat.«

Fynn stöhnte. »Scheiße!«

»Große Scheiße!«, stimmte Brooke zu. »Brennan war außer sich. Das Video ging nicht an die Öffentlichkeit, sondern direkt an uns. Mit einer schönen Forderung.«

»Erpressung?« Fynn runzelte die Stirn. »Das gibt's doch nicht.«

»Du hast ja keine Ahnung, wie verkommen dieses Business ist! Jedenfalls sollte ich Jason auf das Schlimmste vorbereiten, denn Dream Music lässt sich nicht erpressen. Lieber opfern sie eine Karriere.«

»Nett«, murrte Fynn. »Hättest du mir vielleicht sagen sollen, ehe ich den Vertrag unterzeichnet habe.«

Brooke grinste schief. »Keine Sorge. Sie haben *meine* Karriere geopfert. Und Jason. Wir sollten mit der Sache an die Öffentlichkeit gehen, ehe es Jasons Affäre macht. Wir sollten ihn mit größtmöglicher Medienwirksamkeit outen und versuchen, daraus einen Profit zu ziehen. Aber Jason wollte das nicht. Seine Eltern sind streng gläubig, und er war sich sicher, dass sie ihn verstoßen würden, sollten sie je das Video sehen, auf dem er einem anderen Kerl den Schwa…«

»Ich verstehe«, unterbrach Fynn sie, denn er spürte, dass sie die harten Worte benutzte, um sich selbst zu verletzen. Er ging zu ihr und legte ihr die Hand auf die Schulter. »Aber was hat das mit dir zu tun? Ich sehe immer noch nicht, wie das deine Schuld sein sollte?«

Brooke stand auf. Sie schüttelte seine Hand ab, als wollte sie keinen Trost. Als brauchte sie den Schmerz, der ihr nun deutlich anzusehen war.

»Ich habe nur meinen Job gemacht. Brennan wollte, dass er sich outet, und ich habe Jason dazu gedrängt. Ich kannte seine Ängste, aber meine Aufgabe war es, den Schaden an der Marke der Band zu reduzieren. Nicht diejenige, Jasons Psychologen zu spielen.« Sie ging aufgebracht in dem kleinen Apartment auf und ab, bis Fynn sie festhielt.

»Deshalb hat er sich umgebracht?«, verlangte er zu erfahren.

Brooke brach in Tränen aus. Sie schlug sich die Hände vors Gesicht und ließ es zu, als Fynn sie an sich zog. »In der Nacht vor der Pressekonferenz hat er mit seinen Eltern telefoniert, um sie vorzuwarnen. Er war am Ende nach dem Gespräch, das wusste ich, aber alles war arrangiert. Die Medien eingeladen und die Erklärung vorbereitet.« Brookes Tränen tränkten Fynns Shirt, und er strich ihr beruhigend über den Rücken. Murmelte leise Worte des Trostes in ihr Ohr, die eigentlich keinen Sinn ergaben.

»Ich habe wirklich nicht gewusst, dass er so verzweifelt war«, heulte sie und klammerte sich an seine starken Schultern.

»Es war nicht deine Schuld«, flüsterte Fynn in ihr Haar und streichelte ihre Wange, als ihr Schluchzen immer heftiger wurde. »Hörst du, Brooke? Es ist nicht deine Schuld.«

Ihre Lippen bebten. »Ich wäre bei ihm geblieben, hätte ich das geahnt, aber die Band bestand aus mehr Mitgliedern, und auch die mussten für die PK vorbereitet werden. Ich war einfach beschäftigt. Wie hätte ich das …« Die Stimme versagte ihr und die Tränen hinterließen eine feuchte Spur auf ihrem Gesicht. »Wir hätten ihn nie dazu drängen dürfen!«, wisperte sie heiser.

»Nein, das hättet ihr nicht. Aber trotzdem war es nicht deine Schuld«, versuchte er Brooke zu beruhigen. Er ließ seine Hände über ihre Schultern und Arme gleiten, streichelte sie und hielt sie fest, als sie sich schwach gegen ihn sinken ließ, als hätten die Offenbarungen ihre gesamte Kraft geraubt.

»Ich weiß«, schluchzte Brooke und hob ihr Gesicht, sodass Fynn ihr direkt in die tränennassen Augen sehen konnte. »Aber alle Welt denkt, dass dieser Junge meinetwegen gestorben ist.«

»Nicht jeder denkt das«, beschwichtigte Fynn sie und wischte ihr sacht eine Träne aus dem Augenwinkel. Wie ein Kätzchen schmiegte sie ihre Wange in seine Hand. Sie benetzte ihre zitternden Lippen und suchte seinen Blick. Dunkel und verloren sah sie ihn an, haltlos, wie ein Blatt im Wind. Er folgte einem Impuls, als er den Kopf senkte und ihr neuerliches Schluchzen mit einem Kuss dämpfte.

Er wusste nicht, was er erwartet hatte. Überraschung, Widerstand? Aber sicher nicht diese sofortige Hingabe, mit der Brooke seinen unüberlegten Kuss erwiderte. Sie öffnete ihre Lippen und lockte seine Zunge geschickt in ihren Mund, während sie, noch immer zitternd, ihre Arme in seinen Nacken hob. Sie schmeckte nach Unschuld, aber an der Art, wie sie sich an ihn schmiegte war nichts Unschuldiges. Er spürte ihre Brüste an seinem Körper, und unweigerlich wanderten seine Hände über ihre schlanke Taille, ihre Hüften, bis auf ihren Po.

Sie stöhnte und drängte sich näher an ihn. Ihr Becken kam ihm entgegen, während sie ihn, die Hände in seinem Haar, noch fester an sich zog.

Ihr Atem auf seiner Haut entfachte sein Verlangen, und ohne nachzudenken ließ er seine Finger genüsslich unter ihr Shirt wandern. Immer höher, bis sein eigener Puls sich in Erwartung ihrer sanften Rundungen beschleunigte. Es durchfuhr ihn wie ein Blitz, als er erkannte, dass sie wie so oft keinen BH trug. Sein Daumen strich über die harten Knospen ihrer Brüste, und ein leiser wollüstiger Laut entstieg ihrer Kehle. Sie drängte sich an ihn und erkundete seine Muskeln unter dem Shirt, wanderte tiefer, bis an die Knöpfe seiner Jeans. Jetzt zitterten ihre Finger nicht mehr, als sie zielsicher einen Knopf nach dem anderen öffnete und seiner pulsierenden Männlichkeit damit mehr Raum verschaffte. Das Bild ihrer schlanken Finger um den metallenen Griff des Schraubenschlüssels erwachte in Fynns Kopf zum Leben, und alles in ihm drängte danach, dass sie ihn so verwegen berührte. Als sie wirklich ihre Hand in seine Shorts gleiten ließ, fand sie dort seine stählerne Härte. Keuchend schob er Brooke zum Bett, ohne die sinnliche Marter ihrer Finger in seiner Hose zu beenden. Er legte sich halb auf sie, sodass er ungehindert mit seinen Händen ihren Körper erkunden konnte.

Ihr Haar ergoss sich wie ein goldener Vorhang auf den samtroten Bettüberwurf, und obwohl ihn etwas in seinem Hinterkopf davor warnte weiterzumachen, konnte er der Begierde in diesen traurigen Augen nicht widerstehen. Er schob ihr Shirt nach oben und küsste ihren Bauch. Einen Kuss nach dem anderen ließ er auf ihre warme, sanft nach Vanille duftende Haut regnen, wohl wissend, dass Brooke Adams keine Frau war, auf die man sich einlassen sollte.

Brooke war klar, dass sie einen Fehler machte, als sie wieder und wieder ihre Hand über Fynns harten Schwanz gleiten ließ. Sie wusste, sie sollte aufhören, aber sein unerwartetes Verständnis für ihre Probleme, sein Trost in dem Moment, wo der Schmerz über Jasons Tod sie an den Abgrund ihrer eigenen Seele führte … sein Kuss, so warm und einladend, dass sie sich ihm einfach nicht hatte verschließen können. Und sie wollte es auch gar nicht. Sie schloss ihre Finger fester um seinen Schaft und wölbte sich seinen Lippen entgegen, die heiß und feucht ihre Brustwarze umschlossen. Seine Bartstoppeln hinterließen eine köstlich brennende Spur auf ihrer Haut, und sein schneller

Atem vermischte sich mit ihrem, als er kühn ihre Knospe in seinen Mund saugte, die harte Spitze mit seiner Zunge umkreiste und sanft seine Zähne in ihr Fleisch grub.

Sie wand sich vor Lust und grub ihre Fingernägel in seinen Rücken, als er der zweiten Brust die gleiche Behandlung zukommen ließ. Sie stöhnte und drängte sich ihm entgegen, damit er nur nicht aufhörte. Sein Duft berauschte sie, und das Spiel seiner Muskeln unter ihren Händen ließen sie erahnen, wie kräftig er war. Mit einem letzten Biss in ihre Brust griff er nach ihren Händen und hob diese weit über ihren Kopf. Sie wollte sich befreien, ihn wieder berühren, ihm die gleiche Lust bereiten, die er ihr schenkte, doch er gab sie nicht frei.

Er sah ihr in die Augen, küsste ihren Mundwinkel und hielt sie dennoch unter sich gefangen.

»Wir sollten das nicht tun«, murmelte Fynn heiser. Es kostete ihn alle Selbstbeherrschung, die er aufbringen konnte, ihr lustvolles Aufeinandertreffen zu unterbrechen. Sein Schwanz war so hart wie Granit, und die rosigen Spitzen von Brookes Brüsten vor Augen zu haben machte es ihm schwer, auch nur einen klaren Gedanken zu fassen. Er war nicht hier, um mit seiner PR-Beraterin zu schlafen. Er hatte doch dem Vertrag nur um Avas willen zugestimmt. Und doch hatte er seit Jahren kein solches Verlangen mehr gespürt. Verlangen, gepaart mit dem Wunsch, diese Frau, so stur und befehlsgewohnt sie ihm in den letzten Tagen begegnet war, mit seinem Körper zu bändigen. Ja, die Oberhand über sie zu gewinnen, bis sie vor Lust schreiend einsah, dass er kein Mann war, der sich manipulieren ließ.

Die Vorstellung heizte sein Verlangen weiter an, und er konnte nicht anders, als seine Hüften fest gegen Brookes Becken zu pressen.

»Das ist ein Fehler«, warnte er sich selbst und ließ zugleich seine Zunge über Brookes Hals gleiten. Sie zitterte unter ihm und kämpfte noch immer gegen den unnachgiebigen Griff an ihren Händen an.

Sie bäumte sich auf und flüsterte in sein Ohr: »Wie oft macht man schon Fehler, die so … verlockend sind?« Sie schlang ihre Beine um seinen Körper und hob ihr Becken lasziv an. Sofort reagierte seine Männlichkeit und zuckte dieser unverhohlenen Einladung entgegen. Als wären nicht noch etliche Lagen Kleidung zwischen ihren Körpern, rieb Brooke sich an ihm und entrang ihm so ein atemloses Stöhnen.

»Du denkst also auch, dass es ein Fehler ist?«, hakte er nach und hielt nun ihre beiden Hände mit einer fest und führte seine andere an ihre Brust. Träge ließ er seinen Fingernagel über ihre harte Spitze streichen und ergötzte sich am Anblick ihrer sich weitenden Pupillen. Sie öffnete die Lippen und atmete hart aus.

»Ja, aber ich würde das Risiko eingehen. Ich war noch nie mit einem Romantiker im Bett«, presste sie stöhnend hervor, als sein Daumennagel einen Kreis um ihre Brustwarze beschrieb.

Fynn lachte und wiederholte die Marter, wobei er seinen Atem auf ihre erhitzte Knospe blies. »Dann sollten wir das dringend ändern«, flüsterte er und senkte seine Lippen wieder auf ihren Busen. Seine Hand schob er tiefer bis in ihre Jeans, und als er ihre feuchte Hitze an seinen Fingern spürte, war auch er bereit, diesen Fehler in Kauf zu nehmen.

Brooke konnte keinen klaren Gedanken mehr fassen. Fynns Hände und Lippen waren überall. Sie bekam kaum mit, wie er ihr die Jeans von den Hüften streifte, sich seiner eigenen Kleider entledigte, wie er schließlich seine Zähne in die Innenseite ihrer Schenkel grub und seine Zunge Stück für Stück höher wanderte. Heiß wie Lava strömte die Lust durch ihren Körper und heizte das Feuer zwischen ihren Beinen an. Sie hielt den Atem an, als er ihr Fleisch mit seiner Zunge teilte und das Zentrum ihrer Lust fand. Keuchend bäumte sie sich auf und grub ihre

Hände in sein Haar. Sie zog ihn näher an ihren Schoß, drängte seinem heißen Atem entgegen und erbebte unter dem ersten Höhepunkt, den er ihr auf diese Weise schenkte. Und noch während sie in Ekstase zerging, kam er über sie und spreizte ihre Schenkel.

Sie brauchte keine Aufforderung, sondern schlang ihm die Beine um die Hüften. Stürmisch drängte sie ihm entgegen und atmete zitternd aus, als er sie zur Gänze ausfüllte. Er hielt inne, küsste ihre Nasenspitze, ihre Stirn, ehe er sich im Takt mit seinen Bewegungen einen tiefen Kuss stahl. Seine Zunge plünderte ihren Mund, so wie er sich auch in ihr verlor.

Seine Hände waren rau von der Arbeit in der Werkstatt, trotzdem hatte sich nie etwas besser angefühlt, als von ihm berührt zu werden. Mit einer Langsamkeit, die an Folter grenzte, streichelte er jeden Zentimeter ihres Körpers, als wäre er ein Entdecker und sie unerforschtes Land. Er hatte es nicht eilig, und je tiefer er sie ausfüllte, umso langsamer zog er sich aus ihr zurück. Brookes Schoß schrie nach mehr, wollte ihm noch näherkommen, und wie ein Knoten, der sich immer fester zog, steigerte sich noch einmal ihre Lust. Sie atmete keuchend, klammerte sich an seine muskulöse Brust, schmeckte das Salz auf seiner Haut und überließ es ihm, das Tempo vorzugeben.

Fynn genoss ihre Hingabe. Ihre Haut war nicht länger blass, ihr Blick nicht länger müde. Brookes Wangen waren gerötet vor Hitze, die goldenen Strähnen fielen ihr ungebändigt über die Schultern, Schweiß perlte zwischen ihren Brüsten, und ihre atemlos geöffneten Lippen waren geschwollen von seinen Küssen. Ihr Anblick peitschte ihn dem Höhepunkt entgegen, und der süße Klang ihrer Lust zerrte hart an seiner Selbstbeherrschung, aber er wollte sie unbedingt mitnehmen auf diesen Gipfel der Ekstase.

Er suchte ihre Knospe und streichelte sie, während er immer schneller in sie drang. Sie öffnete die Augen und ließ ihn bis zum Grund ihrer Seele blicken, als schließlich die Woge der Lust über ihr brach. Mit einem letzten Stoß ergab sich auch Fynn der Erlösung, und er hielt sie fest an sich gedrückt, während auch sein Höhepunkt abebbte.

Schwer atmend sank er auf sie und genoss die kleinen Küsse, die sie auf seine Schulter regnen ließ. Sie lächelte matt und schlang ihre Arme um seinen Rücken. Ihre Herzen schlugen im Einklang, und keiner wollte die friedliche und erfüllte Stimmung durch unbedachte Worte stören.

Kapitel 13

Es war dunkel im Apartment, als Fynn erwachte. Er spürte sofort, dass er allein im Bett lag. Blinzelnd setzte er sich auf und entdeckte Brooke, die nur mit Slip und Shirt bekleidet im Sessel saß und auf den Laptop auf ihrem Schoß blickte. Das bläuliche Licht des Monitors verlieh ihr eine gespenstische Schönheit. Ätherisch, wie eine Fee, mit dem glänzenden Haar, das das Licht reflektierte, und den schlanken Beinen, die sie im Schneidersitz unter sich gefaltet hatte.

»Was tust du?«, fragte er und fuhr sich durchs Haar. Er war sich seiner Nacktheit bewusst und auch dessen, was zwischen ihnen geschehen war. Aber er hatte keine Ahnung, wie er damit umgehen sollte. Keine Ahnung, was Brooke darüber dachte.

»Paul hat die Aufnahmen hochgeladen. Ich sehe das Material durch und poste etwas auf deinen Kanälen«, erklärte sie, ohne den Blick vom Monitor zu nehmen.

»Es ist mitten in der Nacht.« Fynn stand auf und ging zu ihr. Er nahm ihr den Laptop ab und klappte ihn zu. »Lass es doch einfach mal gut sein.«

Brooke lachte müde. Sie rieb sich die Augen und blinzelte ihn an. »Ich kann nicht. Morgen geht es ins Studio. Ich muss zuvor noch einiges auf den Weg bringen. Drehgenehmigungen einholen und deinen Auftritt morgen Abend planen.«

Fynn griff nach ihren Händen und zog sie aus dem Sessel. »Jeder Mensch braucht mal eine Pause«, mahnte er. »Du bist vorhin ... beinahe zusammengebrochen. Vielleicht mutest du dir zu viel zu?«

Brooke unterdrückte ein Zittern. Seine Besorgnis war süß. Es war lange her, dass sich jemand Gedanken darum gemacht hatte, wie es ihr ging. Der zärtliche Ausdruck in seinen blauen Augen hätte sich so schön anfühlen können. Wenn sie ein normaler Mensch wäre. Zu normalen Beziehungen fähig. Aber das war sie nicht. Und Fynn Keller war auch nicht irgendein Kerl. Er war ihr neues Projekt. Und das sollte sie besser nicht vergessen, auch wenn ihr Herz beim Anblick seines Körpers deutlich schneller schlug und sich etwas tief in ihrem Bauch danach sehnte, einfach wieder mit ihm unter die Decke zu kriechen und für immer dort zu bleiben.

Doch das war natürlich Unsinn. Morgen war ein großer Tag. Ein großer Schritt zurück zu ihrer alten Form, wenn alles gut gehen würde. Und deshalb musste sie jede Schwäche, die sie in sich trug, zurück in diesen ranzigen Karton stopfen, der ihre Seele war.

Ihr Lachen klang künstlich, und sie befreite sich aus seinem Griff. »Wir hatten Sex, Fynn. Deswegen musst du dich jetzt nicht wie mein besorgter Freund aufspielen. Ich komme schon klar.« Sie schnappte sich ihren Laptop wieder und ließ sich zurück in den Sessel fallen. »Wenn du mich nur schnell meinen Job machen lässt, können wir gern noch eine Runde auf deiner Matratze drehen, ehe ich gehe.« Sie zwinkerte ihm zu. »Aber erst verdiene ich mir mein tägliches Brot, okay?«

Sie sah an seiner sich verändernden Haltung, dass sie es wie üblich geschafft hatte, selbst den kleinsten Funken Nähe schon im Keim zu ersticken. Er griff nach der Bettdecke und schlang sie sich lose um die Hüften. Dann ging er zu der kleinen

Küchenzeile und füllte sich ein Glas mit Leitungswasser, ehe er sich wieder zu ihr umwandte. Seine Miene wirkte versteinert.

»Du machst es einem echt nicht leicht, Brooke«, murrte er und nippte an dem Glas.

Sie tippte in die Tasten. Verbot sich, aufzusehen. »Was meinst du?« Obwohl sie sich angestrengt auf ihren Post konzentrierte, sah sie sein Schulterzucken.

»Dich zu mögen, meine ich«, antwortete Fynn sanft und deutete auf das zerwühlte Bett. »Nach dieser Nummer ... siehst du mich nicht mal an, wenn ich mit dir rede. Du bist so kalt wie ein Eisklotz.«

Widerwillig stellte sich Brooke seinem Blick. Er hatte natürlich recht. Sie benahm sich bescheuert. Aber sie konnte nun mal nicht aus ihrer Haut. Hier ging es nicht um ihn. Sondern um ihren Job. Fynn würde eine sehr erfolgreiche Platte machen. Vielleicht mehrere. Einen Grammy holen und dann ... dann würde er ihre Führung nicht mehr brauchen. Und nur wenn sie ihren Job bis dahin gut machen würde, würde Brennan sie zurück zu Dream Music holen. Nur dann. Und deshalb musste sie verdammt noch mal professionell bleiben, auch wenn sie die Nacht in Fynns leidenschaftlichen Armen mehr als nur genossen hatte. Verdammt, dieser Hinterwäldler wusste, wie man eine Frau glücklich machte. Noch jetzt spürte sie seine Küsse auf ihrem Körper! Und sie musste das abstellen ...

»Was wir getan haben war ein Fehler«, flüsterte sie, so als wollte sie selbst nicht, dass jemand diese Lüge hörte. »Ich hätte wissen müssen, dass du nicht der Typ für bedeutungslosen Sex bist«, fuhr sie schnell fort, ehe sie nicht mehr die Kraft aufbringen würde, diesen Mist von sich zu geben. »Ich nehme also die Schuld auf mich.« Sie klappte den Laptop zu und hob ihre Jeans vom Boden auf. »Vergessen wir das Ganze und konzentrieren uns auf morgen.« Sie stieg in die Jeans, band sich fahrig die Haare zu einem losen Knoten zusammen und schlüpfte in ihre

Schuhe. »Paul holt dich um acht hier ab. Wir treffen uns dann im Studio.« Sie schulterte ihre Tasche und klemmte sich den Computer unter den Arm, ehe sie sich an Fynn vorbei zur Tür zwängen wollte.

»So einfach ist das für dich?«, fragte er und hielt sie am Arm fest. »Heute bedeutungsloser Sex und morgen weitermachen wie immer?« Er umfasste ihr Kinn und zwang sie, ihn anzusehen.

Brooke schluckte. Die fast unsichtbare Narbe an seinem Kinn hob sich im fahlen Licht hell von Fynns Bartschatten ab. Sie unterdrückte den Impuls, sich auf die Zehenspitzen zu erheben und ihn zu küssen. Ihm die Arme um den Hals zu schlingen und sich zurück in sein Bett tragen zu lassen. Stattdessen zwang sie sich zu einem distanzierten Lächeln und legte ihm die Hand an die Brust, so als wollte sie ihn auf Abstand halten. »Back to business«, erwiderte sie und griff nach der Türklinke, damit er ihre zitternden Finger nicht bemerken konnte. »Ist nichts Persönliches. Du warst wirklich toll, also bring dich jetzt deswegen bitte nicht gleich um.«

Sie schlüpfte zur Tür hinaus und rannte beinahe den schmalen Flur des Hotels entlang bis zum Fahrstuhl. Erst als sich die Tür hinter ihr schloss, lehnte sie den Kopf gegen die verspiegelte Wand und schlug die Hände vors Gesicht.

»Ich bin so dämlich!«, fluchte sie und zwang die Tränen zurück, die mit einem Mal heiß hinter ihren Lidern brannten. »So verdammt dämlich!«

Langsam drückte Fynn die Tür zurück ins Schloss. Er atmete aus, und es fühlte sich an, als entweiche damit auch all sein Empfinden. Er fühlte sich vollkommen leer.

»Ich bin doch bescheuert!«, murmelte er und tappte zurück zum Bett. Er verdrängte den Gedanken, dass Steve ihm vermutlich gratulierend auf die Schulter klopfen würde, dafür, dass er mit Brooke geschlafen hatte, denn es fühlte sich gerade alles andere als gut an. Er ließ sich auf die Matratze sinken und tat so, als würde er Brookes zarten Vanilleduft nicht wahrnehmen, der den Kissen entstieg. Der Blick auf den Wecker zeigte, dass Paul ihn in drei Stunden abholen würde. Doch wie er bis dahin noch einmal Schlaf finden sollte, war ihm ein Rätsel. Wann immer er die Augen schloss, sah er Brooke vor sich, wie sie sich in Ekstase unter ihm wand, wie sie sich ihm bedingungslos öffnete.

»Total bescheuert!«, brummte er und schlug auf die Bettdecke. »Diese Frau ist eine Hexe!« Er musste sich das immer vor Augen halten und vergessen, was geschehen war. Denn wenn Jen recht hatte, dann schenkte Brooke ihre Gunst nicht nur ihm. Sie machte nicht den Eindruck, als hätte ihre gemeinsame Nacht für sie irgendeine tiefere Bedeutung.

»Back to business«, raunte er und rieb sich übers Gesicht. »Offenbar muss ich über dieses Business noch einiges lernen!«

Er schwang die Beine aus dem Bett, und stieg in die Dusche. Absichtlich drehte er auf kalt. Das Wasser half ihm, die Erinnerung an Brookes Hände, ihre Küsse und Liebkosungen abzuspülen und sich bewusst zu werden, dass diese eine gemeinsame Nacht wirklich nichts zu bedeuten hatte. Auch nicht für ihn. Ihre überraschende Schwäche hatte seinen Beschützerinstinkt geweckt. Nur deshalb war es so weit gekommen. Tränen ließen ihn einfach nicht kalt. Er dachte an Ava und die riesigen Tränen, die wie Sturzbäche über ihre Wangen geflossen waren. An ihre bebenden Lippen und ihre zitternden Arme um seinen Hals. Nein, er konnte mit Tränen nicht gut umgehen. Und mit einem Mal schämte er sich für den billigen Geruch nach Sex in seinem Zimmer.

Avas süße und zugleich bittere Tränen mit Brookes zu vergleichen war absurd. Schließlich gehörte Ava ein Teil seines Herzens. Auch wenn jetzt Corey wichtiger für sie war. Die Wunden in seinem Herzen waren tief, aber Brooke hatte damit nichts zu tun. Die einzigen Wunden, die sie hinterlassen hatte, waren die leidenschaftlichen Kratzspuren auf seiner Schulter. Und die würden schneller heilen als er »verdammtes Weibsstück« sagen konnte.

Als Paul schließlich an seine Zimmertür klopfte, fühlte Fynn sich wie gerädert. Die zweite Nacht in Folge hatte er wegen Brooke Adams kaum Schlaf gefunden. Und nun leuchtete ihm schon wieder ein Kameralicht ins Gesicht.

»Was soll das?«, fragte er und hob die Hand vor die Linse.

Paul lachte und senkte die Kamera. »Manchmal sind Bilder von verschlafenen Promis Gold wert. Du bist allerdings zu fit, um damit eine Schlagzeile zu produzieren.«

Fynn nahm das einfach als Kompliment. »Hast du erwartet, mich volltrunken, in fleckigen Boxershorts und mit zu Berge stehenden Haaren anzutreffen?«

Paul zuckte die Schultern. »Gibt's öfter. Außerdem hätte es ja sein können, dass du schon das erste Groupie abgeschleppt hast. Halbnackte Ladies im Hintergrund schaffen ein verruchtes Image.«

Pauls leichtfertig dahingesagte Worte trieben ihm das Blut in die Wangen. Schließlich war es kaum drei Stunden her, dass jemand nackt in seinem Bett gelegen hatte. Als Lady würde er Brooke allerdings nicht bezeichnen. Und für sein Image war ein One-Night-Stand mit seiner rufgeschädigten PR-Frau sicher auch nicht gerade förderlich.

Daher zog er schnell die Tür hinter sich zu und schlüpfte in seine Jacke. »Ich fürchte, ich brauche ein anderes Image.«

»Das Image des Romantikers. Ich weiß. Hab deine Seite besucht und bin erstaunt, wie viele Ladies schon jetzt ein Kind von dir wollen.« Paul stieß ihn mit dem Ellbogen an und grinste. »Hast die freie Auswahl!«

Fynn schnaubte. »Ich glaube ja eher, dass ich überhaupt keine Wahl habe. In allen Belangen.«

»Stimmt«, gab Paul zu und schaltete die Kamera wieder an. »Brooke sagt, du sollst dir bei Starbucks einen Kaffee holen, ehe du ins Studio kommst. Die Drehgenehmigung habe ich hier, und es wurden offenbar Mädels bestellt, die dich *erkennen*.«

»Was?« Fynn stutzte.

»Na, für die PR. Soll zeigen, wie begehrt du bist und wie schnell dein Bekanntheitsgrad steigt.«

»Aber in echt würde mich da keiner erkennen, richtig?«

Paul lachte. »Ach, woher. In New York schaut doch nicht mal mehr einer hin, wenn ein Weltstar vorbeigeht. Wie sollte *dich* da einer erkennen? Das ist alles nur Show!«

»Sehr beruhigend!«, murmelte Fynn und trat aus dem Hotel.

Ein ganzer Haufen schwarzer Müllsäcke stapelte sich am Straßenrand, und ein unangenehmer Geruch lag in der Luft. »Alles nur Show«, wiederholte er kopfschüttelnd und folgte Paul mit einem staunenden Blick über die hochglänzenden Fassaden der Wolkenkratzer in Richtung des Coffeeshops.

Es war ein milder Morgen, viel wärmer, als er es aus Alaska gewöhnt war, und auch die vielen Menschen, die bereits auf den Straßen und Gehwegen unterwegs waren, bildeten einen krassen Gegensatz zu seinem Zuhause. An der Ecke verkaufte ein arabisch aussehender Händler aus einem Food Truck frisches Obst, Smoothies und Säfte, und überhaupt schienen hier viele auf ihre Gesundheit zu achten, in Anbetracht der vielen Jogger, die ihn auf dem kurzen Stück überholten. Auch bei Starbucks herrschte Hochbetrieb, und Fynn sah sich verstohlen nach Mädchen um, die so aussahen, als ließen sie sich dafür bezahlen, ihn hier für die Presse abzupassen. Aber er konnte nichts entdecken. Es war einfach zu viel los, als dass jemand auf mehr als den Typen vor sich in der Warteschlange geachtet hätte.

Gerade als er seinen Kaffee endlich bestellen wollte, kreischte die Mitarbeiterin, deren Name laut ihrem Namensschild Sally war, laut auf und klatschte jubelnd in die Hände. »Oh my god!« Sie zupfte aufgeregt ihre Kollegin am Shirt. »Sind Sie nicht dieser Fynn! Der aus dem Video?« Die hell blondierte Freundin riss die Augen auf. »Stimmt! Das ist er! Ich fasse es nicht!«

Fynn zuckte erschrocken zusammen. Plötzlich waren alle Augen auf ihn gerichtet, und im Hintergrund erspähte er Paul, der die ganze Szene mit der Kamera verfolgte. Handys wurden überall gezückt und in seine Richtung gehalten.

»Kann ich ein Autogramm bekommen?«, rief Sally und umrundete schon den Tresen. In der Hand einen leeren Kaffeebecher und einen Stift, mit dem sie normalerweise den Namen des Gastes auf dem Becher notierte.

»Ähhh, sicher ...« Fynn griff zögernd nach dem Stift. Er hatte noch nie ein Autogramm gegeben und kam sich doch ziemlich dämlich vor. Sollte er den Becher einfach so unterschreiben wie seine Steuererklärung?

»Wenn du *für Sally* schreiben könntest ...«, bat sie und drängte sich dicht an ihn, um ein gemeinsames Selfie zu machen. Fynn zwang sich zu einem Lächeln und kritzelte den Signierwunsch und seinen Namen in Großbuchstaben auf den Becher.

»Ich finde deinen Song so mega!«, flötete Sally. »Hab das Video schon tausendmal angeschaut. Ich finde es echt klasse, dass du jetzt ne ganze Platte machst.«

»Ja, ja ...« Fynn versuchte cool zu bleiben, denn immer mehr Becher, Zettel und Servietten wurden ihm zum Signieren gereicht. »Ich auch. Und heute Abend singe ich im Seven Seconds. Wer also noch nichts vorhat ...«

Zustimmender Jubel breitete sich im Coffeeshop aus, und einige versprachen, auf jeden Fall zu kommen. Dann hatte er endlich doch einen Kaffee in der Hand und kämpfte sich ein erzwungenes Selfie nach dem anderen schießend zurück auf die Straße.

Dort erwartete ihn Paul bereits mit einem breiten Grinsen. »Gar nicht schlecht für deinen ersten Morgen in New York, oder? Diese Sally sieht nicht übel aus. Und ich glaube, Brooke hätte sie nicht wirklich bezahlen müssen, um dich anzuhimmeln. Hast du ihren Blick gesehen? Also ich schon. Wenn du willst, zeig ich dir das Material …«

»Sally interessiert mich nicht«, unterbrach Fynn ihn schroff und fuhr sich durchs Haar. So viel körperliche Nähe mit Fremden hatte er noch nie gehabt. »Und der Kaffee auch nicht.« Er warf den Becher in den nächsten Mülleimer. »Können wir jetzt ins Studio? Ich dachte, ich soll heute mein Lied aufnehmen.«

Als Fynn endlich das wenig glamouröse Studiogebäude von Dream Music in einem Industriegebiet von New Jersey erreichte, ärgerte er sich noch immer. Es regte ihn auf, dass die Leute so oberflächlich waren und Bilder von jemandem schossen, den sie überhaupt nicht kannten oder von dem sie noch nie etwas gehört hatten. Nur weil die bezahlte Sally diesen Aufriss gemacht hatte, posteten nun zahlreiche Fremde ein Statement zu seinem Morgenkaffee. Das war doch absurd!

Der Taxifahrer ließ sie an einem Metallzaun zum Studiogelände aussteigen. Während Paul bezahlte, schlenderte Fynn auf den Eingang zu. Er spürte Nervosität in sich aufsteigen, die sich noch steigerte, als Brooke ihm entgegenkam. Sie trug ihr Haar offen, und der Wind riss einige Strähnen in den Himmel. Sie lächelte ihn an, und kurz glaubte er, eine leichte Röte auf ihren Wangen gesehen zu haben. Aber ihr sachlich nüchterner Blick ließ nicht wirklich erahnen, dass sie eine leidenschaftliche Nacht miteinander verbracht hatten.

»Ich hoffe, du bist fit«, grüßte sie ihn und hielt ihr Handy hoch. »Dein Auftritt heute Morgen geht schon viral, und es war toll von dir, den Gig am Abend zu erwähnen.«

Sie kam an seine Seite und zeigte ihm irgendwelche Posts, die ihn offenbar beeindrucken sollten. Aber er sah überhaupt nicht hin. Stattdessen heftete sich sein Blick wie von selbst auf die sanften Hügel ihrer Brüste, die sich unter ihrer weit aufgeknöpften Hemdbluse abzeichneten. Er glaubte, den leichten Duft von Vanille zu riechen, der dem Tal zwischen den Hügeln entstieg.

»Ich wusste nicht, dass ich schon den ersten Kaffee am Tag mit der Welt teilen muss«, brummte er schroffer als nötig, aber es gefiel ihm nicht, dass sie so tat, als wäre zwischen ihnen nichts gewesen.

Dass sie auf seine schlechtgelaunte Antwort hin nun auch noch lachte, machte die Sache nicht besser.

»Ich habe dir doch gesagt, du gehörst mir«, flüsterte sie flirty. »Jeder deiner Schritte dient einem Zweck, Fynn. Ich hatte gedacht, das sei inzwischen klar.«

Fynn musste sich zwingen, die Hände nicht zu Fäusten zu ballen. »Welchem Zweck diente denn die letzte Nacht?«, fragte er kühl und hielt ihr die Tür zum Studio auf.

Sie grinste ihn an und ließ wie beiläufig ihre Hand über seinen Oberschenkel gleiten, als sie an ihm vorbei durch die Tür trat. »Ich weiß jetzt, wie du tickst«, wisperte sie und benetzte sich die Lippen. »Ich dachte, ich vermarkte dich als einen Romantiker, aber nach der Nacht …«, sie zwinkerte, und nun stieg ihr wirklich das Blut in die Wangen, »wäre das eine Verschwendung. Du bist heiß. Zeigen wir das der Welt.«

Sie griff nach seiner Hand und zog ihn mit sich den Gang entlang, an einem Anmeldetresen vorbei, bis zu einer breiten Doppeltür.

»Brennan ist auch da. Er will dabei sein, wenn du deinen Hit einsingst.«

Die Vorwarnung kam etwas zu spät, denn schon stand er dem unangenehmen Produzenten gegenüber, der in einem schwingenden Chefsessel lümmelte und mit dem Tontechniker scherzte. Als er Fynn erblickte, sprang er auf und reichte ihm euphorisch die Hand.

»Fynn Keller! Hoffe, die Stimmbänder sind geschmeidig. Heute produzieren wir einen Hit!«

Fynn nickte brav und grüßte auch den Techniker, der nur knapp aus dem Hintergrund winkte. Eine gut drei Meter lange Konsole mit Reglern und Knöpfen erinnerte an das Cockpit eines Raumschiffs, und die vielen Kabel, die alles miteinander verbanden, verstärkten diesen Eindruck noch. Durch eine große Scheibe vor dem Mischpult konnte man in einen hell erleuchteten Aufnahmeraum sehen, in dem ein flaches Tellermikrofon an einem langen Arm von der Decke hing.

»Brooke hat mir gerade schon berichtet, dass alle Maßnahmen sehr erfolgreich anlaufen«, riss Brennan ihn aus seiner Betrachtung. »Das ist großartig. Wirklich großartig.« Der Produzent ließ sich zufrieden zurück in den Chefsessel fallen und rieb sich die Hände. »Und jetzt verlieren wir keine Zeit, sondern fangen an. Jede Minute Tonstudio kostet Geld! Wenige Takes wären also hilfreich«, lachte er. »Nicht, dass ich Druck aufbauen will.«

»Vergiss, was Brennan sagt«, mischte sich Brooke ein und warf ihrem Vorgesetzten einen warnenden Blick zu. »Du brauchst so viele Takes, wie du eben brauchst.« Sie deutete durch die Scheibe in den Aufnahmeraum. »Komm, ich zeig dir alles.«

Sie ging vor ihm her und nahm den Kopfhörer von dem Mikrofongestänge. »Ich nehme an, du hast noch nie in einem Studio gesungen?«

»Hab ich nicht.« Fynn strich sich durchs Haar. Er fühlte sich wie ein Affe im Zoo, so beobachtet durch die Glasscheibe. Er sah, dass Brennan mit dem Techniker redete, hörte aber nichts.

»Ich bin sicher, du machst das super«, versuchte Brooke ihn zu motivieren. »Du setzt den Kopfhörer auf, dann hörst du den Takt und die Melodie.« Sie deutete auf einen Notenständer, auf dem mehrere Zettel lagen. »Ich habe deinen Text anhand dessen, was du in dem Video gesungen hast, niedergeschrieben und hier für dich ausgedruckt. Du singst immer so einen Absatz, und dann fängst du wieder von vorne an. Wir machen immer fünf Takes, dann sagt die Technik, ob was dabei war, das wir verwenden können. Wenn nicht, beginnt das Spiel von Neuem. So arbeiten wir uns durch das ganze Stück. Am Ende kannst du gern das Stück auch mal ganz durchgehen, aber nur die richtigen Profis schaffen es, dass man einen One-Take auf die Platte pressen kann. Mach dir deshalb also keinen Druck.«

Sie hob den Arm und der Techniker drückte einen Knopf. Sofort hallte die Melodie seines Songs durch die Lautsprecher. »Das haben wir gestern aufgenommen. Wie gefällt dir die Bassgitarre? Und das Schlagzeug? Erkennst du dich und deinen Song darin noch wieder?«

Fynn nickte. Seine Melodie so gewaltig durch die Boxen zu hören, verursachte ihm eine Gänsehaut. Der Bass verlieh seinem schmerzvollen Refrain noch mehr Tiefe, und die warmen Töne der übrigen Instrumente bildeten einen stimmungsvollen Gegensatz. »Es ist …«

»Ein Hit!«, beendete Brooke den Satz für ihn und lächelte ihn strahlend an. »Das wird ein Hit, Fynn«, versprach sie und drückte ihm die Kopfhörer in die Hand. »Und jetzt zeig Brennan, dass ich ihm mit gutem Grund versichert habe, du würdest Musikgeschichte schreiben.«

Als sie sich umdrehte, um den Raum zu verlassen, hielt Fynn sie leicht am Arm fest. Er suchte ihren Blick und drehte sich so, dass sein Rücken sie vor neugierigen Blicken durch die Scheibe schützte. »Du und Brennan ...«, flüsterte er. »Was ...? Was läuft da zwischen euch?«

Überraschung zeigte sich auf ihrem Gesicht, aber nur kurz. Dann verschwand jede Emotion aus ihren schönen Zügen, und sie nahm eine verschlossene Haltung an. »Eine gemeinsame Nacht gibt dir noch lange nicht das Recht, dich in meine Angelegenheiten einzumischen«, presste sie heraus und riss sich los. »Verhalte dich professionell!«

Brooke zitterte, als sie die Tür zum Aufnahmeraum hinter sich schloss. Sie mied Brennans Blick und schaute möglichst konzentriert durch die Scheibe, damit man sie nicht ansprechen würde. Doch was sie da sah, trug nicht dazu bei, ihre aufgewühlten Gefühle zur Ruhe zu bringen. Fynn Keller sah unverschämt gut aus. Nicht nur in seiner schmutzigen Werkstatt, sondern auch hier, mit den Kopfhörern am Ohr, machte er eine gute Figur. Und er ging ihr unter die Haut. Das hatte sie nicht erwartet. Sie hatte nicht erwartet, dass die gemeinsame Nacht ihr selbst am folgenden Tag nicht aus dem Kopf gehen würde. Sie hatte nicht gedacht, dass es ihr so schwerfallen würde, Fynn mit geschäftsmäßiger Distanziertheit zu begegnen. Aber was sollte sie sonst schon tun? Sie konnte es sich nicht leisten, einer dummen Schwäche, geboren aus einer einzigen leidenschaftlichen Nacht und ihrer verfluchten Einsamkeit, nachzugeben. Die letzte Nacht, so schön und besonders sie auch gewesen war, durfte sich nicht wiederholen. Brennan würde sie feuern, bekäme er davon Wind. Nicht, weil sie ihm etwas bedeutete. Diese Lektion hatte sie nach Jasons Tod gelernt. Sondern einfach, weil Brennan nicht gern teilte.

Ihre düsteren Gedanken wurden unterbrochen, als der Tontechniker Fynn durch die Scheibe das Zeichen gab, dass es nun losging. Als hätte dieses Handzeichen ein Elektrizitätswerk aktiviert, knisterte es im gesamten Studio plötzlich vor Spannung. Alle hielten den Atem an, als Fynn nahe an das Mikro ging und seine ersten Zeilen sang. Seine Stimme klang voll und rau, so wie erwartet, aber seine Anspannung war ebenfalls deutlich zu hören.

Brooke rieb sich nervös die Hände, denn auch nach den ersten fünf Versuchen wurde es nicht besser. Brennan schüttelte schon den Kopf und tigerte nervös in dem schmalen Studio umher.

»Er bringts nicht«, fluchte er. »Kennt man ja. Etliche Sänger sind live super, versagen aber bei der Studioarbeit!«

»Er hat das noch nie gemacht«, verteidigte Brooke Fynns Leistung. »Gib ihm doch etwas Zeit.«

»Wir haben keine Zeit zu verlieren«, erinnerte Brennan sie streng und wandte sich an den Techniker. »Cut!«, befahl er. »Wir machen hier einen Cut, und Brooke redet noch mal mit ihm.« Er scheuchte sie regelrecht zur Tür. »Hol mal Gefühl aus diesem Mechaniker!«

Brooke kniff verärgert die Lippen zusammen, ging aber wie befohlen zurück in den Aufnahmeraum.

»Hey« Sie ging zu Fynn und nahm ihm den Kopfhörer ab. »Brennan ist noch nicht zufrieden«, brachte sie ihn verlegen auf den aktuellen Stand. Nachdem sie ihn eben so schroff hatte stehen lassen, wusste sie nicht, wie sie sich ihm nähern sollte.

Und Fynn hatte offenbar nicht vor, es ihr leichter zu machen. »Was soll ich ändern?«, fragte er kühl.

»Wir brauchen mehr Gefühl. Es muss … echter klingen.«

»Echter?«

Brooke nickte. »So, wie in der Bar. Mehr Leidenschaft.« Sie zuckte mit den Schultern und beugte sich nach vorne, um das

Mikro abzuschalten. »Denk von mir aus an letzte Nacht, Fynn«, flüsterte sie und berührte ihn leicht am Arm. »Da war genug Leidenschaft für eine ganze Platte!«

Fynns blaue Augen verfinsterten sich. »Du bist unfassbar«, brummte er ungläubig. »Wie kannst du versuchen, mich mit den Gefühlen der letzten Nacht zu manipulieren?«

Brooke ballte die Hände zu Fäusten. »Weil das mein Job ist!«, fauchte sie und drehte sich so abrupt auf dem Absatz um, dass ihre Haare Fynn ins Gesicht schlugen. »Schlaf nicht mit mir, wenn du damit nicht klarkommst!« Ohne ihn noch einmal anzusehen schaltete sie das Mikrofon wieder an. »Er ist bereit, wir können weitermachen!«, rief sie und knallte die Tür hinter sich zu.

Als der Techniker nun die Melodie einspielte, griff Fynn energisch nach dem Mikrofonständer und packte so fest zu, dass Brooke seine Knöchel weiß hervortreten sehen konnte. Er senkte den Kopf zum Mikrofon, doch sein brennender Blick traf sie durch die Scheibe, als er mit der vollen Gewalt seiner einzigartigen Stimme in die erste Strophe ging.

»YES!«, rief Brennan und klopfte dem Techniker auf die Schulter, aber Brooke bekam das kaum mit. Wie beim ersten Mal, als sie Fynn auf dem Video gesehen hatte, verschlug ihr seine Stimme auch jetzt wieder den Atem. Gänsehaut breitete sich auf ihrem Körper aus, und in ihrem Magen wuchs so ein Flattern heran, das sie nicht benennen konnte. Die Art, wie er verzweifelt das Mikrofon festhielt, der Schmerz, der aus jedem Wort sprach, das über seine weichen Lippen kam, das alles trieb ihr die Tränen in die Augen, und sie trat unwillkürlich einen Schritt näher an die Scheibe. Fynn Keller zog sie magisch an, auch wenn sie wusste, dass die Enttäuschung über ihr Verhalten der Grund dafür war, dass er Bestleistungen ablieferte.

»Lass durchlaufen!«, wies Brennan den Techniker an, den Absatz nicht abzubrechen. »Das wird ein One-Take!«, flüsterte er fast ehrfürchtig und stellte sich neben Brooke. Er legte ihr die Hand vertraut auf die Schulter und riss sie damit aus ihrer Trance. »Ich weiß nicht, was du mit ihm gemacht hast, Babe, aber was immer es ist, es wirkt Wunder!«

Verlegen senkte Brooke den Blick und machte wieder einen Schritt zurück in den Schatten. Es war unsinnig, anzunehmen, Fynn könne sie nun nicht sehen, aber vielleicht würde ihm zumindest entgehen, wie Brennan seine Hand auf ihren Po legte.

»Das hat nichts mit mir zu tun«, tat Brooke das Lob ab. »Fynn ist ...«, sie spürte, wie ihr das Blut in die Wangen stieg, »er hat diese Leidenschaft und dieses Gefühl einfach in sich.«

Brennan lachte. »Leidenschaft und Gefühl? Das erinnert mich daran, dass ich heute Abend noch nichts vorhabe. Wie sieht es bei dir aus? Wollen wir ...«, er umfasste ihre Taille und beugte sich näher an ihr Ohr, »diesen unfassbaren One-Take zusammen feiern? Wie in guten alten Zeiten?«

Brooke schluckte. Fynn sang tatsächlich einen perfekten One-Take ein, und jede Faser ihres Körpers jubelte über diesen grandiosen Erfolg. Und in den guten alten Zeiten hätte sie nichts lieber getan, als den Abend mit Brennan zu verbringen. Teurer Champagner und billiger Sex. Das war es, was Brennan unter einer Feier verstand. Und im Grunde war daran ja auch nichts schlecht. Nur dass die Lippen, die sie schon den ganzen Tag auf ihrem Körper zu spüren glaubte, nicht zu Brennan gehörten.

Sie rückte etwas von ihm ab und fuhr sich durchs Haar. »Das wird noch ein langer Tag«, erwiderte sie möglichst neutral, während sie einige Fotos von Fynn für die Netzwerke machte. »Wir haben ja noch ein paar Titel mehr einzusingen, und dann geht es auch noch ins Seven Seconds. Da kann ich Fynn nicht sich selbst überlassen.«

Brennan wirkte leicht verstimmt, als er schließlich nickte. »Ich hätte mir denken können, dass dein Ehrgeiz mich mal wieder um mein Vergnügen bringt.«

»Wir sind nicht zum Vergnügen hier«, erinnerte Brooke ihn entschlossen und blickte durch die Scheibe in den Aufnahmeraum, wo Fynn einen weiteren makellosen Durchgang ablieferte.

»Er ist heiß«, stellte Brennan fest, als er ihrem Blick folgte.

»Ist er«, bestätigte Brooke tonlos, auch wenn ihr Puls schneller schlug, nun, wo sie sich das ehrlich eingestand.

Brennan musterte sie kritisch. Dann kniff er die Lippen zu einer schmalen Linie zusammen und legte ihr erneut besitzergreifend die Hand auf den Hintern. »Ich will ihn mit schönen Frauen sehen. Hörst du, Brooke? Je heißer, umso besser.«

Sie runzelte die Stirn. »Der Song geht um den Schmerz eines Verlustes. Um Wunden in seinem Herzen. Da ist es doch nicht glaubwürdig, wenn er sich mit heißen Pussys umgibt.«

Brennans Griff wurde fester. »Tu, was ich sage. Wir wollen keinen Mönch verkaufen! Und was hilft besser über ein gebrochenes Herz hinweg, als ein paar Titten und knackige Ärsche? Seine weiblichen Fans werden es verstehen und sich wünschen, die Nächste in seinem Bett zu sein!«

KAPITEL 14

Fynn hatte keine Lust mehr. Sein Hals war rau von den unzähligen Takes, die er im Lauf des Tages eingesungen hatte. Er
lutschte den gefühlt tausendsten Hustenbonbon, während Paul
schon wieder die Kamera auf ihn richtete. Dabei gab es doch
überhaupt nichts zu sehen. Er saß auf einem Mauervorsprung
im geschotterten Hinterhof des Studios und machte eine Pause,
während der Techniker die letzten Takes auswertete. Der Wind
fuhr ihm durchs Haar, und er atmete tief ein, um ein Gefühl
der Freiheit zu erzeugen, mit wenig Erfolg. Doofe Kamera!
Wenn das so weiterging, würde er noch einen Verfolgungswahn
entwickeln.

»Mach doch mal das Ding aus!«, brummte er Paul an und
drehte ihm die kalte Schulter zu. »Will doch keiner sehen, wie
ich hier sitze und nen Bonbon lutsche!«

»Wenn du wüsstest, was die Leute alles interessiert …« Paul
kam mit der Kamera näher und zog dann flüssig an Fynn vorbei, ehe er die Aufnahme stoppte. »Und du kommst auf den
Bildern gut rüber. Auch wenn du nichts Bedeutendes machst.
Brooke hat ja schon Aufnahmen aus dem Studio geteilt. Die
erzielen gute Werte.«

Fynn schüttelte den Kopf. Der Salbeigeschmack seines
Bonbons passte zu der Bitterkeit, die er wegen dieses ganzen

Social-Media-Rummels verspürte. Werte, Likes und virale Verbreitung interessierten ihn überhaupt nicht. Das erschien ihm noch unwichtiger als ein abgeknickter Grashalm in der Wildnis Alaskas. Und wenn er tief in sich hineinhörte, wurde er sich von Tag zu Tag sicherer, dass diese Musikbranche nichts für ihn war. Trotzdem hatte er diesen blöden Vertrag mit Dream Music unterzeichnet. Nicht aus Ehrgeiz oder Vorfreude auf eine Karriere im Rampenlicht. Sondern wegen des Geldes. Und weil er hoffte, damit Ava zurück nach Palmer holen zu können.

»Ein letzter Anlauf für heute?«, hakte der Techniker nach, der gerade seinen Kopf durch die Tür ins Freie steckte. »Dann hätten wir die Songs für die Single so langsam zusammen.«

Stöhnend erhob sich Fynn und kaute die letzten Zuckersplitter seines Bonbons klein. »Also los«, murrte er und folgte dem Techniker. »Bringen wir es zu Ende.«

So rasch, wie Fynn gehofft hatte, gingen die letzten Aufnahmen doch nicht vonstatten, und es war Brooke, die schließlich darauf beharrte, schnell zu einem Ende zu kommen.

»Wir müssen los. In zwei Stunden öffnet der Club, und Fynn muss sich umziehen. Wir fahren ins Hotel, holen uns unterwegs einen Burger, und dann geht es direkt weiter in den Club. Das Team ist schon vor Ort. Sie haben Autogrammkarten im Gepäck und ganz fantastische Poster, die unser Grafikteam heute Nacht noch erstellt hat. Du wirst begeistert sein.«

Fynn fuhr sich müde durch die Haare. Auch Brooke sah müde aus, aber das tat ihrer Euphorie keinen Abbruch. Sie lief offenbar auf Hochtouren. »Ich wäre begeistert, wenn ich mich jetzt mit meinen Freunden auf ein Bier treffen könnte«, entgegnete er matt und hängte den Kopfhörer zurück an den Mikrofonständer.

»Ein Bier?« Brooke zögerte nicht lange und winkte Paul heran. »Besorg uns ein Taxi, ein Sixpack und eine große Tüte

Fastfood, ehe du zum Club vorfährst«, wies sie ihn an, ehe sie sich wieder an Fynn wandte. »Deine Freunde kann ich dir nicht herzaubern, aber ansonsten bekommt unser neuer Star alles, was er will. Gibt es sonst noch etwas, das mein Team für dich tun kann? Spuck es einfach aus. Brennan hat mir seine goldene Kreditkarte hiergelassen, als er gegangen ist. Du hast ihn beeindruckt.«

»Gut zu wissen, dass er zufrieden mit dem ist, was er sich eingekauft hat«, sagte Fynn ironisch und folgte Brooke langsam aus dem Studio. Er verabschiedete sich von dem Techniker und einigen anderen Mitarbeitern, die heute mit ihm zusammengearbeitet hatten, aber mit seinen Gedanken war er schon beim Verlauf des restlichen Abends. Er hatte keine Ahnung, was ihn erwartete. Er ging gern in die Bar, aber mit Clubs hatte er wenig am Hut. Von daher fragte er sich, was der Abend wohl noch für Überraschungen bereithalten mochte.

Auch während der Taxifahrt zurück zum Hotel fand sich keine Gelegenheit, Brooke danach zu fragen, denn sie stürzten sich ausgehungert auf die braunen Papiertüten mit Fastfood. Paul hatte eine riesige Auswahl an Burgern, Pommes und Softdrinks besorgt, und da sie alle nicht recht zu wissen schienen, wann der Tag enden würde, schlugen sie sich ordentlich die Bäuche voll. Auch wenn das dem Taxifahrer nicht gefiel. Nur dank Brookes großzügigem Bestechungsgeld duften sie überhaupt während der Fahrt essen, und als sie schließlich das Apartment erreichten, hatte der gefüllte Magen Fynns Laune ein ganzes Stück weit angehoben. Die Erschöpfung, die ihn noch im Studio übermannt hatte, verflüchtigte sich schlagartig, als er allein mit Brooke in den Fahrstuhl stieg und zu seinem Zimmer hinauffuhr.

Unauffällig beobachtete er seine blonde Begleiterin. Ihr war nicht anzumerken, dass sie sich wegen ihres One-Night-Stands irgendwie unwohl fühlte. Ihre Schritte waren entschlossen, sie lächelte und sah ihn leicht ungeduldig an, als sie sein Apartment erreicht hatten.

»Mach schon auf. Wir haben nicht viel Zeit«, sagte sie und ließ ihm den Vortritt in sein Zimmer. Dicht hinter ihm trat sie ein und schlüpfte sogleich aus ihren Schuhen. Zu Fynns Überraschung lagen mehrere ihm unbekannte Outfits auf seinem ordentlich gemachten Bett.

»Was ist denn das?«, fragte er und wandte sich zu Brooke um, die inzwischen nicht nur ihre Schuhe, sondern auch ihre Jacke losgeworden war.

»Mein Team hat dir eine Auswahl an Klamotten für den Abend besorgt. Wenn du aus der Dusche kommst, suchen wir dir was Schönes aus.«

Skeptisch trat Fynn näher ans Bett. Einige dunkle Jeanshosen mit verschiedenen Schnitten waren faltenfrei auf den Bettüberwurf drapiert. Daneben befanden sich etliche Hemden und zwei dunkle Lederjacken und am Boden mehrere unterschiedliche Paar Schuhe. Gegen die Hosen und die Jacken hatte Fynn im Grunde nichts einzuwenden, aber die Hemden missfielen ihm. Er nahm eines auf und faltete es auseinander. Der silbrig glänzende Hemdstoff war überhaupt nicht sein Fall.

»Super!«, überraschte ihn Brooke begeistert. »Du wirst super darin aussehen. Das passt so gut zu deinen Augen!« Sie umrundete ihn und hielt die Schultern des Hemdes an seinen Körper. »Ja, das wird richtig gut!« Sie grinste ihn an und warf das Teil zurück aufs Bett. »Geh jetzt duschen, wenn du nicht willst, dass ich mitkomme. Wir haben nicht viel Zeit, und ich würde mich wirklich auch gern noch kurz frischmachen.«

»Du willst hier ins Bad?«, fragte Fynn überrascht und obwohl er es nicht zugeben würde, hatte die Vorstellung von Brooke und ihm zusammen unter der Dusche etwas.

Ein verführerischer Glanz lag in ihren Augen, als sie antwortete. »Es ist recht weit bis zu meiner Wohnung. Und du hast mich ja schon nackt gesehen. Wäre also keine große Sache, oder?«

Sie hatte natürlich recht. Trotzdem heizte der Duschgedanke Fynns Fantasie an. »Klar«, murmelte er etwas irritiert. »Keine große Sache.« Er ging die wenigen Schritte zum kleinen angrenzenden Badezimmer. »Dann fang ich besser mal an.«

Als er das Wasser über seinen Körper laufen ließ, rieb er sich fest mit den Händen übers Gesicht. Er fragte sich, warum allein die Anwesenheit von Brooke im Nebenzimmer sein Blut in Wallung brachte? Sie hätte das mit der gemeinsamen Dusche besser nicht gesagt, denn nun fragte er sich, wie es wäre, sie hier unter dem heißen Schauer zu lieben.

»Verdammt!«, knurrte er und drehte das Wasser kälter. Er kam sich vor wie ein Schuljunge, der in die Abschlussballkönigin verknallt war, die noch nicht mal seinen Namen kannte. Na gut, Brooke kannte seinen Namen, aber seit ihrer leidenschaftlichen Nacht tat sie ja wieder so, als wären sie schlichtweg Geschäftspartner. Keine Spur von zärtlichen Gefühlen, Zuneigung oder gar Verliebtsein.

Ihm selbst jedoch gingen ihre zarten Lippen nicht mehr aus dem Kopf. Die Weichheit ihrer Haut, ihr süßes Stöhnen …

Mit einem entnervten Schnauben drehte Fynn das Wasser ab und griff sich das Duschtuch. Obwohl es groß genug war, um es sich um die Hüften zu schlingen, würde es kaum verbergen, in welche Richtung seine Gedanken abgedriftet waren. Seine Erregung brauchte dringend einen Dämpfer, nur was sollte ihn davon ablenken, dass Brooke gleich ebenfalls nackt hier stehen würde?

Er biss die Zähne zusammen und zwang sich, an den Grund für das alles hier zu denken. An Ava. Überhaupt hatte er viel zu selten an sie gedacht, seit Brooke so überraschend in sein Leben getreten war. Ava war hier in New York. Er musste sie unbedingt besuchen. Er wollte ihr persönlich erzählen, wie sich sein Leben gerade veränderte. Ihr von den heutigen Aufnahmen berichten und der kommenden Platte. Er wollte ihr in die Augen sehen, wenn er ihr sagte, wie sehr er sie vermisste.

Fynn trocknete sich den Rücken und die Brust, fuhr sich durch die Haare und hatte nun keine Mühe mehr mit dem Handtuch um die Hüften. Zufrieden blickte er sein Spiegelbild über dem Waschbecken an und nickte. Er würde Ava besuchen. So bald wie möglich!

»Ich brauche einen freien Tag«, erklärte er deshalb, als er zurück ins Zimmer kam.

»Einen freien Tag? Du bist erst seit zwei Tagen in New York. Zeit für Sightseeing ist nicht.«

»Ich will keine Sehenswürdigkeiten abklappern. Ich habe etwas Privates zu tun.«

Brooke lachte. »Schon vergessen? Du hast jetzt kein Privatleben mehr. Sorry, aber deine nächsten Tage sind längst durchgeplant.« Ohne weitere Erklärung knöpfte sie ihre Bluse auf und verschwand ins Bad.

Fynn sah ihr missmutig nach. So schnell gab er sich nicht geschlagen. Er würde einfach morgen noch mal auf das Thema zu sprechen kommen. Jetzt sollte er besser schauen, dass er sich anzog, ehe die blonde Teufelin zurückkam.

Er wählte eine der schwarzen, leicht ausgewaschenen Jeans, die gut zu den grauen Chucks passten, die man ihm bereitgestellt hatte, zog aber eines seiner eigenen Shirts an, denn die Hemden waren definitiv nicht sein Fall. Gerade brachte er seine Haare in Form, als Brooke in ein Badetuch gewickelt aus der Dusche kam. Als sie ihn sah, blieb sie wie angewurzelt stehen und verzog skeptisch die Lippen.

»Was ist mit den Hemden nicht in Ordnung?«, fragte sie und trat näher. Sie griff sich das silbrig schimmernde Hemd und hielt es ihm hin. »Ich dachte, wir wären uns da einig?«

135

Fynn grinste. »Wir könnten uns darauf einigen, dass ich das scheußlich finde.«

»Unsinn! Das ist nicht scheußlich! Das ist hip!«

»Hip? Bin ich jetzt zwölf und trag hippe Klamotten beim Chillen mit meinen best Buddies?«

Brookes helles Lachen brachte auch ihn zum Schmunzeln. Sie musterte ihn von oben bis unten. »Definitiv nicht zwölf«, flüsterte sie und schob ihre Hände unter sein Shirt, nur um es ihm dann über den Kopf zu ziehen. »Und so redet kein Mensch.«

Fynn sog den Atem ein, denn kalte Wassertropfen perlten aus ihren Haaren auf seine Brust.

»Du bist ein Mann. Und nicht die Zielgruppe, Fynn«, erklärte Brooke und drückte ihm ein weißes Tanktop in die Hand. »Ich bin deine Zielgruppe, und ich würde dich zu gern hierin sehen.« Mit einem Kopfnicken forderte sie ihn auf, das Shirt überzuziehen. Dann nahm sie ein schwarzes Hemd vom Bett und strich zärtlich über den Stoff. »Schlüpf doch mal rein.«

Fynn rollte mit den Augen, tat aber, worum sie ihn bat. Es fiel ihm schwer, ihr etwas abzuschlagen, solange sie nur in mit einem Handtuch am Körper vor ihm stand. Ihre goldenen Haare wirkten so nass vom Wasser dunkel und schwer, und der ihm ansonsten bereits so vertraute Vanilleduft ihrer Haut war verschwunden. Stattdessen roch sie nach seinem Duschgel, was ihm irgendwie noch besser gefiel. So, als gehörte sie jetzt zu ihm. Was natürlich Unsinn war. Wenn, dann gehörte er ja wohl ihr, wie man schon daran sah, dass er offenbar nicht einmal mehr selbst seine Kleider auswählen durfte.

Er schlüpfte in das Hemd und schloss der Reihe nach die Knöpfe. Natürlich unter Brookes abwägendem Blick.

»Gut so?«, fragte er und die Ironie war deutlich herauszuhören.

»Nein, so geht das nicht«, murmelte Brooke. Sie trat dicht an ihn heran, legte die Hände an seine Brust und öffnete die Knöpfe nach und nach. Ihre Finger glitten leicht wie Federn über seinen Körper, als sie den Stoff auseinanderschob. »Trag das Hemd offen«, flüsterte sie und senkte den Blick. Zärtlich wie in der Nacht zuvor ließ sie ihre Hände über seinen Bauch wandern. Als sie sein Shirt griff und es langsam in den Bund seiner Jeans steckte, hielt Fynn den Atem an. Er sah ihr Herz unter dem Handtuch schlagen. Die milchig weißen Hügel ihrer Brüste hoben sich bei jedem ihrer ebenfalls viel zu schnellen Atemzüge, und als sie sein Shirt gerichtet hatte und ihm wieder ins Gesicht sah, las er die gleiche Sehnsucht in ihrem Blick, die er selbst empfand.

Automatisch umfasste er ihre Taille und grub die Finger in das Handtuch. Er hoffte, es möge sich lösen, möge zu Boden gleiten und ihm einen weiteren Blick auf Brookes schlanken, beinahe mädchenhaft verletzlichen Körper gewähren.

Brooke unterdrückte ein Seufzen, als er sie umfasste. Sie musste sich gegen die verwirrenden Gefühle wappnen, die er in ihr wachrief, denn seit sie ihn heute hatte singen hören, seit seine Stimme ihr Innerstes berührt hatte, sehnte sich ein Teil von ihr davon, sich noch einmal vollkommen gedankenlos in seine Arme sinken zu lassen.

»So ist es besser«, flüsterte sie und trat bedauernd einen Schritt zurück. Wieder ließ sie ihren Blick über ihn gleiten, um seine Wirkung zu prüfen. Nun, wo das Hemd offenstand, wirkte er lässig und cool, so wie sie ihn auch in seiner Werkstatt erlebt hatte. Es passte zu ihm, auch wenn er selbst es vielleicht noch etwas zu elegant fand. Der dunkle Stoff unterstrich seine Augen, und zusammen mit dem leichten Bartschatten auf seinen Wangen sah er alles andere als bieder oder brav aus.

Er ließ die Hände sinken, die eben noch ihre Taille umspannt hatten, und mit einem Mal wirkte das Apartment wieder viel zu klein. Der Wasserdampf aus dem Bad waberte wie Nebel in den Raum, und es kam Brooke vor, als läge ein Zauber über ihr. Sie biss sich auf die Lippe, um zurück in die Realität zu finden.

»Die Mädels werden dich lieben!«, ergänzte sie und bückte sich nach ihrer Tasche. Sie öffnete den Reißverschluss und nahm eine Plastiktüte heraus, deren Inhalt sie auf sein Bett schüttete. Da sie schon am Morgen geahnt hatte, keine Zeit zu haben, um in ihre Wohnung zurückzukehren, hatte sie ein dünnes Trägerkleid eingepackt. Stoffe mit hohem Stretchanteil verziehen eine solche Behandlung.

Sie bemerkte Fynns überraschten Blick, aber er besaß zu viel Anstand, um ihr beim Ankleiden zuzusehen, und wandte sich in Richtung der kleinen Küchenzeile ab.

»Ich koch uns noch einen Kaffee, ehe wir gehen«, schlug er vor und ließ schon Wasser in die Kanne.

Brooke atmete tief durch. Kaffee war vielleicht gar nicht schlecht, um ihre Nerven zu beruhigen. Sie musste dringend zurück zu einem professionellen Umgang mit Fynn, auch wenn ihr das zugegebenermaßen sehr schwer fiel. Er war einfach zu heiß, als dass sie das vollkommen ausblenden könnte.

»Kaffee ist super«, stimmte sie ihm zu und zog sich an. Das Kleid umspielte eng ihre Silhouette und endete kurz unterhalb ihres Pos. Der tiefe V-Ausschnitt war mit silbernen Pailletten eingefasst und lenkte den Blick gekonnt zwischen ihre Brüste. Sie liebte das Kleid. Brennan hatte es ebenfalls geliebt. Warum sie es ausgerechnet heute morgen aus den Tiefen ihres Schrankes gefischt hatte, wusste sie nicht so genau, aber jetzt, wo sie sich darin sah, gratulierte sie sich zu ihrer Eingebung.

Sie kämmte sich die nassen Haare kurzerhand mit den Fingern durch und vertraute darauf, dass sie beim Trocknen an der Luft ein paar lockere Wellen bekommen würden. Dann trat sie an den Spiegel und zog sich einen dunklen Lidstrich. Auf mehr verzichtete sie, da sie im Club keine unnötige Aufmerksamkeit auf sich lenken wollte.

Sie prüfte gerade ihre Aufmachung im Spiegel, als sie Fynns Blick auf sich ruhen spürte. Er hatte zwei Tassen in der Hand und lächelte sie an.

»Du siehst gut aus«, murmelte er und reichte ihr eine Tasse. »In Palmer gibt es kaum Frauen, die mal Bein zeigen.«

Brooke lachte. »Mein Ding ist das auch nicht. Aber ins Seven Seconds kommt man nur rein, wenn man gut aussieht.«

»Du siehst auch in Jeans ganz gut aus«, zwinkerte Fynn ihr zu und nippte an seinem dampfenden Gebräu.

Brooke warf ihm lachend eine Kusshand zu und ließ sich in den Sessel fallen. »Hör mal, Fynn, das, was da gestern Nacht passiert ist ... ich will nicht, dass du denkst, ich wäre in dich verliebt, oder so ...«

»Denke ich nicht.«

Sie strich sich eine feuchte Strähne hinters Ohr und legte die Hände um die Tasse, als würde sie sich daran wärmen. »Ich bin recht impulsiv. Und du bist heiß, also ...«

»Ich weiß, was du sagen willst, Brooke. Ich wollte deine Situation nicht ausnutzen. Du warst emotional und ich hatte nicht vor ...«

Sie lachte kopfschüttelnd. »Schon gut. Das ... das habe ich nicht gedacht. Du warst großartig gestern. Du hast mir zugehört und ... das war schön.« Sie stellte die Tasse ab und wusste dann nicht, wohin mit ihren unruhigen Fingern, also faltete sie die Hände im Schoß. »Ich will nur nicht, dass das unsere Zusammenarbeit beeinflusst.«

Entschlossen, ihre Gefühle nicht noch weiter durch ein Gespräch zu analysieren, sprang sie beinahe auf und trat an die Tür. »Also los, Superstar. Rocken wir die Clubs!«

Kapitel 15

Es war heiß, die Luft kochte, und die blitzenden Lichter der Stroboskope schienen die Bewegungen der tanzenden Clubbesucher regelrecht in Scheiben zu schneiden. Der Beat der Musik hämmerte laut über die Tanzfläche, und selbst hier oben am Mischpult des DJs musste man schreien, um sich unterhalten zu können. Es war Fynn vollkommen unklar, wie seine Musik in so eine Atmosphäre passen sollte. Gefühle schienen in diesem Club so wenig gefragt wie züchtige Kleidung.

»Ich finde es furchtbar hier!«, rief er Brooke zu, obwohl er sich nahe zu ihr hinüberbeugte.

»Das Seven Seconds ist mega angesagt. Hier tummeln sich viele Influencer. Dein Auftritt heute ist extrem wichtig.« Sie ließ ihren Blick über die tanzende Menge unter ihnen wandern und lächelte zufrieden. »Die Presse ist auch da.«

»Sicher nicht zufällig«, riet Fynn und folgte Brookes Blick.

»Erfolg kommt nicht von Zufällen«, gestand Brooke und grinste breit. »Du brauchst auch keine Zufälle, du hast ja mich.« Damit wischte sie ihm die Haare aus der Stirn und strich seine Hemdschöße glatt, ehe sie ihm eine Gitarre weiterreichte. »Der DJ kündigt dich an, dann nimmst du da oben im Licht deinen Platz ein und legst los. Nach deinem Auftritt gehst du da runter, an den Rand der Menge, da kannst du Autogramme geben und Selfies machen, bis der Morgen graut. Jemand aus meinem Team steht dort schon bereit. Hast du die Autogrammkarten schon gesehen? Die sehen echt super aus.«

Fynn schüttelte den Kopf, um seine Stimme zu schonen. Autogrammkarten, Selfies und die Presse. Das alles widerstrebte ihm, sodass er am liebsten aus dem Club gestürmt wäre und sich auf den direkten Weg zu Ava gemacht hätte.

»Bist du bereit?«, fragte Brooke und drückte seine Hand. Sie sah ihm tief in die Augen, um ihm Mut zu machen, denn der DJ hatte sich das Mikrofon gegriffen und die Musik runtergeregelt. »Zeig's ihnen, Fynn. Ich weiß, du wirst sie alle umhauen.«

Weniger überzeugt kniff Fynn die Lippen zusammen und versuchte seine Aufregung durch mehrfaches Schlucken in den Griff zu bekommen. Der Schweiß brach ihm aus und er erwiderte Brookes Händedruck, ehe er mit erhobener Gitarre auf die erhöhte Tanzfläche neben dem DJ-Pult trat.

Grelles Scheinwerferlicht blendete ihn, sodass er die Gesichter der Menschen unter sich kaum ausmachen konnte. Er zwang sich zu einem Lächeln und nickte grüßend, weil zu winken ihm irgendwie albern vorgekommen wäre.

»… aus Palmer, Alaska, eine ganze Schippe an Gefühl mitgebracht!«, rief der DJ in sein Mikro. »Alle Männer hier im Saal, macht euch an die Mädels ran, denn nach diesem Song brauchen sie eine starke Schulter zum Ausweinen«, scherzte er und deutete dann in Fynns Richtung. »Hier ist der Internetnewcomer Fynn mit seinem Song ›Deep Wounds‹ aus seinem ersten Album ›Heart Hospital‹!«

Fynn drehte sich überrascht zu dem DJ um. »Heart Hospital«? Den Titel des Albums hatte Brooke ihm noch gar nicht gesagt. Aber er passte zu den Songs, die sie heute eingespielt hatten, und auch zu seinem ganz persönlichen Grund für diese ganze Sache. »Heart Hospital« würde ihm sogar die

Möglichkeit liefern, all das an die Öffentlichkeit zu tragen, was ihm wichtig war.

Beinahe dankbar strahlte er Brooke an, die sich im Schatten hinter dem DJ-Pult versteckt hielt. Sie zeigte ihm einen Daumen nach oben, und in ihren Augen glomm ein erwartungsvolles Feuer, das Fynn antrieb. Er griff sich das Mikrofon und fuhr einmal mit den Fingern über die Saiten der Gitarre, um die Aufmerksamkeit der Menge zu erlangen.

»Ich bin glücklich, hier sein zu dürfen«, fing er etwas atemlos an, denn sein Herz hämmerte vor Aufregung zehnmal so schnell wie normal. »Und hier kommt ›Deep Wounds‹!« Er schlug den ersten Takt an der Gitarre an und legte all die Anspannung und Nervosität in das Gefühl in seiner Stimme. Er merkte selbst, dass die ersten Worte etwas zittrig klangen, aber da die Buh-Rufe ausblieben, gewann er schnell an Sicherheit. Er versuchte den Song so wiederzugeben, wie er ihn heute im Studio eingesungen hatte. Er gab Druck in die schmerzvollen Zeilen und wurde leiser, wenn er von der Liebe sang. Sein Hals kratzte etwas, da seine Stimmbänder seit Stunden Höchstleistungen ablieferten, aber gerade hier, im Club, vor all diesen Menschen verstärkte das noch den Schmerz, den er mit dem Song transportieren wollte. Den Song, den er eigentlich nur für Ava gesungen hatte.

Brookes Kehle war eng. Sie wollte schlucken, aber mit jeder Sekunde, die sie Fynn zuhörte, wuchs der Kloß in ihrer Kehle weiter an und nahm ihr den Atem. Sie zitterte beinahe, so drang ihr seine Stimme unter die Haut. Gänsehaut überzog ihren gesamten Körper, und ihr entfuhr ein Seufzen, als sie daran dachte, dass diese Stimme ihr letzte Nacht Zärtlichkeiten ins Ohr geflüstert hatte. Sie konnte ihren Blick nicht von ihm wenden. Das grelle Scheinwerferlicht zeigte ihn mit einer Unbarmherzigkeit, die bei anderen Männern Schwächen zutage gefördert hätte, aber Fynn Keller erstrahlte regelrecht.

Seine Kraft zeichnete sich unter dem Muskelshirt ab, und das offenstehende Hemd erweckte den Eindruck, er käme gerade aus dem Bett. Eine unwiderstehliche Vorstellung, wie Brooke fand. Und wenn sie in die Gesichter der Damen im Publikum sah, dann las sie darin ähnliche Gedanken. Der DJ hätte es sich sparen können, die anwesenden Herren zu motivieren, denn die Herzen aller Zuschauerinnen schlugen in diesem Moment für Fynn.

Tosender Jubel brach aus, als die letzten Töne verklangen und Fynn sich glücklich verbeugte und nun doch den Arm hob und winkte.

»Na also«, flüsterte Brooke zufrieden. »Da taut doch endlich jemand auf!«

Das überraschte sie eigentlich nicht, denn erfahrungsgemäß fanden Typen es ziemlich geil, wenn Frauen ihnen zujubelten. Fynn Keller aus Palmer, Alaska, bildete da wohl keine Ausnahme. Wie sie ihn instruiert hatte, begab er sich direkt auf den Weg zum Signiertisch, den ihr Team vorbereitet hatte, und wurde sogleich von unzähligen sexy Girls umringt.

»So muss das sein«, murmelte sie und versuchte den ungewohnten Anflug von Eifersucht zu verdrängen, der sie beschlich. Sie sah Paul, der mit der Kamera alles einfing, was ihr von ihrer Position aus entging, und zum ersten Mal, seit sie am Projekt Fynn Keller arbeitete, freute sie sich nicht auf die spätere Durchsicht des Materials.

Dabei machte sich ihr Schützling recht gut. Er legte seinen Arm um die Ladies, die mit ihm Bilder machten, verteilte brav eine ganze Reihe von Autogrammen und verlor sich auch immer wieder in kurzen Plaudereien mit den schmachtenden Frauen. Gerade drückte ihm eine einen Kuss auf die Wange und tätschelte ihm den Hintern. Brooke kannte das. Es war nicht selten, dass die Fans jegliche Hemmungen verloren, wenn sie die Möglichkeit hatten, einem Star nahezukommen. Fynn reagierte überraschend cool, ganz so, als störe er sich nicht wirklich an der Kühnheit seiner weiblichen Fans.

Das war gutes Material für die Netzwerke, aber dennoch hinterließ es bei Brooke einen bitteren Nachgeschmack. Aber das tat ihr Job so oft, dass sie sich schon fast daran gewöhnt hatte.

Sie runzelte die Stirn, denn es schien, als würde Paul sich immer wieder nach ihr umdrehen, anstatt mit der Kamera an Fynn zu bleiben. Jetzt hob er sogar die Hand und winkte sie zu sich.

Was war denn los? Es sah doch alles ganz gut aus? Zumindest konnte sie von hier aus keine Schwierigkeiten erkennen. Sie gab Paul ein Zeichen, dass sie kommen würde, und machte sich auf den Weg, hinter der Bühne entlang, einige Treppen hinunter und am Lichtmischpult vorbei, bis sie endlich durch eine Tür wieder vorne im Clubraum angelangte.

»Was ist denn los?«, wollte sie von Paul wissen, als sie ihn endlich erreichte.

Er deutete mit der Schulter in Fynns Richtung. »Schau selber!«

Brooke stellte sich auf die Zehenspitzen und versuchte zu ergründen, was Paul so verunsicherte. Sie sah Fynn zu, wie der sich mit einer gertenschlanken Blondine unterhielt, deren Rock kaum ihren Hintern bedeckte. Das gefiel Brooke nicht unbedingt, war aber alles andere als ein Aufreger. »Was meinst du denn?«, hakte sie deshalb bei Paul nach, ohne ihren kommenden Star aus den Augen zu lassen.

»Warte – gleich siehst du, was ich meine«, antwortete Paul ausweichend.

Ziemlich professionell reagierte Fynn auf die Flirtversuche der Blondine, und sein Charme wirkte vollkommen natürlich. Er sah gut dabei aus und verwickelte geschickt auch die beiden Begleiterinnen der Frau in ein Gespräch, sodass ihm am Ende drei Herzen wild klopfend zuflogen. Er machte sich besser, als gedacht.

Brooke verstand immer noch nicht, worauf Paul hinauswollte, und hätte beinahe noch mal nachgefragt, doch da beugte Fynn sich zum Abschied zu den Damen vor und umarmte sie. Soweit nicht schlecht, aber dann forderte er sie auf, doch mal Blut spenden zu gehen. Oder sich als Knochenmarkspender typisieren zu lassen.

Nicht nur Brooke wirkte vollkommen überrumpelt. Auch die drei Ladies schauten sich fragend an und räumten mit einem etwas irritierten Lächeln den Platz für die nächsten Fans.

»Knochenmark?« Brooke starrte Paul ungläubig an.

Der zuckte nur mit den Schultern. »Geht schon die ganze Zeit so«, erklärte er knapp und klopfte zärtlich auf die Kamera. »Das kann man rausschneiden, aber die Presse dort drüben filmt auch mit.«

»Verdammt!« Brooke ballte die Hände zu Fäusten und kämpfte sich durch die Menge bis zu Fynn vor. »Was denkst du dir denn?«, knurrte sie ihm durch zusammengebissene Zähne ins Ohr. Das Letzte, was sie brauchen konnte, waren Pressefotos, auf denen es nach Disharmonie aussah.

Fynn runzelte verständnislos die Stirn und trat einen Schritt vom Signiertisch weg. Er bedeutete der jungen Frau, mit der er gerade gesprochen hatte, kurz zu warten. »Was ist denn los?«

Brooke hätte über sein verwirrtes Gesicht lachen können, wäre sie nicht so wütend. »Was los ist? Das wollte ich dich gerade fragen!«, schrie sie ihn an, da ein normales Gespräch aufgrund der lauten Musik kaum möglich war. Sie neigte sich dicht zu ihm hinüber, damit er sie verstand.

Fynn durchfuhr es wie ein Blitz. Brookes Brüste strichen zart über seinen Arm und der tiefe Ausschnitt ihres Kleides offenbarte mehr, als er verhüllte. Der Duft seines eigenen Duschgels entstieg ihrer Haut und ihre Haare kitzelten seine Wange, als sie sich zu ihm beugte.

An diesem Abend hatte er schon viele Frauen berührt. War berührt worden und hatte ganz unverhohlene Angebote bekommen, die ihn allesamt kalt gelassen hatten. Doch diese unschuldige Berührung von Brooke, diese leichte Nähe ihres verlockend einladenden Körpers setzte ihn vollends in Brand. Er zwang sich, seine Hände nicht um ihre schlanke Taille zu legen, als ihr Atem seinen Hals strich. Doch dass ihre Nähe nichts Gutes bedeutete, das sah er schon an ihrem Blick. Der war alles andere als einladend.

»Was faselst du da von Organspende?«, schrie sie. »Spinnst du? Wo war ich, als wir das besprochen haben?«

Fynn fasste nach ihrer Hand, da sie anscheinend nicht bemerkte, dass sie ihn in den Oberarm zwickte. »Blutspende«, verbesserte er sie. »Ich habe die Damen gebeten, Blut zu spenden. Oder Knochenmark. Es ist super wichtig sich typisieren zu …«

Brooke riss ungläubig die Hände in die Luft. »Du meine Güte, Fynn! Blutspenden ist doch nicht sexy! Das ist … ein absoluter Abtörner! Hör sofort auf davon zu reden!«

»Verstehst du denn nicht, dass ich die Gelegenheit nutzen möchte, Menschen zu erreichen, um …«

»Kein Wort mehr, Fynn!«, rief Brooke und hob drohend die Hand, als würde sie ihm zur Not den Mund zuhalten. »Wir besprechen diesen Unsinn später. Aber jetzt mach deinen Scheißjob so, wie ich es dir gesagt habe, und komm ja nicht wieder mit einem eigenen Drehbuch um die Ecke.«

»Du hast mir versichert, ich könnte eigene Interessen ansprechen«, wehrte er sich leise, denn er schien sich der Reporter um sie herum ebenfalls bewusst zu sein.

Fassungslos schüttelte sie den Kopf. »Eigene Interessen? Wovon zum Teufel sprichst du?« Sie schob Fynn noch immer geschockt zurück an das Signierpult. »Ist auch egal. Mach weiter – aber ohne diesen Blutspendemist!«

Sie spürte, wie er zögerte. Er würde doch wohl nicht ernsthaft hier vor all den Leuten eine Szene machen? Wegen sowas! Zuzutrauen wäre diesem unberechenbaren Alaskianer ja alles. Darum atmete sie erleichtert durch, als er sich nach einem letzten bösen Blick in ihre Richtung wieder an das Mädchen wandte, das noch immer auf ihr Autogramm wartete.

Sie beobachtete ihn eine Weile, um im Notfall eingreifen zu können, falls er noch einmal mit der Blutsache anfangen würde, aber da die Mädchen, die sich von ihm verabschiedeten, nun keine entgleisten Gesichtszüge mehr erkennen ließen, hielt er sich offenbar an ihre Anweisung. Zufrieden damit schlenderte Brooke an die Bar und bestellte sich einen Gin Tonic. Der herbe und leicht bittere Geschmack des eisgekühlten Drinks belebte ihre Sinne und verbreitete zugleich ein wohlig zufriedenes Feuer in ihrem Bauch. Der Tag war, von Kleinigkeiten abgesehen, wirklich gut gewesen. Fynn hatte seinen Job in beinahe allen Belangen hervorragend gemacht, und sein Auftritt war schlichtweg der Hammer gewesen. Sie war sich sicher, dass die Downloadzahlen der Single ihn damit schon in den ersten Tagen auf Platz eins der Charts katapultieren würden. Fynn war wirklich angesagt.

Das zeigte ihr auch ein weiterer Blick in seine Richtung. Die Mädels rückten ihm immer dichter auf den Pelz, je weiter die Nacht fortschritt.

»Ganz allein hier?«, wisperte es nah an Brookes Ohr, und sie zuckte erschrocken zusammen. Als sie sich umwandte, blickte sie in ihr unbekannte Augen. »Wollen wir tanzen?«, fragte ein Unbekannter mit leicht lateinamerikanischem Akzent, der zu seiner goldgebräunten Haut passte. Er deutete auf die gut gefüllte Tanzfläche. Sein Lächeln wirkte einladend, und er sah ziemlich gut aus, wenn man die Tatsache außer Acht ließ, dass er vermutlich gerade erst zwanzig war.

»Ich tanze nicht«, erklärte Brooke und hielt sich an ihrem Drink fest, auch wenn ihr die Aufmerksamkeit von dieser Schnitte durchaus schmeichelte.

»Wenn wir nicht tanzen – was machen wir denn dann?«, raunte er mit südamerikanischem Temperament und trat näher an ihre Seite. Kühn ließ er seine Hand auf ihren Oberschenkel wandern. »Ich wüsste da schon was …«

Brooke trank ihren Gin Tonic aus und schob das Glas von sich. Seine Finger auf ihrem nackten Schenkel fühlten sich gar nicht mal schlecht an. Wenn sie die Augen schloss, konnte sie sich vorstellen, es wären Fynns Finger, die immer höher unter ihr Kleid wanderten. Kurzerhand zuckte sie die Schultern und fasste nach der Hand des Fremden. »Schön. Ein Tanz«, gab sie nach, auch wenn sie wusste, dass der Alkohol in ihrem viel zu leeren Magen zu diesem Entschluss gehörig beigetragen hatte. Im Vorbeigehen sah sie, dass auch Fynn in bester Gesellschaft zu sein schien. Er hatte eine Bierflasche in der Hand und ein hübsches Mädel auf dem Schoß. Es lief offenbar besser für ihn, wenn er den Mädels nicht ans Blut oder Knochenmark wollte.

Brooke kicherte über diesen Gedanken und es war, als würde Fynn das wahrnehmen, denn er sah sie durch all die Menschen hindurch direkt an. Ihr Herzschlag beschleunigte sich, als sich sein irritierter Blick auf ihren jungen Begleiter heftete.

Wer war denn der Kerl an Brookes Seite? Fynn merkte, dass er dem Gespräch mit Fiona, die sich selbstsicher auf seinen Schoß gedrängt hatte, nicht länger folgte. Stattdessen verrenkte er sich fast den Hals bei dem Versuch, Brooke im Auge zu behalten. Der Jungspund neben ihr machte ein zufriedenes Gesicht, als er sie auf der Tanzfläche drehte und dabei seine Hände über ihren Bauch und Po gleiten ließ. Der hautenge Sitz von Brookes Kleid zeichnete ihre Silhouette nach, als wäre sie nackt, und ihre Brüste wippten leicht im Takt ihrer verführerischen Bewegungen. Lasziv hob sie die Arme über den Kopf, und der Typ drängte sich an sie, als würde er magisch von dem tiefen Ausschnitt ihres Kleides angezogen. Oder vielmehr von den kaum verhüllten Hügeln darunter. Sein Blick schien sich regelrecht daran festzusaugen.

Fynn schüttelte den Kopf und hob die Bierflasche an seine Lippen. Fiona redete noch immer, ohne eine Erwiderung von ihm zu erwarten. Das war ihm im Moment gerade recht, denn er hatte ihr überhaupt nicht zugehört. Dabei war sie echt ganz niedlich. Sie hatte vom Alkohol gerötete Wangen und volle sinnliche Lippen, die sie durch einen glänzendroten Lippenstift noch betonte. Lippen, die jeder Mann in Palmer vermutlich sofort küssen würde, aber Fynn wünschte sich nur, der endlose Strom an Mädchen, die ihn an diesem Abend kennenlernen wollten, würde endlich abreißen.

Wie von selbst wanderte sein Blick zurück zu Brooke, deren goldenes Haar unter dem zuckenden Licht der Stroboskope beinahe weiß wirkte. Sie lachte ihr Gegenüber an, als der sein Becken fordernd gegen ihres presste und seine Hände besitzergreifend auf ihren Po legte. Er raffte den Stoff des Kleides und schob seine Finger regelrecht darunter.

Fynn stand auf. Verwundert schaute Fiona ihn an, als er ihr wortlos die Bierflasche in die Hand drückte und auf die Tanzfläche stürmte. Er glaubte, Pauls Kamera auf sich gerichtet zu fühlen, aber das war ihm egal. Das war ein Club. Und er würde tanzen. *Er* würde mit dieser blonden Hexe tanzen, nicht dieser schmierige Südamerikaner. Das hatte Brooke ihm ja nicht verboten. Nicht, solange er dabei nicht über Knochenmarktypisierung sprach, rief er sich in Erinnerung.

Als würde dieser Gedanke ihn ausbremsen, verlangsamte er seinen Schritt und blieb schließlich unschlüssig zwischen den Tanzenden stehen. Nur wenige Schritte trennten ihn von Brooke. Sie hatte ihn noch nicht bemerkt. Hatte die Augen genießerisch geschlossen, während sie ihren Po im Takt der Musik am Schritt des Kerls rieb.

»Verdammt!«, knurrte Fynn und fuhr sich durch die Haare. »Was mach ich denn hier?«, murmelte er und drehte ab, ehe er sich vor seiner PR-Beraterin noch mehr zum Deppen machen würde. Mit schnellen Schritten stürmte er aus dem Club und atmete erst wieder durch, als er den Asphalt des Gehwegs unter seinen Füßen spürte. Erst jetzt bemerkte er, dass er die Fäuste geballt hatte, vermutlich, um sich daran zu hindern, diesen halbstarken Latino zu verprügeln. Dass er den Impuls verspürt hatte, ließ sich nicht leugnen.

Kopfschüttelnd stromerte er den Gehweg hinauf, drehte um und kam zurück. Er war doch nicht eifersüchtig! Brooke konnte tun, was immer sie wollte. Schließlich hatten sie beide mehrfach klargestellt, dass das zwischen ihnen mehr ein Versehen gewesen war als irgendetwas sonst.

Wieder fuhr er sich durch die Haare. Der Himmel über New York färbte sich bereits apricot im Licht des nahenden Tages, und die Gerüche der Nacht nach Müll und Erbrochenem schlugen ihm unangenehm entgegen.

Kurzerhand rief Fynn sich ein Taxi und fuhr davon, ohne sich noch einmal umzudrehen. Er musste hier weg. Weg von dem, was die blonde Hexe aus ihm machen wollte. Und vor allem fort von ihr.

KAPITEL 16

Als Brooke am nächsten Morgen aufwachte, dröhnte ihr der Kopf. Sie hatte nur drei Stunden geschlafen und war trotzdem schon viel zu spät dran. Ein dunkler Streifen ihres Lidschattens zierte ihr Kopfkissen, und sie setzte sich stöhnend auf. Das Kleid war ihr bis zur Hüfte hochgerutscht, und sie trug zu ihrer eigenen Verwunderung nur noch einen Schuh.

»Verdammt!«, flüsterte sie, um die bösen Geister in ihrem Kopf nicht zu wecken. »Verdammt, verdammt, verdammt!« Sie wischte sich die verhedderten Haare aus dem Gesicht und kämpfte sich aus dem Bett. Ihr zweiter Schuh lag direkt neben der Eingangstür ihrer kleinen Wohnung, und sie kickte den anderen achtlos daneben. Die Uhr über der roten Küchenzeile mahnte sie zur Eile, trotzdem nahm sie eine Tasse heraus, ließ so lange Wasser aus der Leitung laufen, bis es heiß genug kam, um das Häufchen Instantkaffee aufzulösen, das sie sich in die Tasse schüttete.

Sie zog sich das Kleid über den Kopf und ging mitsamt der Tasse ins Bad. Auch hier drehte sie schon die Dusche an, um auf warmes Wasser zu warten, noch während sie sich die Zähne putzte. Dann stieg sie unter den Wasserstrahl und rubbelte sich den Schlaf von der Haut. Dieser kleine Latinlover hatte versucht, sie betrunken zu machen, um bei ihr zu landen.

Und beinahe hätte er damit auch Erfolg gehabt, denn nach Fynns überstürztem Abgang hatte es sich so leicht angefühlt, die plötzliche Leere mit der Gesellschaft dieses Jungen zu füllen. Ein paar Drinks und heiße Tänze später war aber zum Glück Paul weitsichtig genug gewesen, sie nach Hause zu bringen. Sie musste sich unbedingt noch bei ihm dafür bedanken!

Kaum hatte sie sich den Schaum aus den Haaren gewaschen, drehte sie das Wasser aus und trocknete sich ab, während sie mit der anderen Hand die Tasse wieder zurück in ihr Schlafzimmer balancierte. Auf dem Weg dorthin schob sie zwei Scheiben Toast in den Toaster, wobei sie nasse Fußabdrücke auf den Holzdielen hinterließ.

Als der Toaster die Brotscheiben goldbraun ausspuckte, hatte es Brooke in eine Skinny-Jeans und ein schlabberiges Shirt geschafft und ihre Haare zu einem nassen Zopf geflochten. Sie fischte sich die Brotscheiben aus dem Gerät, schälte eine Banane und legte sie dazwischen. Dann drückte sie ihr Sandwich platt, damit sich das Fruchtmus zwischen den Scheiben verteilte, und leerte ihre Kaffeetasse. Es war höchste Zeit zu gehen. Hungrig klemmte sie sich das Brot zwischen die Zähne, schlüpfte in ihre Sneakers und schnappte sich die Tasche mit dem Laptop. Sie hoffte, im Taxi auf dem Weg zu Dream Music wenigstens noch einen Teil des Videomaterials von vergangener Nacht sichten zu können. Ein Post von Fynns Auftritt wäre gut, ehe sie auf Brennan treffen würde.

»Miss Adams«, grüßte Heather Green sie mit nicht zu überhörender Abneigung in der Stimme, als sie den Empfangsraum im Erdgeschoss von Dream Music betrat.

Wie schon bei ihrem letzten Besuch fühlte Brooke sich schlecht unter dem skeptischen Blick, mit dem Heather sie musterte. Fast so, als könne die dumme Ziege sehen, dass sie gestern etwas zu tief ins Glas geschaut und heute Morgen auch noch verschlafen hatte

»Haben Sie einen Termin?«, fragte sie knapp und blätterte durch den Kalender, als suchte sie vergeblich nach einem entsprechenden Eintrag.

Brooke ballte die Hände zu Fäusten. »Brennan erwartet mich. Wir müssen das weitere Vorgehen besprechen«, erklärte sie, obwohl sie sich lieber die Zunge abgebissen hätte, als sich dieser eingebildeten Ziege zu erklären.

Heather räusperte sich. »Mister Ward erwartet Sie also?«

»Das habe ich doch gerade gesagt, Heather!« Brooke zwang sich zur Ruhe. Heather würde vermutlich mit Freude in der Pause darüber erzählen, wie sie Brooke Adams zum Ausrasten gebracht hatte. Diese Genugtuung würde sie aber nicht bekommen! »Also öffne diesen beschissenen Fahrstuhl, oder ...«

Heather schnappte nach Luft. »Oder??«, fragte sie scharf, empört wegen der unausgesprochenen Drohung.

»Kein oder«, gab Brooke zerknirscht nach. »Mach nur endlich den Fahrstuhl auf, denn ich bin ohnehin schon etwas spät dran.«

Da Heather sie nach wie vor nur entgeistert anstarrte, schnaubte Brooke und fügte ein kaum hörbares »Bitte« hinten an.

»Dumme Kuh«, murmelte sie, als sich der Fahrstuhl endlich in Bewegung setzte. »Warum will ich überhaupt hierher zurück?« Sie wusste, dass sie gerade von den Fahrstuhlkameras aufgezeichnet wurde, auch wenn kein Ton übertragen wurde. Trotzdem würde man sehen können, wie sie mit sich selbst sprach. Beim nächsten Problem würde Brennan bestimmt nicht zögern, dies als Beweis für ihre Unzurechnungsfähigkeit gegen sie zu verwenden. Und wenn sie an den Beinahe-Sex mit einem viel zu jungen Latino-Boy dachte, war da vielleicht sogar etwas dran. »Ist doch alles beschissen hier!«, flüsterte sie dennoch weiter in die Kamera. »Scheiß verlogene Mist-Branche!«

Wie immer, wenn sie herkam, folgten ihr auch heute wieder neugierige Blicke bis zur Tür von Brennans gläsernem Büro. Erleichtert stellte sie fest, dass wenigstens die Lamellenvorhänge geschlossen waren.

»Komm rein!«, rief er direkt auf ihr Klopfen. »Ich sitze gerade an dem Material von dem Auftritt.«

Tatsächlich hatte Brennan die Beine weit von sich gestreckt und lässig auf seinem Schreibtisch liegen, während er sich dem Monitor zuwandte. Er sah gut aus. Frisch rasiert und das dunkle Haar wie immer perfekt frisiert. Zu anderen Zeiten hätte Brooke ihre Hände über seine Wangen gleiten lassen, um die zarte Haut nach der Rasur zu berühren. Doch diese Zeiten waren schon lange vorbei. Das machte auch der knappe Blick deutlich, den Brennan ihr zuwarf. Er winkte Brooke zu sich um den Schreibtisch.

»War eine lange Nacht, was?« fragte er und befühlte skeptisch ihren noch feuchten Zopf.

»Wer für dich arbeitet hat nur lange Nächte«, gab sie möglichst cool zurück, denn sie hatte keine Lust, mit ihrem Chef schon wieder über ihre angebliche Labilität zu sprechen.

Brennan grinste. »Der Latino, mit dem du auf der Tanzfläche kopuliert hast, steht aber nicht auf meiner Gehaltsliste.«

Brooke zuckte zusammen, als er grob ihren Arm packte.

»Spinnst du? Lass mich los!« Sie versuchte sich loszureißen, aber er gab sie nicht frei. »Ich habe mit niemandem kopu...«

»Spar dir das!« Langsam nahm er die Beine vom Tisch und funkelte Brooke gefährlich an. »Ich dulde keine weiteren Negativschlagzeilen! Allein dir eine weitere Chance zu geben war verrückt, wenn ich mir das Material von gestern so ansehe.«

Er drängte sie mit dem Rücken gegen den Schreibtisch und beugte sich drohend über sie.

»Ich habe überhaupt nichts getan!«, verteidigte sich Brooke. »Ich war in einem Club und habe getanzt, als ich mit meiner Arbeit für den Tag fertig war. Mehr nicht! Und daran kann sich ja wohl kaum jemand stören!« Die spitze Ecke eines Ordners bohrte sich ihr schmerzhaft in den Rücken, und sie spürte Brennans Körper unnachgiebig an ihrem Becken. Sein Blick, so kalt, als hätte es die letzten gemeinsamen Jahre überhaupt nicht gegeben, nagelte sie an die Tischplatte. Jetzt verwünschte sie die zugezogenen Lamellen.

Er umfasste ihr Kinn und zwang sie, den Kopf in Richtung des Monitors zu drehen. Dort sah sie sich selbst mit dem jungen Fremden auf der Tanzfläche. Dessen Hände wanderten kühn über ihren Körper, seine Zunge glitt über ihren Hals, bis fast in ihren Ausschnitt, und in unmissverständlicher Absicht presste er sie gegen sein bestes Stück.

Brooke spürte die Röte, die ihre Wangen überzog, und schloss die Augen. Ihr wurde schmerzlich bewusst, dass die Hände, die sie gestern Abend auf ihrem Körper gespürt hatte, nicht Fynns Hände gewesen waren. Und dabei hatte sie sich das doch eingeredet, als sie angetrunken mit dem Latino getanzt hatte. In ihrer Fantasie waren es Fynns Hände, seine Zunge, sein …

Sie biss die Zähne zusammen und schluckte den Selbstekel hinunter, der ihr bittere Galle im Mund zusammenlaufen ließ.

»Warum filmt Paul mich? Hast du ihm den Auftrag gegeben?«, verlangte sie schroff zu wissen und wand sich unter seinem unnachgiebigen Griff, aber das sorgte nur dafür, dass er ihr noch dichter auf den Pelz rückte.

»Keine Sorge, Babe. Paul untersteht ganz allein deinen Befehlen.« Er klickte auf die Zeitleiste des Videomaterials und bedeutete ihr mit einem Nicken, hinzusehen.

Diesmal sang Fynn auf der Bühne. Das Material war super. Paul hatte mit einer romantischen Hintergrundunschärfe gearbeitet und Fynn toll in Szene gesetzt.

»Das musst du mir nicht zeigen. Ich war dabei!«

Brennan nickte und klickte noch etwas früher auf den Zeitstrahl. »Ich weiß«, murrte er und ließ das Band ablaufen. Diesmal fehlte die Hintergrundunschärfe und ihr eigenes Gesicht erschien im Hintergrund. Sie wirkte verloren, verletzlich – und unfassbar verliebt, wie sie jede von Fynns Bewegungen regelrecht aufsaugte. »Das ist nicht zu übersehen, Babe.«

»Was willst du von mir, Brennan?«, fauchte sie und stieß ihn abrupt von sich, sodass sie endlich wieder auf die Beine kam. Sie strich sich das Shirt glatt und fuhr sich mit zitternden Fingern durch die Haare.

Er musterte sie kühl und trat an die Scheibe. Emotionslos, als hätte er ihr nicht gerade weh getan, öffnete er die Lamellen. »Ich kenne diesen Blick, Brooke. Das weißt du.«

»Welchen Blick?« Sie tat so, als verstünde sie nicht genau, was er meinte. »Du spinnst dir etwas zusammen. Bist du eifersüchtig? Weil ich mit einem Mann getanzt habe, der halb so alt ist wie du?« Sie löste ihren Zopf und flocht ihn neu, einfach, um eine Beschäftigung für ihre zitternden Hände zu haben.

Brennan antwortete mit einem mitleidigen Lächeln. »Hör zu, Babe. Um der alten Zeiten willen und weil wir so einen … netten Abend im Hotel in Alaska hatten, will ich mal über diesen Mist von gestern hinwegsehen.«

»Scheiß auf die alten Zei…«

»Du arbeitest für mich, und das bedeutet, dass ich die Spielregeln mache, Brooke. Und die Regel, nach der dein kleiner Arsch ab heute tanzt, lautet: keinen Sex. Du wirst weder vor der Kamera noch hinter der Kamera ficken, dich weder in deinem Bett noch in einem anderen mit irgendwem vergnügen, ist das klar? Du verlierst die Objektivität, sobald dir einer unter den Rock fasst, also behalt dein Höschen an und …«

Wieder startete er das Video. Diesmal war die Kamera auf Fynn gerichtet, der dieses schmachtende Mädchen auf dem Schoß hatte. Paul hatte ihn wirklich sexy eingefangen. Fynn hatte so ein Funkeln in den Augen, auch wenn er nicht wirklich das Mädchen in seinen Armen damit bedachte. Wen also sah er so an? Plötzlich sprang er auf, die Kamera folgte ihm auf die Tanzfläche, fing seinen Blick ein, als er sie mit dem Latino sah. Die Enttäuschung in seinem Blick war nicht zu übersehen und auch nicht der Ekel, als er sich ohne Weiteres abwandte.

»Scheiße«, murmelte sie und biss sich verlegen auf die Lippe. »Ich …«

Brennan unterbrach sie erneut. »Behalt dein Höschen an, Brooke. Ich meine es ernst. Diese ganze Sache hier gefällt mir nicht. Fynn Keller soll mir eine Menge Kohle einbringen und dir deinen verfluchten Job sichern. Also denk zur Abwechslung mal nach, ehe du …«

»Du kannst aufhören!«, knurrte sie. »Ich habe dich verstanden, Brennan.«

»Du hast noch nicht verstanden. Ich will euch auf Tour schicken. Der Tourbus ist gebucht, eine Band begleitet euch, und die Tickets sind seit heute Morgen im Vorverkauf«, erklärte er und schlenderte zurück zu seinem Stuhl, wobei er Brooke wie zufällig streifte. »Ich will nicht, dass zwischen dir und diesem Hinterwäldler auch nur im Ansatz etwas läuft, hast du mich verstanden?«

Brooke ballte die Hände so fest zu Fäusten, dass sich ihre Fingernägel schmerzhaft in ihre Handflächen bohrten. »Du musst dir keine Sorgen machen!« Sie funkelte ihn wütend an. »Fynns Herz schlägt für eine andere. Es gibt da eine Frau, für die er die ganze Sache überhaupt macht. Was immer du also glaubst, da auf dem Band zu sehen, es hat nichts mit mir zu tun!«

»Das will ich hoffen, Babe!« Er griff nach ihrer Hand und tätschelte sie mit einem schiefen Grinsen. »Um der alten Zeiten willen, hoffe ich es. Du weißt, dass ich dich mag. Es würde mir schwerfallen, dich noch einmal rauszuwerfen.«

»Arschloch!« Sie riss ihre Hand zurück, als hätte sie sich verbrannt, und stürmte zur Tür. Als sie diese schon geöffnet hatte, rief Brennan ihr hinterher:

»Und diesen Quatsch mit dem Blutspenden will ich auch nicht noch mal hören!«

Im Fahrstuhl schlug sich Brooke die Hände vors Gesicht und unterdrückte einen Schrei. Niemals lief irgendetwas gut! Niemals, niemals, niemals!

KAPITEL 17

In den nächsten Tagen bemühte sich Brooke, Fynn trotz ihrer engen Zusammenarbeit aus dem Weg zu gehen. Sie hielt sich im Hintergrund, wenn sie im Studio weitere Aufnahmen für das Album machten, fuhr rechtzeitig nach Hause, um sich dort für die allabendlichen Auftritte in verschiedenen Clubs fertig zu machen, und überließ es Paul, sich um Fynns Angelegenheiten zu kümmern. Stattdessen überwachte sie die Pressemitteilungen, analysierte die Reaktionen im Netz und verbrachte ihre Nächte damit, das gesammelte Material des Tages in Posts und Beiträge für die Medien zu verwandeln. Immer wieder ertappte sie sich dabei, wie sie manche Bilder oder Aufnahmen von Fynn länger als nötig betrachtete. Seine natürliche Attraktivität machte es so reizvoll, ihn anzusehen, während sein Gesang sie von Mal zu Mal mehr berührte. Es ging sogar so weit, dass sie sich fragte, wie sie all die Jahre zuvor ohne den Klang dieser Stimme überhaupt hatte leben können. Dennoch, er war nur ein Projekt. Wenn auch eines, das über ihre berufliche Zukunft entschied. Und das war alles, was zählte. Allerdings stand jetzt gleich ein Interviewmarathon mit einigen namhaften Zeitschriften auf dem Programm, bei dem sie an seiner Seite sein musste. Da würde sie ihm nicht aus dem Weg gehen können. Ihm und diesem merkwürdigen Gefühl, das sie immer überkam, wenn sie an ihn dachte. An ihn und den Ausdruck auf seinem Gesicht, als er sie mit dem Latino beobachtet hatte.

Seufzend klappte Brooke ihren Laptop zu und wartete darauf, dass Fynn aus dem Aufnahmeraum kommen würde. Der letzte Take des Tages war abgeschlossen, und der Techniker schien mehr als zufrieden. Auch sie war mehr als zufrieden. Das Album nahm Form an und wurde sogar noch besser als erwartet. Fynns Marktwert stieg, jeden Abend waren mehr Zuschauer in den Clubs zu verbuchen, immer mehr Mädels umschwärmten den angehenden Superstar, und auch die Medien bekundeten inzwischen großes Interesse an dem einfachen Mechaniker aus Alaska, der sich in New York an die Spitze der Charts sang.

»Bist du so weit?«, fragte sie ihn, als er endlich in der Tür erschien. Er nickte knapp und trat vor ihr hinaus auf den Hof.

Fynn fühlte sich gehetzt. Seit Tagen das gleiche Spiel. Aufwachen, Studio, schlechtes Essen im Taxi oder Hotel, bevor es dann bis spät in die Nacht in irgendeinen angesagten Club ging. Er war müde und hatte Halsschmerzen. Seine Stimmbänder fühlten sich an wie Reibeisen, und er hatte das Gefühl, seine Zunge würde ausfransen, so viele Worte verließen seinen Mund. Songtexte, unsinniger Smalltalk mit Fans und endlose Interviews für Brookes Kampagne. Er hatte den Eindruck, dass kein Schritt unbeobachtet oder unkommentiert blieb. Und obwohl ihm Brooke nach wie vor alles abverlangte, ging sie ihm aus dem Weg. Er kannte den Grund nicht, aber es war ihm ganz recht. Sie verwirrte ihn und lenkte ihn vom Wesentlichen ab: einen vernünftigen Job abzuliefern und dann mit Ava nach Palmer zurückzukehren. Seit Brooke ihm nicht jeden Tag mit ihren verführerischen Kurven und ihren spitzen Bemerkungen um den Verstand brachte, hatte er angefangen, wieder täglich mit Ava zu telefonieren. Er musste sie sehen. Wollte sie endlich in seine Arme schließen. Sie vermisste ihn ebenso sehr, wie er sie vermisste, und ihr Lachen nur durchs Telefon zu vernehmen, kam ihm wie eine Folter vor, nun, da er doch ebenfalls hier in New York war.

Er blickte in den Himmel und wusste, dass die Wolken, die eben über ihre Köpfe zogen, auch über Ava wandern würden. Sie waren sich so nah …

»Ich brauche einen Tag frei!«, erinnerte er deshalb Brooke, sobald die Studiotür hinter ihr ins Schloss fiel. »Wir arbeiten seit über einer Woche am Album. Jede Nacht reiß ich mir in diesen bescheuerten Clubs den Arsch auf. Ich will einen Tag für mich!«

Ohne auch nur den Anschein erwecken zu wollen, ihm entgegenzukommen, schüttelte Brooke den Kopf. Ihre blonden Strähnen blähten sich im Wind, und sie strich sich im Gehen den luftigen Rock, den der Wind anhob, zurück über die Knie. »Keine Chance. Wir gehen auf Tour. Raus aus der Stadt, den ganzen Bundesstaat erobern. Die Gigs sind schon fast ausverkauft!«

»Ich werde nicht auf Tour gehen, ohne meine Angelegenheiten hier geregelt zu haben!«, drohte Fynn und stieg nach ihr ins wartende Taxi.

Brooke sah ihn streng an. »Deine Angelegenheiten? Wenn wir dich nicht nach New York geholt hätten, wärst du dann extra hergeflogen? Für deine Angelegenheiten? Das glaube ich nicht. Du lägst immer noch unter einem schmuddeligen Auto im Dreck und würdest Keilriemen nachziehen, oder was man halt sonst in einer Werkstatt so macht!«

»Ich bitte dich nicht um diesen einen freien Tag, Brooke. Ich werde Ava auf jeden Fall treffen, ehe wir aufbrechen. Ob dir das gefällt oder nicht«, stellte er klar. »Stell dich darauf ein.«

»Ava? Ist sie es, deretwegen du dich entschieden hast, den Vertrag zu unterzeichnen? Ist sie etwa die Eine?«

Es gefiel ihm nicht, wie sich der Ausdruck in Brookes Gesicht veränderte. Ein Hauch von Neugier, gemischt mit dem Triumph, etwas über ihn in Erfahrung gebracht zu haben, das er ihr zuvor vorenthalten hatte. Er ärgerte sich über sich selbst, Avas Namen genannt zu haben. »Das geht dich nichts an«, sagte er kühl. »Ich will nicht über sie reden. Und du wirst sie in keinem Posting oder sonst irgendwelchem Mist nennen, hast du verstanden?«

Brooke hob ganz unschuldig die Arme. »Natürlich nicht! Dein Privatleben ist dein Privatleben. Zumindest, solange du tust, was ich sage. Und ich sage, wir haben keine Zeit für ein Techtelmechtel mit einer Verflossenen.«

Fynn biss die Zähne zusammen. Brooke hatte ja keine Ahnung, was sie da sagte. Ihre unnachgiebige, bestimmende Art machte ihn wirklich zornig. »Sind wir jetzt wieder an dem Punkt, wo du glaubst, ich gehöre dir? Wo du denkst, ich tanze nach deiner Nase, nur weil auf irgendeinem Stück Papier meine Unterschrift klebt? Du hast mir nichts zu sagen, Brooke, und ich spiele dieses ganze Spiel nur bis zu dem Punkt mit, der mir gefällt.«

Brooke erwiderte seinen zornigen Blick mit ebensolcher Härte. »Wir klären das später, Fynn. Jetzt führen wir die Interviews. Sonst kannst du deinen Kram gleich packen und dich von deiner Karriere verabschieden, denn ich sag dir eines. Wenn du für Brennan nicht funktionierst, dann tauscht er dich einfach aus. Du denkst, ich bin dein Feind? Bin ich nicht. Ich bin deine Leiter in den Himmel, also stoß mich besser nicht beiseite, denn falls du es noch nicht bemerkt hast, du stehst schon auf der dritten Sprosse. Langsam fällst du auch ganz schön tief, wenn das hier schiefgeht.« Sie reichte dem Taxifahrer einen Geldschein und stieg ohne weitere Worte aus. Das Rockefeller Center erhob sich majestätisch vor ihnen in den Himmel, und

Brooke grinste ihn noch immer verstimmt an, wodurch es aussah, als würde sie die Zähne fletschen.

»Ich habe dir ja den Himmel versprochen«, keifte sie. »Das Top of the Rock kommt dem ziemlich nahe.«

Fynn schnaubte. In Brookes Nähe verspürte er viel zu oft den Drang, sie zu erwürgen. Und wenn nicht das, dann wollte er sie küssen, damit nicht noch mehr so furchtbare Worte aus ihrem Mund kommen würden. Er folgte ihr an den wartenden Touristen vorbei, die am Eingang zum Observation Desk anstanden. Sie zeigte dem Wachmann am Eingang einige Unterlagen, und er winkte sie direkt hinein.

Etwas erschlagen von der Eleganz im Inneren der Grand Atrium Lobby, stieg Fynn die weißen Marmorstufen hinauf, die im Halbkreis um einen riesigen Kristallleuchter in die nächste Etage führten.

»Nun sei nicht sauer, okay? Ich bin einfach auch nicht berechtigt, die Terminpläne zu ändern«, suchte Brooke das Gespräch, als sie zur Taschenkontrolle anstanden.

Fynn kniff die Lippen zusammen. Er wollte keinen Streit, aber genauso wenig klein beigeben. »Dich und Brennan verbindet doch etwas. Du kannst sicher einen Weg finden, denn ich meine es ernst, Brooke. Ich *brauche* diesen Tag.«

Sie lachte und dankte beiläufig dem Sicherheitsdienst, als sie ihre Tasche zurückbekam. »Es ist lange her, dass Brennan und mich etwas verbunden hat. Und selbst damals war immer klar, wer in unserer mehr als fragwürdigen Beziehung das Sagen hatte.«

»Ihr wart ein Paar?« Fynn war wirklich überrascht. Zwar hatte Jen etwas Derartiges ja angedeutet, aber wirklich liiert konnte er sich die beiden nicht vorstellen.

Brooke zuckte mit den Schultern. »Vermutlich habe ich uns so gesehen. Wir ... waren zusammen. Haben auch abseits der Arbeit Zeit verbracht, und ich dachte wohl ... naja, ist ja auch egal. Jedenfalls ist seitdem viel passiert und ... ich glaube nicht, dass da noch irgendwelche Gefühle eine Rolle spielen.«

Fynn dachte über ihre Worte nach. »Jen hat gemeint, zwischen euch läuft etwas.«

Brooke sah ihn erstaunt an. »Wirklich? War das so offensichtlich?«

»Dann ... läuft da also doch noch etwas?« Sie stiegen in den Fahrstuhl, der sie hinauf in den siebzigsten Stock bringen würde. Als sich die Türen hinter ihnen schlossen, schien es, als würde die Frage den Druck des sich rasend schnell bewegenden Fahrstuhls noch verstärken. Als wäre nicht die Geschwindigkeit schuld daran, dass ihm das Herz bis in die Füße sackte, sondern die Vorstellung von Brooke mit diesem schleimigen Brennan. Er bereute die Frage, denn er wollte die Antwort gar nicht hören.

»Es war nur Sex«, gab Brooke leicht verlegen zu. Sie mied seinen Blick, was untypisch für die sonst so selbstsichere Blondine war.

»Du hast mit ziemlich vielen Kerlen *nur Sex*«, stellte er fest, und es gefiel ihm nicht, dass diese Erkenntnis seinem Ego einen Kratzer versetzte.

Binnen weniger als einer Minute hatten sie die zweihundertsechzig Höhenmeter mit dem Fahrstuhl zurückgelegt, und die Türen öffneten sich. Fynn war froh um die frische Luft, die ihnen entgegenschlug, aber Brooke legte ihm die Hand auf den Arm und hielt ihn davon ab, sofort auszusteigen.

»Warte«, bat sie und sah ihm in die Augen. »Vermutlich hast du keine allzu hohe Meinung von mir. Das ... kann ich sogar verstehen. Aber ich ... ich kann dir nur versichern, dass ich auch nur nach dem Einen suche, der etwas Besonderes für mich ist. Der ... mein Herz berührt, wie es zuvor noch niemand getan hat. Ich habe gedacht, Brennan könnte dieser Mann sein, aber ich habe mich getäuscht. Denk nicht, dass nur du Wunden davongetragen hast, Fynn. Das, wovon du singst, scheint mir wie ein Spiegel meiner eigenen Wunden zu sein.«

Für mehr blieb keine Zeit, denn kaum betraten sie das Roof Deck, schon kamen ihnen die Journalisten entgegen, die sich hier in atemberaubender Höhe für die Interviews eingefunden hatten. Auch Paul und ein ganzes Team für Beleuchtung und Ton standen bereit.

Brooke schenkte ihm ein flehendes Lächeln. Er fragt sich, was sie ihm damit sagen wollte. Konnte er ihr glauben? Oder war diese Geschichte nur in diesem Moment recht passend, um ihn vor den anstehenden Interviews seinen Ärger vergessen zu lassen? Wenn er sie so ansah, wie sie in diesem kurzen Rock und den engelsgleichen Haaren den Geiern von der Presse gegen-übertrat, obwohl gerade sie einen Grund hatte, ihnen aus dem Weg zu gehen, da konnte er sich beim besten Willen nicht vor-stellen, dass sie vergeblich nach der wahren Liebe suchte. Jeder Mann mit Augen im Kopf würde sich doch in sie verlieben.

Sie schien eine genaue Vorstellung von den Interviews zu haben, denn mit gewohnter Entschlossenheit dirigierte sie sowohl ihr Team als auch die Medienvertreter herum, bis sie Fynn zu ihrer Zufriedenheit positioniert hatte.

Er stand mit dem Rücken zur unfassbarsten Aussicht, die man sich nur vorstellen konnte. Immer wieder wandte er sich um, um noch einen Blick auf die Stadt zu werfen, die ihm zu Füßen lag. Der Central Park, daneben die breite schillernde Oberfläche des Hudson River und die glänzenden Glasfassaden der Wolkenkratzer, die das warme Licht der sinkenden Sonne tausendfach reflektierten. Das Observation Deck war in golde-nes Licht getaucht, und die Stadt versank in Purpur. Ein Teil des Decks war für ihre Interviews abgesperrt worden, hinter einem mobilen Paravent verbarg sich das ganze Kameraequipment, und am anderen Ende hielten sich Liebespaare umschlungen und genossen die wirklich romantische Stimmung.

Ob Corey schon mit Ava hier oben gewesen war?

»Bist du so weit?«, riss Brooke Fynn aus seinen Gedanken. Sie strich ihm einen Fussel vom Shirt und musterte ihn kritisch. »Sie werden dich zum Album und der Tour befragen. Vielleicht nach dem YouTube-Video. Alles halb so wild«, versprach sie lächelnd.

Fynn nickte. Er hatte ihr überhaupt nicht zugehört. Ihre Finger, die so leicht auf seiner Brust lagen, entflammten eine unbekannte Sehnsucht. Sein Herz schlug schneller, und er wünschte, er könnte mit Brooke auf der anderen Seite der Absperrung stehen. Er wollte sich an sie schmiegen, die Arme ausbreiten und sich mit ihr wie der König der Welt fühlen.

»Fynn?« Sie sah ihn ungeduldig an. »Alles klar?«

Er fuhr sich durchs Haar. »Sicher. Bringen wir es hinter uns.«

Das erste Interview lief gut. Der Reporter einer Jugend- und Musikzeitung war selbst kaum den Kinderschuhen entwachsen, stellte aber intelligente Fragen. Sie sprachen über Fynns eigenen Musikgeschmack, über die Idole seiner Jugend und über seine Jugend in Alaska. Das Gespräch verlief locker, und am Ende machten sie noch ein gemeinsames Foto.

»Genehmigte Bilder dieses Interviews wird Ihnen mein Mitarbeiter Paul zur Verfügung stellen. Im Anschluss werden wir noch einige Porträts hier oben machen. Die können Sie gern verwenden«, ging Brooke dazwischen, als der Reporter weitere Aufnahmen machen wollte.

»Na schön«, stimmte der lächelnd zu. »Das ist sogar einfacher für mich. Dann herzlichen Dank und …«, er wandte sich an Fynn, »Ihnen weiterhin viel Erfolg und viel Spaß auf der Tour.«

Fynn schüttelte die ihm angebotene Hand. »Vielen Dank für das Gespräch. Und falls Sie mal Lust und Zeit haben, gehen

Sie doch Blut spenden oder lassen sich als Knochenmarkspender eintragen.«

»FYNN!«, kreischte Brooke beinahe hysterisch und rammte ihm hart den Ellbogen in die Seite. »Entschuldigen Sie uns. Wir müssen kurz unterbrechen!« Sie riss Fynn mit sich hinter den Paravent, sodass er beinahe den Tontechniker umgestoßen hätte, der das Mikrofon über ihre Köpfe gehalten hatte.

»Spinnst du?«, fuhr sie ihn an und schlug nach ihm. »Fängst du wieder mit diesem Mist an? Ich dachte, das hätten wir geklärt!?!«

Keuchend fing er ihre Fäuste ab, die noch immer auf ihn eintrommelten. »Wir haben das geklärt, Brooke. Du hast mir deine Meinung gesagt, ich habe zugehört. Aber ich sehe das einfach nicht wie du.«

»Du kannst nicht über Blut reden!« Brooke riss an seinen Händen, kam aber nicht frei. »Brennan bringt mich um, wenn er das erfährt!«

»Wenn er ein Problem damit hat, was ich sage, dann soll er es mir persönlich sagen. Ich will etwas verändern. Es ist wichtig, die Leute aufzurütteln, um Leben zu retten, Brooke!«

»Du verstehst nicht!«, rief sie und ließ matt die Schultern sinken. Ihre Wut war verraucht. »Brennan geht die Welt am Arsch vorbei. Der will, dass du seine Platte promotest. Und nichts anderes.«

Fynn lockerte seinen Griff etwas und strich entschuldigend über die Stellen, die er gerade noch fest gedrückt hatte. Der Wind trug ihren Duft in seine Richtung, und er wünschte, sie würde ihn nicht so verzweifelt ansehen. »Ich werde ›Heart Hospital‹ promoten, Brooke. Das schwöre ich. Aber ich muss dabei meiner eigenen Linie folgen.« Er hob ihr Kinn und zwang sie, ihn anzusehen. »Kannst du nicht auch mal mir vertrauen? Wenn ich das machen kann, wie ich will, wird es funktionieren. Versprochen.«

Sie schüttelte unsicher den Kopf.

Fynn spürte ihr Zögern und zog sie an sich. Einem Impuls folgend drehte er sie um, sodass sie weit über die Stadt blicken konnten und langsam, fast in Zeitlupe hob er ihre Arme in eine Stellung wie Flugzeugflügel, ehe er sie in einer innigen Umarmung umschloss. »Gib einmal nach, Brooke«, bat er leise und stützte sein Kinn auf ihren Scheitel. »Ich weiß, was ich tue.«

Als sie sich entspannte, wusste er, dass er sie geknackt hatte. Sie wandte den Kopf, ohne sich aus seiner Umarmung zu befreien. »Bau bloß keinen Mist!«, warnte sie ihn und ihr Blick blieb an seinen Lippen hängen, so als wollte sie ihn küssen.

Auch er verspürte diesen Drang, aber wie ihr waren ihm die Reporter auf der anderen Seite des dünnen Paravents bewusst. Allein, wie er sie hier im Sonnenuntergang in Armen hielt, würde eine nicht gerade schmeichelhafte Schlagzeile abgeben. Darum rang er sein Verlangen nieder und löste sich langsam von ihr. »Ich bau keinen Mist, Brooke. Ich bin authentisch. Und das war es doch, was dir am Anfang so gut gefallen hat.«

Brooke streckte ihm die Zunge heraus und stemmte die Hände in die Hüften. »Mir hat dein Knackarsch gefallen. Und deine Stimme. Sonst nichts!«

Sie log so schlecht, dass Fynn lachen musste. »Du hast gesagt, ich wäre so … echt. Das hat dir schon auch gefallen«, erinnerte er sie schelmisch grinsend und beugte sich noch einmal über sie. »Und was wir da neulich Nacht gemacht haben, hat dir, glaube ich, ebenfalls gefallen.«

Sie riss die Augen auf und schlug empört nach ihm, aber die Röte auf ihren Wangen zeigte ihm, dass er damit richtig lag.

»Du spinnst doch! Mach jetzt deinen Job!«, forderte sie streng und deutete auf die Reporter. »Ehe die Sonne ganz untergeht!«

»Was können Sie uns zu Ihrem ersten Album sagen?«, fragte der nächste Reporter. Er arbeitete für ein Onlineportal und kam im regelrechten Nerd-Look daher.

Fynn blickte über die Schulter des Reporters hinweg Brooke an. Sie kniff die Lippen zusammen, als wollte sie auf jeden Fall vermeiden, dass er ihr Schweigen als Zustimmung deutete. Dabei hatte er nicht länger vor, ihre Erlaubnis abzuwarten. Er grinste sie an, dann holte er Atem. »Wissen Sie, in ›Heart Hospital‹ geht es um Wunden an unserem Herzen. Um Wunden, die wir durch die Liebe erfahren. Alle Songs handeln davon, dass wir in unserem Leben jeden Tag nach Heilung suchen für Wunden, die wir uns gegenseitig zufügen. Aber es gibt auch Wunden in unseren Herzen, die uns das Schicksal zufügt. Und Verluste, die niemand verhindern kann. Zumindest glauben wir das. Darum möchte ich jeden auffordern, sich in seinem eigenen Umfeld dafür stark zu machen, Verluste zu verhindern. Wir verlieren viele geliebte Menschen durch Krankheiten. Wenn jeder Blut spenden oder sich typisieren lassen würde, könnte vielen kranken Menschen geholfen werden. Wir könnten weitere Wunden in unseren Herzen verhindern.«

Der Reporter nickte überrascht. »Da haben Sie vollkommen recht. ›Heart Hospital‹ soll also aufrütteln?«

»›Heart Hospital‹ soll Wunden heilen. Auch die Wunden in unserer Gesellschaft, die entstehen, weil wir uns nur für uns selbst interessieren und vergessen, über den Tellerrand hinauszuschauen.«

Eine ganze Weile später stand Fynn noch für eine Bildserie vor dem atemberaubenden Panorama der New Yorker Skyline vor Pauls Kamera. Eine Aufnahme nach der anderen wanderte auf die Speicherkarte, während sich die Nacht wie eine dunkle Decke über die Stadt breitete. Die goldenen Strahlen der sinkenden Sonne waren jenseits des Hudson verglüht und hatten den sich durch die Straßen schlängelnden Lichtfluten der Fahrzeugkarawanen das Funkeln überlassen.

Fynn merkte, dass Brooke ihn nicht aus den Augen ließ. Sie folgte jeder seiner Bewegungen. Immer wieder sah sie bei Paul aufs Display, gab kleinere Anweisungen und postete direkt einige der Aufnahmen auf ihren – oder vielmehr seinen Kanälen. Schließlich nickte sie und steckte zufrieden die Hände hinten in die Hosentaschen.

»Du kannst zusammenpacken«, wies sie Paul an, denn das übrige Team war schon mit den Reportern gegangen. »Wir haben es für heute.«

»Teilen wir uns ein Taxi?«, fragte er, während er sein Equipment in Taschen verstaute. Genau wie Brooke konnte er sich keine Wohnung in Manhattan leisten.

»Fahr ruhig schon vor«, erklärte sie und lehnte sich an das Geländer, das das Observation Deck umgab. Sie löste ihren Zopf und massierte sich müde die Schläfen. »Ich sorge noch dafür, dass unser Star gut nach Hause kommt.«

»Ist doch nur ein Katzensprung bis zu den Apartments«, sagte Paul, zuckte aber die Schultern. »Meinst du, er kommt in so einer großen Stadt unter die Räder?«

Brooke lächelte. »Vergiss nicht, dass er aus Alaska kommt.«

Als sich die Fahrstuhltüren hinter Paul schlossen, veränderte sich die Stimmung auf der offenen Dachterrasse schlagartig. Brookes Blick war nicht länger sachlich, ihre Bewegungen plötzlich unsicher, als sie langsam zu ihm an die Glaswand kam. Obwohl sich ganz New York vom Hudson bis zum East River vor ihnen erstreckte, die Spitze des Empire State Buildings vor ihnen aufragte, und die Lichter des Time Square bis zu ihnen herauf zu sehen waren, interessierte ihn nur das Leuchten in ihren grünen Augen.

»Du warst großartig«, flüsterte sie, und der ansonsten so befehlsgewohnte Ton war verschwunden. Sie benetzte ihre

Lippen und lächelte ihn unsicher an. »Brennan wird es vermutlich trotzdem hassen«, ergänzte sie schmunzelnd und hob dabei die Hand an seine Brust. »Aber mich hast du voll erwischt.« Sie breitete die Fingerspitzen wie einen Fächer über sein Herz. »Hier ...«, sie tippte im Takt seines Herzschlags auf sein Hemd, während sie mit der freien Hand seine Finger an ihre Brust hob. »Du hast mich genau hier erwischt«, gestand sie und presste seine Hand auf ihr Herz.

Getrieben von einem Verlangen, das größer war als jede Vernunft, zog Fynn Brooke an sich. Er senkte seinen Mund auf ihre Lippen und grub seine Hände in ihr fließendes Haar. Weich wie Seide umspielten die hellen Strähnen seine Finger und verströmten diesen betörenden Duft nach Vanille.

Als sie seufzend ihre Arme in seinen Nacken legte, warf er den letzten Funken Zurückhaltung über Bord und zog sie mit sich näher an die steinerne Fassade des Rockefeller Buildings. Weg von den Scheiben, weg von den Sicherheitskameras, die hier oben beinahe jeden Winkel zu erfassen schienen.

Mit einer Ungeduld, die er kaum beherrschen konnte, schob er seine Hände unter ihr Shirt und umfasste ihre perfekten Brüste. Das Drängen in seiner Jeans wurde stärker, als er ihre harten Knospen massierte.

Ein lautes Keuchen entstieg Brookes Kehle, und sie warf den Kopf in den Nacken, um ihm ihre Brüste noch weiter entgegenzurecken. Die Einladung war unmissverständlich. Fynn senkte den Kopf, schob ihr Shirt nach oben und umschloss ihre Brust mit den Lippen, während Brooke ihn an den Schultern näher an sich zog.

Ihre harte Knospe zwischen seinen Lippen, die Laute der Lust und das Zittern, das Brookes Körper wie in Wellen überlief, berauschten Fynn. Sein Schwanz war hart wie der Stein in

Brookes Rücken, als sie die Hände ausstreckte, um ihn aus der Enge der Jeans zu befreien.

Es gab tausend Gründe, die Sache, die sich hier so stürmisch entwickelte, sofort zu beenden. Es gab tausend Gründe, aber ihr wollte kein einziger davon einfallen. Er drängte sie gegen die Wand, und der Stein kratzte rau an ihrer Haut, als sie ihre Brüste Fynns Küssen entgegenreckte, als sie keuchte, weil er seine Zähne ganz zart in ihr Fleisch grub. Sie packte seine Haarsträhnen und zog seinen Kopf nach oben, denn sie musste ihn schmecken. Sie brauchte seine Lippen auf ihren, wie sie seine Hände unter ihrem Rock brauchte. Und als würde er ihre Gedanken lesen, erfüllte er ihr diesen stummen Wunsch. Seine Zunge eroberte ihren Mund, während er ihr hastig den Slip abstreifte.

Seine Härte in ihren Händen drängte sich zuckend gegen ihren lockeren Rock, als wollte sie dorthin, wo seine Finger schon waren. Er hob ihr Bein an und raffte ihr den Rock um die Hüften. Er liebkoste ihre empfindlichste Stelle, bis sie glaubte, ihre Beine würden sie nicht mehr länger tragen, doch die Stärke seines Körpers hielt sie sicher geborgen.

»Fynn«, keuchte sie und führte seinen pulsierenden Schwanz an ihre Mitte. Sie wollte ihn in sich spüren, aber er schüttelte entschieden den Kopf, und auch seine neckenden Bewegungen wurden langsamer, obgleich er nicht ganz damit aufhörte.

»Was …?«

»Schhht«, murmelte er heiser und umkreiste zart ihre Perle. »Sag mir, was das hier für dich ist, Brooke«, forderte er und ließ seinen Finger ganz langsam in sie hineingleiten.

»Was?« Verwirrt drängte sie sich ihm entgegen, bat um mehr, aber er hielt sie unnachgiebig auf Abstand, verwehrte ihr, was sie doch so dringend ersehnte.

»Ist das nur bedeutungsloser Sex?«, hauchte er und fuhr mit seiner Zunge über ihre Kehle. »Oder ist da mehr?«

Schwach klammerte sich Brooke an seine Schultern, denn die süße Marter in ihrem Schoß raubte ihr jede Kraft. Jeden Gedanken. Sie fand keine Antwort auf seine Frage, denn sie war zu keinem klaren Gedanken fähig.

»Bitte«, wisperte sie, denn sie spürte an seiner Härte, dass seine Zurückhaltung nicht nur ihr zu schaffen machte.

»Sag es, Brooke. Ich muss wissen, woran ich bei dir bin«, forderte er und hob ihr Kinn an. Er sah ihr in die Augen und saugte die Wahrheit aus ihr heraus.

»Es darf nicht mehr sein«, stöhnte sie und bewegte ihre Hände fordernd über seine Härte.

»Nicht mehr als was?«

»Als Sex«, platzte sie heraus und entwand sich seinen liebkosenden Fingern. »Es darf einfach nicht mehr sein, Fynn!« Sie fühlte Tränen in sich aufsteigen. Warum konnte er sie nicht einfach ficken? »Du singst doch von den Wunden. Ich habe Angst vor Gefühlen. Sie … reißen Wunden, genau, wie du sagst. Und darum kann es nicht mehr sein!«

Ihre Tränen entgingen ihm offenbar nicht, denn mit einem zärtlichen Kuss spendete er ihr Trost, während er sacht ihre Beine spreizte.

»Es muss mehr sein, Brooke«, flüsterte er gegen ihre Lippen, als er sie nach und nach ausfüllte. »Das zwischen uns … das ist nicht nur Sex, egal, was du sagst.«

Fynn verfluchte sich selbst. Sein Schwanz war so hart wie ein Brecheisen, und Brookes massierende Finger, die ihn anpeitschten, eine köstliche Qual. Er wollte sich nehmen, was sie ihm bot, wollte sie hier und jetzt nehmen, sich in ihr verlieren, aber noch viel mehr wollte er hören, dass sie wirklich ihn wollte. Ihn. Ihre Tränen bedeuteten doch etwas. Er spürte, dass da ein

Funken zwischen ihnen glomm, der über das Körperliche hinausging. Diesen Funken – er bildete ihn sich nicht ein. Oder?

Nicht länger in der Lage, sich zurückzuhalten, spreizte er ihre Beine und schob sich dazwischen. Die Wahrheit stand in ihren tränennassen Augen. Auch wenn sie sie nicht aussprechen wollte, spürte er es.

»Das zwischen uns ... das ist nicht nur Sex«, versicherte er ihr mit einem lustvollen Keuchen.

Er drang in sie und hob sie an, um noch tiefer eintauchen zu können. Mit harten Stößen füllte er sie aus und jagte sie dem Gipfel der Erfüllung entgegen. »Und du weißt das, Brooke!«

Sie klammerte sich an seine Schultern, kam jeder seiner Bewegungen entgegen, und ihr atemloser Kuss enthielt mehr Wahrheit als jedes Wort, das sie hätte antworten können. Für heute würde Fynn sich damit zufriedengeben. Für heute. Aber nicht für immer.

KAPITEL 18

Brooke schlug die Augen auf. Das Chaos in ihrer Wohnung lag im Licht des neuen Tages gnadenlos vor ihr. Sie tastete nach ihrem Handy und checkte die Zeit. Es war erst halb sechs. Matt ließ sie sich zurück in ihr Kissen sinken und schloss noch einmal die Augen. Sie horchte in sich hinein. Ihr Herz schlug leicht, ihr Atem floss ganz entspannt und ein glückliches Lächeln zierte ihre Lippen. Das alles fühlte sich vollkommen ungewohnt an. Sie hätte gern die Hand nach dem Mann ausgestreckt, der verantwortlich für ihr überraschendes Glücksgefühl war. Doch sie war allein. Und das war gut so. Es war sicherer. Für ihre Karriere, für Fynns Karriere, und vor allem für ihr Herz. Es schwebte in Gefahr, wenn sie sich weiterhin mit Fynn Keller einließ. Dieser Mann war schon jetzt wie eine Droge. Er machte, dass sie sich gut fühlte, dass sie ihm immer noch näher kommen wollte. Er berauschte ihr Blut und schlich sich in ihren Verstand.

Brooke schlug die Decke zurück und schwang die Beine aus dem Bett. Von unerklärlichem Tatendrang erfüllt fing sie an, die Unordnung zu beseitigen. Sie sammelte Wäschestücke vom Boden, räumte Geschirr in die Spülmaschine und entsorgte naserümpfend Essensreste, die schon ein Eigenleben entwickelten.

Als sie ihre Wohnung endlich wiedererkannte, nahm sie sich eine gelb-braune Banane und setzte sich an den Rechner. Wie immer hatte Paul die Bilder und Videos des Vortags hochgeladen, und sie checkte das Material. Es war fantastisch. Fynn sah zum Verlieben darauf aus. Das Panorama hinter ihm setzte ihn toll in Szene, und sie fragte sich kurz, was das Strahlen in seinen Augen verursacht hatte. Ob sie es gewesen war? Hatte er an sie gedacht, als Paul die Bilder gemacht hatte? Oder war das Leuchten in seinen Zügen der Tatsache geschuldet, dass sie ihn sein eigenes Ding hatte durchziehen lassen? Dieser Blutspendequatsch …

Als hätten ihre Überlegungen böse Geister geweckt, schrillte ihr Handy und Brennans Nummer leuchtete auf dem Display.

»Na klasse!« Brookes bisher beinahe euphorisch gute Laune sackte in sich zusammen, wie ein Ballon, dem die Luft ausging.

»Was soll das?«, drang Brennans Stimme mürrisch durch den Lautsprecher, noch ehe sie sich überhaupt gemeldet hatte. »Warum zum Teufel lese ich hier in der Onlinereportage über meinen neuen Chartstürmer etwas über soziale Verantwortung, über … warte, was steht da? … Über *Stammzelltypisierung*? Kannst du mir das erklären, Brooke? Ich dachte, wir hätten das geklärt?!«

Brooke rollte mit den Augen und klemmte sich das Handy mit der Schulter ans Ohr, während sie das Netz nach dem Artikel durchsuchte, von dem Brennan offenbar sprach.

»Wir hatten es geklärt. Aber Fynn … er ist stur.« Sie schmunzelte, als sie daran dachte, *wie* stur er sein konnte. *»Das zwischen uns … das ist nicht nur Sex, und du weißt das, Brooke!«*, hörte sie ihn noch immer keuchen.

»Ich bezahle dich, um sture Esel zu lenken!«, schrie Brennan. »Ich will keinen Star, der so einen Unsinn von sich gibt! Mir fehlt da jeglicher Bezug! Was hat das Ganze mit unserer Platte zu tun?«

Brooke hatte gefunden, wonach sie suchte. Und was sie sah, gefiel ihr. Lässig lehnte sie sich zurück und ließ die Schimpftirade über sich ergehen. Brennans Geschrei war am Telefon sehr viel weniger bedrohlich, als wenn sie ihm gegenüberstand. Dann fühlte sie sich immer wie das junge Ding, das blöd genug war, um die Affäre mit ihrem Vorgesetzten für Liebe gehalten zu haben.

»Hör zu, Brennan«, entgegnete sie ganz ruhig, als er schließlich Luft holte. »Fynn hat das ganz gut verpackt. Die Journalisten mochten seinen Gedanken«, erklärte sie sachlich. »Er hat einen guten Bezug zum Album hergestellt. Das gibt auch der Artikel her. Und nicht einmal du wirst leugnen können, dass die Headline mehr als positiv ist. *Fynn Keller – Ein Star mit Gewissen und Songs mit Tiefe, von denen die Welt mehr braucht!*«

Brooke konnte nicht anders, als sich Brennans mürrische Miene vorzustellen, während sie ihm die Schlagzeile vorlas. »Das ist positiv, Brennan. Also lass mich meinen Job so machen, wie ich es für richtig halte.«

Sein Schnauben klang so laut, als stünde er direkt hinter ihr. »Wie du es für richtig hältst, oder wie er es für richtig hält?«

Brooke biss die Zähne zusammen. »In diesem Fall sind wir uns einig«, erklärte sie knapp. »Vertrau mir. ›Heart Hospital‹ kann von seinem sozialen Engagement profitieren. Wir müssen es nur richtig verpacken.«

Nach dem Gespräch fühlte Brooke sich noch stärker als zuvor. Brennan hatte klein beigegeben, Fynn bekommen, was er wollte, und der Platte würde das keinen Abbruch tun. Sie sendete einige der Aufnahmen vom Top of the Rock an das Grafikbüro, das die Inlays für die CDs gestaltete, und machte sich dann fertig für ein Wiedersehen mit Fynn. In Gedenken an das, was gestern auf dem Roof Top passiert war, griff sie auch heute wieder zu einem luftigen Rock und einem Spaghetti-Top. Ihre Wangen glühten auf, als sie daran dachte, was Fynn unter ihrem Rock angestellt hatte.

Sie trug zarten Lipgloss auf und ertappte sich dabei, wie sie Fynns Hit leise vor sich hinsummte. Dann klingelte erneut ihr Handy. Diesmal erschien Pauls Name auf dem Display.

»Hi, was gibt's?«, meldete sie sich, denn Paul sollte eigentlich bereits bei Fynn am Apartment sein. Sie wollten sich dann in der Aufnahmezentrale des Radiosenders Hit-NY treffen, um die Tour und das Album zu bewerben.

»Er ist nicht da«, erklärte Paul knapp.

Brooke erstarrte in der Bewegung, den Kajalstift noch in der Hand. »Was meinst du damit? Wo ist er denn?«

»Keine Ahnung. Er öffnet nicht, und geht nicht an sein Handy.«

Brooke wurde schwarz vor Augen. Der Kajalstift entglitt ihren plötzlich tauben Fingern. Sie setzte sich auf den Rand der Badewanne, um nicht zu fallen. Es fühlte sich an, als würde der Raum über ihr zusammenstürzen. Sie rang nach Atem, und ihr Herz klopfte so heftig, dass es ihre Brust zu sprengen drohte. Der kalte Schweiß brach ihr aus, und die Erinnerung überflutete sie.

»Jason öffnet nicht!«, hallte es in ihrem Kopf, und sie schlug sich die Hände vors Gesicht, um die Bilder zu vertreiben.

»Die Pressekonferenz fängt gleich an, und er kommt einfach nicht aus seinem Hotelzimmer«, hatte Paul sie damals auf den aktuellen Stand der Dinge gebracht. Ungeduldig hatte sie ihre eigene Schlüsselkarte verwendet, um die Tür zu öffnen.

»Jason!«, hatte sie gerufen, aber keine Antwort erhalten. Sie hatte die Suite durchsucht. Das Bett war unberührt, als hätte niemand darin geschlafen, das Fenster gekippt, und ein sanfter Lufthauch blähte die Vorhänge in Richtung der angelehnten

Badezimmertür. Unheil schwängerte die Luft, als sie sich dem Badezimmer näherte.

»*Jason?*« Ihr Rufen war einem Flüstern gewichen. »*Bist du da?*«

Brooke streckte die Hand aus und hatte das Gefühl, noch immer das Holz der Tür unter ihren eisigen Fingern zu spüren.

»Brooke?«, riss Pauls Stimme sie aus ihrem Alptraum. »Ich geh mal rein. Vielleicht …«

»Nein!« Panisch sprang Brooke auf. Das durfte sich nicht wiederholen. »Warte …« Sie überlegte fieberhaft und hastete aus der Wohnung. »Ich … melde mich gleich wieder. Ich versuche mal, ihn auf dem Handy zu erreichen. Vielleicht geht er bei mir hin.« Sie wollte es ihm raten, schließlich hatte er noch vor wenigen Stunden mit ihr geschlafen. Da sollte er es besser nicht wagen, ihren Anruf zu ignorieren!

Sie beendete das Gespräch mit Paul, ohne auf seine Zustimmung zu warten, und wählte Fynns Nummer, während sie vor ihrem Haus Ausschau nach einem freien Taxi hielt.

Fynns Herz schlug schneller, als er durch die Glastür der Klinik trat. Der Geruch von Desinfektionsmittel schlug ihm entgegen, und seine Schritte klangen hohl auf dem glatten Linoleumbelag des Bodens.

Von Schuldgefühlen geplagt war er heute Morgen erwacht. Noch vor wenigen Wochen hatte es in seinem Leben nichts Wichtigeres gegeben als die Werkstatt. Als Ava und seine Freunde. Jetzt dachte er nicht mal mehr an all das, weil seine Gedanken nur um Brooke Adams kreisten, und darum, wie unbeschreiblich es war, mit ihr zu schlafen.

Selbst jetzt, wo er die Krankenhausflure entlangging, auf der Suche nach Zimmer Nummer 206, ging ihm die blonde Schönheit nicht aus dem Kopf. Sie würde über seinen Ausflug zur Klinik alles andere als begeistert sein. Und vermutlich vibrierte genau aus dem Grund schon wieder sein Handy. Paul hatte er einfach weggedrückt, aber Brooke schuldete er doch zumindest eine Erklärung.

»Hi«, meldete er sich unverbindlich, so als wüsste er nicht, dass sich ein Sturm zusammenbraute.

»Wo steckst du?«, verlangte Brooke zu erfahren. Sie klang gehetzt und er hörte ein Hupen im Hintergrund.

»Ich habe etwas zu erledigen.«

»Richtig. Eine Promotion bei Hit-NY! Also, wo zum Teufel steckst du? Paul steht vor deiner Tür!«

»Ich bin nicht da.«

»Ach wirklich? Na, das hat er ja schon selbst bemerkt«, fauchte sie wütend. »Wir müssen in zwanzig Minuten im Sender sein. Schaffst du das?«

»Ich brauche einen Tag frei«, erklärte er entschlossen, auch wenn er spürte, dass Brooke ohnehin schon aufgebracht war. Er hätte sie ja vorgewarnt, hätte er auch nur den Hauch einer Chance gesehen, dass sie ihm zustimmte.

»Du kannst keinen freien Tag haben. Nicht heute!«, schrie sie beinahe hysterisch. »Spinnst du? Du weißt doch von der Liveschalte!«

»Ich habe etwas zu erledigen. Und ich kann es nicht noch länger aufschieben«, erklärte er so langsam, als spräche er zu einem kleinen Kind. »Sorry, aber ich melde mich, wenn ich zurück bin.«

»Fynn Keller!«, Brooke klang, als würde sie ihn am liebsten umbringen. »Wag es nicht, das Radiointerview zu verpassen! Ich warne dich, das ist kein Spaß! Denkst du, weil wir gestern gepoppt haben, kannst du heute machen, was du willst?«

Fynn seufzte. Er fuhr sich durchs Haar und lächelte eine Schwester an, die ihn neugierig beobachtete. »Das denke ich natürlich nicht«, rechtfertigte er sich leise, um den Krankenhausbetrieb nicht zu stören. »Wir reden später, okay?«

»Wage es ja nicht, jetzt aufzulegen«, drohte Brooke. »Ich meine es ernst, Fynn. Du kannst das nicht ausfallen lassen! Sag mir auf der Stelle, wo du bist!«

Fynn schloss die Augen. Er lehnte den Kopf gegen die gelb gestrichene Wand und rieb sich die Schläfen. »Du hast mich gefragt, für wen ich das hier mache«, antwortete er ausweichend. »Ihr Name ist Ava. Ich bin bei ihr.«

Das Schweigen am anderen Ende der Leitung dauerte so lang an, dass Fynn glaubte, die Verbindung sei gerissen. Er sah auf sein Display, aber er hatte volles Netz. »Brooke?«, hakte er nach.

»Fick dich!«, kam die Antwort, ehe ein Piepen ihm anzeigte, dass sie aufgelegt hatte.

Brooke zitterte vor Wut. Sie starrte auf ihr Handy, als erwartete sie, dort eine Erklärung für das Gefühlschaos zu finden, das sie gerade durchlebte.

Sie kam sich so dämlich vor! Die ganze gute Laune von heute Morgen schien sie mit einem Mal zu verspotten. Als hätte sie sich in etwas hineingesteigert, das es gar nicht gab. Als hätte sie dem Fick von gestern mehr Bedeutung beigemessen, als gut für sie war. Wie konnte sie nur immer wieder so dämlich sein? Gestern hatte dieser verfluchte Kerl sie noch gevögelt, und jetzt versetzte er sie wegen der Schlampe, für die er dieses beschissene Lied geschrieben hatte. Das Lied, das Brooke wie ein Ohrwurm schon den ganzen Tag verfolgte. Das Lied, bei dessen Klang sie sich in Fynn verliebt hatte!

»Verdammte Kacke!«, stieß sie hervor, sodass der Taxifahrer sich verwundert nach ihr umdrehte. »Ist was?«, fuhr sie ihn unnötigerweise an und warf ihm durch den Rückspiegel einen bösen Blick zu. »Was mache ich denn jetzt?«

Das Taxi bog um eine Ecke und an einer großen Plakatwand klebte gerade ein Arbeiter Werbung für Fynns Tour auf. Die strahlenden Augen, die ihr von dort entgegenleuchteten, krampften ihr den Magen zusammen. Dieser Arsch! Sie schlug mit der Hand auf den leeren Sitz neben sich, um sich abzureagieren. »Von wegen Liebe reißt die tiefsten Wunden«, knurrte sie, und das Gefühl der Eifersucht fraß sich wie Säure in ihr Herz. »So ein kleiner Fick tut auch schon ganz schön weh!«

Ihr Handy bingte kurz auf, und Brooke runzelte die Stirn. Sie hatte einen Tracker für den Hashtag #Fynn eingerichtet, um neue Meldungen oder Reaktionen im Netz nicht zu verpassen. Gerade postete »Krankenschwester_Kim« unter diesem Hashtag ein Handyfoto von Fynn in einem Krankenhausflur. »Wer würde diesen Prachtkerl nicht gern untersuchen«, schrieb sie dazu.

Brooke biss sich nervös auf die Lippe. »Und wo arbeitet unsere liebe Kim?«, murmelte sie und scrollte in deren Profil ganz nach oben. Nur einen Augenblick später breitete sich ein gefährliches Grinsen auf Brookes Gesicht aus. Sie tippte Pauls Nummer. »Bist du noch in Fynns Hotel? Dann komm zur Ecke Siebte vor, ich gabele dich dort mit dem Taxi auf. Ich hoffe, du hast die Kamera dabei.«

KAPITEL 19

»Hältst du das für eine gute Idee?«, flüsterte Paul, schulterte aber gehorsam seine Kamera.

Brooke drückte sich so eng an die Wand des Krankenhausflurs, als wäre sie ein Spion in einem Actionfilm. Ihre Miene war angespannt, und die Lippen zu einer bitteren Linie zusammengepresst. Sie war sauer. Das konnte jeder sehen.

Auch der Blick, den sie Paul nun zuwarf, war vernichtend. »Das ist unter Garantie *keine gute Idee*!«, fauchte sie. »Das ist eine grandiose Idee!«

»Brooke, wirklich, du bist der Boss, das weißt du, aber ...«, wollte Paul erneut widersprechen.

»Ich bin hier überhaupt nicht der Boss, Paul«, flüsterte sie zornig. »Wäre ich es, sähe das alles anders aus, aber Brennan hat mir eh schon die Hölle heiß gemacht wegen dieses Blutspende- und Soziale-Verantwortung-Mists. Was denkst du, wie lange ich noch für Dream Music arbeite, wenn ich ihm jetzt beichte, dass unser lieber Fynn das wichtige Radiointerview einfach sausen lässt, weil er offenbar schwanzgesteuert seine Exfreundin im Krankenhaus besucht, anstatt seinen Scheißjob zu machen?«

Paul rieb sich das Kinn. »Ja klar, das ist ...«

Brooke ging auf ihn los und stieß ihm den Ellbogen in die Rippen. »Filmst du jetzt oder soll ich einen Ersatz für dich kommen lassen?«

»Wir haben hier keine Drehgenehmigung! Das ist ein Krankenhaus«, erinnerte er sie noch einmal, startete aber die Aufnahme und folgte ihr weiter den Gang entlang.

»Wenn Fynn uns nichts liefert, mit dem wir arbeiten können, dann machen wir uns unser Material eben selbst!«, knurrte Brooke und deutete auf eine Tür, die nur angelehnt war. Die Tür zu Zimmer 206.

Brooke fühlte sich scheiße. Der Geruch nach Desinfektionsmittel bereitete ihr Übelkeit, und sie wusste, dass das, was sie tat falsch war. Aber Fynn hatte es nicht besser verdient. Er hatte ihr vorgemacht, zwischen ihnen wäre etwas. Etwas, das über beiläufigen Sex hinausging. Etwas, das echter war als alles, was sie je erlebt hatte. Und doch hatte er sie ins offene Messer laufen lassen, indem er sich nur wenige Stunden nach ihrem letzten Kuss mit wehenden Fahnen auf den Weg zu der Frau machte, die er offenbar liebte. Und ob sie wollte oder nicht, das hier konnte das emotionalste Material werden, das sie je von Fynn Keller bekommen würden. So elend es sich auch anfühlen mochte, ihn in den Armen einer anderen Frau zu filmen, das Material war es allemal wert, dafür seine Seele zu verkaufen. Und die Tatsache, dass sich das alles in einem Krankenhaus abspielte, war für das Album geradezu ein Glücksfall.

Brooke drängte Paul, weiter in den Raum zu gehen, und hielt sich dicht hinter ihm, um ihm nicht in die Aufnahme zu laufen. Sie spähte an ihm vorbei und hielt den Atem an. Sie erstarrte, als sie Fynn sah. Er saß am Rand eines Krankenbetts, die Arme um einen schlanken Frauenkörper geschlungen und hauchte Küsse auf die schmalen Schultern, während ihm Tränen über die Wangen strömten.

Der Anblick war wie ein Schlag in die Magengrube, und ihr entfuhr ein gepeinigtes Keuchen. Ein Keuchen, das die Blicke aller im Raum auf sie lenkte.

Fynns Kehle war so eng. Die Freude, Ava endlich wieder im Arm zu halten, ihren Atem an seiner Wange zu spüren und ihr glückliches Lachen, das in dieser Umgebung so fehl am Platz wirkte ... das alles machte ihn atemlos. Er küsste ihr Gesicht, ihre Schultern, umarmte sie so fest, dass er Angst hatte, ihr weh zu tun, aber da sie sich ebenso stürmisch an ihn klammerte, ergab er sich seinen Gefühlen.

»Du bist hier«, murmelte sie schwach. »Wirklich hier.«

»Natürlich, Kleines. Und ich habe dich so vermisst.«

Tränen rannen ihm über die Wangen und sein schluchzendes Zittern vermischte sich mit Avas. »Corey hat gesagt, dass du kommst«, flüsterte Ava mit tränenerstickter Stimme. »Aber ich habe es nicht geglaubt.«

»Ich hätte schon viel früher kommen sollen«, gestand er und küsste sie stürmisch, bis sie ihm bittersüß lachend die Arme um den Hals schlang.

»Das hättest du, denn mit Corey allein ist es auf Dauer ganz schön langweilig. Er schnarcht viel lauter als du und überhaupt gehören wir drei doch einfach zusammen. Er vermisst dich genauso wie ich.«

Fynn klammerte sich an Ava, als hätte er etwas Kostbares wiedergefunden. Erst jetzt wurde ihm klar, dass er in den letzten Monaten nicht einen Tag wirklich gelebt hatte. Er hatte nur ausgeharrt und darauf gewartet, dass das Telefon klingelt und er für einen kurzen Augenblick ein Teil von Avas Leben sein konnte.

Dass er sie nun tatsächlich in Armen hielt, erschien ihm wie ein Wunder und in großer Demut für dieses Geschenk brachen die Tränen aus ihm heraus. All der Schmerz, den er in seinem

Song hatte verarbeiten wollen, saß noch immer tief in seinem Herzen, und erst jetzt brachen die Qualen auf wie Eierschalen.

»Ich liebe dich, Kleines!«, murmelte er, als Ava sich versteifte. Auch ihm selbst rann mit einem Mal ein Schauer den Rücken hinab, und er hob den Kopf.

Ungläubig blickte er in Brookes versteinertes Gesicht, nicht ohne zuvor Pauls laufende Kamera zu bemerken.

Er war so geschockt, dass es einen Moment dauerte, bis er sich aus seiner Starre befreite. Ganz langsam richtete er sich auf, ballte die Hände zu Fäusten und trat vom Krankenbett zurück. »Hast du den Verstand verloren?«, flüsterte er heiser und ging auf Paul zu. Er streckte die Hand aus und bedeckte damit die Linse. »Schalt ab!«, befahl er und stieß Paul grob zur Seite.

»Lass laufen!«, widersprach Brooke und wich vor Fynn zurück. »Schwenk auf die Frau!«

Paul schien unsicher. Er zögerte. Nicht so Fynn. Der riss ihm die Kamera von der Schulter und drohte ihm mit der Faust. »Schalt sofort ab!«, knurrte er gefährlich und drückte ihm das Teil hart gegen die Brust. »Sofort!«

»Das wird er nicht machen!«, schrie Brooke und ging dazwischen. Sie drückte die Brust raus wie ein aufgeplustertes Huhn und funkelte Fynn entschlossen an. »Du wolltest lieber hier sein als im Sender. Gut, damit kann ich leben. Aber dieses Material nehme ich mit!« Sie bedeutete Paul mit einem hektischen Winken endlich weiterzufilmen. »Willst du uns die Frau nicht vorstellen, die ...« Sie konnte die Bitterkeit in ihrer Stimme nicht verbergen. »... die dir so wichtig ist, dass du dafür dein Interview sausen lässt?«

Fynn sah, dass Ava mehrfach den Knopf drückte, der die Schwestern herbeirief. Sie saß vollkommen aufgelöst in ihrem Bett, die Infusionsschläuche verheddert an ihren Armen. Sie hielt sich schützend die Bettdecke vor den Leib.

»Was ist denn hier los?«, flüsterte sie erschrocken.

»Nichts!«, versuchte Fynn sie zu beschwichtigen und dabei zugleich Paul die Sicht zu verstellen. »Raus hier!«, befahl er laut und packte Brooke am Arm. »Ihr kommt jetzt mit!« Er drängte die beiden durch die Tür, die er mit einem lauten Knall hinter sich zuzog. Dann raufte er sich fluchend die Haare und schupste Brooke an die gegenüberliegende Wand. »Seid ihr jetzt vollkommen übergeschnappt?«, rief er so laut, dass sich das Krankenhauspersonal wachsam nach ihnen umdrehte. »Was soll der Scheiß?«

Brooke rieb sich den Arm. Sie würde garantiert einen blauen Fleck bekommen, wo Fynn sie gerade gepackt hatte. Aber der pochende Arm half ihr mit dem unerwarteten Schmerz umzugehen, den Fynns Anblick ihr verursacht hatte. »Nicht ich mache hier Scheiß«, verteidigte sie sich. »Du hast dich doch entschieden hierher zu kommen. Warum eigentlich? Ich weiß, dass diese Frau Ava ist. Die, für die du den Song geschrieben hast, richtig?« Sie fragte zwar, aber eine Antwort brauchte sie nicht. »Bist du hier, um ihr zu sagen, dass du gestern mit mir geschlafen hast?« Sie sah ihn fordernd an. »Hat dich dein schlechtes Gewissen hergetrieben? Weil du dich in fremden Betten wälzt, während deine Liebste hier …«

Paul wechselte mit der Kamera unsicher zwischen ihnen hin und her. »Brooke, soll ich wirklich …«

Sie atmete stöhnend aus. »Schalt schon aus!«, murrte sie, ohne ihren Blick von Fynn zu nehmen. So wie er dastand, hatte sie ihn noch nie gesehen. Reine Verachtung sprach aus seinem Blick. Beinahe fürchtete sie, er würde ihr etwas antun. Dabei hatte er das doch längst. Oder warum tat ihr das Herz so weh?

Fynn schüttelte ungläubig den Kopf. Er ging auf sie zu und blieb nur wenige Millimeter vor ihr stehen. Dann packte er ihre Kehle und zwang sie, ihn anzusehen. »Du bist einfach nicht normal, Brooke!«, erklärte er so leise, dass es an die unheimliche Ruhe vor einem Sturm erinnerte. »Irgendwas läuft da bei dir gehörig falsch. Merkst du das nicht?« Er sah sie an, als suchte er in ihrem Gesicht nach Reue. »Nicht, dass dich das was angeht, aber das da drin ist meine Schwester. Und sie hat Leukämie. Ich habe dir gesagt, ich brauche einen freien Tag. Und ich habe dir gesagt, ich nehme ihn mir, wenn ihr ihn mir nicht freiwillig gebt. Dass ich heute hier bin hat nichts, *aber rein gar nichts* damit zu tun, dass wir Sex hatten. Sondern damit, dass Ava morgen eine erneute Stammzellspende bekommt und danach eine ganze Weile in Quarantäne isoliert sein wird, denn sie werden im Rahmen der Behandlung ihr gesamtes Immunsystem zerstören. Jede Infektion kann sie dann umbringen. Jeder Kontakt ... ihr Leben kosten.«

Wie ein Eimer Eiswasser wirkten Fynns Worte auf ihr Herz. Es machte einen geschockten Schlag und erstarrte dann vor Schuld. »Fynn, ich ...«, stotterte sie, denn was sollte sie darauf schon sagen? »Tut mir leid, ich ...«

Er ließ sie los und trat zurück an die Tür. »Verschwinde, Brooke. Nimm einfach deine verfluchte Kamera und verschwinde.«

Flehend streckte sie die Hand nach ihm aus, wollte irgendetwas sagen, aber sein eisiger Blick hielt sie davon ab. Ohne ein weiteres Wort wandte er sich ab und kehrte in das Zimmer seiner Schwester zurück. Der dumpfe Laut, mit dem die Tür schloss, hatte etwas Endgültiges an sich.

»Das ist ja mal beschissen gelaufen!«, stellte Paul nach einer Weile fest, in der sie nur auf die Tür gestarrt hatte. »Hast du echt mit ihm geschlafen?«

Brooke atmete schwer aus. Sie ließ sich kraftlos gegen die Wand sinken und rieb sich die pochenden Schläfen. »Und wenn schon?«, murmelte sie unverständlich.

»Und wenn schon?« Paul hob überrascht die Augenbrauen. »Du hast unserem Star gerade eine megapeinliche Szene gemacht! Du bist viel zu emotional bei der Sache, Brooke!«

»Halt die Klappe!«

»Ich mache mir nur Sorgen. Die Sache läuft aus dem Ruder, wenn du dich nicht distanzierst.«

Brooke presste sich die Fingernägel schmerzhaft in die Handflächen. »Halt einfach die Klappe!«

»Und was machen wir jetzt?« Paul deutete auf die geschlossene Tür.

»Keine Ahnung.«

»Wie geht es jetzt weiter?«

Brooke funkelte ihn böse an. »KEINE AHNUNG! Pack einfach ein. Wir sind hier fertig.«

»Fertig?«

»Geh einfach nach Hause, Paul!«

Sorge sprach aus seinem Blick, als er seine Kamera nahm und zögernd den Krankenhausflur entlangging. Erst als er um die Ecke bog, rappelte Brooke sich langsam wieder auf. Sie atmete mehrmals tief durch, strich sich die Haare und den luftigen Rock glatt und starrte auf die geschlossene Tür. Sie könnte anklopfen. Mit Fynn sprechen. Sich ... entschuldigen. Aber sie tat es nicht. Stattdessen verließ sie die Klinik und lief ziellos durch die Straßen. Sie arbeiteten zusammen. Also konnte sie auch irgendwann noch einmal mit ihm darüber sprechen. Dann, wenn er sich etwas beruhigt hätte.

Und im Grunde war es trotz des Schocks dieses Morgens ein ganz gutes Gefühl, dass Ava, die Frau, der Fynns Herz gehörte, nur seine Schwester war. Dass er den Song um die großen Gefühle aus Liebe zu seiner Schwester geschrieben hatte. Denn das bedeutete doch, dass es keine andere Frau in seinem Leben gab, die ihm wichtig war.

»Es muss mehr sein, Brooke«, hatte er gesagt. *»Das zwischen uns ... das ist nicht nur Sex.«*

Verzweifelt blickte Brooke in den Himmel, als könnte von dort irgendwelche Hilfe kommen. »Ich bin so doof!«, flüsterte sie. »Immer versau ich mir alles!«

»Beruhige dich!«, flehte Ava zum wiederholten Mal und streckte die Hand nach ihrem Bruder aus. »Setz dich und sag, was los ist. Wer war denn das eben?«

»Ich bringe sie um, wenn sie davon irgendwas veröffentlicht!«, knurrte Fynn und tigerte weiter in dem schmalen Krankenhauszimmer umher. »Damit ist sie wirklich zu weit gegangen. Ich sollte den ganzen Mist hinschmeißen!«

»Fynn Keller! Du hörst jetzt auf der Stelle auf, Selbstgespräche zu führen!«, rief Ava und presste sich besorgt die Bettdecke an die Brust. »Ich habe nicht die Kraft, mich aufzuregen, also hör auf mich und beruhig dich.«

Die Verletzlichkeit in Avas Stimme und der flehende Ausdruck in ihren Augen, die seinen so ähnlich waren, trafen ihn wie ein Schlag. Sofort setzte er sich auf ihre Bettkante und fasste nach ihren eisigen Fingern. »Entschuldige, Kleines«, flüsterte er und küsste jeden einzelnen ihrer Finger. »Ich bin ... vollkommen durch den Wind. Diese Sache eben ... es tut mir leid, Ava. Ich wollte nicht, dass man dich in die Sache mit reinzieht.«

Ava schloss ihre Finger fest um seine und lächelte ihn beruhigend an. »Schon gut, Fynnie. Mach dir um mich keine Sorgen. Sag mir lieber, was genau das hier eben war.« Sie zwinkerte ihm zu. »Immerhin liege ich seit Wochen hier, und das Spannendste, das passiert ist, war eine zerbrochene Blumenvase draußen auf dem Flur. Da fühlt sich so ein unerwarteter Besuch zwar wie ein Erdbeben an, aber so im Nachhinein war es doch mal ganz ... unterhaltsam.«

Fynns Lippen wurden weicher, und er schob seine Schwester im Bett ein Stück beiseite. Dann legte er sich zu ihr und verschränkte die Hände hinter dem Kopf. »Unterhaltsam, ja?« Er wartete, bis sie sich in seine Armbeuge gekuschelt hatte, wie sie es schon als Kind immer getan hatte. »Du findest also Brooke Adams' Auftritt unterhaltsam?«

Ava kicherte.

»Ich sag dir was, Kleines. Dieses Weib ist nicht unterhaltsam. Sie ist eine Hexe, die …« Er suchte nach Worten. Nach negativen Eigenschaften, von denen Brooke doch so viele mit sich herumtrug. Und dennoch fiel ihm keine ein, die er wirklich ihrem Charakter zuordnen würde. Vielmehr entsprang das Negative in ihr dem Druck, dem sie sich selbst aussetzte. »Na, sie ist auf jeden Fall unberechenbar. Wie eine Naturgewalt, wenn man so will.«

»Wir kommen aus Alaska. Mit Naturgewalten kennen wir uns doch aus.« Sie grinste ihn breit an. »Man könnte sogar sagen, dass wir die Natur in all ihrer Wildheit lieben, oder nicht?«

»Sehr witzig, Kleines. Sehr witzig.« Er streichelte ihren Arm immer darauf bedacht, die Kanülen nicht zu berühren.

»Was tut diese Naturgewalt denn genau?«, hakte Ava nach schloss müde die Augen. »Ich meine, wenn sie nicht gerade die Zimmer von Krebspatienten überfällt.«

Fynn zog eine Grimasse. »Sie macht Stars. So ungefähr hat sie das beschrieben. In meinem Fall bedeutet das, dass sie mich herumkommandiert, bestimmt, was ich wann anziehen soll, unsinnige Social-Media-Kanäle für mich pflegt und sich um die gesamte PR zu der Platte kümmert.«

»Klingt wichtig.«

Fynn zuckte mit den Schultern. »Wirklich? Ich weiß ja nicht, Ava. Ich kann mit dieser ganzen Branche nichts anfangen. Ich hätte diesen Vertrag nie unterschreiben sollen.«

Obwohl Fynn ihre Erschöpfung spürte, hob Ava den Kopf, um ihn ungläubig anzuschauen. »Spinnst du? Das, was du da erleben kannst, ist doch genial! Corey ist vor Begeisterung vollkommen ausgeflippt, als ich es ihm erzählt habe. Er wird gerade für die morgige Stammzellspende vorbereitet, darum ist er leider gerade nicht hier, aber er hofft, dass du so viel Kohle machst, dass wir die Werkstatt verkaufen, und den Rest unseres Lebens auf einer Luxusjacht irgendwo bei den Bahamas verbringen können!« Sie lachte glücklich auf. »Die Bahamas wirken sich bestimmt positiv auf meine Genesung aus!«

»Corey würde nie die Werkstatt verkaufen. Dads Erbe bedeutet ihm sehr viel mehr als mir, das weißt du. Und selbst ich würde mich schwertun, Palmer den Rücken zu kehren.«

Ava lachte. »Stimmt doch gar nicht. Du bist doch nur zurückgekommen, um Corey zu vertreten, als … als das Thema Stammzellspende aufkam. Dein Herz hängt nicht an Palmer oder der Werkstatt.«

»Das stimmt nicht. Ich hatte vielleicht eine andere Vorstellung von meinem Leben, als in Dads Werkstatt mitzuarbeiten, aber nach Alaska wäre ich schon zurückgekommen.«

Ava nickte. »Du hast Maschinenbau studiert, weil du in den großen Werften von Anchorage arbeiten wolltest.«

»Ja, oder im Yukon. Die Goldbranche ist ein hartes Geschäft, aber gute Vorarbeiter verdienen da oft mehr als die Mineneigner selbst. Es gibt da so viel Technik, die in Schuss gehalten werden muss. Das hätte mir Spaß gemacht.«

»Klar, mit riesigen Baggern und Anlagen zu spielen ist wohl der Traum eines jeden Jungen.« Sie lachte wieder. »Das – oder Rockstar zu werden.«

»Ich fühle mich nicht als Rockstar.« Er streckte seiner Schwester die Zunge raus. »Brooke sagt, ich bin Cinderella.«

Vor Lachen verschluckte sich Ava und setzte sich etwas auf, während Fynn ihr ebenfalls lachend den Rücken behutsam klopfte. »Wie kommt sie denn darauf?«, prustete sie.

Fynn grinste. »Na, weil sie den Jungen mit dem Dreck unter den Fingernägeln an die Spitze der Charts bringen will. Ist doch klar, oder?«

Die Tränen rannen Ava übers Gesicht, so sehr lachte sie. »Das nenn ich mal ein Märchen!«, sie japste nach Luft. »Cinderella aus Alaska und die kameraschwingende PR-Hexe!« Sie kringelte sich unter der Bettdecke ein, und hielt sich das Kissen vor den Mund, so laut lachte sie.

»Du bist ja heute mal wieder megawitzig«, sagte Fynn trocken, auch wenn er selbst am Schmunzeln war. Es tat gut, seine Schwester so unbeschwert zu sehen, ihr nach all den Wochen, in denen er sich so nutzlos gefühlt hatte, sich so schäbig vorgekommen war, endlich wieder nahe zu sein. Es war nicht seine Schuld, dass seine Stammzellen nicht genügend identische Oberflächenmerkmale aufwiesen, um seiner Schwester mit einer Spende zu helfen. Und er wusste, er musste dankbar sein, dass wenigstens sein Bruder Corey als Fremdspender in Frage kam. Doch neben dieser Dankbarkeit empfand er Schuldgefühle und eine Hilflosigkeit, die ihn mehr als nur verbittert hatten.

Dass Ava jetzt lachend in seinem Arm lag, war jedenfalls nicht sein Verdienst. Aber vielleicht würde das Geld aus dem Vertrag es ihr wenigstens ermöglichen, ihre Therapie und die Folgebehandlungen zuhause fortzusetzen. Oder auf den Bahamas, wenn sie das lieber mochte.

So zärtlich, als wäre sie aus Zucker, wischte er ihr die Lachtränen von den Wangen. Für ihr Glück würde er alles tun. Vermutlich sogar nach Brooke Adams' Nase tanzen.

Er seufzte, als er an sie und ihren Auftritt hier dachte.

»Du schläfst also mit ihr?«, schien Ava seine Gedanken zu lesen.

Er setzte sich auf und begegnete Avas Blick. »Wie kommst du darauf?«

Sie deutete in Richtung Flur. »Die Türen sind dünn. Ich habe gehört, was sie gesagt hat.«

Fynn rieb sich betreten den Nacken. »Es ist kompliziert.«

»Magst du sie?«

Fynn zögerte. »Sie trägt so viele Probleme mit sich herum. Ich mag sie, aber ich habe keine Ahnung, ob ich ihr eigentliches Wesen überhaupt schon zu Gesicht bekommen habe. Sie scheint sich hinter allem zu verstecken, was sie nur finden kann. Ich würde gern einfach mal … hinter die Fassade blicken, die sie mit aller Macht versucht, aufrecht zu erhalten.«

Ava nickte. »Klingt wirklich kompliziert.«

Fynn stand auf und fühlte sich mit einem Mal leer. Er lächelte Ava an, sah ihre Erschöpfung und die kränkliche Blässe ihrer Haut. Die Chemotherapie saugte das Leben wie ein Dämon aus ihr heraus, und er konnte sich nicht vorstellen, dass gerade diese Prozedur sie heilen sollte. Ihre Schwäche machte ihm Angst. Er wollte fliehen, wollte raus aus diesen Fluren, deren gelber Anstrich Hoffnung vermitteln sollte, wo doch nur Verzweiflung war. Er musste hier raus. Seine Schwester brauchte Ruhe vor dem Eingriff morgen, redete er sich ein, dabei waren es seine eigenen Dämonen, die ihn an die Tür ihres Zimmers trieben.

Ava sah ihm lächelnd nach. Auch ohne Worte verstand sie ihn. »Du musst sicher los«, flüsterte sie traurig. »Ich habe gelesen, du gehst auf Tour. Da steht sicher einiges an.«

Fynn nahm ihre Erklärung dankbar an. »Stimmt, aber woher weißt du das?«

Sie zwinkerte ihm zu. »Diese Brooke versteht es, Follower zu generieren. Ich checke jeden deiner Posts.« Sie schloss die Augen, als wäre sie mit einem Mal sehr erschöpft. »Vielleicht komme ich ja auch mal zu einem Konzert.«

Anstatt zu gehen, kehrte Fynn an Avas Bett zurück und küsste sachte ihr Stirn. Er saß bei ihr, bis sie beinahe eingeschlafen war. Als ihr Atem gleichmäßig ging und sie schwer in die Kissen sank, flüsterte er: »Hey, Kleines …« Er strich ihr über die fahle Wange. »Für dich gebe ich jederzeit ein Privatkonzert.«

KAPITEL 20

Zum *Big Boss* beordert zu werden war nicht unbedingt das, was Fynn erwartet hatte. Tatsächlich war er wirklich davon ausgegangen, dass Brooke seine Abwesenheit bei dem Radiointerview irgendwie zurechtbiegen würde. Doch danach sah es ja nun nicht gerade aus. Mit einem etwas mulmigen Gefühl betrat er die heiligen Hallen von Dream Music, die auf den ersten Blick nicht besonders eindrucksvoll erschienen. Eine Empfangsdame kontrollierte die Fahrstühle in die übrigen Stockwerke. Sie schien ihn zu erwarten, denn sie hob neugierig, aber nicht überrascht den Kopf und musterte ihn über den Rand ihrer Brille hinweg.

»Fynn Keller, nehme ich an«, säuselte sie. »Mister Ward erwartet Sie bereits.« Wie durch Zauberhand öffneten sich die Fahrstuhltüren, und sie bedeutete ihm mit einer Handbewegung, einzusteigen.

Als sich die Türen schlossen, schob sich im letzten Moment eine Hand dazwischen, die sie wieder auseinandergleiten ließ.

»Miss Adams!«, rief die Empfangsdame mit leichter Empörung, als Brooke sich hastig in den Lift drängte und mit einem Knopfdruck das Schließen der Türen beschleunigte.

Ihr erleichtertes Durchatmen ließ erahnen, dass sie nicht erpicht auf eine Unterhaltung mit der Goldbrille gewesen war.

Doch obwohl sie Heather entkommen war, wirkte sie nervös und fahrig. Sie schaute Fynn nur kurz an, ehe sie sich auf ihre abgekauten Fingernägel zu konzentrieren schien.

»Wir müssen also beim Chef antanzen«, versuchte Fynn das unangenehme Schweigen zu brechen. Obwohl er sauer auf Brooke war, gefiel ihm nicht, dass sie wie ein verwundetes Tier zu leiden schien. Dunkle Augenringe betonten noch ihre Verletzlichkeit, die durch das viel zu große Shirt, das sie trug, hervorgerufen wurde. Er erkannte sie kaum wieder.

Gehetzt sah sie ihn an. »Die Tour steht vor der Tür. Vielleicht …« Sie riss die Arme in die Luft. »Ach, Scheiße, das hat doch nichts mit der Tour zu tun! Brennan macht uns die Hölle heiß, weil nichts nach Plan läuft!« Ihre Stimme überschlug sich, und ihre Augen schimmerten feucht. »Du hättest gestern einfach …«, sie schluckte, »einfach da sein müssen.«

Noch ehe Fynn etwas darauf erwidern konnte, erreichten sie das 23. Stockwerk, und Brooke floh regelrecht aus dem Lift. Ihre Anspannung zeigte sich bei jedem hektischen Schritt.

Mit gemischten Gefühlen folgte Fynn ihr den Gang entlang und auf ein gläsernes Büro zu, dessen Scheiben mit Lamellenvorhängen vor fremden Blicken geschützt war. Ganz bewusst hielt er etwas Abstand, um sich einen Eindruck zu verschaffen, noch ehe Brennan Ward ihn mit seiner herrischen Art wieder einzuschüchtern versuchte. Die goldenen Schallplatten, Platinauszeichnungen und gerahmten Konzertfotos berühmter Künstler an den Wänden beeindruckten ihn nicht. Hätten sie vielleicht, wenn ihn Brookes merkwürdiges Verhalten nicht viel mehr beschäftigt hätte.

Pure Angst schien sie zu beherrschen.

»Tür zu!«, donnerte Brennan von seiner Position hinter dem Schreibtisch aus, kaum dass Fynn sein Büro erreicht hatte. Er stemmte sich aus dem Sessel hoch und stützte sich drohend wie ein Silberrückengorilla mit geballten Fäusten auf die

Tischplatte. Eine Ader an seiner Stirn pochte gefährlich, und Brooke wurde unter seinem Blick mit jedem Atemzug kleiner.

Möglichst unbeeindruckt von dem harschen Ton schloss Fynn die Tür hinter sich und verschränkte die Arme vor der Brust.

»Ihr zwei wollt mich wohl verarschen!«, rief Brennan so laut, dass die Glastür zitterte. »Ihr habt wohl noch nicht kapiert, wer hier das Sagen hat!«

»Brennan, bitte«, presste Brooke schwach hervor und hob beschwichtigend die Hand. »Lass mich kurz erklä…«

»Ich will kein Wort von dir hören!«, fuhr Brennan sie an und donnerte dabei die Faust auf den Tisch. Sein brennender Blick erfasste Fynn, und er warf ihm verächtlich eine Kopie seines Plattenvertrags vor die Füße. »Du wirst jetzt ganz schnell lernen, wem du gehörst«, drohte er und deutete auf die über den Boden verstreuten Blätter. »Soll Brooke dir den Paragrafen mit den Vertragsstrafen vielleicht vorlesen, damit du kapierst, in welcher Lage du dich befindest?«

Fynn biss die Zähne zusammen. »Es tut mir leid«, erklärte er ohne wirkliche Reue. »Ich hatte mehrfach gesagt, dass ich Zeit brauche, um …«

»Das hier ist kein Ferienlager, sondern ein Multimillionen-Dollar-Business!«, bellte Brennan ihn nieder. »Du hast ordentlich abkassiert, aber dafür gehört dein Arsch jetzt mir!«

»Brennan!«, mischte sich Brooke zaghaft ein. »Bitte …«

»Halt du dich lieber raus«, warnte er. »Zu dir kommen wir gleich.«

»Brooke kann nichts dafür«, ergriff Fynn das Wort. »Weder wusste sie von meiner Absicht, den Termin im Sender ausfallen zu lassen, noch hätte sie irgendetwas an meinem Entschluss ändern können.«

Anstatt Fynns Worten irgendeine Bedeutung beizumessen, wandte Brennan sich wieder an Brooke. »Du hast ihn also nicht unter Kontrolle«, legte er Fynns Entgegnung nach seinem Willen aus. »Ich wusste, dass du nicht wieder in Form bist, Babe. Ich habe dir gesagt, das wächst dir über den Kopf. Und jetzt sieh dich an.«

Brookes Wangen glühten vor Scham, trotzdem trat sie einen Schritt näher an den Schreibtisch. »Das kommt nicht wieder vor, Brennan. Ich schwöre es. Ich habe alles im Griff. Das gestern war …«

Er lachte. »Ich habe das Material von Paul gesehen. Denkt ihr, ich checke nicht, was da läuft? Denkt ihr, ich bin doof? Man hat keinen Kerl im Griff, dem man den Schwanz lutscht!«, spie er.

Es war ein Reflex. Fynn holte aus und verpasste Brennan einen Kinnhaken, der den Produzenten wie einen Sack Mehl zurück in seinen Sessel prallen ließ. Seine Faust schmerzte, und der Puls hämmerte ihm unter der Schädeldecke, als er sich vor Brennan aufbaute. Er atmete schwer, denn es kostete ihn alle Selbstbeherrschung, dem Mistkerl nicht an die Gurgel zu gehen.

Wortlos sah er zu, wie sich Brennan das Blut von der Lippe wischte und ein Taschentuch auf die Nase presste. Seine Wangen waren feuerrot vor Wut, und aus seinen Augen sprach Mordlust.

»Du!«, japste er und sein zitternder Finger deutete auf Fynn. »Du …«, vollkommen überrumpelt suchte er nach Worten.

»Spar dir das! Oder sing deinen Hit in Zukunft selbst«, winkte Fynn ab und senkte die Fäuste. »Wir sind hier fertig.« Er wandte sich an Brooke, die sich entsetzt die Hände vor den Mund presste. Mit Augen so groß wie Untertassen starrte sie zwischen dem blutenden Plattenboss und Fynn hin und her. »Komm schon«, murmelte er und knackste mit den vom Schlag verkrampften Fingern, während er auf die Glastür zusteuerte.

Röchelnd bäumte Brennan sich über den Schreibtisch. Er fasste nach Brookes Arm, als sie Fynn folgen wollte. »Du bist raus!«, fauchte und kleine Blutströpfchen bildeten sich an seiner Lippe. »Aus und vorbei!«

Fynn sah, wie Brooke erstarrte. Sie riss ihren Arm zurück und schüttelte ungläubig den Kopf. Aber ehe sie etwas sagen konnte, lachte Brennan auf und fuhr sich, als hätte er die Situation wieder im Griff, durch die Haare. Dass er dabei eine Blutspur auf seiner Stirn hinterließ, bemerkte er nicht und es wäre ihm wohl auch egal gewesen. »Du bist raus, Babe«, wiederholte er breit grinsend. »Außer du veröffentlichst das Material aus dem Krankenhaus.« Er leckte sich über die Lippe und verzog dabei das Gesicht. »Ich will Drama, Baby!«, lachte er und sein siegessicherer Blick bohrte sich in ihre Brust. »Bring es, oder du bist raus!«

»Er weiß, dass wir was miteinander hatten!«, stammelte Brooke, als sich die Fahrstuhltüren hinter ihnen schlossen. Sie zitterte am ganzen Leib und ein blutiger Abdruck von Brennans Hand verunstaltete ihr Shirt.

»Offensichtlich«, stimmte Fynn tonlos zu. Er massierte noch immer seine Knöchel.

»Du hast ihn niedergeschlagen!«

Fynn schmunzelte. »Offensichtlich.«

»Hast du den Verstand verloren?« Brooke rieb sich übers Gesicht. Ihr Adrenalinpegel war in ungeahnte Höhen gestiegen, und sie hatte das Gefühl, es gäbe absolut keinen Sauerstoff in diesem beschissenen Lift. »Er wird uns das Leben zur Hölle machen!«

Wie konnte Fynn nur so ruhig bleiben? Er zuckte mit den Schultern, als hätte Brennan nicht eine ganze Armada an Anwälten, die ihn wegen Körperverletzung anzeigen könnten! Die sowohl seinen Vertrag als auch ihren im Nu auseinandernehmen könnten, um sie beide zurück in die Gosse zu stoßen.

»Meine Güte, Fynn, du hättest einfach zu dem Scheißradiointerview kommen sollen!«, jammerte sie.

Wieder grinste er. »Offensichtlich.«

»Findest du das lustig?«, schrie sie ihn an und stieß ihm hart gegen die Brust. »Ich verlier meinen verdammten Job wegen dir! Hast du nicht gehört? Ich soll das Klinikmaterial bringen. Willst du das?«

»Nein.«

Die Fahrstuhltüren glitten auseinander und Heather Green lugte neugierig hinter dem Empfangstresen hervor. Brooke hastete an ihr vorbei und taumelte auf den Gehweg. Panisch saugte sie Luft in ihre Lunge, um den Schwindel zu vertreiben.

Deutlich gelassener kam Fynn hinter ihr her. Er sah sie besorgt an, machte aber keine Anstalten, sich ihr zu nähern. Ruhig blickte er die Straße entlang. Beobachtete einen Moment schweigend die lange Aneinanderreihung gelber Taxis, die sich gleich einer hungrigen Schlange durch das Herz der Metropole zu schieben schienen.

»Wirst du das Material verwenden?«, fragte er. Seine Hand war rot und geschwollen, und die Strähnen hingen ihm wild in die Augen, als er sie mit diesem resignierten Blick ansah, den sie schon auf dem Musikvideo so berührt hatte.

Sie schluckte. Würde sie das Material verwenden? Eigentlich nicht. Sie hatte schon beim Dreh gewusst, dass dieses Material kritisch sein könnte. Zu privat. Zu … intim. Und doch hatte sie es produziert, weil Brennan recht hatte. Sie machten Drama. Drama verkaufte Platten.

»Brooke?« Fynn wartete auf eine Antwort.

»Du hast den Termin sausen lassen – hast Brennan niedergeschlagen – und meinen Job riskiert«, erinnerte sie ihn hilflos. »Was denkst du, soll ich jetzt tun?«

»Du kannst das Material nicht veröffentlichen, Brooke«, mahnte er. »Also sag, was wirst du jetzt tun?«

Brooke schnaubte und zuckte mit den Schultern. Dann hob sie den Arm, um ein Taxi anzuhalten. »Ich denke, das ist offensichtlich«, erklärte sie und fuhr davon.

KAPITEL 21

Drei Stunden lang hatte Brooke sich abgelenkt. Sie hatte ihre Wohnung geputzt, das Bett neu bezogen und einige alte Klamotten aussortiert und direkt zum Container gebracht. Auf dem Rückweg hatte sie sich Pommes besorgt, die sie nun, wo sie wirklich keinen Grund mehr fand, sich vor ihrer Pflicht zu drücken, mit wenig Begeisterung vor dem Laptop aß. Der Ärger darüber, dass Paul das Material nicht geschnitten hatte, das sie und Fynn im Streit zeigte, schlug ihr auf den Magen und sie legte die versalzenen Pommes beiseite. Sie schleckte sich das Fett von den Fingern und scrollte durch die Aufnahmen.

Sie kam sich so schäbig vor, wenn sie sich ansah, mit welchem Schmerz Fynn zu kämpfen hatte, als er seine Schwester umarmte. Seine Schwester, verdammt noch mal! Diese Ava war seine Schwester! Brooke stöhnte und raufte sich die Haare. Sie hatte sich wegen seiner Schwester zum Affen gemacht. Die Eifersucht, ihn so innig mit einer anderen zu sehen, hatten diesen Kurzschluss erzeugt. Ihr waren die Sicherungen durchgebrannt, beinahe so wie damals, als sie Brennans Bürostuhl durch die Glaswand gedonnert hatte. Wie damals, als nur noch Beruhigungsmittel und einige Stunden beim Psychiater ihr geholfen hatten, wieder zu sich zu finden. Wie damals, als ihr gesamtes Leben am seidenen Faden hing. Ein Faden, den

Brennan eiskalt durchgeschnitten hatte. Und nun drohte er, das wieder zu tun. Nur würde sie diesmal die Kraft für einen neuen Anfang nicht mehr aufbringen. Diesmal würde sie geschlagen liegenbleiben, das wusste sie. Sie hatte es in Brennans Blick gesehen. Er war stinksauer, weil sie mit Fynn geschlafen hatte. Sein Ego war angekratzt. Und darum würde er sich nicht damit zufrieden geben, sie einfach fallen zu lassen.

Er würde nachtreten, sollte sie sich nicht seinem Willen beugen und Fynn Keller damit verraten. Sie drückte auf Stopp und betrachtete den Monitor. Die Verachtung in Fynns Blick, als er sie und die Kamera bemerkte, tat furchtbar weh. Sie tat so weh, weil sie verdammt noch mal dabei war, echte Gefühle für ihn zu entwickeln. Dabei sollte sie es doch besser wissen. Und Fynn auch. Schließlich war das doch der Hit: Liebe reißt die tiefsten Wunden!

Resigniert stopfte sie sich zwei inzwischen kalte Pommes auf einmal in den Mund und öffnete ihr Videoschnittprogramm.

»Drama, Baby«, flüsterte sie ironisch und begann das Material zu verarbeiten.

Alle fünf Minuten ließ Fynn seine Facebookseite neu laden, checkte seine Insta-Story und seinen YouTube-Kanal. Er trommelte mit den Fingern auf dem Tisch, so unruhig war er. Und je weiter der Tag fortschritt, umso nervöser wurde er. Was, wenn Brooke es sich anders überlegt hatte? Was, wenn sie das Material doch nicht brachte?

Er strich sich über die aufgeplatzte Haut an seinen Fingerknöcheln. Das Gefühl, Brennans Knochen zu treffen, wollte einfach nicht weichen. Zu gern hätte er ein zweites Mal zugeschlagen. Dabei hatte er noch nie jemandem eine verpasst. Bei den Kneipenschlägereien in Palmer hatte er sich immer zurückgehalten. Aber offenbar hatte er beim Zuschauen einiges gelernt, denn sein rechter Haken hatte ganz gut gesessen. Noch immer spürte er die Wut in sich, die ihn zu diesem Schlag verleitet hatte. Es ging diesen Brennan verdammt noch mal einfach nichts an, was zwischen ihm und Brooke gelaufen war. Es stank ihm gewaltig, dass der Produzent glaubte, da mitreden zu können, nur weil er selbst schon mit Brooke zusammen gewesen war. Und genau das war der Knackpunkt. Er bekam das Bild von Brooke und Brennan einfach nicht aus dem Kopf.

Frustriert rieb Fynn sich die Schläfen und lud die Seite neu. Er starrte schon so lange auf sein Profil, dass er den neuen Post im ersten Moment beinahe übersah. Doch da war er offenbar der Einzige.

»Heart Hospital« ist ein sehr persönliches Album. Ich will euch teilhaben lassen an den Wunden, die die Liebe reißt. An meinen Wunden. An meinem Herzen.

#Geschwisterliebe #Hearthospital #Fynn #Lovesong.

Innerhalb von Sekunden sammelte der Beitrag etliche Reaktionen.

»Verfluchte Scheiße«, murrte er und sprang auf, als könnte Distanz zum Rechner auch dafür sorgen, dass all die Reaktionen ihn nicht berührten. Mit vor Wut zitternden Fingern spielte er das Video ab. Es zeigte ihn in inniger Umarmung mit Ava. Sie war nur von hinten zu sehen, wofür er fast so etwas wie Dankbarkeit empfand. Dafür wurden sein Schmerz und seine Liebe ungefiltert präsentiert. Seine Seele lag nackt und verletzt vor all diesen Menschen. Seine Tränen schimmerten im Licht der Kamera, und seine Küsse sahen aus, wie aus großer Not geboren.

Schon allein beim Betrachten des Clips stiegen ihm wieder die Tränen in die Augen. Er krampfte die Hände zusammen, da er sonst den Rechner vom Tisch gefegt hätte. Dies waren *seine* Gefühle. *Seine* Liebe zu seiner schwer kranken Schwester. Und die gingen niemanden etwas an. Auf all die Beileidsbekundungen, guten Wünsche und heilbringenden Weisheiten, die sich gerade unter dem Video anhäuften, konnte er verzichten.

Er klappte den Laptop zu und starrte aus dem Fenster direkt in die Nachbarwohnung. Dort war es dunkel. So dunkel wie in seinem Innersten.

Brooke hatte es wirklich getan. Sie hatte ihren verfluchten Job gerettet. Fynn lehnte den Kopf ans Fenster und beobachtete, wie sein Atem die Scheibe beschlug. Seine Gefühle spielten verrückt. Er hasste sie dafür, ihn so verraten zu haben. Und doch war da diese winzige Stelle in seinem Herzen, die sich darüber freute, dass ihm diese grünäugige Hexe wohl noch länger das Leben schwermachen würde.

Am nächsten Morgen stand Paul vor seiner Tür. Diesmal ohne Kamera, stattdessen mit einem etwas unsicheren Ausdruck im Gesicht.

»Auf nach Poughkeepsie!«, grüßte er ihn und deutete auf die verstreuten Kleidungsstücke in Fynns Zimmer. »Ich bin hier, um dir beim Packen zu helfen. Der Tourbus steht schon unten und wartet.«

»Hab ich ein Glück!«, murrte Fynn schlechtgelaunt, ließ Paul aber rein.

»Hey«, erklärte der mit Unschuldsmiene. »Ich mach auch nur meinen Job. Ich wollte in der Klinik nicht filmen. Aber ich versteh auch, warum Brooke keine andere Wahl hatte.«

»Man hat immer eine Wahl!«

Paul schürzte zweifelnd die Lippen. »Ich kenne Brooke schon ewig. Sie kämpft gegen innere Dämonen aus der Vergangenheit. Ich habe keinen Tag erlebt, an dem sie nicht kämpft. Sie tut nicht immer das Richtige, aber sie denkt wirklich, dass sie eben keine andere Wahl hat. Sie ist ein Mensch. Sie macht Fehler.«

»Du verteidigst sie. Warst du auch mit ihr im Bett?«, hakte Fynn wenig beeindruckt von Pauls Rede nach.

Paul lachte. »Nein. Diesen Fehler hat sie dann doch nicht gemacht. Sie ist für mich wie eine kleine Schwester. Eine, die leider viel zu oft Mist baut.«

Die Erleichterung, die Fynn verspürte, wollte er sich nicht anmerken lassen. Mit einem knappen Nicken fing er an, seine Sachen zu packen.

»Poughkeepsie also?«, wechselte er das Thema. »Was erwartet mich da?«

Paul warf ihm Schuhe zu. »Das erste Konzert der Tour. Zuvor ein Radiointerview, das du diesmal ja nicht verpassen kannst, weil der Bus uns direkt hinbringt, dann einige Interviews mit den Lokalmedien und nachmittags der Soundcheck für das Konzert am Abend.«

»Ein langer Tag also.«

»Ein vollkommen normaler Tag in diesem Business«, widersprach Paul lachend. »Wer bis zur Aftershowparty durchhält, kann gleich wach bleiben und am nächsten Morgen im Bus schlafen.«

»Ich verzichte«, erklärte Fynn und zog den Reißverschluss seiner Tasche zu.

»Solltest du dir noch mal überlegen«, meinte Paul und folgte ihm aus dem Apartment. »Auf den Partys tummeln sich die heißesten Frauen.«

»Denkst du nicht, ich habe schon genug Ärger mit dem weiblichen Geschlecht?«

Paul stieß ihn kameradschaftlich an der Schulter. »Wenn du Brooke meinst, dann ja. Auf Brooke darf man sich nicht einlassen. Such dir eine andere. Eine, oder viele«, ergänzte er mit einem verschwörerischen Zwinkern.

Mit einem frustrierten Seufzen betrachtete Brooke die sechs engen Schlafkabinen im hinteren Teil des Busses. Jeweils drei waren übereinander angeordnet, und um in die unterste hineinzukommen, musste man sich auf den Boden knien.

»Dafür bin ich definitiv zu alt«, murmelte sie und positionierte ihre Reisetasche in das mittlere Bett. Die einzige Privatsphäre schuf ein grauer Vorhang, der zugezogen werden konnte. Das Bad am Ende des Busses war vergleichbar mit einer Wohnmobiltoilette, und abgesehen von einer ledernen Ecksitzgruppe mit Fernseher und einem Minikühlschrank bot der Liner keinen weiteren Wohnkomfort.

Sie rieb sich die müden Augen und überlegte kurz, ob sie sich nicht gleich in ihre Koje verkriechen und den Vorhang schließen sollte. So würde sie wenigstens Fynn aus dem Weg gehen können. Wenn auch nur für kurze Zeit, denn die Enge ließ keinen wirklichen Rückzug zu.

Als sie Stimmen am Einstieg vernahm, setzte sie ein Lächeln auf und wandte sich um. Beinahe erleichtert stellte sie fest, dass es die Band vor ihrem eigentlichen Star hergeschafft hatte. Sie ging zu ihnen und schüttelte ihnen die Hand.

»Hi.« Das Lächeln fiel ihr den Musikern gegenüber leichter. »Ich bin Brooke Adams. Und du bist Leif richtig«, riet sie, denn mit dem rothaarigen Wuschelkopf hatte Dream Music schon mehrfach im Studio zusammengearbeitet. Er war ein begnadeter Schlagzeuger mit einem frechen Grinsen, einer Zahnlücke, die Brooke stark an Kate Moss erinnerte, und einem Bizeps, der sich sehen lassen konnte.

Leif nickte. »Und du bist hier der Boss?«, fragte er ohne die geringste Scheu. Sein Blick war offen, und er nickte in Richtung ihrer Reisetasche. »Was dagegen, wenn ich das hier nehme?« Er ließ seine Tasche in das Bett unter ihrem fallen. »Ich liege gern unten«, erklärte er und schob sich mit unnötig viel Körperkontakt an Brooke vorbei.

Die beiden anderen Musiker beobachteten das Ganze mit einem amüsierten Grinsen. Sie verpassten sich ein High Five, als Leif ihr einen gespielten Kuss hinterherhauchte.

206

Brooke rollte mit den Augen. »Das kann ja heiter werden«, flüsterte sie und winkte die beiden anderen zu den Kojen. »Jeder sucht sich eine aus«, erklärte sie streng. »Hier drin gibt es keinen Alkohol und keine Drogen. Und keine Flittchen, ist das klar?« Die beiden grinsten sich an, als würden sie über einen Witz lachen, den nur sie beide kannten.

»Und wie sieht es mit medizinischem Cannabis aus?«, kicherte der, der Brooke am nächsten stand. »War ein Scherz«, schob er hinterher und verbeugte sich in theatralischer Eleganz. »Bin Bobby. Der Mann am Keyboard.«

»Super«, stöhnte Brooke und machte ihm Platz. »Dann bist du August«, schlussfolgerte sie und trat zwischen den Schlafkojen hervor an die Sitzgruppe. Dort legte der Dritte im Bunde gerade seine Gitarre ab. »Pack die während der Fahrt da ins Gepäckfach, wenn du magst«, bot sie an, aber August schüttelte seine lange blonde Mähne. Er hatte was von Kurt Cobain. Sein Blick analysierte ihre rollende Unterkunft genau. Er nahm das Bett über Bobby, genau gegenüber von Brooke. Dann kehrte er sofort zu seiner Gitarre zurück und fläzte sich mit ihr im Arm auf die Ledersitze. Anstatt das Instrument wegzupacken, fing er an, einzelne Akkorde zu zupfen.

Möglichst unauffällig atmete Brooke durch. Sie war schon jetzt gestresst. Das leise Geklimper, das Gelächter der anderen beiden … und ein zu spät kommender Star – das fing ja gut an.

Sie tippte gerade Pauls Nummer in ihr Handy, um zu fragen, warum sie noch nicht hier waren, als Fynn in den dunkel verglasten Bus stieg. Für einen Augenblick standen sie sich gegenüber, sahen sich an, und die Zeit schien stillzustehen. Brooke wollte auf ihn zugehen. Ihn küssen, ihm die Arme um den Nacken legen und seinen Herzschlag spüren. Sie wollte in vollkommener Ekstase seinen Namen keuchen und noch einmal die tröstenden Worte hören, die er ihr in ihrer ersten gemeinsamen Nacht ins Ohr geflüstert hatte.

Alles in ihr schrie danach, es einfach zu tun, aber der kühle Ausdruck in seinen blauen Augen hielt sie davon ab, auch nur zu atmen. Es kam ihr vor, als erinnerte auch er sich an die Nähe, die sie geteilt hatten. Er erinnerte sich, aber er bereute es. Das sagte sein Blick. Dann drehte sich die Welt weiter, denn Paul kam mit seiner Ausrüstung im Gepäck dazu und schob Fynn weiter in den Bus. Weiter in Brookes Richtung.

»Wir sind komplett«, rief Paul und die Tür schloss hinter ihm. »Es kann losgehen, Leute. Oder fehlt noch was?« Er sah über die Köpfe der Anwesenden hinweg und nickte dann zufrieden. »Dann lasst uns mal ne gute Show produzieren«, rief er gut gelaunt und lud sein Gepäck auf der Sitzecke ab.

Der Bus setzte sich in Bewegung und Fynn, der noch immer seine Tasche geschultert hatte, sah etwas unsicher zu den Kojen. Unten rechts streckte Leif seinen Kopf aus der Schlafnische und hob die Hand mit einem Peace zum Gruß. August klimperte noch immer auf der Gitarre und Bobby lehnte lässig an der Tür zur Nasszelle.

»Es sind noch zwei Betten frei«, rief er Fynn zu.

Der nickte zögernd und kniff die Lippen zusammen. Er kam näher und Brookes Herz schlug schneller. Sie wusste, er würde sie gleich berühren. Um mitsamt seiner Tasche an ihr vorbeizukommen, blieb ihm kaum etwas anderes übrig. Schnell trat sie an die Sitzgruppe und wollte sich setzen, um ihm den Weg freizumachen, aber schon war er bei ihr. Er fasste nach ihrem Arm und sah ihr in die Augen.

»Ich komm schon durch«, sagte er und beugte sich über sie. So nah, dass sein Atem sie streifte. Dann hob er seine Tasche über ihren Kopf auf das freie Lager über ihrem Bett. Sein Duft hüllte sie ein, die Wärme seines Körpers streichelte sie, aber er berührte sie nicht. Nur kurz blickte er auf ihre Tasche im Bett unter seinem. Seine Gesichtszüge verrieten nicht, was er davon hielt, nur wenige Zentimeter von ihr getrennt zu schlafen.

Ganz langsam, so als wollte er bewusst vermeiden, sie zu berühren, senkte er die Arme wieder. Ohne ein Lächeln wandte er sich ab und schob sich dann dort in die Sitzbank, wo sie sich eben noch vor ihm hatte verstecken wollen. Er reichte August die Hand und sogleich entstand zwischen ihnen ein Gespräch über die Gitarre.

Mit Tränen in den Augen versuchte Brooke das Zittern zu unterdrücken, das ihren Körper erschütterte. Ihr Herz fühlte sich an, als läge es in Trümmern, und der Atem brannte ihr heiß in der Kehle. Sie wollte hier weg. Wollte raus aus diesem fahrenden Gefängnis, das sie zwang, sich in jeder Sekunde dieser Tour mit den Fehlern auseinanderzusetzten, die sie immer wieder beging. Angefangen bei Brennan, über Jasons Tod, der Affäre mit Fynn und der schrecklichen Szene in der Klinik. Dies alles schwängerte die Luft in diesem Bus wie ein Gift, das sie zu ersticken drohte.

Unbewusst fasste sie sich an die Kehle, nicht in der Lage, ihre Not zu verbergen.

»Ich habe Reisekaugummis dabei«, bot Bobby an und stieß sich von der Tür zur Toilette ab. Er trat zu ihr und drückte ihr einen silbernen Blister in die Hand.

»Und wenn du was anderes brauchst, damit es dir besser geht …«, auch Leif streckte grinsend seinen Kopf aus der Koje und deutete mit einem Nicken in Fynns Richtung, »dann musst du es nur sagen.« Er klopfte einladend auf seine schmale Matratze, und beide Kerle kicherten vielsagend. »Wir sind für alles zu haben!«

Brooke biss die Zähne zusammen. Es ärgerte sie, dass diese Typen sie durchschauten. Entschlossen straffte sie die Schultern und funkelte sie böse an. »Ich weiß nicht, was ihr meint. Aber das hier ist ein jugendfreier Bus, kapiert!«

Leif lachte. »Klar, aber wir steigen ja auch irgendwann mal aus!«

KAPITEL 22

Fynn lümmelte entspannt in den Polstern der Sitzgruppe und lauschte mit einem Ohr dem Interview, das Paul gerade mit Bobby führte. Sie sprachen über die Tour, über die Songs auf dem Album und über das Leben als Musiker. Dabei erzählte Bobby genau das, was Paul hören wollte. Kurz fragte Fynn sich, ob die drei wohl ein Briefing erhalten hatten, ehe sie für die Tour gebucht worden waren.

Sein Blick glitt weiter zu Brooke. Sie saß an ihrem Laptop und tippte konzentriert in die Tasten. Gelegentlich sprach sie in ein Headset, aber er hatte keine Ahnung, mit wem sie telefonierte. Allerdings sah man ihr an, dass ihr nicht immer gefiel, was sie hörte. Manchmal wurde sie laut, aber da ihm der Zusammenhang des Gesprächs fehlte, hörte er nicht weiter hin. Ob sie wohl Brennan in der Leitung hatte? Vielleicht. Die Art, wie sie beinahe verzweifelt ihr Haar über die Schulter warf oder sich die Schläfen rieb, deuteten darauf hin. Sie kreiste mit den Schultern, als hätte sie Schmerzen im Rücken. Dann arbeitete sie weiter. Sie öffnete eine Datei und drehte sich dann zu ihm um.

»Das Albumcover ist fertig«, sagte sie leise, um das Interview nicht zu stören. »Willst du es sehen?«

Natürlich wollte er es sehen. Aber er traute sich selbst nicht über den Weg. Seit er ihr vorhin so nahegekommen war, schienen wieder alle seine Sinne nur auf Brooke ausgerichtet zu sein. Die erzwungene Nähe machte es ihm schwer, an seiner Wut über ihr Verhalten festzuhalten. Der Blick, mit dem sie ihn angesehen hatte, als er in den Bus gestiegen war, hatte ihm regelrecht die Füße weggezogen. Nur wegen dieses Blicks hatte er sich so nah über sie gebeugt, um seine Tasche abzustellen. Er hatte ihr nicht widerstehen können, hätte sie am liebsten …

Im Geiste stieß er einen Fluch aus, denn nur wegen dieses Blicks hatte er seit einer geschlagenen Stunde einen Ständer in der Hose! Und aus diesem Grund würde er auch Abstand halten.

Er zuckte möglichst gleichgültig mit den Schultern. »Ich sehe es, wenn du es postest. Schließlich findet sich ja alles über mich auf meiner verdammten Facebookseite!«

»Was ist denn hier für eine beschissene Stimmung?«, fragte Leif, kratzte sich am Kopf und zwängte sich aus der Sitzbank. Er schlenderte zu Brooke und spähte ihr über die Schulter. »Lass dich nicht blöd anmachen«, tröstete er sie und legte seine Hand auf ihre Schulter. »Wenn Musiker unter Druck stehen, sind sie grässliche Zeitgenossen.« Er deutete mit dem Kopf in Fynns Richtung. »Der braucht dringend ein Mikro vor der Nase und ein paar kreischende Groupies an der Brust.«

»Der Meinung ist Brennan auch«, murmelte sie und wendete sich wieder ihrer Arbeit zu.

Tatsächlich fühlte Fynn sich viel besser, als er schließlich etliche Stunden später ein Mikrofon vor sich hatte. Die Anspannung des Tages fiel mit jeder Strophe, die er sang, weiter von ihm ab. Das gequälte Interview beim lokalen Radiosender von Poughkeepsie hatte er hinter sich, ein Unplugged-Live-Video mit der ganzen Band im Tourbus ebenso. Und nun blickte er in die begeisterten

Gesichter der Zuschauer in der Arena von Poughkeepsie, die immer dann aufleuchteten, wenn die Strahler der Lichtshow sie streiften. Der Hall des Schlagzeugs vibrierte in seinem Körper nach, und seine Finger spielten den Rhythmus auf der Gitarre wie von selbst. Es war ein unfassbares Gefühl, als die Menge den Refrain seines Songs mitbrüllte, obwohl das Download-Album erst ab morgen online erhältlich sein würde. Die Auslieferung der CD würde sogar noch eine Woche länger dauern. Ohnehin hatten sie diese Platte im Eiltempo produziert, um dem Hype, den sein erstes Video hervorgerufen hatte, gerecht zu werden.

Fynn schloss die Augen und legte sein ganzes Herzblut in die Stimme. Er verdrängte alle Gedanken an Brooke, an das Album und seine vertraglichen Verpflichtungen. In diesem Moment gab es nur ihn und diesen Song. Die Melodie entstieg dem tiefsten Grund seiner Seele, und er nahm all die Emotionen der Zuschauer in sich auf, um sie wie durch ein Prisma zu reflektieren. Seine Stimme schwoll an, und obwohl ihm der Schweiß den Rücken hinunterlief, gab er noch mehr. Die Gitarre lebte unter seinen Händen, und wenn er die Saiten schlug, schien er Ava damit über den Rücken zu streicheln. Er sang, als wollte er mit seiner Stimme ihre Heilung erzwingen, und schrie dabei seine Wut über die Ungerechtigkeit ihres Schicksals mit hinaus. Als sein Auftritt endete, die Lichter ausgingen und Leif, Bobby und August sich neben ihm für die Schlussverbeugung aufstellten, fühlte er sich wie unter Strom. Der Applaus trug ihn bis hinter die Bühne und hinein in die Garderobe. Nur am Rande nahm er wahr, dass Paul ihm mit der Kamera folgte, er registrierte kaum, dass er sein durchgeschwitztes Shirt auszog und sich damit das Gesicht abtrocknete. Ohne zu unterbrechen, kippte er eine ganze Flasche Wasser in sich hinein, denn sein Mund fühlte sich mit einem Mal wie Watte an und seine Kehle war trockener als die Sahara. Selbst als sie wieder im Tourbus waren, unterwegs zu der kleinen Aftershowparty, um Fynn der geladenen örtlichen Prominenz etwas näher zu bringen, hallte in seinem Kopf noch das Echo des Jubels.

Er fuhr sich durchs Haar und suchte Brookes Blick. Sie saß zwischen Leif und August auf der Sitzgruppe und lachte über etwas, das Leif von sich gab. Seine roten Locken hingen ihm verschwitzt ins Gesicht und seine Zahnlücke ließ ihn wie einen harmlosen Schuljungen aussehen, aber die Art, wie er seinen Arm auf der Lehne um Brookes Schultern legte, hatte nichts Harmloses an sich. Leif war ganz offensichtlich einer der Musiker, die nichts anbrennen ließen.

Mit einem stummen Murren auf den Lippen sprang Fynn auf, sobald der Bus am Congress-Center ankam. Hier parkten bereits etliche Wagen, und laute Musik drang aus dem Eingangsbereich. Ein roter Teppich war ausgerollt, und Türsteher in dunklen Anzügen erinnerten Fynn an Mafiafilme.

Die Musiker folgten ihm gut gelaunt, und auch Paul hatte sichtlich Spaß bei der Arbeit. Er filmte einer blonden Schönheit in den Ausschnitt, die das Ganze mit einem gespielt strengen Blick und einem lasziven Klaps auf Pauls Hintern bestrafte.

Fynn atmete durch. Er kam sich verloren vor. Alle schienen in Partylaune, doch der Bühnenrausch, der seine Sinne nach wie vor beherrschte und nur langsam abklang, erzeugte eine innere Leere.

»Weiter gehts«, sagte Brooke und deutete auf den Eingang zum Center. Sie sah ihn kaum an, wartete aber darauf, dass er sich neben ihr in Bewegung setzte. »Der Bürgermeister, einige Stadträte, deren Frauen und Töchter, aber auch irgendwelche Z-Promis aus der Gegend wollen sich nicht entgehen lassen, dir zu deinem Erfolg zu gratulieren«, erklärte sie. »Die Presse ist auch da, also …«

»Also werde ich auch hier tun, was du sagst, richtig?«

Sie hob den Kopf und lächelte. »Heute habe ich dir nicht gesagt, was du tun sollst. Und trotzdem hast du es ganz gut gemacht«, gab sie mit einem leichten Lächeln auf den Lippen zu. »Die Show war ... gut.«

Fynn blieb stehen und sah ihr ins Gesicht. »Zu Leif hast du gesagt, es war der Wahnsinn.« Er wusste nicht, warum ihm ihre Meinung so wichtig war, denn das Publikum hatte ja gejubelt. Und das war es doch, was zählte. Nicht die leichte Röte, die Brookes Wangen nun unter seinem Blick erblühen ließ.

Sie räusperte sich und leckte sich die Lippen, als wüsste sie nicht, was sie sagen wollte. Dann trat sie näher und legte ihm die Hand an die Brust. In ihren grünen Augen spiegelten sich die Lichter des Centers wie Sterne, und ihre Wimpern warfen lange Schatten.

Er war versucht, diese Schatten zu küssen.

»Leif muss ich Honig ums Maul schmieren, damit er bei der Sache bleibt. Dir nicht. Du weißt auch so, dass du unglaublich warst. Du hast genauso wie ich gespürt, dass dir die Menge zu Füßen lag. Das war deine Show, und du hast sie verdammt noch mal gerockt.« Wieder benetzte sie ihre Lippen wie eine Einladung. »Brennan will feuchte Höschen«, flüsterte sie. »Die hast du heute geliefert!« Damit ließ sie ihn stehen und ging mit schnellen Schritten davon.

Brookes Herz hämmerte in ihrer Brust, lauter als der Beat aus den Boxen. Sie war dankbar um das gedämpfte Licht hier im Saal, das ihre glühenden Wangen verbergen würde. Sie hatte nicht gelogen. Fynns Auftritt war unglaublich gewesen. Er hatte für feuchte Höschen gesorgt. Zumindest bei ihr.

Mit einem Fluch auf den Lippen floh sie in die Damentoilette und lehnte sich erleichtert gegen die Tür. Ihre Nerven lagen blank. Nach nur einem Tag im Tourbus, in unmittelbarer Nähe zu Fynn, war sie schon am Ende ihrer Kräfte. Je näher sie diesem Mann kam, umso gefährlicher wurde das für ihr Herz. Ihr

Job stand auf dem Spiel, und sie dachte nur daran, wie er sie geliebt hatte.

»Reiß dich zusammen!«, ermahnte sie sich selbst und dachte an Brennans Befehle. Schon den ganzen Tag über verfolgte sie dieser Mist. Mist, den Brennan nur haben wollte, um ihr eins auszuwischen. Um ihr zu zeigen, dass er am längeren Hebel saß. Er verlangte von ihr, dass sie ihm ganz bestimmtes Filmmaterial lieferte ....

Sie fuhr sich durchs Haar und trat aus der Toilette. Am Waschbecken spritzte sie sich kühles Wasser ins Gesicht und tupfte sich mit einem feuchten Tuch den Ausschnitt ab. Die Mascara vom Morgen war verwischt, und sie sah müde aus. Trotzdem stand ihr die größte Herausforderung des Tages noch bevor. Denn im eigentlichen Sinne musste nicht sie liefern, sondern Fynn. Und der war allem Anschein nach noch immer nicht gut auf sie zu sprechen.

Sie kehrte zurück zur Party und stellte sich auf die Zehenspitzen, um über die Köpfe der Gäste hinweg nach ihrem Star zu suchen. Sie erblickte ihn dort, wo sich die Menge am dichtesten drängte, umringt von einer Schar Frauen.

Sie sah auch Paul, der alles mit seiner Kamera verfolgte. Das war gut für Brennan, erinnerte sie sich und schlenderte um Unauffälligkeit bemüht zu Paul hinüber. Sie wollte die anwesende Presse nicht auf sich aufmerksam machen. Schließlich sollte es hier nicht um ihre tragische Vergangenheit oder Jason gehen, sondern um Fynn. Als sie ihren Kameramann erreichte, grinste der sie breit an.

»Ich liebe diese Partys!«, gab er offen zu und deutete auf seine Brusttasche. »Drei Nummern von hübschen Damen«, prahlte er. »Und dabei habe ich nur die der vollbusigen Schönheiten angenommen!«

Brooke lachte. »Wenigstens einer, dem sein Job Spaß macht.«

»Kann mich gerade nicht beklagen«, stimmte er zu. »Also, was steht an. Soll ich einfach weiter draufhalten? Oder gibt es ein Drehbuch?«

Brooke rollte mit den Augen, denn Paul traf wie so oft ins Schwarze. Er machte den Job lange genug, um genau zu wissen, was für Material Brennan sehen wollte.

»Drehbuch«, antwortete sie daher knapp und trat näher an Pauls Seite. »Wir brauchen einen kameratauglichen Flirt«, flüsterte sie ihm ins Ohr und suchte dabei die Menge mit den Augen ab. »Hast du eine Kandidatin im Auge?«

Paul zeigte ohne zu zögern auf eine kleine Brünette. »Die würde passen«, meinte er. »Wenn er sich direkt mit Blondinen einlässt, wirkt das billig. Eine Brünette verleiht ihm mehr Klasse«, erklärte er seine Wahl und zupfte Brooke neckend an den weizenblonden Strähnen.

»Schon klar. Das Klischee der Flittchen-Blondine!«, murrte sie, überlegte aber bereits, wie sie die Auserwählte in den Fokus der Aufnahme rücken konnte.

»Hey, ich habe das Vorurteil nicht in die Welt gesetzt«, verteidigte sich Paul grinsend. »Das waren die dunkelhaarigen Frauen!«

Brooke rollte mit den Augen und bedeutete Paul, ihr mit der Kamera zu folgen. »Dann verpassen wir Fynn mal ne Brünette!«, flüsterte sie und drängte sich zwischen den Gästen hindurch bis an seine Seite, auch wenn ihr das von der Blonde-Flittchen-Fraktion böse Blicke einbrachte. »Ganz ruhig, Bitches«, murmelte sie leise. »Ich mach hier nur meinen Job.«

Sie zupfte Fynn am Shirt. »Wir müssen kurz was besprechen«, erklärte sie und neigte sich zu seinem Ohr. Der Duft seines Aftershaves stieg ihr in die Nase. Unbewusst atmete sie tiefer ein.

»Was ist?«, fragte er knapp und musterte sie genervt.

»Brennan will dich nach dem ganzen Krankenhaus-Kram wieder etwas männlicher darstellen«, flüsterte sie. »Kannst du uns einen Flirt liefern?«

Fynn hob überrascht die Augenbrauen. »Wirklich? Nachdem du doch so unbedingt meinen ganz privaten Moment mit meiner Schwester veröffentlichen musstest, bin ich euch jetzt zu unmännlich?«

Brooke kniff die Lippen zusammen. War ja klar, dass er es ihr nicht leicht machen würde. »Du bist nicht unmännlich, aber: Sex sells. Das ist ja wohl nichts Neues, oder?«

Schnaubend schüttelte Fynn den Kopf. »Und was genau stellt ihr euch da vor?«

»Nichts Bestimmtes. Siehst du die Kleine da drüben? Sie wäre perfekt. Geh einfach zu ihr hin und flirte etwas. Die Presse folgt dir auf dem Fuß, und wenn alles gut geht, haben wir morgen eine schöne Schlagzeile.«

»Lass mich raten: Fynn, der ehemalige Mechaniker, bleibt seiner Vergangenheit treu und schleppt weiterhin ab!«, murrte er mit mangelnder Begeisterung.

»Ich dachte eher an: Wer ist die unbekannte Schönheit, die Fynns Aufmerksamkeit fesselte? Sowas weckt das Interesse der Medien.«

»Na, du musst es ja wissen«, fluchte er und fuhr sich durchs Haar. Dann steuerte er auf das Mädchen zu, das Brooke ihm gezeigt hatte. Mit einem mehr als nur mulmigen Gefühl in der Magengrube blickte Brooke ihm hinterher. Sein kalter Blick strafte sie, ehe er mit einem offenen Lächeln auf das Mädchen zuging. Manchmal hasste sie ihren Job!

Fynn hätte am liebsten auf irgendetwas eingeschlagen. Nicht nur, dass er wirklich erschöpft war, nein, jetzt sollte er auch noch so einen Mist machen. Dabei hatten ihn doch gerade etliche Frauen angeflirtet, bis Brooke dazwischenfuhr. Hätte

Paul da nicht draufhalten können? Schließlich lernte man in Alaska nicht gerade das Flirten. Da ging es eher nüchtern zu: Hey. Ich bin Single. Du auch. Wollen wir uns zusammentun, dann brauchen wir im Winter nur halb so viel Holz zu hacken. Simpel, so wie mit Jen. Man kennt sich seit der Kindheit. Und irgendwann gründet man eben eine Familie. So hätte es sein können. Oder auch nicht. Das hätte sich dann schon gezeigt – auch ohne künstliches Herumgetue.

Doch weil er nur zu gut wusste, dass der Abend erst dann enden konnte, wenn Brooke all das Material, das sie für nötig hielt, beisammen haben würde, zwang er sich zu einem Lächeln und sprach die Frau an, deren dunkles Haar im Licht der Strahler beinahe schwarz wirkte.

Sie freute sich sichtlich über seine Aufmerksamkeit und entgegen seinen Erwartungen entpuppte Rita sich als nette Gesprächspartnerin. Eine ganze Weile redeten sie über seinen unerwarteten Erfolg und über das Video, das Bryan hochgeladen hatte. Immer wenn er den Kopf drehte, fiel ihm Brookes verkniffener Gesichtsausdruck auf. Sie schien ganz und gar nicht zufrieden.

»Warte mal kurz, Rita«, bat er deshalb. »Ich bin gleich wieder da.« Genervt kehrte er zu Brooke zurück, die ihm schon kopfschüttelnd entgegenblickte.

»Was ist denn los?«, fragte er. »Wenn du noch finsterer schaust, bekommen die Leute noch Angst.«

Sie packte seine Hand und zog ihn mit sich aus dem Saal und in einen Flur, der zu den Toiletten führte, in denen sie sich zuvor versteckt hatte. »Ist das flirten?«, fragte sie spitz. »Willst du das Mädel und die Presse einschläfern?«

»Wie bitte?«

Sie sah ihn an und zupfte ihm eine Strähne in die Stirn. »Sei mal sexy. Tu so, als willst du was von ihr.«

»Das ist eine Fremde!«, erinnerte er sie ungläubig.

»Du sollt ja auch nicht gleich mit ihr ins Bett, aber …«

»Erst später, meinst du wohl!«

Brooke schlug nach ihm. »Ach Quatsch!« Sie drängte sich an ihn. »Aber hier, so ein bisschen Körperkontakt, ein Blick in die Augen …« Sie legte den Kopf in den Nacken, um ihm ins Gesicht sehen zu können und zu demonstrieren, was sie meinte. »Streich ihr über den Arm, flüstere ihr ins Ohr …« Sie machte es ihm vor und sein Puls beschleunigte sich.

Wie von selbst glitt seine Hand in ihren Rücken, zum Ansatz ihres Hinterns. »Meinst du so?«

»Ja. Genau.« Ihre Pupillen weiteten sich und die nächste Anweisung blieb ihr im Hals stecken, als er seine Lippen ganz sacht über ihre gleiten ließ.

»Und soll ich sie küssen?«, fragte er heiser. »Sag schon, Brooke? Wie weit soll ich gehen?« Er presste ihr Becken gegen seines, und seine Wut entlud sich in einem drängenden Kuss. Seine Zunge stieß in ihren Mund, und er umfasste ihren Nacken, um einen Rückzug zu verhindern.

Den ganzen Tag hatte er sich das gewünscht. Sich ständig ausgemalt, seine Hände unter ihr Shirt zu schieben und ihr den Slip abzustreifen. Ständig hatte er geglaubt, ihre Lippen auf seinen zu spüren, ihren Duft einzuatmen und ihr Seufzen zu trinken. Es hatte ihn verfolgt, als er auf der Bühne stand und die Erregung des Auftritts ihn mit sich gerissen hatte. Verdammt, er hätte mit ihr geschlafen, wäre sie ihm in diesem Moment zu nahe gekommen. Und auch jetzt drängte es ihn danach, sie einfach hier im hell erleuchteten Flur des Congress-Centrums zu nehmen. Wusste sie nicht, was sie tat, indem sie ihn jetzt zu einer anderen schickte?

»Ist es das, was du sehen willst?«, knurrte er bitter und gab sie so unerwartet frei, dass sie sich taumelnd an der Wand abstützen musste. Er unterdrückte den Impuls, sie zu fangen, wich stattdessen vor ihr zurück, um seine Begierde unter Kontrolle zu bekommen.

Sie wischte sich über die Lippen und funkelte ihn böse an. Ihre Beine zitterten, aber sie reckte dennoch trotzig das Kinn vor. »Ich will das überhaupt nicht!«, fluchte sie. Sie hatte keine Ahnung, wie verlockend sie aussah, mit zerwühlten Haaren und vor Überraschung geröteten Wangen. »Aber Brennan will es. Und der bekommt immer, was er will, Fynn!«, erklärte sie atemlos und mit weit aufgerissenen Augen. »Wir tun doch alle nur, was Brennan will.«

Frustriert wandte Fynn sich ab. Er nickte verstehend, während er zurück in den Saal ging. »Natürlich. Wenn das so ist ...«, hallten seine Worte zu Brooke zurück. Sein Blut kochte, und das Drängen in seiner Hose trug nicht dazu bei, seine Wut zu dämpfen. Brooke und Brennan, Brennan und Brooke. Die beiden trieben ihn in den Wahnsinn. Nichts war echt in dieser schillernden Welt, nichts real und nichts von Bedeutung. Er war dabei, nicht nur den Verstand, sondern auch sich selbst zu verlieren, als er, zurück bei Rita, nicht lange fackelte. Er zog sie mit sich an die Bar, hob sie auf einen der Barhocker und stellte sich zwischen ihre gespreizten Beine. Ihr überraschtes Kichern dämpfte er mit einem Kuss, der dort weitermachte, wo er eben mit Brooke aufgehört hatte.

Über das Display von Pauls Kamera folgte Brooke jeder seiner Bewegungen. Seine Lippen lagen weich und doch fordernd auf den Lippen dieses Mädchens. Ihre Finger spielten scheu mit den kurzen Strähnen in seinem Nacken, während er ihre Taille mit beiden Händen fest umklammert hielt. Es kam Brooke vor, als könne sie die Berührung auf ihrem eigenen Körper spüren.

»Er taut langsam auf«, flüsterte Paul und zoomte näher heran. Der Kuss gewann an Schärfe, und es war deutlich zu sehen, wie leidenschaftlich die Zungen der beiden miteinander spielten.

Brooke hob den Blick und suchte den Saal nach den Presseleuten ab. Nicht nur Paul hatte die beiden im Visier. Das war gut. Nicht jedes Material sollte von den offiziellen Seiten kommen. Die Klatschspalten mussten von sich aus auf Fynn aufmerksam werden. Diese Aufnahmen würden unter Garantie dafür sorgen.

»Jetzt hat er sie geknackt«, lachte Paul und stieß Brooke in die Seite. Auf seinem Display war unschwer zu erkennen, wie Rita kühn Fynns Po erkundete.

»Schalt ab«, befahl Brooke knapp und versuchte die Eifersucht, die in ihr brannte, nicht in ihrer Stimme mitklingen zu lassen. »Wir haben genug für heute.«

»Komm schon, jetzt geht es doch erst los.«

»Schalt ab!«, wiederholte sie entschieden. »Wir sollen der Presse keinen Porno liefern. Also sag Fynn, wir sind hier fertig.«

»Ich soll ihm das sagen?«, fragte Paul ungläubig. »Jetzt?«

Brooke stemmte die Hände in die Hüften. »Vergiss es!«, fauchte sie und wandte sich um. Sie steuerte rücksichtslos durch die Menge und zog Fynn kurzerhand von dem Mädchen weg. »Komm mit, wir gehen«, erklärte sie tonlos und floh mit schnellen Schritten aus dem Saal. Sie spürte, dass Fynn ihr folgte. Sie spürte aber auch seinen Ärger trotz der Distanz zwischen ihnen, und sie wusste, er würde ihren Befehl nicht so unkommentiert lassen, auch wenn er entgegen ihren Erwartungen tatsächlich den Saal verließ.

Brooke spähte über ihre Schulter. Ja, Fynn war definitiv schlecht gelaunt. Sie beschleunigte ihren Schritt und stieß schwungvoll mit jemandem zusammen. Starke Arme gaben ihr Halt und ein zahnlückenbehaftetes Lächeln blitzte ihr entgegen.

»Holla, schöne Frau, nicht so stürmisch«, lachte Leif unter seinen roten Locken hervor. Dann zwinkerte er ihr zu ohne sie loszulassen. »Wobei, wenn ich es mir recht überlege ... finde ich stürmisch ja ganz heiß.«

»Lass mich los, Leif«, japste Brooke atemlos und kämpfte sich aus seiner Umarmung. Sie fluchte, denn Fynn hatte sie eingeholt. »Wir kehren zum Bus zurück!«, erklärte sie beiden und strich sich die Haare glatt. Sie war froh, dass Leif da war, so würde sie sich nicht mit Fynn auseinandersetzen müssen. Ihr Puls regulierte sich etwas, und sie atmete tief durch. »Morgen früh wollen wir ja schon in Albany sein.«

Leif zuckte mit den Schultern. »Dann hol ich mal die Jungs«, meinte er und war verschwunden, noch ehe Brooke ihn hätte aufhalten können.

»Scheiße«, flüsterte sie, denn nun war sie doch mit Fynn allein.

»Richtig!«, stimmte der ihr zu, packte ihr Handgelenk und zerrte sie mit sich aus dem Gebäude. Ohne auf den Verkehr zu achten, schob er sie über die Fahrbahn in Richtung des Busparkplatzes und hinaus aus den hellen Kegeln der Straßenlaternen, in die Schatten der parkenden Fahrzeuge. »Was du hier treibst ist absolut scheiße!« Er drehte sie zu sich um und drängte sie mit dem Rücken gegen einen Transporter. »Ich schwöre dir, Brooke, sowas mach ich nie wieder!«

»Ach komm! Tu nicht so! Du hattest Spaß mit der Kleinen, das war nicht zu übersehen!«

Fynn schnaubte. »Ach wirklich? Hatte ich das? Vielleicht hättest du etwas genauer hinsehen sollen, dann hättest du erkannt, wie sehr ich mich vor mir selbst geekelt habe, dieses Mädchen derart auszunutzen!«

»Glaub mir, sie war ganz glücklich über eure Knutschorgie!«

Fynn packte fester zu, und Brooke drängte sich an ihn, um den Druck in ihrem Handgelenk zu entlasten.

»Heute vielleicht. Aber wird sie auch dann noch glücklich sein, wenn sie morgen früh ihr Foto in den Medien wiederfindet?«

»Ich habe sie nicht gezwungen, dich zu küssen!«, verteidigte Brooke sich.

»Nein, du hast nur mich gezwungen.« Er packte ihr Kinn so grob wie ihren Arm. »Hat dir denn wenigstens gefallen, was du gesehen hast?«

Brooke schüttelte den Kopf. »Nein«, presste sie gequält heraus. »Hat es nicht! Wenn du es so genau wissen willst, dann bitte: Ich habe es gehasst! Dich und sie zu sehen …« Brooke keuchte. Sie wollte ihm nicht zeigen, wie sehr das geschmerzt hatte. Und doch drängte es sie danach, ehrlich zu ihm zu sein. »Ich wollte, dass du *mich* küsst«, gestand sie schwach und schloss die Augen, weil sie seinen anklagenden Blick nicht länger ertrug.

Fynn lachte ironisch. »Nach der Sache mit Ava glaube ich nicht, dass wir uns küssen sollten, Brooke.« Er stieß sie von sich und wischte sich die Hände an der Hose ab, als hätte er sich schmutzig gemacht. »Frag doch Brennan. Vielleicht sichert dir das ja sogar deinen verdammten Job. Etwas anderes zählt doch eh nicht.«

KAPITEL 23

Brooke presste sich das Kissen aufs Gesicht und kniff müde die Augen zusammen. Ihr Kopf brummte. Der Bus hatte angehalten, das merkte sie am fehlenden Gewackel und dem unterbrochenen Wummern des Motors. Vermutlich waren sie in Albany angekommen. Der Vorhang vor ihrer Koje wackelte, als Leif unter ihr sich im Schlaf drehte. Sein Schnarchen hatte sie die ganze Nacht wachgehalten. Das und ihre überreizten Nerven. Sie lag nur einen knappen Meter unter Fynn Keller, und doch kam es ihr vor, als hätte sie ihn ans andere Ende der Welt verloren. Und das tat mehr weh als alles, was sie je erlebt hatte. Obwohl sie schon reichlich viel Mist erlebt hatte! Sie war genauso verzweifelt wie nach Jasons Tod, der Trennung von Brennan und dem Rauswurf. Sie hatte das Gefühl, als läge ihre Welt erneut in Trümmern.

Frustriert drehte sie sich auf die Seite und zog den Vorhang einen Spaltweit auf, denn in ihrer Koje herrschte Sauerstoffmangel. Im ganzen Bus war die Luft zum Schneiden dick. Das verstärkte noch ihre Kopfschmerzen. Also rappelte sie sich auf und kroch aus dem Bett. Nach einem Abstecher in die Nasszelle, wo dutzende Kopfschmerztabletten hinter dem Spiegelschrank lagerten, schlich sie zur Bustür und öffnete sie. Mit einem tiefen Atemzug sog sie die morgendlich kalte Luft in ihre Lunge und schlang die Arme um sich. Eine Gänsehaut überzog ihre Arme und Beine, denn sie trug nur ein langes Shirt und Shorts zum Schlafen. Trotzdem setzte sie sich auf die Einstiegsstufen und ließ zu, dass die Kälte ihr bis unter die Haut kroch. Das weckte wenigstens die Lebensgeister.

»Guten Morgen«, grüßte der Busfahrer, dessen Name Brooke bei aller Liebe nicht einfallen wollte. Was peinlich war, denn sie wusste, dass sie schon mehrfach mit ihm auf Tour gewesen war. »Albany zeigt sich von seiner schönsten Seite«, redete er weiter und deutete auf den Nebel, der aus dem See vor ihnen aufstieg. Sie parkten direkt neben mächtigen Bäumen auf einem geschotterten Weg.

»Wo sind wir?«, hakte Brooke nach und versuchte sich an den Tagesplan für Albany zu erinnern.

»Washington Park«, erklärte der Fahrer und hob die Hände der aufgehenden Sonne entgegen.

»Ah, ja richtig!«, fiel es Brooke wieder ein und sie unterdrückte ein Gähnen. »Hier erwartet Fynn sein erstes Open-Air-Konzert.«

Sie spürte eine Bewegung hinter sich und auch ohne sich umzudrehen wusste sie, dass es Fynn war. Sie kannte seine Schritte, die Art, wie er sich bewegte, und den leichten Duft nach Aftershave, der ihm selbst nach einer Nacht im Bus noch anhing. Sie wandte sich um und blickte in sein Gesicht. Auch er sah müde aus. Er trug nur eine Jeans, die ihm so tief auf den Hüften saß, dass der Saum seiner Shorts herauslugte. Sein Haar war vom Schlaf ganz verstrubbelt. Das Blau seiner Augen spiegelte den morgendlichen Himmel wieder, und sein Dreitagebart hatte inzwischen schon den vierten Tag auf dem Buckel. Brooke kam es vor, als spürte sie die Stoppeln unter ihren Händen, als Fynn sich am Kinn kratzte. »Was erwartet mich hier schon wieder?«, hakte er nach, da er offenbar nur einen Teil des Gesprächs mitbekommen hatte.

Brooke stand auf und machte ihm den Weg frei. Der Schotter stach ihr in die Fußsohlen und sie hopste einen Schritt bis ins Gras. »Ein Open Air. Heute Abend hier im Park«, erklärte sie, noch nicht in der Lage, ganze Sätze zu bilden. Eisiger Tau rann ihr über die Füße, und sie fror.

Auch Fynn trat ins Freie. Er hielt ein Handy in der Hand, aber anders als Brooke schien er die Kälte nicht mal zu bemerken. Ebenfalls barfuß entfernte er sich vom Bus, ging den leichten Hügel hinab näher ans Seeufer.

Seit etlichen Tagen hatte Fynn das erste Mal das Gefühl, wieder Sauerstoff zu atmen. Der Gestank der Stadt, die abgestandene Luft im Bus und in den Hallen und Konzertsälen im Studio oder in dem New Yorker Apartment hatten ihn regelrecht eingeschläfert. Doch der Anblick der Bäume, der Morgennebel über der Wasseroberfläche und das Gras unter seinen Füßen erinnerten ihn an Palmer. Das tat gut. Er ließ den Bus ein ganzes Stück hinter sich. Nicht, weil er telefonieren wollte. Sondern weil er Distanz zu Brooke schaffen musste, die offenbar keine Ahnung hatte, wie verführerisch sie in diesen knappen Shorts und dem übergroßen altrosafarbenen Shirt aussah. Er wusste, dass sie darunter nichts weiter trug, und in seiner Fantasie strich er über ihre Taille, vertrieb die Kühle unter dem Stoff und schloss seine Hände um ihre vor Kälte harten Brustwarzen.

Mit einem Fluch auf den Lippen kickte er einen Kiesel in den See, sodass weite Kreise über die Oberfläche tanzten. Es war ein Fluch, dass ihm diese blonde Hexe nicht mehr aus dem Kopf gehen wollte, obwohl er den Drang, sie zu würgen, doch öfter verspürte als den, sie in den Arm zu nehmen. Jede Faser seines Seins wusste, dass Brooke nur Ärger brachte, aber sein Herz schlug in ihrer Nähe dennoch schneller.

Er war weit vom Bus entfernt, als er einen Blick zurückwarf. Noch immer stand Brooke im Gras. Als spürte sie, dass er sie beobachtete, wandte sie sich zu ihm um. Die Entfernung milderte ihren entschlossenen Blick und verlieh ihr etwas Trauriges. Etwas Verletzliches. Sie zitterte vor Kälte, als sie zurück in den Bus stieg und aus seinem Sichtfeld verschwand.

»Geh und zieh dir was an«, murrte Fynn und rieb sich das Kinn. »Denn du machst mich irre!« Ein weiterer Kiesel landete im See. Dann atmete er tief durch und wählte Avas Nummer. Er wollte unbedingt hören, wie sie die Stammzelltransplantation überstanden hatte. Er musste wissen, ob Coreys Zellen ihr helfen würden, wo er selbst doch als Spender nicht in Frage kam. Ob sein Bruder sie retten konnte, wo er selbst es nicht konnte. Wo er versagte …

»Ava, ich fürchte ich muss Schluss machen! Die Pflicht ruft«, beendete er das Gespräch nach einer Weile mit deutlich leichterem Herzen. Seiner Schwester ging es gut. Zumindest den Umständen entsprechend. Nur Corey jammerte, weil er seinen Besuch verpasst hatte und nun nicht ebenfalls in dem Videostream zu sehen war. Er fand es auch noch lustig, dass Brooke die Krankenhausszene veröffentlicht hatte!

Schon an der Bustür hörte er Jubel aus dem Inneren des Fahrzeugs.

»Was ist denn da los?«, fragte er misstrauisch und stieg die Stufen hinauf. Paul hielt einen Tabletcomputer in die Höhe, und die anderen klopften Brooke jubelnd auf den Rücken. Sie strahlte übers ganze Gesicht und ließ es lachend zu, dass Leif sie vor allen Augen küsste. Zwar schlug sie leicht nach ihm, aber an ihrer Stimmung änderte das nichts.

Fynn kniff die Lippen zusammen und räusperte sich, ehe er bis an die Sitzgruppe trat. »Was hat man euch denn ins Frühstück gemischt?«, fragte er.

Der Jubel wurde etwas leiser, und Paul reichte ihm das Tablet, aber es war Brooke, die ihn einweihte. Mit einem strahlenden Lächeln stürmte sie auf ihn zu, als wollte sie sich ihm in die Arme werfen, überlegte es sich aber im letzten Moment doch noch anders. Kurz flackerte Unsicherheit durch die unbändige Freude hindurch, die sie aber sofort hinter einer Maske der Emotionslosigkeit versteckte. Diese Maske schluckte auch ihr Strahlen, und sogar ihre Stimme klang nicht mehr so euphorisch wie eben noch. »Die Downloadzahlen sind da«, erklärte sie noch immer freudig, aber der Jubel war vorbei. »Seit null Uhr ist die Single erhältlich, und du bist direkt in die Top 100 der Downloadcharts eingestiegen. Das ist Wahnsinn«, sagte sie stolz. »Glückwunsch!«

»Ja, gratuliere!«, rief Leif, drängte Brooke beiseite und riss Fynn in seine Arme. Er klopfte ihm auf den Rücken und verpasste ihm ein kraftvolles High Five.

Der Rest der Truppe zog nach und Fynn hatte das Gefühl, als wäre seine Wirbelsäule bis durch die Rippen nach vorne geklopft worden. Die Top 100 der Downloadcharts waren offenbar eine große Sache. Und irgendwie gefiel ihm das, auch wenn er normalerweise nichts auf solche Rankings gab.

»Sie lieben dich!«, bestätigte auch Paul und hatte schon wieder eine Kamera auf ihn gerichtet. Brooke neben Paul lächelte ihn zaghaft an und bedeutete ihm mit einem Nicken, einen kurzen Videotake zu machen. »Du bist direkt in die Top 100 eingestiegen, Fynn«, begann sie das Kurzinterview. »Wie fühlt sich das an? Möchtest du deinen Fans danken, die dich aus der Werkstatt in Alaska bis hierher gebracht haben?«

Er presste die Lippen zusammen und signalisierte Paul die Kamera abzustellen, aber der drehte einfach weiter. Über die Linse hinweg sah er Brooke an. »Soll ich mir nicht erst was anziehen?«

Sie schüttelte den Kopf. »Das ist megaauthentisch. Direkt nach dem Aufstehen checkst du die Charts. Willst wissen, wo die Platte einsteigt, und kannst dein Glück dann kaum fassen.

Da passt die nackte Brust super.« Sie blickte ihm in die Augen und lächelte. »Außerdem siehst du total heiß aus.«

Die drei Musiker hinter ihr grölten, und Leif riss sich sogleich das Hemd vom Leib. »Unsere Kleine hier steht auf nackte Oberkörper!«, lachte er und rieb sich gespielt lasziv an ihr, was ihm einen Hieb mit dem Ellbogen einbrachte. »Verschwinde!«, zischte sie ihn grinsend an. »Wir arbeiten hier. Geh doch mit deinen Buddies draußen eine rauchen!«, schlug sie vor und schob Leif streng an Fynn vorbei in Richtung Bustür. Dann winkte sie August und Bobby, damit die ebenfalls die Fliege machten.

»Los, raus mit euch!«, trieb sie die drei an und strich sich dann die Haare glatt. Erst, als wirklich Ruhe herrschte, trat sie an die Sitzgruppe zurück und schenkte Champagner aus einer Flasche, die Fynn noch gar nicht bemerkt hatte, in einen Pappbecher. »Viel haben sie dir nicht übrig gelassen«, gestand sie und stellte die leere Flasche zurück. »Aber falls du auf den Erfolg anstoßen willst ...«, beinahe scheu bot sie Fynn den halbvollen Becher.

Der nahm ihn und kippte den Champagner in einem Zug hinunter. »Darauf, dass die Cinderella-Story sich vor allem für Brennan auszahlt, richtig?«

Brookes Miene wurde ernst. »Brennan hat dir viel Vorschuss bezahlt. Im Moment sind wir also noch weit davon entfernt, dass sich das auszahlt. Wir reduzieren aktuell gerade mal die Verluste. Dieses Märchen ist noch nicht zu Ende geschrieben, Prinzessin.« Sie wies ihn an, sich wieder vor die Kamera zu stellen. »Also, Fynn. Willst du nicht sagen, was du fühlst?«

»Ich glaube nicht, dass jemand hören will, wie beschissen ich diesen ganzen Mist finde!«

Brooke grinste unbeeindruckt. »Dann sag doch einfach etwas anderes!«

KAPITEL 24

Als hätten auch die Besucher des Open Airs einen Grund zu feiern, kochte die Stimmung bei diesem Auftritt regelrecht. Fynn schwitzte unter den grellen Scheinwerfern, aber der Wind, der durch das Blätterdach rauschte, machte es erträglich. Wie schon am Tag zuvor sang er sich die Seele aus dem Leib, denn auch wenn er alles hasste, was von ihm erwartet wurde, der Jubel der Menge war berauschend. Und sein Song machte ihn regelrecht high. Besonders, da die tiefe Wunde in der verzweifelten Liebe zu seiner Schwester nach dem Telefonat heute endlich anfangen konnte, zu heilen. Nach der Transplantation und mit dem Geld, das er dank des Vertrags nun für Ava ausgeben konnte, wäre es möglich, sie zurück nach Palmer zu holen. Ja, er war dabei, die Wunde zumindest mit einem Pflaster zu versehen.

Im Refrain stimmten die Zuschauer mit ein und trugen ihn auf ihrer Begeisterung bis zum Ende des Songs. Auch der aufkommende Regen trübte die Stimmung nicht, und so blieb Fynn atemlos zurück, als schließlich die Lichter ausgingen und der Park sich leerte. Sein Shirt war nass, die Jeans klebte ihm kühl am Körper, aber die Endorphine ließen ihn das kaum spüren. Er stand einfach da und genoss den Augenblick.

Als August ihn in die Seite stieß, riss er ihn fast schon aus einer Trance. »Pack mit an. Das Equipment soll nicht nass werden!«, rief er und deutete auf die großen schwarzen Rollkoffer mit den Instrumenten und der Technik, die sich am Bühnenrand türmten. Die Trucks standen nahe der Bühne, und etliche Helfer mit schwarzen Shirt mit der Aufschrift *Staff* beeilten sich, die Tonanlage und die Beleuchtung ins Trockene zu schaffen.

Ohne zu zögern half Fynn mit und schob einen nach dem anderen Container über die seitliche Rampe bis in den Truck. Der Regen nahm zu und schuf Einsamkeit, obwohl die ganze Crew mithalf. Wie ein silbriger Vorhang schnitt er die Stimmen der anderen ab und nahm auch die Sicht auf die Leute neben ihm. Es dauerte nicht lange, bis der letzte Rollcontainer sicher verstaut war, und erst jetzt nahm Fynn seine Umgebung wieder wahr. Er stand schwer atmend im Heck eines Trucks und blickte in den nächtlichen Park. Wer konnte, brachte sich ins Trockene, und so war abgesehen von ein paar Rufen in der Ferne niemand mehr zu sehen. Der Himmel öffnete seine Pforten, und wahre Sturzbäche ergossen sich auf die Erde. Es war eine unvergleichliche Nacht, trotz des Regens. Weil er noch keine Lust hatte, zurück in den engen Tourbus zu gehen, setzte er sich auf eine der Kisten und holte sein Handy hervor. Aus reiner Neugier checkte er die Charts. Seine Single war auf Rang fünfzehn gestiegen.

»Verflucht!«, flüsterte er und fuhr sich durchs nasse Haar. »Entweder mein Song ist unschlagbar, oder Brooke weiß wirklich, was sie tut«, überlegte er leise.

»Ist da noch jemand?«, klang ein erschöpftes Keuchen aus der Dunkelheit.

Fynn sprang auf und trat in den Regen. Eine junge Frau aus der Crew schleppte ächzend eine riesige Kabeltrommel durch das Unwetter. Hastig eilte er ihr zu Hilfe und nahm ihr die Last ab.

»Gott sei Dank!«, rief sie und wrang sich das Shirt am Saum aus. Die Hose klebte wie eine zweite Haut an ihr und ihre Schuhe schmatzten vor Nässe bei jedem Schritt. »Ich habe schon gedacht, ich sei die Letzte hier«, lachte sie vor Erleichterung und ließ sich auf die Kiste fallen, auf der Fynn gerade noch gesessen hatte. Dann reichte sie ihm die Hand. »Ich bin Stormy«, stellte sie sich vor und rollte dabei mit den Augen. »Jaja, ehe du etwas sagst, nicht erst seit den Kardashians geben Eltern ihren Kindern bekloppte Namen!«

Fynn schmunzelte und setzte sich neben sie. »Zur heutigen Nacht passt es ja.«

Stormy grinste. »Schon, aber Präsidentin werde ich mit diesem Namen wohl nicht.« Sie drückte sich den Regen aus ihrem schweren rotblonden Zopf und sah Fynn unter dichten Wimpern hervor neugierig an. »Du bist der Star der Show, richtig?«

»Im Moment bin ich nur ein nasser Kerl in einem Truck«, wich er der Frage aus. Sie erinnerte ihn an Jen. Ihre unverblümte Art, ihr Lächeln. Ihr ganz offensichtliches Interesse, als sie erneut über ihr nasses Shirt und ihre üppige Oberweite strich. Diesmal mit einer anderen Absicht, als nur das Wasser auszustreifen. Und auch ihr Lächeln veränderte sich. »Ich habe dich auf der Bühne gesehen«, sagte sie und rückte näher an ihn heran. Sie hob ihre Hand an sein Haar und berührte seine nassen Strähnen. »Wäre ich Präsidentin geworden, hätte ich das hier wohl verpasst«, flüsterte sie, setzte sich kühn auf seinen Schoß und küsste ihn.

Fynn stockte der Atem. Die Kleider klebten ihnen am Leib und vermittelten ihm ein Gefühl, als wären sie nackt, er spürte jeden Zoll ihrer weiblichen Figur. Sein Körper reagierte auf Stormy, auch wenn sein Kopf noch immer damit beschäftigt war, sich zu fragen, was hier gerade geschah.

»Stormy«, unterbrach Fynn ihren Kuss und hielt ihre Hände auf, die sich gerade an den Knöpfen seiner Hose zu schaffen machten. Sie sah ihn an wie Jen, als sie sich am Flughafen von ihm verabschiedet hatte. Irgendwie mit dieser Hoffnung, dass dies noch nicht das Ende war. Und doch irgendwie wissend, dass er nicht wirklich dasselbe empfand. »Verdammt«, fluchte er und schob die Frau von seinem Schoß.

»Was ist denn los?«, fragte sie irritiert und drängte sich wieder an ihn. »Musiker sind doch sonst nicht so schüchtern.«

Fynn wehrte einen erneuten Kuss ab. »Sorry«, erklärte er und trat in den Regen. »Ich bin offenbar ein Romantiker.« Mit einem Satz sprang er aus dem Truck und eilte geduckt durch das Unwetter, während er sich fragte, ob er den Verstand verloren hatte. Bryan würde ihn wie so oft aufziehen, weil er sich ein so verlockendes Angebot hatte entgehen lassen. Und wenn er ehrlich war, schrie sein Körper regelrecht nach einer Frau. Diese Euphorie auf der Bühne erregte unglaublich, und die Leere danach hinterließ ein unbekanntes körperliches Sehnen nach Nähe. Nur war es eben nicht die Nähe zu Stormy, nach der er sich verzehrte. Es war die verfluchte Nähe zu Brooke! Und nicht einmal der Regen kühlte dieses Verlangen ab.

Er lief den Fußweg am Seeufer weiter entlang, der Wind peitschte ihm ins Gesicht, und er sah in der Ferne schon den Bus unter den Bäumen stehen, als eine Bewegung seine Aufmerksamkeit erregte. Es war Brooke, die sich dicht an den Stamm einer überhängenden Weide drängte. Ihre Blicke trafen sich, und wie von einem unsichtbaren Band gelenkt verließ sie ihren Unterstand und kam ihm entgegen.

Obwohl es wie aus Eimern schüttete, standen sie sich gegenüber. Wortlos, aber mit einer Fülle an Gefühlen, die sie zueinander hinzog und gleichzeitig auf Abstand hielt. Fynn strich sich die nassen Strähnen aus der Stirn. Er wollte nicht, dass auch nur ein Tropfen seine Sicht trübte, denn was er sah, raubte ihm den Atem. Brooke war so schön. So verletzlich, mit dem weißen, vom Regen beinahe durchsichtigen Top, das sich an ihre Brüste schmiegte und nichts verbarg. Verletzlich und so verführerisch. In den knappen Jeansshorts, aus deren ausgefranstem Saum das Wasser wie silbrige Perlen über ihre schlanken Beine rann, als liebkoste es sie.

Fynns Puls raste, während er nähertrat. Seine Hose spannte, und die Erregung peitschte ihn an, die Hand nach ihr auszustrecken. Ihre Blicke begegneten sich und er las Unsicherheit in den Tiefen ihrer grünen Augen. Das gefiel ihm. Er mochte es nicht, wenn sie glaubte, die Kontrolle zu haben. Ein schwaches Lächeln wagte sich auf ihre Lippen, und sie hob kurz ihr Handy hoch.

»Die Single ist auf Platz eins«, flüsterte sie ohne die Verbindung ihres Blickes abreißen zu lassen. Dann streckte auch sie die Hand nach ihm aus und wie ein ausbrechender Vulkan riss Fynn sie in seine Arme. Ihr erschrockenes Keuchen vermischte sich mit seinem Stöhnen, als er endlich ihre weichen Lippen mit der Zunge teilte und sich in ihrer Hitze verlor. Er hob sie hoch und trug sie zurück unter die fast bis zum Boden reichenden Äste der Weide. Ihre Haut war eisig, und doch loderte ein Feuer in ihrer Mitte, das ihn anzog wie das Licht die Motten. Stürmisch, als ginge es um Leben und Tod, umfasste er ihre Taille, ließ seine Hände über den nassen Stoff ihres Tops gleiten und packte ihre Brüste. Die harten Knospen reckten sich ihm durch den Stoff entgegen, und er senkte den Kopf, um sie in seinen Mund zu saugen. Brooke krallte die Finger in sein Haar und warf ihren Kopf in den Nacken, während sie sich ihm lustvoll entgegenhob. Sie schlang ihm die Beine um die Hüften und hielt sich an seinen Oberarmen fest. Ihr keuchender Atem riss an seiner Beherrschung, und alles in ihm drängte danach, sie endlich in Besitz zu nehmen. Hektisch schob er ihr Shirt nach oben und knetete ihre Brüste. Die rosigen Spitzen warteten nur darauf, berührt zu werden. Eine Aufforderung, die er nur zu gern erfüllte. Brooke wand sich vor Lust und streifte dabei immer wieder seine Lenden. Streifte seinen Schwanz. Ungeduldig schob er seine Hand in den Bund ihrer Shorts, fluchend, weil der Regen es ihm so schwer machte, sich durch den nassen Stoff zu arbeiten.

Brooke lachte, als sie seine Eile bemerkte. Sie strich ihm das Haar aus dem Gesicht und ließ ihrerseits die Hände an seinem trainierten Bauch hinabgleiten. Jeden Muskelstrang mit ihren Fingernägeln nachzeichnend, wanderte sie immer tiefer, umkreiste seinen Bauchnabel und tastete nach den Knöpfen seiner Jeans. Sie wollte ihn spüren, brauchte mehr von ihm.

Es war verrückt, wie sehr sie ihn wollte. Wie sie schon in dem Moment, als sie ihn im Regen gesehen hatte, gehofft hatte, das dies passieren würde.

Ein Stöhnen brach aus ihr heraus, als seine Finger ihre heiße Mitte fanden und tief in sie eintauchten. Sie suchte seine Lippen, küsste ihn und umschloss im Gegenzug hart mit den Fingern seinen Penis.

»Was tun wir nur?«, murmelte er, schob ihr die Shorts von den Hüften und drehte sie um, sodass er ihre Brüste von hinten umfassen konnte. Brooke hielt sich am Stamm der Weide fest, als Fynn ihre Haare beiseiteschob und seine Zähne in ihren Nacken grub. Er hob ihr Bein an und drang mit einem harten Stoß in sie ein.

Sie keuchte. Seine Hände lagen auf ihren Hüften, zogen sie näher, damit er noch tiefer in sie tauchen konnte, während die harte Rinde des Baumstamms bei jeder Bewegung an ihren nackten Brüsten kratzte. Sie fasste nach hinten, packte seine Pobacken und kam ihm mit dem gleichen Hunger entgegen, der auch ihn antrieb.

Viel zu schnell näherte sie sich dem Gipfel der Lust, immer lauter wurde ihr Keuchen, immer drängender das Pulsieren in ihrem Schoß. Als Fynn seine Arme um sie schloss und seine Zunge über ihren Hals gleiten ließ, brach der Damm nicht nur bei ihr, sondern auch bei ihm. Er hielt sie fest, küsste die Beuge an ihrem Hals, die empfindliche Stelle hinter ihrem Ohr, und sein heißer Atem zauberte eine Gänsehaut auf ihren Körper, während der Höhepunkt langsam abklang.

»Du frierst«, stellte er fest und schloss seine Arme noch fester um sie. Sein Körper strahlte Wärme ab, in die sie sich nur zu gern hüllen ließ.

»Mir ist nicht kalt«, log sie und schmiegte sich noch näher an ihn. Sie wollte nicht, dass der Moment endete. Wollte nicht, dass sich die Kluft zwischen ihnen wieder auftat. Denn wenn sie nicht gerade miteinander schliefen, fühlte es sich an, als wären sie Gegner. Zärtlich zog er ihr das Shirt zurück über die Brüste, was ihr ein leises Seufzen entlockte. Sie sollten einfach immer miteinander schlafen, dann hätten sie keine Probleme, überlegte sie und drehte sich langsam zu ihm um. Sie erkannte an seinem wehmütigen Blick, dass er ähnliche Gedanken hegte. Sie stellte sich auf die Zehenspitzen und küsste ihn. Zärtlich, langsam und mit unendlich viel Gefühl erwiderte er ihren Kuss, seine Zunge tauchte in ihren Mund ein, liebkoste die ihre und lockte sie, auch seinen Mund zu erkunden. Und doch fühlte sie unter all der Zärtlichkeit die Kluft wieder tiefer werden. Seine Hände, die eben noch so besitzergreifend ihre Taille umfasst hatten, streichelten sie nun wie bei einem Abschied, und als ihr Kuss schließlich endete, riss auch ihre übrige körperliche Verbindung ab. Während Fynn sich die Hose zuknöpfte, richtete sie ihre Klamotten. Noch einmal beugte er sich zu ihr, küsste ihren Scheitel und strich sich dann energisch das nasse Haar aus der Stirn.

»Tut mir leid, ich …«, setzte er an und ließ seine Fingerspitze über den blutigen Kratzer an ihrem Brustansatz gleiten. »Ich wollte dir nicht weh …«

Erst jetzt bemerkte Brooke, dass die Rinde sie verletzt hatte. Sie unterband seine Berührung ebenso wie seine Entschuldigung. »Schon okay. Wirklich.«

»Nein, es ist nicht okay. Zwischen uns ist überhaupt nichts okay.«

Brooke biss sich auf die Lippe. »Dann … dann hast du mir wohl noch nicht vergeben?«, flüsterte sie und schlang die Arme um sich. »Und trotzdem fickst du mich.«

Fynn kam sich so schäbig vor. Brooke hatte recht. Warum verlangte es ihn so sehr nach ihr, wenn er doch noch immer wütend war? Warum konnte er ihr nicht widerstehen, wenn er sich doch immer nur über sie ärgerte? Und warum zum Teufel machte ihr trauriger Blick, dass er sich am liebsten selbst geohrfeigt hätte?

»Brooke, ich … ich habe schon gesagt, dass es mir leidtut. Ich weiß nicht, was in mich gefahren ist.« Zärtlich hob er ihr Kinn an, damit sie ihn ansah. »Ich bin böse auf dich. Das stimmt. Ich weiß nicht, wie ich mit dir umgehen soll, wie ich mit dir arbeiten soll, aber als Stormy mich geküsst hat, mich angemacht hat, da wollte ich nur eines …«

Brooke sah ihn mit großen Augen an. »Du hattest was mit Stormy?« Sie wäre vor ihm zurückgewichen, hätte nicht der Stamm ihre Flucht verhindert.

Fynn schüttelte den Kopf. »Verdammt, Brooke, hör mir doch zu. Ich wollte Stormy nicht. Ich war überrascht, als sie mich geküsst hat. Und kurz dachte ich, dass sie zu küssen helfen würde, dich irgendwie aus meinem Kopf zu bekommen.« Er trat wieder näher, sodass sie keine andere Wahl hatte, als ihm zuzuhören. »Aber, verdammt. Ich wollte sie nicht. Ich wollte dich! Mit so einer Macht, dass nicht einmal dieses verdammte

Unwetter mich davon abgehalten hat!« Er rieb sich das Kinn und wich ihrem Blick aus. »Ich kann nicht klar denken, wenn es um dich geht.«

Brooke wusste nicht, was sie denken oder fühlen sollte. Sie war verwirrt. Dass er der vollbusigen Stormy widerstanden hatte, ließ etwas in ihrem Inneren jubeln, aber zugleich wollte er sie aus seinem Kopf bekommen, was sie mehr verletzte, als sie zugeben würde.

»Du kannst nicht klar denken«, wiederholte sie seine Worte. »Ich auch nicht. Aber glaubst du denn, dass du irgendwann über das hinwegsehen kannst, was ich für meinen Job tue? Dass du vergessen kannst, was in der Klinik passiert ist? Denn wenn nicht, dann …«

»Du bist kein schlechter Mensch, Brooke.«, unterbrach er sie. »Aber dein Job macht dich zu einem. Es gibt einfach Grenzen, die kein Job der Welt niederreißen sollte.«

»Mein Job ist aber alles, was ich habe, Fynn. Und er hat dich auf Platz eins der verfickten Charts befördert. Bedeutet das gar nichts?«

Fynn nickte. »Es bedeutet, dass zumindest Brennan bekommt, was er will, richtig?«

Brooke kämpfte mit den Tränen, darum stapfte sie unter der Weide hervor und steuerte auf den Bus zu. »Du hast doch auch gerade bekommen, was du wolltest, Fynn!«, rief sie. »Tut mir leid, wenn ich komplizierter bin als Stormy!«

KAPITEL 25

»James Corden?«, fragte Fynn und sah Paul neugierig an. »Sagt mir nichts.«

Paul schüttelte lachend den Kopf. »Sagt dir die Late Late Show nichts? Carpool Karaoke? Noch nie gehört? Das gibts doch nicht! Das kennt doch jeder!«

»Ich nicht. Aber ist ja auch egal«, tat Fynn das ab und packte seine wenigen Habseligkeiten aus dem Bus zurück in den Koffer. »Wir fliegen also nach Los Angeles?«

»Ja. Brooke ist schon vorgeflogen. Sie organisiert gerade alles. Die Einladung in die Show kommt ja recht überraschend. Wir können dafür aber keines der Konzerte absagen. Also müssen wir unser Programm etwas quetschen.«

Fynn schnaubte. »Klingt mal wieder nach Stress.«

»Klingt nach Ruhm und Ehre!«, verbesserte Paul und machte sich lachend daran, ebenfalls alles einzupacken, was er in L.A. brauchen würde.

August zupfte einen Song auf der Gitarre und beobachtete sie. »Wir fahren direkt zum nächsten Gig weiter, während du neben Sofia Walker sitzen darfst. Das Leben ist echt nicht fair«, murmelte er und die Klänge der Gitarre wurden melancholischer.

»Sofia Walker?«, hakte Fynn nach. »Müsste ich die kennen?«

»Mensch, Fynn!«, lachte August. »Du bist echt ein Hinterwäldler! Sofia Walker ist Topmodel, hatte angeblich schon was mit DiCaprio und läuft aktuell auf jeder großen Fashionshow.« Er machte eine bedeutungsschwere Pause. »Und sie ist Single!«

Fynn rollte mit den Augen. Er konnte sich schon denken, dass Brooke diesen Umstand sicher wieder für ihre PR nutzen wollen würde. Dabei hatte ihm die letzte Schlagzeile mit dem Mädel aus Poughkeepsie gereicht. Seit den Berichten darüber brachten die hübschen Mädchen, die jeden Mist kommentierten, den Brooke dort postete, seine Facebookseite zwar förmlich zum Explodieren, und seine Single hatte sich auf Platz eins so richtig schön breitgemacht, aber dennoch schämte er sich dafür. Er hatte ein wildfremdes Mädchen geküsst, um mediale Aufmerksamkeit zu erzeugen. Das war die Vorstufe der Prostitution, wie er fand.

Und ein weiteres Mal würde er das nicht machen!

Brookes Herz klopfte vor Aufregung viel schneller als normal. Ihre Idee konnte funktionieren. Sie konnte möglicherweise zwei Fliegen mit einer Klappe schlagen. Womöglich sogar die Fliege, die in der Suppe der Beziehung zwischen Fynn und ihr schwamm.

Sie wandte ihr Gesicht der warmen kalifornischen Sonne zu und schloss die Augen. Die Schokolade auf ihre Zunge schmolz langsam dahin und hinterließ eine tröstliche Süße, von der sie hoffte, sie würde ihre Nerven beruhigen. Denn in wenigen Minuten würde sie Fynn wiedersehen. Zum ersten Mal nach ihrer stürmischen Begegnung im Regen. Brennans Anweisung, nach Los Angeles zu fliegen, war ihr an dem Morgen vor zwei Tagen wie eine Rettung erschienen. Doch kaum saß sie im Flugzeug, das sie von Fynn wegbrachte, hatte sie sich schrecklich gefühlt. Und sie wusste auch, warum. Sie hatte sich in diesen furchtbar sturen Kerl verliebt, der sie außerdem noch für das verachtete, was sie tat.

Natürlich wusste sie, dass ihre beiden Karrieren wichtiger waren als ihre Gefühle, aber vielleicht konnte sie wenigstens die Wogen zwischen ihnen so weit glätten, dass die Zusammenarbeit nicht mehr so angespannt verlaufen würde. Vielleicht würden sie dann beim nächsten Mal, wenn sie miteinander schliefen, sich dabei wieder in die Augen sehen können.

Brooke atmete tief durch. Beim nächsten Mal, wenn sie miteinander schliefen? War sie nun vollkommen übergeschnappt? Hatte die Sonne denn ihren letzten Rest Vernunft eingeschmolzen, zusammen mit der Tafel Schokolade, die sie gerade verdrückt hatte? War ihr das letzte Quäntchen Selbstachtung nun auch noch abhandengekommen? Fynn schlief mit ihr, was überhaupt nichts bedeutete. Doch anders als früher, wo sie das nicht wirklich gestört hatte, nagte es diesmal gewaltig an ihr.

Und weil es das tat, hatte sie einen Plan entwickelt, dem der Talkmaster James Corden sogar zugestimmt hatte. Einen Plan, der Fynn zeigen würde, dass sie ihren Job machen und ein guter Mensch sein konnte.

Und wenn sie dann wieder miteinander schlafen würden …

»Verdammt noch mal!«, Brooke schnaubte. »Ich muss echt damit aufhören, an sowas zu denken!«

Sie checkte die Uhrzeit auf ihrem Handy, als auch schon der Wagen von CBS Television um die Kurve kam. Das Studio hatte Fynn und Paul vom Flughafen abholen lassen. Sie trat an den Straßenrand und öffnete die Tür.

»Hi ihr«, grüßte sie und glitt zu den Männern in den klimatisierten Fond der geräumigen Limousine. Paul saß neben ihr, Fynn auf einer wildledernen Sitzreihe gegenüber. »Willkommen in L.A.!«

»Wo fahren wir denn hin?«, fragte Paul, als das Auto wieder anfuhr, obwohl sie direkt vor dem Haupteingang des CBS-Geländes standen.

Brookes Puls beschleunigte sich, und sie grinste Fynn aufgeregt an. »Ich habe eine Überraschung, die besonders dir gefallen dürfte.«

»Sofia Walker?«, riet er mit mangelnder Begeisterung. »Wenn du denkst, ein Model würde mich reizen, dann ...«

Brooke lachte kopfschüttelnd. »Sofia Walker würde eher Paul gefallen«, neckte sie den Kameramann augenzwinkernd. »Aber ja, sie wird auch da sein ... hoffe ich.«

»Also, um was geht es dann?«, wollte Fynn wissen. Er hatte keinen Blick übrig für die Schönheit und Exklusivität der Stadt, durch die sie fuhren. Sein Blick ruhte nur auf ihr. Und es war unübersehbar, dass er ihr nicht über den Weg traute.

Brooke schnaubte. Ihr toller Plan zahlte sich noch nicht aus. »Das wirst du gleich sehen. Und es wird dir gefallen!«

»Ich denke nicht, dass du weißt, was mir gefällt.«

Brooke riss der Geduldsfaden. Sie glitt aus ihrem Sitz hinüber zu Fynn beugte sich so nah über ihn, dass ihre Brüste seinen Arm streiften und ihr Bein seines berührte.

»Ich weiß ganz gut, was dir gefällt, Süßer«, flüsterte sie in sein Ohr, wohl wissend, dass der weite Ausschnitt ihres Wasserfalltops ihm in diesem Moment freien Blick auf ihre Brüste ermöglichte. Dann lehnte sie sich entspannt zurück und sah ihm in die Augen. »Wir gehen Blut spenden!«

Fynn verstand kaum den Sinn ihrer Worte. Sein Blick hing wie gebannt an dem Kratzer in ihrem Dekolleté. Für einen Moment spürte er wieder die Regentropfen durch das Blätterdach fallen, hörte ihr lustvolles Stöhnen und fühlte die Hitze ihres Körpers, in den er eintauchte.

»Blut spenden?«, riss Paul ihn aus seiner Erinnerung. »Was meinst du denn damit?«

Fynn zwang sich zurück in die Realität. Das Leuchten in Brookes Augen hatte etwas Magisches an sich, und er konnte nicht anders, als zuzugeben, dass er überrascht war.

»Passend zu unserem ›Heart Hospital‹ konnte ich den Moderator der Show überzeugen, direkt aus dem Krankenhaus zu senden, in dem alle, also James Corden, Fynn und sogar die umwerfende Sofia Walker vor laufender Kamera Blut spenden werden. Mehr mediale Aufmerksamkeit für dieses Thema geht nicht!«

Sie klang so fröhlich, dass Fynn beinahe gelächelt hätte. »Warum machst du das?«, fragte er. »Ich dachte Brennan hält nichts von sozialer Verpflichtung.«

»Tut er auch nicht. Aber das ist eine gute Show für den guten Zweck. Und du wirst dabei kein Shirt tragen, also ... verkauft es sich gleich doppelt so gut. Damit hat er schließlich kein Problem. Also, was sagst du?«

»Man kann beim Blutspenden sein Shirt anbehalten«, warf Paul nachdenklich ein.

»Kann man. Wird er aber nicht«, gab Brooke zwinkernd zurück. Ihr Blick war so offen, wie Fynn es noch nie bei ihr erlebt hatte. Sie schien beinahe aufgeregt, so, wie sie mit dem Fuß wippte und an ihrer Lippe knabberte.

»Du hast recht«, gab er sich deshalb versöhnlich und neigte vertrauensvoll den Kopf. »Du weißt wohl doch ziemlich gut, was ... was ich mag.«

Er folgte mit den Augen ihrer Fingerspitze, die wie zufällig über den Kratzer an ihrer Brust fuhr. »Sag ich doch«, lachte sie und strahlte ihn an. »Du solltest mir einfach mal vertrauen.«

Fynn grinste. Diese Frau machte es ihm echt nicht leicht. Er wollte gern weiterhin böse auf sie sein, weil es das leichter machte, sein eigenes nicht gerade vorbildliches Verhalten ihr gegenüber zu rechtfertigen, aber dieser neue Glanz in ihren Augen riss ihn voll in ihren Bann. »Vielleicht würde ich dir vertrauen«, erklärte er. »Wenn du auch Blut lassen würdest.« Er beugte sich vor und strich ihr nun seinerseits zart über den Kratzer. »Nicht so, sondern für den guten Zweck.«

Paul hustete und sah angestrengt aus dem Fenster. »Also mir jagt definitiv keiner eine Nadel in den Arm!«, erklärte er und klopfte sich auf die Pulsader in der Armbeuge. »Das ist alles meins.«

Fynn war begeistert. Dies war das erste Mal, dass es ihn nicht störte, gefilmt zu werden. Der Moderator hatte auf einer Liege zwischen ihm und dem Model Platz genommen, und sexy Krankenschwestern hatten ihnen die Kanülen gelegt. Das Blut füllte langsam die Beutel, während James ebenso cool die Interviews führte, als säßen sie in seinem Studio. Sofia Walker sprach über ihre Kampagne mit einem großen italienischen Label und gab einen spontanen Kurzworkshop für den Modelnachwuchs, indem sie sexy Posen auf der Liege demonstrierte. Ihre lustige Art würde sicher Zuschauer vor den Fernseher locken – und das wiederum würde mehr Leute auf das Thema aufmerksam machen. Brooke hatte recht. Das war eine sehr gute Möglichkeit, sein Anliegen publik zu machen. Als Sofia Fynn bat, doch etwas über sein Album zu sagen, mischte James sich ein und verlangte anstatt eines Carpool Karaoke ein *Hospital Karaoke* und so stimmten sie alle »In my Blood« von Shawn Mendes an, ehe sie zusammen auch noch Fynns Hit schmetterten. Es waren denkwürdige Aufnahmen, als sie sich im Anschluss an die öffentliche Blutspende alle als Stammzellspender registrieren ließen und einer Typisierung durch ein weiteres Röhrchen Blut zustimmten.

Als das Kamerateam des Senders schließlich alle Aufnahmen im Kasten hatte, eine demonstrativ dicke Mullbinde auf Fynns

Armbeuge ein Einbluten verhindern sollte und er mit einem Becher Kaffee in der Hand seinen Kreislauf wieder in Schwung brachte, schlenderte er zu Brooke.

Sie prüfte auf einem kleinen Monitor Pauls Aufnahmen und nickte zufrieden. Sie lächelte, als sie Fynn näherkommen sah. »Bist du zufrieden? Ich finde, es ist richtig toll gelaufen. Das Material ist super, und ihr habt in der Gruppe total gut harmoniert. Das wird die Platte richtig anschieben.«

Fynn schmunzelte. »Freut mich, wenn die wirklich gute Sache, die Leute auf dieses Thema hinzuweisen, auch noch einen positiven Nebeneffekt hat.« Er grinste und setzte sich neben Brooke. »Die Betonung liegt auf Nebeneffekt.«

Brooke sah ihn gut gelaunt an. »Schon klar. Unsere Prioritäten unterscheiden sich. Aber ohne mich und auch ohne Dream Music hätte es diese Sache nie in die Late Late Show geschafft.«

»Stimmt. Danke.« Er sah sie an und Zärtlichkeit überkam ihn. »Du hast mir damit einen … großen Gefallen getan.«

Brooke lachte und nahm ihm den Kaffeebecher ab. Sie nippte daran und zwinkerte ihm über den Becherrand zu. »Ich weiß eben, was dir gefällt. Und ich wollte … mich damit entschuldigen.«

Schmunzelnd holte Fynn sich seinen Kaffee zurück. »Entschuldigung angenommen.« Er deutete zurück in den Raum, wo das Blut abgenommen wurde. »Ich vergesse, dass du die Privatsphäre meiner Familie missachtet und der Welt eine Seite von mir gezeigt hast, die ich lieber für mich behalten hätte. Ich verzeihe dir, wenn du mal etwas vollkommen Uneigennütziges tust.« Er zog sie auf die Beine und schob sie in den Raum. »Du bist dran.«

»Nicht, Fynn! Wirklich, ich kann überhaupt kein Blut sehen. Mir wird da furchtbar schlecht, ich schwöre es!«, versuchte

Brooke aus der Nummer rauszukommen, aber Fynn blieb unnachgiebig.

»Dann mach doch einfach die Augen zu. Im Ernst, Brooke, du schuldest mir das«, erklärte er streng. »Im Gegenzug füge ich mich in Zukunft ganz brav deinen Befehlen.«

»Das ist Erpressung!«, jammerte sie, setzte sich aber gehorsam auf die Liege. Obwohl ihr wirklich davor graute, ihr Blut in einen Beutel fließen zu sehen, gefiel ihr doch, wie leicht es plötzlich zwischen ihnen lief. Er sah sie endlich nicht mehr so enttäuscht an. Endlich war da mehr als nur die unleugbare sexuelle Spannung. Da war ein Lächeln, das seine Augen erreichte, als er sich einen Hocker neben ihre Liege zog und sich darauf niederließ.

»Ich weiß.« Er schmunzelte und griff nach ihrer vor Aufregung kalten Hand. »Ich bin ein Schuft.«

Die Schwester kam und schon, als das Desinfektionsmittel auf ihre Haut traf, zuckte Brooke zusammen. »Ein Schuft? Nein, du führst dich gerade auf wie ein verdammter Rockstar!«, murrte sie mit finsterem Blick und drückte seine Hand ganz fest, als die Nadel in ihren Arm drang. »Ihr bekommt einfach immer, was ihr wollt!«

Ihre Augen waren vor Angst weit aufgerissen und ihre Lippen so blass, als käme alles Blut, das in den Beutel floss, direkt aus ihnen. Beruhigend streichelte Fynn ihre Finger und lächelte zärtlich. »Ist das so?«, flüsterte er.

KAPITEL 26

Selbst eine Woche später im Tourbus spürte Brooke bei jeder Bewegung ihres Arms die Nachwehen der Blutspende. Ein dunkler Bluterguss färbte noch immer ihre Armbeuge und sie schnalzte missbilligend mit der Zunge, ehe sie sich weiter durch die sozialen Netzwerke klickte. Die Single war nun auf CD erhältlich, und die Verkäufe liefen recht vernünftig an. Die Reaktionen auf die Late Late Show konnten sich sehen lassen, und ihrer Meinung nach lief es ganz gut. Nicht blendend, aber gut.

Sie lehnte sich in die Polster der Sitzgruppe zurück und spähte aus der Bustür. Fynn und die Band saßen draußen an einem Klapptisch und redeten über Bären, die in Alaska gelegentlich bis in die Städte kamen. Sie schmunzelte, denn Fynn klang nicht so, als würde ihn das ängstigen. Er erzählte Anekdoten von seinen Freunden, die mit ihren Quad-Touren allerhand erlebten, und berichtete ganz offen von seiner Arbeit in der Werkstatt.

Brooke runzelte die Stirn und lauschte. Was sie da hörte, war ihr neu, und so klappte sie ihren Laptop zu und ging ebenfalls hinaus. Sie lehnte sich gegen den Bus und flocht ihre Haare. »Was ist denn das hier?«, fragte sie schaute in die Runde. »Gruppentherapie auf dem Stadionparkplatz von Syracuse?«

Leif lachte. »Klar. Willst du mitmachen? Schließlich bist du hier die mit dem größten Knacks!«

Brooke reckte ihm den Mittelfinger entgegen, ignorierte ihn aber ansonsten. Sie wandte sich an Fynn. »Warum gehört die Werkstatt deinem Bruder?«, griff sie das Gehörte auf. »Hat dich dein Vater enterbt? Hast du Leichen im Keller, die ich kennen sollte?«

Fynn schüttelte den Kopf und kippelte waghalsig mit seinem Klappstuhl. »Ich habe auf meinen Anteil an der Werkstatt verzichtet. Hatte andere Pläne, als Autos zu reparieren.«

Brooke grinste. »Na, wie gut, dass ich gekommen bin, um dich zu erlösen, Cinderella.«

Die Musiker lachten, und Brooke wandte sich gut gelaunt an sie. »Müsst ihr nicht den Soundcheck für heute Abend vorbereiten?«

»Merkst du was?«, scherzte August. »Sie will Fynn schon wieder nur für sich.«

Auch Fynn lachte. »Das hier nennst du Erlösung? Ich habe doch nicht Maschinenbau studiert, um mit diesen Chaoten in einem Bus durch die Gegend zu gondeln.«

»Ich wusste nicht, dass du studiert hast«, gestand Brooke. Sie goss sich aus der Thermoskanne auf dem Campingtisch einen Kaffee ein und setzte sich auf die Einstiegsstufen des Busses.

»Wenn man in einer Werkstatt groß wird, dann interessiert man sich für Motoren. Aber ich wollte mehr. Als Halbwüchsiger hat mein Vater mich mal mit in eine Werft nach Anchorage genommen. Das hat mich mächtig beeindruckt. Die Schiffshebewerke, Förderbänder, überhaupt alles, was die riesigen Gerätschaften angeht, die den industriellen Alltag in Alaska ausmachen.« Er zuckte mit den Schultern. »Ich wäre aber auch gern Vorarbeiter im Yukon, oder im Klondike. Das

Abenteuer lockt mich, genauso wie die Bulldozer, die Bagger und Goldwaschanlagen.«

»Klingt nach furchtbar viel Schweiß und Schmutz«, stöhnte Brooke skeptisch.

Leif nickte und trat mit dem Fuß gegen Fynns Stuhl, sodass der beinahe umkippte. »Unsere Cinderella steht nicht so aufs Rampenlicht. Das merkt man gleich.«

Fynn grinste. »Vielleicht kauf ich mir von meinem Geld aus dem Vertrag einen eigenen Claim. Nur, um im Dreck wühlen zu können.«

»Du wirst überhaupt keine Zeit mehr für sowas haben«, erinnerte ihn Brooke kopfschüttelnd. »Falls du es noch nicht bemerkt hast, du bist jetzt ein Star.«

»Und der Star muss jetzt zum Soundcheck«, erinnerte Bobby sie alle und tippte auf seine Armbanduhr. »Nicht, dass wir unsere Fans in Syracuse enttäuschen.« Er stand auf und schob den Klappstuhl an den Tisch. August und Leif folgten ihm, und nur Fynn blieb noch einen Moment sitzen.

Er sah Brooke an und erhob sich erst, als die anderen drei schon weg waren. Er deutete auf den blauen Fleck an ihrem Arm. »Alles gut? Dauert ja ziemlich lange, bis der wieder weggeht.«

Brooke winkte ab. »Klar. Geht schon. War es auf jeden Fall wert, wenn du dafür wirklich machst, was ich sage.«

»Warum? Was steht denn jetzt schon wieder auf dem Programm?«

»Nichts. Mach heute Abend einfach eine gute Show. Dann bin ich voll und ganz zufrieden.«

Fynn tippte sich an die Stirn, wie ein Soldat, der einen Befehl erhalten hatte. »Dass du seit Tagen nichts von mir willst macht mich echt misstrauisch.«

Brooke seufzte. Die Vorlage war einfach zu steil, als dass sie sie hätte ignorieren können. »Wer sagt denn, dass ich nichts von dir will?«, flüsterte sie mit einem verführerischen Lächeln, gerade, als Paul aus dem Bus stolperte.

»Herrje, wir sollten längst im Stadion sein!«, unterbrach er ihren Flirtversuch und schleppte keuchend seine unhandlichen Taschen mit Kamera-Equipment herbei.

Fynn stöhnte. Das war Rettung in letzter Sekunde. Wenn Brooke ihn so ansah, dann reagierte sein Körper sofort. Dabei wollte er die herrschende Waffenruhe zwischen ihnen nicht gefährden, indem er ihr wieder zu nahe kam. Er fuhr sich durchs Haar und sah Brooke hinterher, die ohne weitere Worte im Bus verschwand.

Seit der Blutspende und Typisierung gelang es ihm einfach nicht mehr, sich ihre schlechten Eigenschaften vor Augen zu führen. Sie hatte ihn mit der Aktion wirklich überrascht. Und ihre Erleichterung, dass er nicht mehr ganz so sauer auf sie war, war so deutlich gewesen, dass er gar nicht anders konnte, als ihr tatsächlich zu vergeben. Und da er das tat, fühlte er sich nur noch stärker zu ihr hingezogen. Seit Tagen hatten sie keine Auseinandersetzung geführt. Im Gegenteil. Sie redeten und lachten miteinander, als zögen sie an einem Strang. Es könnte alles so professionell zwischen ihnen laufen, wenn nur dieses verführerische Knistern nicht ständig in der Luft liegen würde. Ihre Blicke, die unbedachten Bewegungen, bei denen sie ihm im engen Bus näherkam als nötig. Ständig fühlte er sich daran erinnert, wie es war, sie in Armen zu halten. Und ständig musste er mitansehen, wie auch die Jungs der Band ungeniert mit ihr flirteten. Viel offensichtlicher, als er es jemals tun würde. Nicht, dass sie darauf reagieren würde. Stattdessen suchte sie immer wieder seinen Blick und ließ ihn wortlos wissen, dass es anders wäre, würde er sie anmachen.

Verdammt, selbst jetzt, wo er hinter Paul durch die unterirdischen Katakomben des Stadions trottete, spannte noch immer seine Hose. Nur, weil sie eine zweideutige Anspielung gemacht hatte.

Als die Show begann, verdrängte er alle Gedanken, die nichts mit dem Auftritt zu tun hatten. Er war sich bewusst, dass er gefilmt wurde, dass hunderte Handys zugleich seine Show irgendwo im Netz live übertragen würden, und gab sich deshalb alle Mühe, seinen Job zu machen. Einen Job, von dem ihm, je länger sie unterwegs waren, immer klarer wurde, dass dies nicht seine Zukunft sein würde. Das Gespräch heute hatte ihm das erneut klar gemacht. Er würde seinen Vertrag erfüllen und dieses Album promoten. Bis zu den Grammys. So hatten sie es vertraglich vereinbart. Doch danach ...

Seine Stimme zitterte etwas, als er daran dachte, dass nicht nur seine Bühnenauftritte, sondern auch die Zusammenarbeit mit Brooke schon bald enden würde. Der Songtext traf es besser denn je. Liebe riss wirklich die tiefsten Wunden. Und dabei liebte er Brooke doch nicht einmal. Trotzdem versetzte ihm die Vorstellung, von ihr getrennt zu sein, einen schmerzhaften Stich, der noch brannte, als die Show längst zu Ende war.

Das Stadion hatte sich nach der Zugabe schnell geleert, und nur noch die Crew hastete im grellen Flutlicht für den Bühnenabbau umher. Die Band war in den Mannschaftskabinen duschen, und vermutlich feierten sie bei einer Kiste Bier den erfolgreichen Abend. Einen Abend, der genau wie der vorherige verlaufen war. Und der davor.

Der Schweiß trocknete kalt auf Fynns Haut, als er sich an den Bühnenrand setzte und über die inzwischen leeren Zuschauerränge blickte. Es zog ihn nicht hinunter in die Unterwelt des Stadions. Er hatte das Gefühl, als würden dort unten in der Enge die Dämonen in ihm zum Leben erwachen. Der Rausch des Auftritts pulsierte noch in ihm, und sobald er hinunter in den Backstage-Bereich gehen würde, hätte er wieder das Gefühl, als schrumpfe seine Welt plötzlich auf die Größe einer Streichholzschachtel zusammen. Es waren verrückte Gedanken, verrückte Gefühle, das wusste er, aber abstellen konnte er sie dennoch nicht. Die anderen bändigten diese Dämonen mit Bier und Wodka. Er nicht.

Er nahm das Telefon zur Hand und wählte Avas Nummer. Vielleicht konnte die Stimme seiner Schwester ihn beruhigen. Ihm hoffentlich dieses Hämmern aus dem Kopf holen. Dieses Drängen in seinem Blut, das ihn dazu anstachelte, Brooke zu suchen und mit ihr gemeinsam die heiße Dusche zu nehmen, die er dringend brauchte.

Es dauerte lange, bis Ava abhob. Sie klang verschlafen, was kein Wunder war, denn Mitternacht war schon vorüber.

»Hey, Fynn«, flüsterte sie heiser. »Du rufst ja spät an. Ist alles in Ordnung?«

Er hatte sie aus dem Schlaf gerissen. Seufzend rieb er sich das Kinn. »Sorry, Kleines. Ich … wollte dich nicht wecken.«

Ava lachte, und er hörte ihr Kopfkissen rascheln. »Was hast du denn gedacht, was ich nachts um eins mache?«

Fynn schmunzelte. »Pyjamaparty mit Corey vielleicht?«

»Corey ist nicht mehr in New York«, berichtete sie und Fynn erkannte an ihrer Stimme, dass sie das bedrückte. »Die Spende ist ja längst abgeschlossen. Er kann hier nichts weiter tun. Und die Werkstatt … er wollte sie nicht länger als nötig geschlossen lassen.«

»Verdammt!«, Fynn stöhnte. »Es war abgemacht, dass er bei dir bleibt, bis du zurück nach Hause kommst.«

»Ja, aber es war auch abgemacht, dass du in Palmer die Stellung hältst«, erinnerte Ava ihn sanft. »Für mich ist es okay. Ich komme klar.«

»Für mich nicht. Ich habe ihm eine ordentliche Summe überwiesen. Die Ausfälle in der Werkstatt deckt das locker ab. Er hätte bei dir bleiben sollen.«

»Beruhig dich, Fynnie.« Nur noch selten verwendete jemand diesen Kosenamen aus seiner Kindheit. »Er will einfach keine Kunden verlieren. Das ist doch okay. Und dank deiner Finanzspritze kann ja auch ich bald nach Hause. Ich habe mich schon um eine zuverlässige Krankenschwester gekümmert, die mich unterstützt und meine Medikation und meine Werte überwacht. Sie hat sofort ja gesagt, als ich ihr erzählt habe, wie berühmt mein Bruder ist.«

»Das ist gut.« Fynn versuchte seinen Ärger hinunterzuschlucken und Ava nicht zu belasten. »Dann sehen wir uns ja bald alle in Palmer.«

Wieder lachte Ava, auch wenn ein Gähnen dazwischenkam. »Du hast mir ein Privatkonzert versprochen«, erinnerte sie ihn. »Wie läuft eigentlich die Tour? Wie läuft es mit Brooke?«

Wieder stöhnte Fynn. Er fuhr sich durchs Haar und schloss die Augen. Ava hatte etwas an sich, dass er ihr einfach nichts vormachen konnte. »Brooke geht mir unter die Haut. Ich … hab noch nie so auf jemanden reagiert. Sie geht mir einfach nicht aus dem Kopf.«

Wieder raschelte das Kissen, und er hörte nur Avas gleichmäßigen Atem. War sie eingeschlafen? Fast hätte Fynn schon aufgelegt, da räusperte sich Ava schließlich.

»Warum willst du sie denn dann aus dem Kopf bekommen?«

Das war eine gute Frage. Fynn stand auf und klopfte sich den Staub von der Hose, ohne eine Antwort zu finden.

»Weißt du was, Kleines? Wir sprechen morgen wieder. Es ist wirklich Zeit endlich zu schlafen.«

»Ich telefoniere gern mit dir. Auch mitten in der Nacht.«

»Ich weiß, Ava. Geht mir auch so. Schlaf jetzt trotzdem weiter. Ich hab dich lieb.«

»Und ich dich erst, Superstar!«

Fynn steckte sein Handy weg und blinzelte ins Flutlicht. Warum er Brooke aus seinem Kopf bekommen wollte?

Verdammt, das war doch offensichtlich, oder nicht? Sie passte kein bisschen zu ihm, und sie würden sich nur gegenseitig verletzen, wenn sie diese Sache, was immer es zwischen ihnen war, vertiefen würden.

Brooke passte einfach besser zu einem Kerl wie Brennan. Und er selbst sollte sich ein normales Mädchen wie Jen suchen. Diese Leidenschaft, die er mit Brooke teilte, konnte nicht von Dauer sein. Der Sex, so heiß und spontan er auch war, gründete auf der extremen Situation, in der sie beide sich aktuell befanden. Das war alles nicht echt. Nicht real. Und in einem normalen Leben hätte nichts davon Bestand.

Brooke würde nie in die Werkstatt nach Palmer kommen, um ihren Wagen reparieren zu lassen. Sie würde nie ein Teil seiner Welt sein. Und er würde sich selbst aufgeben, wenn er im Musikgeschäft bleiben würde, nur um ihr nahe zu sein.

Nachdenklich ging er in die Katakomben. Aus der Ferne winkte ihm Stormy zu, aber er tat so, als würde er sie nicht bemerken. Er wollte wirklich nicht noch mehr Chaos.

Am nächsten Morgen weckte Brooke ihn, indem sie den Vorhang zu seiner Koje beiseiteschob.

»Du warst gestern ja lange unterwegs«, stellte sie mürrisch fest. »Wurdest du ... aufgehalten? Vielleicht von der Crew? Vielleicht von ... einem Sturm?«

Fynn rieb sich müde übers Gesicht. »Meinst du Stormy?«

Ihr Blick zeigte ihm, dass er ins Schwarze traf. »Sie ist nicht mein Typ«, verteidigte er sich und stützte sich auf den Ellbogen, um Brooke besser ansehen zu können. »Und ich wusste nicht, dass es eine Sperrstunde gibt.«

»Gibt es nicht, aber wenn du noch unterwegs bist und dabei gutes Material entstehen könnte, dann sollte Paul ...«

»Ich brauche Paul nicht, wenn ich mit Ava telefoniere«, wies er sie zurecht und ihr überraschtes »Oh!« war befriedigend.

»Ach so, ja klar … das … das stimmt«, stotterte sie, und eine verlegene Röte überzog ihre Wangen. »Ich wusste ja nicht …«

»Du siehst süß aus, wenn du eifersüchtig bist«, neckte er sie und bewunderte, wie die aufkommende Wut ihre Augen aufleuchten ließ.

»Du spinnst doch! Ich bin doch nicht eifersüchtig! Ich brauche nur besseres Material. Brennan findet, wir werden langweilig, und ich dachte, wenn du … also mit jemandem … dann …«

»Dann könnten wir gleich einen Porno drehen?«

»Quatsch!« Sie schlug nach ihm, aber Fynn packte ihre Hand. Sie sah ihm in die Augen, als würde ihm so entgehen, wie ihre Finger zitterten. »Aber wenn es da jemanden gibt, den du küssen möchtest, dann …« Sie atmete tief ein. »Dann müssten wir das nicht fingieren.«

Fynn streichelte ihren Handrücken. Dann schob er sie vom Bett weg und setzte sich auf. Seine Beine baumelten aus dem Bett und berührten Brooke beinahe. Ihr Blick glitt über seine Brust, bis zum Saum seiner Boxershorts.

»Du wirst Brennan sagen, dass ich das nicht mache. Er muss sich etwas anderes einfallen lassen.«

Er sprang auf den Boden und für jeden Beobachter würde es aussehen, als stolperte er zufällig gegen Brooke. »Wenn ich jemanden küssen will, dann sicher nicht vor laufender Kamera.« Er umfasste ihre Taille und streichelte ihren Po. »Verstanden?«

Brooke schluckte. Sie sah ihm in die Augen und hob die Hand an seine nackte Brust. Ihr zaghaftes Zittern war wie ein Sieg. Da war sie wieder, diese Spannung zwischen ihnen. Er wusste, auch Brooke konnte sich ihr nicht entziehen. Egal, wie viele Tage sie sich einredeten, es wäre anders.

»Die Verkaufszahlen bleiben hinter den Erwartungen zurück«, flüsterte sie und kam ihm ganz sanft entgegen. »Wir … brauchen eine Schlagzeile.«

»Ohne mich.«

»Ohne dich gibt es keine Schlagzeile, das weißt du.«

»Dann wird Brennan sich was anderes ausdenken müssen.«

»*Ich* muss mir etwas ausdenken, Fynn! Dich zu promoten ist mein verdammter Job! Und ich kann ihn nicht machen, wenn du mir nicht hilfst! Ich könnte dich nächste Woche bei der total angesagten Kaia Rouge als Vorgruppe unterbringen. Kaias Ruf allein würde dir Presse bringen. Dann noch ein Kuss, dem die Dame garantiert nicht abgeneigt wäre, und ...«

Fynn schüttelte den Kopf und drängte sich noch ein Stück näher an ihren Körper. »Verflucht noch mal, Brooke!«, knurrte er in ihr Ohr und umfasste dabei verführerisch ihre Taille. »Willst du wirklich, dass ich ... dir solche Presse liefere? Obwohl da zwischen uns ...«

»Zwischen uns ... ist nichts«, erklärte sie streng, aber ihre Körpersprache zeigte etwas anderes. Ihre Wangen röteten sich, und sie benetzte ihre Lippen. »Nichts, was eine Schlagzeile wert wäre.«

KAPITEL 27

Kaia Rouge hatte im Vorjahr etliche Grammys abgeräumt. Sie war jung und verdammt gutaussehend. Ihr Bühnenoutfit ließ nicht viel Raum für Spekulationen, und ihre Tanzeinlage brachte die Menge zum Kochen. Fynn musste zugeben, dass sie ihren Job wirklich sehr gut machte. Ihre Leidenschaft für die Bühne war unverkennbar, und die Feuershow hätte es nicht gebraucht, um jedem Mann im Publikum ordentlich einzuheizen. Doch die Show war nun vorüber, und eine kleine Presseparty war anberaumt. Der Champagner floss in Strömen, und die Fotografen rissen sich förmlich um die schöne Sängerin. Auch Paul stand mit seiner Kamera mitten unter ihnen. Er war offensichtlich bereit.

»Geh schon zu ihr«, flüsterte Brooke und drängte ihn von seinem Platz an der Bar. »Jedes Foto mit euch beiden bringt Verkäufe.«

»Ich hasse dieses Business«, murrte Fynn, tat aber, was sie verlangte. Auch wenn es ihm nicht gefiel, die Verkaufszahlen hatten bisher jeder von Brookes doofen Ideen recht gegeben. Und Kaia war ja nun keine Frau, die einem aufgezwungen werden musste. Auch, wenn Fynn ihre lederne Korsage nicht wirklich gefiel. Er mochte es lieber, wenn …

Verdammt! Er musste aufhören, daran zu denken, dass Brookes Brüste fast nie irgendwo verschnürt waren, sondern wie reife Pfirsiche unter ihrem Shirt nur darauf warteten, gekostet zu werden.

Er schaute über die Schulter zurück zu Brooke, die ihm mit einem unergründlichen Blick hinterhersah. Glücklich sah sie nicht gerade aus. Dabei bekam sie doch ihren verdammten Willen.

Fynn stellte sich lächelnd neben Kaia, die ihn sogleich mit vor die Kameras zog. Sie stellte ihn als ihren Anheizer vor. Den Anheizer der Show natürlich ... Die Journalisten lachten und knipsten eifrig Bilder. Kaja posierte neben ihm, lachte und hatte offenbar keine Scheu, zu liefern, was ihm selbst so schwerfiel.

Immer wieder blickte er zu Brooke, die ihn winkend aufforderte, mehr aus sich herauszugehen.

Mit einem Fluch auf den Lippen legte er Kaia den Arm um die Taille. Die reagierte sofort und schmiegte sich noch etwas näher an ihn.

»Machen wir ne Show?«, fragte sie gut gelaunt und drückte ihm einen Kristallkelch mit Champagner in die Hand. »Jede Presse ist gute Presse, richtig?«

»Ist das so?«, fragte er, ließ sich aber von ihr den Kelch an die Lippen führen.

»Oh ja. Je mehr Haut, und je weniger Hemmungen, umso mehr Verkäufe. Brauchst du noch Sekt gegen die Hemmungen?«, lachte sie und machte ein Duckface in die nächste Kamera. Am Rande bekam Fynn mit, dass Paul ihm einen Daumen nach oben entgegenreckte, ehe er grinsend wieder hinter seiner Kamera verschwand.

»Nein, danke. Ich behalte ganz gern einen klaren Kopf«, lehnte Fynn ab, ließ aber zu, dass sie einige Knöpfe seines Hemdes öffnete. »Und ist das wirklich nötig?«

Kaia lachte. »Nötig nicht. Aber ich finde es heißer so.« Sie zwinkerte. »Du weißt, dass das alles nur Show ist, oder? Mein Mann wartet im Hotel.«

»Du bist verheiratet?«

»Das Label sagt, Ehefrauen verkaufen sich nicht. Also weiß niemand davon.«

»Und deinem Mann gefällt, dass du …« Fynn zuckte mit den Schultern, denn er hatte ja noch immer seine Hand an ihrer Hüfte liegen.

»Gehört zum Job«, gab Kaia schlichtweg zu und warf ihr Haar über die Schulter, um in die nächste Kamera lächeln zu können. »Komm schon, dann lohnt sich der Aufwand wenigstens«, scherzte sie und zwinkerte ihm zu. »Ich habe mir meinen Ruf als Vamp schließlich hart erarbeitet.« Sie hob ihm ihr Gesicht entgegen, sodass es ein Leichtes für ihn wäre, sie zu küssen. Die Presse schien genau das zu erwarten. Die Blitzlichter zuckten schon, als er seine Hand höher in ihren Rücken gleiten ließ.

Über Kaias Kopf hinweg suchte er Brookes Blick, denn noch immer widerstrebte es ihm, sich derart zum Spielball machen zu lassen. Wollte sie wirklich, dass er diese Sängerin küsste? Nur für die Medien? Als er ihr helles Haar in der Menge ausmachte, erstarrte er.

»Sagen Sie doch etwas zu den Vorkommnissen, Miss Adams. Bis heute haben Sie sich nie geäußert.«

Brooke wich zurück. Nicht ein Reporter reckte ihr fordernd sein Mikrofon entgegen, sondern gleich drei. Und immer mehr Mitarbeiter der Presse wandten sich nach ihr um.

»Kein Kommentar«, wich sie aus und hielt die Hand vor die Linse der Kamera, die ihr am nächsten war. »Es geht hier heute nicht um mich.« Immer weiter wich sie zurück, während sie nach einem Ausweg suchte.

259

»Möchten Sie vielleicht Jason Briggs Eltern eine Erklärung liefern? Haben Sie eine Erklärung für Jasons Tod?«

Sehr viel weiter als jetzt konnte Brooke nicht mehr. Sie hatte die Wand erreicht, und immer mehr Reporter rochen eine Story und kamen näher. Ihr Herz hämmerte panisch in ihrer Brust und ihre Hände waren schweißnass.

»Wie gesagt, kein Kommentar. Vergeuden Sie Ihre Zeit nicht mit mir. Sie sind doch wegen Kaia hier«, versuchte sie die Geier abzuwimmeln. Die Blitze der Kameras, die ihr entgegenzuckten, schüchterten sie ein. Wie eine Welle wuchs die Angst in ihr an, und sie versuchte vergeblich, die Bilder der Vergangenheit hinter sich zu lassen.

Jason Briggs' junges Gesicht stand ihr vor Augen, und obwohl sie verzweifelt Luft holte, gelangte kaum Sauerstoff in ihr Blut. Ihr wurde schwindelig.

»Die Aussagen von Dream Music waren recht deutlich, Miss Adams. Fühlen Sie sich schuldig an Jasons Tod? Waren Sie nicht für die Boygroup verantwortlich? Hätten Sie das nicht verhindern müssen?«

Brooke stieß sich von der Wand ab und preschte an der ersten Kamera vorbei. »Lasst mich in Ruhe!«, rief sie und taumelte weiter. »Ich mache hier nur meinen Job!«

»Und wir unseren. Also geben Sie uns doch ein Statement zu den Vorfällen! Können Sie noch ruhig schlafen, nach dem, was damals passiert ist?«

Brooke schüttelte den Kopf. Diese Arschlöcher! Als würden die mit ihren giftigen Fragen ihr nicht liebend gern den Schlaf rauben, nur um eine Story zu bekommen. »Lasst mich!«, wiederholte sie schwach, da sie von Kameras nun regelrecht umkreist war. Sie drehte sich um die eigene Achse. Sie musste hier raus. Schutzsuchend hielt sie sich die Arme vors Gesicht und drängte sich an einem der Reporter vorbei. Er griff nach ihrem Arm, zerrte ihn nach unten, um noch einige gute Bilder zu bekommen.

»Finger weg, du Wichser!«, kreischte Brooke und riss sich los. Sie schlug nach der Kamera und stolperte gegen einen Tontechniker mit seiner Mikrofonstange. »Verpisst euch!«

»Brooke!« Sie fühlte die Erleichterung, noch ehe seine Hände sich schützend um sie legten. »Komm her. Alles ist gut.« Sie verlor den Boden unter den Füßen, als Fynn sie hochhob und sich rückwärts durch die Reporterschar drängte. »Die Show ist vorbei«, erklärte er nüchtern und funkelte die Männer warnend an. »Hier gibt es nichts mehr zu sehen!«

Brooke zitterte. Obwohl Fynn versuchte, sie mit seinem Körper vor den Kameras abzuschirmen, wollte das Blitzlichtgewitter nicht abreißen. Es folgte ihr zur Tür, bis hinaus auf den Parkplatz. Die Tränen, die ihr über die Wangen liefen, würden auf den Bildern wie Diamanten funkeln, das wusste Brooke. Es würden Wahnsinns-Bilder werden. Echte Titelseiten! Hätte sie selbst diese Schlagzeile kreiert, hätte sie es nicht besser treffen können. So aber fühlte sie sich nackt und verletzlich, wie ein Baby. Und wie ein Baby klammerte sie sich auch an Fynns Hals. Seine Arme versprachen Sicherheit, die sie nicht empfand, und die leisen Worte des Trostes, die er in ihr Haar murmelte, machten sie nur noch schwächer.

Er trug sie in den Bus, drückte mit dem Ellbogen den Knopf, der die Türen schloss, und senkte seine Lippen auf ihre, noch ehe er sie in der Dunkelheit absetzte. Anders als zuletzt, war er vollkommen behutsam und zärtlich. Seine Lippen lagen sanft und weich auf ihren und Brooke klammerte sich wie eine Ertrinkende an ihm fest. Seine Hände, streichelten beruhigend ihren Rücken und linderten ihren Schmerz, auch wenn ihr Tränenstrom einfach nicht versiegen wollte.

»Alles ist gut«, flüsterte er wieder und küsste ihre Lider, ihre Nasenspitze und ihre tränennasse Wange. »Beruhig dich, Brooke. Beruhig dich.«

Sie versuchte es ja. Versuchte, ihren Atem zu kontrollieren, aber das Schluchzen schüttelte sie dennoch ungehemmt weiter. Jede Faser ihres Körpers schmerzte, und all die Wut und Trauer, die sie seit Jasons Selbstmord mit sich herumtrug, bahnten sich ihren Weg. Sie fühlte sich hilflos und verloren, weinte um den Jungen, genauso wie um sich selbst, denn mit ihm war auch ein Teil ihrer Seele gestorben. Nie hatte sie sich das eingestanden, sich nie getraut, zuzugeben, dass sein Tod auch ihr das Herz gebrochen hatte.

Und es gab keine Möglichkeit, das ungeschehen zu machen. Sie würde für immer damit leben müssen, vollkommen versagt zu haben. Für immer.

Der Laut, der ihrer Kehle entwich, wurde von Fynns zartem Kuss gedämpft, als wollte er ihren Schmerz aufsaugen. Sie öffnete sich ihm und ließ es zu, dass er ihre Schwäche sah. Sie konnte in diesem Moment nicht länger Stärke vorspielen, wo doch in Wahrheit nur Verzweiflung war. Ihre Vergangenheit holte sie ein, und die tiefen Wunden ihrer Seele brachen qualvoll auf.

»Der Reporter hat recht«, gestand sie schniefend. »Ich denke jeden Tag an Jason. Ich sehe ihn vor mir, wenn ich morgens aufwache, ich sehe ihn, bevor ich einschlafe. Er verfolgt mich. Ich spüre noch die Tabletten unter meiner Schuhsohle, wie an dem Tag, als ich in das Hotelbadezimmer gegangen bin. Das orange Tablettenröhrchen, das vor der Wanne auf dem Boden lag, seiner schlaffen Hand entglitten. Ich sehe den weißen Schaum an seinen Lippen ...«

»Brooke!« Fynn rüttelte sie sacht an den Schultern und zog sie mit sich auf die Sitzgruppe. »Hör schon auf.« Er bettete sie in seine Armbeuge und zog eine Decke über sie beide. »Du kannst nicht ändern, was geschehen ist.« Sanft küsste er ihren Hals und streichelte ihre Arme. Sein Atem strich ihr warm und beruhigend über den Nacken, und sie schmiegte sich eng an ihn.

»Ich bin ein Monster«, flüsterte sie schwach. »Ich bringe nur Unglück, wohin ich auch gehe.«

»Das ist nicht wahr«, widersprach Fynn und küsste ihre Wange.

»Du hast es selbst gesagt«, erinnerte sie ihn bitter und blickte ihm in die eisblauen Augen. »Und die Reporter schreiben das auch.«

Fynn schwieg eine Weile, küsste nur immer wieder ihren Hals, streichelte sie unter der Decke. Die Stille im Bus war wie Balsam auf ihrer Seele, aber zugleich fürchtete sie diese Ruhe, denn sie bedeutete, dass Fynn dem nichts hinzuzufügen hatte. Sie schluckte, aber das Gefühl, an ihrer Schuld zu ersticken, wollte nicht weichen.

»Du kennst doch das Business besser als jeder andere«, sagte Fynn schließlich. »Du weißt doch, wie Schlagzeilen gemacht werden. Du weißt doch, dass nichts davon wahr ist.«

Brooke lachte bitter. »Morgen werden wir die Schlagzeile sein.«

»Ich weiß. Und es ist mir egal«, gestand Fynn und schlang seine Arme noch fester um sie. Sein warmer Duft hüllte sie ein. »Sollen sie doch schreiben, was sie wollen.« Nachdenklich spielte er an ihrem Ohrläppchen. »Kaia sagt, jede Presse sei gute Presse.«

Eine Gänsehaut breitete sich auf Brookes Körper aus, als Fynns Zunge ganz leicht über ihren Hals glitt, seine Lippen sie sacht liebkosten. »Das wird Brennan anders sehen«, entgegnete Brooke und erzitterte unter der wohligen Berührung. Sie wandte sich zu Fynn um. In der Dunkelheit fiel es ihr leichter, sich ihm anzuvertrauen »Weißt du, ich … ehe ich dir begegnet bin, dachte ich, dass ich Brennan zurückhaben will. Dass ich meinen Job und ihn brauche, um etwas zu sein.«

»Und jetzt?« Fynns Atem kitzelte an ihren Lippen.

»Jetzt glaube ich, dass sowohl Brennan als auch dieser Job zerstören, was ich in Wahrheit bin.« Sie zuckte mit den Schultern. »Oder vielleicht will ich mir auch nur einreden, dass all das Übel, das ich verbreite, nicht wirklich aus mir selbst herauskommt.«

»Liebst du Brennan?«, fragte Fynn und rückte etwas von ihr ab, sodass das Mondlicht seine nachdenkliche Miene erkennen ließ.

»Ich dachte es.«

»Und was denkst du jetzt?«

Brooke lächelte. »Ich denke, ich hätte dir viel früher begegnen sollen. Zu einer Zeit, als die Wunden in meiner Seele noch hätten heilen können.« Sie drängte sich ihm entgegen und küsste ihn. Ihre Zunge glitt in seinen Mund, und sie umfasste seinen Nacken. Die Strähnen fielen ihm ins Gesicht und kitzelten sie, als sie den Kuss vertiefte. Unter der Decke fanden seine Hände ihre Taille, und seine Wärme entfachte auch in ihrem Herzen ein Feuer. Ein Feuer, das zwar ihre Wunden nicht heilen konnte, ihr aber zumindest für den Moment das Gefühl gab, ein Mensch zu sein, der es wert war, geliebt zu werden.

Sie setzte sich rittlings auf Fynns Schoß und stöhnte, als er sie umarmte.

Sie war nicht so naiv, das für Liebe zu halten, aber Fynns Zärtlichkeit legte sich dennoch wie ein Pflaster über die Wunden, die sie so lange mit sich herumtrug. Sie wäre ihm gern früher begegnet, aber vielleicht konnte er sie ja immer noch retten.

»Die anderen werden bald kommen«, erinnerte Fynn Brooke eine ganze Weile später. Er küsste ihre nackte Schulter und genoss die Weichheit ihrer Haare, die seine Brust kitzelten. »Wir sollten uns anziehen.«

»Ich will nicht.« Brooke schnurrte beinahe. »Wenn wir uns jetzt bewegen, dreht sich die Welt weiter, und die Probleme, die du eben so leidenschaftlich vertrieben hast, kommen zurück.«

Da konnte Fynn ihr nicht widersprechen. Auch er hatte das Gefühl, wann immer er Brooke nahekam, würden sie sich in einer Art Parallelwelt befinden. Als wäre in der echten Welt kein Platz für sie beide.

»Denkst du, die Zeitungen werden über dich schreiben?«, hakte er nach und küsste ihren Scheitel.

»Sie werden über uns schreiben. Das Bild, wie du mich Bodyguard-like vor den Reportern rettest, wird sich super auf den Titelseiten machen. Spätestens übermorgen sind wir überall abgedruckt, das schwöre ich dir!« Sie schnitt eine Grimasse. »Nur Brennan wird das nicht so gut gefallen, fürchte ich. Das wars dann wohl mit meinem Job.«

Fynn erstarrte. »Er wird dich deshalb doch nicht rauswerfen. Du kannst doch nichts dafür, dass die Reporter diese Jason-Sache wieder ausgraben.«

»Brennan bekommt nicht gern alte Probleme wieder aufgetischt. Und ich bin ein altes Problem. Noch dazu wird ihm deine heroische Rettungsaktion stinken.«

»Warum?«

Brooke lachte und verwob ihre Finger mit seinen. »Ich fürchte, er ist eifersüchtig. Sein Besitzanspruch ist recht hoch.« Brooke deutete auf ihre ineinander verschlungenen Körper. »Das hier gefällt ihm garantiert nicht.« Sie zuckte mit den Schultern. »Aber vielleicht ist das ja Schicksal. Vielleicht musste das alles so kommen.«

»Was meinst du damit?«

Wieder zuckte Brooke mit den Schultern. Sie sah so aus, als wäre ihr plötzlich etwas unangenehm. Als hätte sie zu viel verraten, zog sie sich vor ihm zurück und schlang die Decke um sich. »Ach nichts. Es ist nur … diese Knochenmarkregistrierung …«

»Was ist damit?«

»Es gibt wohl ein Match. Ich komme irgendwie als Spender in Frage, aber dafür habe ich jetzt keine Zeit. Du weißt ja, dass ...«

»Was soll das heißen, du hast keine Zeit?« Fynn knipste das Licht an und fuhr sich durchs Haar. »Sag schon? Was meinst du damit?«

Brooke warf die Arme in die Luft. »Na, keine Ahnung! Du siehst doch, dass ich hier nicht wegkann. Vorausgesetzt, ich habe meinen Job nach der Berichterstattung morgen überhaupt noch!«

»Wenn du als Spender passt, dann musst du helfen!«

Er sah, wie sie sich unter seinem vorwurfsvollen Blick unwohl fühlte. Das tat ihm leid, besonders, weil er wirklich das Gefühl gehabt hatte, die Sache zwischen ihnen würde sich entwickeln.

»Muss ich nicht. Ich habe mich nur deinetwegen registrieren lassen. Aber es ist und bliebt meine Sache, ob ich für irgendeinen Wildfremden meine Stammzellen abzapfen lasse oder nicht!«

Fynn stand auf, ohne sich darum zu scheren, dass er nackt war. »Du verstehst nicht: Bei einem Match könntest du jemandem, der in der gleichen Lage ist wie meine Schwester, das Leben retten.« Er strich sich fahrig die Haare aus der Stirn. »Ich weiß nicht, wie man da zögern kann!«

»Und ich weiß nicht, was dich das angeht!« Brooke kämpfte sich von der Sitzbank und schnappte sich ihre Klamotten. »Du weißt genau, dass das kein Job ist, bei dem man mal eben so einen freien Tag beantragen kann. Oder gar mehrere!«

»Du stellst den bescheuerten Job vor ein Leben, Brooke!«

»Dieser Job *ist* mein Leben! Wann kapierst du das endlich?«

Fynn schüttelte den Kopf. »Ich glaube das werde ich nie verstehen.«

Kapitel 28

Als Brooke in New York aus dem Taxi stieg, regnete es schon wieder. Diese Stadt fing echt an, ihr auf die Nerven zu gehen. Genau wie der gehässige Blick von Heather, als sie die Lobby von Dream Music betrat.

»Hallo, Heather«, grüßte sie dennoch möglichst freundlich und nickte in Richtung Fahrstuhl. »Ich habe einen Termin bei Brennan.«

Heather schob sich die Brille von der Nasenspitze bis direkt vor die Augen und musterte sie skeptisch. Eine Zeitung, von deren Titelseite Brooke ihr eigenes verheultes Antlitz entgegenblickte, lag unübersehbar vor der Empfangsdame auf dem Tresen. Brooke ballte die Hände zu Fäusten, während ihr das künstliche Lächeln auf den Lippen gefror.

»Natürlich. Mister Ward erwartet Sie schon«, erklärte Heather und drückte auf den Knopf, sodass sich die Fahrstuhltür öffnete. Die Betonung lag auf Mister Ward, als wollte sie Brooke damit demonstrieren, wie wenig passend sie deren vertraute Benutzung des Vornamens fand.

Als sich die Fahrstuhltür hinter ihr schloss, atmete Brooke kurz durch, aber die Anspannung lag ihr wie ein Stein im Magen. Die Zeitungen waren voll mit alten Geschichten über sie, Jason Briggs und eine mögliche, unangebrachte Affäre zwischen ihr und Fynn. Das alles war nicht gerade das, was Brennan hatte sehen wollen, auch wenn es den Verkäufen der Single durchaus gutgetan hatte. Kaia hatte recht. Jede Presse war gute Presse – nur war eben nicht jede Presse auch gut für ihren Job!

Sie beeilte sich, die Flure möglichst unbemerkt entlangzukommen, und trat auch direkt ohne Aufforderung in Brennans Büro. Die Lamellenvorhänge waren offen, und noch während sie eintrat, fragte sie sich, ob das ein gutes oder schlechtes Zeichen war.

»Brooke!«, grüßte Brennan sie knapp, ohne aufzustehen. Er bot ihr mit einer Handbewegung den Stuhl gegenüber seines Schreibtischs und blickte wieder auf seinen Monitor, anstatt ihr die Hand zu geben.

»Hi, Brennan«, murmelte Brooke und setzte sich. Ihr nasser Parka lag ihr schwer auf den Schultern, und sie hatte Mühe, Haltung zu bewahren. Nicht wegen des Parkas, sondern wegen der Zeitungen, die in einem hohen Stapel neben seiner Tastatur bereitlagen. Bereitlagen, um ihrer Karriere den Todesstoß zu versetzen?

Sie schlug die Beine übereinander und lehnte sich etwas nach vorne, um offen zu wirken, obwohl sie sich doch am liebsten irgendwo verkrochen hätte. Da Brennan sie weiterhin ignorierte, rückte sie noch weiter nach vorne und schlug die Beine in die andere Richtung. Aber es gab vermutlich keine bequeme Position für das, was auf sie zukam.

»Brennan?«, hakte sie schließlich nach, als sie das Schweigen nicht länger ertrug. »Du wolltest, dass ich herkomme?«

»Mhhm«, stimmte er mit einem Brummen zu, noch immer auf den Monitor blickend. »Wir müssen reden.«

»Vielleicht sollten wir das dann tun«, schlug Brooke spitz vor. »Ich will Fynn nicht länger allein lassen als nötig. Heute Abend ist das Abschlusskonzert der Tour, und …«

Brennan lehnte sich zurück. Seine dunklen Augen durchbohrten sie förmlich. »Du bist raus«, erklärte er schlicht und verschränkte die Arme vor der Brust.

»Was?« Brookes Herzschlag geriet ins Stolpern.

»Aus, vorbei, das wars für dich.«

Brooke stand auf. Ihre Beine zitterten und sie sah Brennan ungläubig an. Das war ein Scherz. Seine Art, sie zu bestrafen. Das kannte sie doch schon. Trotzdem zitterten ihre Finger, als sie sich durchs Haar fuhr. »Was meinst du damit?«, fragte sie und stützte sich auf die Tischplatte. Sie traute ihren Beinen nicht.

Endlich veränderte Brennan seine Haltung und stemmte sich aus dem Stuhl. Er trat an die Scheiben und schloss langsam den Vorhang. »Hör zu, Babe. Du weißt, dieses Business ist knallhart. Früher warst du selbst knallhart. Ich habe dich dafür bewundert, das weißt du.«

»Brennan, ich …«

»Nein, nein!« Er hob die Hand, um sie zum Schweigen zu bringen. »Du brauchst nichts sagen. Ich verstehe schon.« Er griff sich die oberste Zeitung vom Stapel und warf sie ihr hin. Auf dem Foto hielt Fynn sie fest umschlungen und es sah aus, als wollte er sie gleich küssen, dabei hatte er sie doch nur getröstet.

Brooke hob die Hände an ihre Lippen, um zu verhindern, dass sie gleich wieder in Tränen ausbrechen würde. »Das hat nichts zu bedeuten«, verteidigte sie sich, aber Brennans Miene war verschlossen.

»Ist mir im Grunde egal, wer von meinen Leuten mit wem fickt«, sagte er und setzte sich wieder. »Aber bei dir bin ich da etwas eigen. Nenn es Sentimentalität, aber ich habe dir von Anfang an gesagt, du sollst das lassen.«

»Brennan, hör doch zu. Du verstehst das fal…«

»Ihr hattet eine schöne Zeit. Habt euch quer durch meinen Tourbus gebumst und jetzt hat dein kleiner Stecher die Nase voll von dir. Er will, dass du aussteigst.«

»Was?« Brooke taumelte. Kraftlos sank sie auf den Stuhl zurück und starrte Brennan an. Was redete er denn da? Das war unmöglich?

»Fynn Keller möchte nicht länger von dir betreut werden, Brooke!«, schmetterte Brennan und ein gehässiges Grinsen verunstaltete sein eigentlich schönes Gesicht.

»Du lügst!« Brooke bekam keine Luft. Die Bilder verschwammen ihr vor Augen, und sie klammerte sich an die Armlehne, um nicht zu fallen. Das würde Fynn niemals tun. Das würde er ihr nie antun. Er wusste, das würde sie zerstören!

Brennan hob abwehrend die Arme. »Ich kann nichts dafür, Babe. So ist die Lage nun einmal. Du hast gerade ziemlich schlechte Publicity, deshalb halten die Vorstände von Dream Music es nicht für angebracht, dich weiter zu beschäftigen, wenn sogar dein Star sich von dir distanziert.«

Brooke schüttelte den Kopf. »Du lügst!«, wiederholte sie atemlos. Ihr Herz tat weh, und bittere Galle sammelte sich in ihrem Mund.

Mit einem mitfühlenden Schnauben erhob sich Brennan und umrundete den Tisch. Er stellte sich hinter sie und legte ihr fest die Hände auf die Schultern. »Ich hatte dich gewarnt, Süße. Du warst zu labil für eine Rückkehr. Du … bist am Ende, Brooke. Durchgefickt von einer Branche, für die du … einfach zu schwach bist.«

Brooke sackte in sich zusammen und schlug sich die Hände vors Gesicht. Ihr Verstand konnte nicht verarbeiten, was sie hörte, nur ihr Herz schien zu begreifen. Sein Hämmern schmerzte in jeder Faser ihres Körpers, und sie glaubte, daran zu ersticken. Sie japste nach Luft, sank auf die Knie und sah wie ein verwundetes Tier zu Brennan hinauf. »Hilf mir!«, wimmerte sie und klammerte sich an sein Hosenbein. »Bitte, Brennan, hilf mir!«

»Selbst, wenn ich wollte, Brooke. Ich kann dir nicht helfen.«

Sie riss ihr Handy aus ihrer Tasche und hielt es ihm entgegen. »Ich ... ich rufe Fynn an. Das ... muss ein Missverständnis sein!«

»Ich habe schon einen Ersatz für dich geschickt«, erklärte Brennan und nahm ihr das Handy ab. »Glaub mir, Babe, es bricht mir das Herz, dich so zu sehen. Aber ich muss an den Star denken. Und der hat klipp und klar gesagt, er geht nicht mehr auf die Bühne, wenn ich dich nicht abziehe.« Er zuckte gespielt betroffen die Schultern. »Da bleibt mir ja nicht mehr viel zu sagen, oder?«

Brooke glaubte ihm nicht. Es tat so weh, die Worte auch nur in Betracht zu ziehen.

»Es ist, wie Fynn sagt. Du solltest dir mal Zeit für die wichtigen Dinge des Lebens nehmen.«

Brooke japste nach Luft. »Das hat er gesagt?«

Beinahe gelangweilt rieb Brennan sich das Kinn. »Hat er. Aber vielleicht wollte er nur nicht so unhöflich sein, und sagen, dass er dich satt hat«, überlegte er laut.

KAPITEL 29

Fynn fühlte sich schäbig. Seit Wochen hatte er von Brooke nichts gehört. Nicht, seit er beschlossen hatte, dass das Leben eines Patienten wichtiger war als Brookes Job. Der Gedanke, dass sie ohne den Job ja keinen Hinderungsgrund mehr haben würde, der Stammzellspende zuzustimmen, hatte ihn zu etwas getrieben, das er längst bitter bereute.

»Bist du so weit?«, fragte Paul und richtete die Kamera auf ihn. Kein Lächeln, kein nettes Wort.

Fynn schnaufte laut. Paul würde ihm das vermutlich auch nie verzeihen. Er wusste, der Kameramann und Brooke hatten viele Jahre zusammengearbeitet. Und vermutlich würde Paul auch wissen, ob sich Fynns Entscheidung wenigstens ausgezahlt hat. War Brooke Spender geworden, nach ihrem Rauswurf? Hatte der Patient überlebt?

»Ein freundlicheres Gesicht wäre hilfreich, um das Album zu verkaufen«, erklärte der junge Isaac, der Brookes Posten übernommen hatte. Er schien qualifiziert zu sein, weil er schon einige Musikvideos für andere Stars gedreht hatte, auch wenn er aussah wie ein Schulkind. Er war schmächtig und hatte eine eckige Brille mit dickem Hornrahmen auf der Nase, die vermutlich nur einen modischen Zweck erfüllte. Einen Zweck, den Fynn nur nicht verstand.

Er zwang sich zu einem Lächeln und versuchte Brooke aus seinen Gedanken zu verbannen. Die Sache war vorbei. Was immer es auch gewesen war.

Mit müden Schritten nahm Fynn wieder seinen Platz zwischen den Tänzerinnen ein und lehnte sich möglichst lässig gegen die Karosse eines alten Fords. Die Scheinwerfer wurden eingestellt, das Band abgespielt, und als die Regieklappe zuklappte, bewegte Fynn für das Musikvideo die Lippen zum Text, während er den Anweisungen folgend auf eine der Tänzerinnen zuging.

»Schnitt!«, brüllte Isaac und riss frustriert die Arme nach oben. »Schnitt, Schnitt, Schnitt!« Er stapfte ins Set und riss eine der Tänzerinnen grob beiseite. »Das ist kein Porno! Du schaust aus, als willst du das Scheißauto ablecken!«

Fynn schüttelte den Kopf. Seit acht Stunden arbeiteten sie an dem Musikvideo. Und Isaac unterbrach für jede Kleinigkeit. Bei Brooke wäre die Kamera einfach ihm gefolgt, und … Fynn schnitt eine Grimasse. Und er hätte genau gemacht, was sie gewollt hätte. Es wäre sicher nicht einfach gewesen, aber sie wären vermutlich trotzdem längst fertig. So aber wartete er genervt ab, bis Isaac wieder alles so dekoriert und platziert hatte, dass sie die Szene zum gefühlt zweimillionsten Mal drehen konnten.

Wieder startete Fynn an der Motorhaube, ging dann auf Tänzerin eins zu und zog die rassige Latina an sich. Alles strikt nach Drehbuch. Wie vorgeschrieben ließ er seine Hände über ihre durchtrainierte Figur streifen, schaute ihr in die Augen und beugte sich über sie, als wollte er sie küssen, während die Kamera auf Schienen näher an ihn herangefahren wurde.

Kurz hob er den Blick und durchsuchte die Ecken der Halle, die nicht von den hellen Strahlern ausgeleuchtet wurden. Er suchte nach Brooke, was, wie er selbst wusste, unsinnig war. Sie war nicht hier. Würde nicht zurückkommen in diese verlogene

Showbiz-Welt, in diesen Sumpf aus Lügen und Falschheit, der so aufpoliert wurde, dass die gärenden Gase der Verwesung, die ihn umgaben, für alle anderen nach Parfum duften mussten. Alle waren glücklich über das, was sie erreichten. Nur er nicht. Er drohte unter dieser Glocke aus falschen Gefühlen und vorgegaukelter Begeisterung zu ersticken. Die Tour war das eine gewesen, die Pressearbeit, TV-Shows und das ganze Drumherum, das er in den letzten Wochen hatte erleben müssen, waren noch etwas ganz anderes. Promi-Kochen, Gastauftritte in irgendwelchen Gameshows und auf Spendengalas, die in erster Linie der Vermarktung der eigenen Person dienten und nur zweitrangig dem guten Zweck. All diese Events hatte er mit Isaac an seiner Seite vollkommen emotionslos über sich ergehen lassen und sich dabei nur gewünscht, noch einmal mit Brooke aneinanderzugeraten, weil er verdammt noch mal nicht die Tänzerin, sondern viel lieber sie berührt hätte.

»Schnitt!«, brüllte Isaac erneut und schleuderte mit einem Fluch seinen Kaffeebecher mitsamt Inhalt von sich. »Verdammt, Fynn! Aus der Nähe wirkst du, als würde dir ein Hund ans Bein pissen! Du hast eine granatenscharfe Braut im Arm! Kannst du nicht etwas leidenschaftlicher schauen? Die Zuschauer auf MTV und Co schlafen ja ein, wenn sie diese Nummer zu sehen bekommen!«

Fynn schnaubte. Er dachte an Brooke. Mit einem innerlichen Grinsen erinnerte er sich an ihre Worte. Er fuhr sich durchs Haar und ging erneut in Position.

»Dann wollen wir mal für feuchte Höschen sorgen«, flüsterte er der Tänzerin ins Ohr, ehe Isaac erneut die Klappe für den Aufnahmebeginn schlug.

Fynn schloss die Augen und fasste der Tänzerin um die Taille. Sie war beinahe so schlank wie Brookes Taille. Ihr langes, dunkles Haar glitt wie ein Wasserfall über seinen Arm, und im Rhythmus der Musik bewegte sie ihr Becken gegen seines.

Fynns Hände glitten auf ihre Hüften, und er spreizte die Finger, um mehr von ihr zu berühren. Brooke war schlanker. Sie aß zu wenig, der ganze Stress dieses Jobs hatte ihr eine beinahe mädchenhafte Figur verliehen. Wann immer er sie geliebt hatte, hatte er Angst davor gehabt, ihr wehtun zu können, so zerbrechlich hatte sie sich unter seinen Händen angefühlt.

Die Tänzerin schlang ihr Bein um seine Hüfte, und er drängte sie rückwärts auf die Motorhaube, die Kamera direkt vor sich. Er beugte sich über sie und legte die Hand auf ihre Kehle. Langsam ließ er sie tiefer wandern, über ihr Schlüsselbein, bis in das Tal zwischen ihren Brüsten. Er spürte den BH unter seinen Fingern und dachte an Brooke, die so oft keinen trug. Das musste sie nicht, denn ihre Brüste waren klein und fest wie Pfirsiche. Sie waren wie gemacht für seine Hände.

Die Tänzerin öffnete lasziv den Mund, und Fynn beugte sich tiefer. Er blickte in die Kamera und presste nach der letzten Textzeile seine Lippen auf ihre.

»CUT!« Isaac sprang aus seinem Regiestuhl auf. »Das wars! Wir haben es!« Mit schnellen Schritten war er bei Fynn und klopfte ihm auf den Rücken. »Na also, Alter! Geht doch!«

Fynn brauchte einen Moment, um zu sich zu kommen. Die Frau in seinen Armen war nicht Brooke. Er half der Tänzerin auf die Beine und dankte ihr, ehe die sich in die Maske verabschiedete. Nachdenklich blickte er ihr nach, was Isaac wohl falsch verstand.

»Die ist heiß!« Er stieß ihm kumpelhaft in die Seite. »Ich werde versuchen bei ihr zu landen, außer du willst sie.«

Fynn runzelte die Stirn. »Ich will sie nicht«, gab er matt zurück und atmete noch einmal tief durch. Warum bekam er keine Luft? Warum fiel es ihm so schwer, Isaac auch nur anzusehen. Ihn, oder Paul, oder all die anderen, für die diese Branche vollkommen normal war. Die sich hier sogar richtig wohl zu fühlen schienen.

»Ich hätte gewettet, ihr treibt es gleich hier«, lachte Isaac. »Eure Nummer war echt heiß. Ich hatte fast nen Ständer!« er griff sich in den Schritt, um seine Worte zu unterstreichen.

»Dann sind wir fertig für heute?«

Isaac nickte. Er starrte unruhig der Tänzerin hinterher. »Ich werde – wenns gut läuft – noch ein paar Überstunden schieben ...« Er grinste und deutete auf die Garderobe. »Wir sehen uns morgen.«

»Du hast gesagt, nach dem Videodreh haben wir ein paar Tage Luft. Ich würde gern nach Palmer fliegen. Meine Schwester ...«

Isaac, der sich schon abgewandt hatte, blieb noch einmal stehen. »Palmer? Vergiss es! Das geht nicht! In den nächsten Tagen werden die Nominierungen für die Grammys bekanntgegeben. Dann müssen wir reagieren. Die Presse wird sich ...«

»Ich brauche einige freie Tage!«

Isaac schüttelte den Kopf. »Brennan hat mir erzählt, dass du schon mal einfach Termine hast platzen lassen. Das solltest du nicht noch einmal bringen. Die Grammys sind nah. Gewinn so ein scheißgoldenes Grammophon für Dream Music, dann kannst du eine ganze Woche frei haben. Aber bis dahin ...« Er ließ Fynn stehen und eilte in Richtung Garderobe davon.

Kopfschüttelnd blieb Fynn zurück. Er war wütend. Wütend auf sich selbst, weil er diesen verfluchten Plattenvertrag überhaupt unterschrieben hatte. Wütend auf Brooke, weil sie mit ihrer besonderen Art ihn dazu gebracht hatte. Und wütend, weil sie ihm keine andere Wahl gelassen hatte, als sie aus seinem Leben zu verbannen. Er hatte sich vor ihr schützen müssen, denn sie hatte sein Herz gestohlen, obwohl sein Kopf ihm immer zu verstehen gegeben hatte, dass sie niemals in sein Leben passen würde. Und so war es auch. Jemand, dem dieses Business wichtig war, würde nie verstehen, was das Leben für ihn ausmachte. Warum er Alaska jederzeit bevorzugen würde.

Er wandte sich ab und verließ das Studio. Der Himmel war grau, und der Jahreswechsel stand kurz bevor. Schon Weihnachten hatte er nicht zuhause bei Ava und Corey verbringen können. Hatte weder seine Freunde noch seine Familie gesehen. Stattdessen hatte er den traditionellen Weihnachtsbaum vor dem Rockefeller Center entfacht und dabei seine Single performt. Er hatte die Menge nach Brooke abgesucht, wie er es jeden Tag aufs Neue tat, wenn er irgendwo auftrat. Er fragte sich, ob sie kam, um ihn zu sehen. Ob sie seine Karriere noch weiterverfolgte. Oder ob sie zusätzlich zu den Wunden, die sie schon hatte, nun auch noch mit den Wunden leben konnte, die er ihr zugefügt hatte?

Er blickte in den Himmel, und einzelne Schneeflocken sanken langsam zu Boden. Sie landeten auf seinem Gesicht und schmolzen. Es war nicht kalt genug. Sie würden nicht von Dauer sein. Sie waren so vergänglich wie alles in diesem Geschäft.

Brooke dankte der Krankenschwester, die ihr eine Zeitschrift gebracht hatte. Vorsichtig, um die Kanüle in ihrem Arm nicht zu verschieben, schlug sie das Magazin auf und blätterte durch die Seiten. Sie konnte noch immer nicht ganz glauben, dass sie wirklich hier war. Blut spenden! Sie!

Und doch fühlte sie sich gut dabei, auch wenn die Nadel in ihrem Arm unangenehm pikte und sie bestimmt wieder einen dicken Bluterguss davontragen würde. Unauffällig lugte sie über den Rand der Zeitung. Sie war froh, dass sie niemanden der anderen Spender kannte. Es wäre ihr doch recht unangenehm, wenn sie hier jemand erkennen würde. Nicht, dass man sich dafür schämen musste, etwas Gutes zu tun, aber sie fürchtete, dass Fynn dann irgendwie davon Wind bekommen würde. Das war natürlich lächerlich, aber allem in ihr widerstrebte es, dass er denken könnte, er habe recht gehabt.

Denn dummerweise hatte er das!

Brooke verzog das Gesicht. Der Schlag, den er ihr versetzt hatte, schmerzte mehr als alles andere. Dennoch fiel es ihr von Tag zu Tag schwerer, ihre Wut auf ihn aufrecht zu erhalten. Er hatte ihr alles genommen, was ihr jemals etwas bedeutet hatte. Nur um ihr zu zeigen, dass nichts von alledem wirklich Bedeutung gehabt hatte. Es war verrückt, aber je mehr Zeit verstrich, umso leichter konnte sie atmen. Umso freier fühlte sie sich ohne den Job, dem sie sich vollkommen unterworfen hatte. Dumm nur, dass sie nie etwas anderes gemacht und gelernt hatte.

Nie etwas wirklich Sinnvolles getan hatte. Außer dieses eine Mal …

Unbewusst glitt ihre Hand an die kleine Narbe in ihrer Armvene. Narbe war das falsche Wort für die helle Erhebung, die von der Stammzellenspende zurückgeblieben war. Das würde sich zurückbilden, doch im Moment, so wenige Wochen nach der Apherese, tröstete sie das Mal an ihrer Haut. Es war ein merkwürdiges Gefühl gewesen, sein Blut stundenlang durch diese Geräte fließen zu sehen, in denen die Stammzellen separiert wurden, ehe das Blut zurück in den Körper gepumpt wurde.

Ein komisches Gefühl und im Nachhinein doch so befriedigend. Sie wusste nicht, wem ihre Zellen geholfen hatten. Wusste nicht, ob sie damit wirklich ein Leben gerettet hatte, aber sie hoffte es. Seit dem Tag der Spende glaubte sie, Jason Briggs' Vergebung zu spüren. Sie hatte einen Jungen verloren. Hatte vielleicht zu wenig getan, um seinen Tod zu verhindern. Doch mit der Spende hatte sie ein wenig Wiedergutmachung geleistet.

Und dieses Gefühl, ihr Karma irgendwie wieder geradezurücken, hatte sie auch heute hierher zur Blutspende geführt. Sie blätterte weiter und blickte in Fynn Kellers Gesicht. Der Fotograf hatte ihn schlecht getroffen. Das Blau seiner Augen wirkte nicht so strahlend, wie sie es in Erinnerung hatte. Und sein Lächeln wirkte erzwungen. Brooke ahnte, mit welch mangelnder Begeisterung Fynn den Shoot vermutlich über sich hatte ergehen lassen. Sie musste schmunzeln. Ihr Nachfolger hatte es mit dem sturen Alaskianer also auch nicht gerade leicht. Das war beruhigend, zeigte es doch, dass Fynns Einstellung nichts mit ihr zu tun hatte. Dass ihm diese Branche nicht gefiel, lag nicht an ihr. Sie streichelte das Bild in der Zeitung, auch wenn ihr das Strahlen in seinen Augen fehlte. Vielleicht hätte sie es sogar geschafft, seine Augen für die Aufnahme strahlen zu lassen? Sie lachte leise, um die anderen Blutspender nicht zu irritieren. Ja, sie hätte Glanz in seinen Blick gebracht. Und wenn sie ihn dazu hätte küssen müssen.

Brooke klappte die Zeitung zu, denn mit einem Mal kribbelten ihre Lippen. Vermutlich der Kreislauf, immerhin entnahm man ihr hier eine ganze Menge Blut. Sie griff nach dem Pappbecher mit Wasser und nahm einige Schlucke, aber das Gefühl von Fynns Lippen auf ihren ließ sich nicht vertreiben.

»Verdammt!«, murmelte sie und legte die Hand auf das Cover der Zeitung, wie um zu verhindern, dass sie sich seinem Blick noch einmal stellen musste. Sie sollte endlich aufhören, an ihn zu denken! Fynn Keller war Geschichte. Vergangenheit. Sie musste nach vorne blicken, wenn sie ihre Karriere noch irgendwie retten wollte. Kurz fragte sie sich, was wohl aus seiner Karriere werden würde. Nach den Grammys. Seine Chancen auf eine Nominierung standen gut, aber interessierte ihn das überhaupt? Oder sehnte er sich immer noch nach einem Claim im Yukon?

Diesmal entschlüpfte ihr das Lachen und einige Köpfe wandten sich nach ihr um. Schnell schlug sie das Magazin wieder auf und verkroch sich dahinter. Vielleicht sollte *sie* ihr Glück im Yukon suchen? Schlimmer als hier konnte es dort auch nicht laufen!

279

Kapitel 30

»Du hast fünf Tickets für die Verleihung«, erklärte Isaac und schob ihm einen Umschlag mit den Eintrittskarten zu. »Ich will nur attraktive Begleiter, verstanden? Das wird in alle Welt übertragen. Da kannst du nicht jeden mitbringen.«

Fynn rollte mit den Augen. Er wusste genau, wen er einladen wollte.

»Ich bringe Freunde mit«, erklärte er schlicht und warf den Umschlag auf sein Hotelbett. Sie waren eben erst in L.A. gelandet, und das Hotel war um einiges luxuriöser als seine bisherigen Unterkünfte. Vermutlich war das den Nominierungen für den Grammy in den Kategorien *Bester Newcomer* und *Beste Single* zu verdanken. Als zweifach nominierter Künstler in den nicht gerade unwichtigsten Kategorien gestand man ihm diesen Luxus wohl zu.

»Wir haben zehn Leute am Tisch. Dich, Brennan mit seiner Flamme, meine Wenigkeit, Paul und deine fünf Gäste.« Isaac setzte die Sonnenbrille ab und trat an die große Glasfront des Hotelzimmers. Die Stadt erstreckte sich in all ihrer Schönheit zu ihren Füßen. »Ich will eine Liste mit Namen, für die Security.«

Fynn schnaubte. Er wusste genau, wen er dabei haben wollte, aber ob Ava überhaupt in der Lage war, nach L.A. zu kommen, wusste er nicht. Ihr ging es nach der Stammzelltransplantation viel besser, aber eine solche Reise würde sie sehr erschöpfen. Dabei war im Grunde alles, was er erreicht hatte, ihr Verdienst. Ohne sie hätte er den Vertrag mit Dream Music niemals unterschrieben. Nur für sie hatte er sich das letzte Jahr angetan.

»Ich bringe meine Schwester mit, meinen Bruder Corey und meine Freunde Steve, Bryan und Jen.«

»Hinterwäldler?« Isaac sah ihn schockiert an. »Alter, das ist L.A.! Da kannst du doch keine Holzfäller einfliegen lassen!«

»Ich gehe nicht hin, wenn sie nicht kommen«, erklärte Fynn kalt. Inzwischen wusste er, dass man in diesem Geschäft nur seinen Willen bekam, indem man knallharte Forderungen stellte. Erpressung war die Währung, in der hier gehandelt wurde.

Isaacs Finger zuckten, und Fynn ahnte, dass er am liebsten eine Faust geballt hätte. Aber das stand dem Nerd nicht, also strich er sich stattdessen den Kragen des Polohemds glatt. »Wenn du einen Skandal verursachst, weil deine Gäste weder lesen noch schreiben können, dann ...«

»Halt die Klappe, Isaac!« Fynn trat zur Tür und hielt sie seinem ungebetenen Gast auf, damit der endlich ging. »Mach dir mal um meine Freunde keine Sorgen. Die ekelhafteste Person am Tisch wird definitiv Brennan Ward sein.«

Isaac trat lachend den Rückzug an. »Da könntest du recht haben. Er ist übrigens nicht gerade gut auf dich zu sprechen. Du weißt ja, dass die Verkaufszahlen etwas hinter seinen Erwartungen liegen.«

»Von Verkaufszahlen steht nichts in meinem Vertrag!«, murrte Fynn. »Du bist doch der PR-Typ. Sind die Verkaufszahlen nicht dein Ding?«

»Ich bin nur dazu da, dass du diese Scheißgrammys gewinnst!«

Mit mehr Schwung als nötig warf Fynn die Tür hinter Isaac ins Schloss. Er nahm den Umschlag, legte ihn beiseite und ließ dann seinen Blick über die Kleiderstange wandern, auf der verschiedene Anzüge namhafter Designer zur Auswahl hingen. Alle Nominierten wurden ausgestattet. Das sagte zumindest Isaac.

Zögernd trat er an die Kleiderstange und befühlte das Material. Noch nie hatte er so einen Anzug getragen. Vollkommen überzogen. Er würde sich darin kein bisschen wie er selbst fühlen, das stand fest. Als er ein silbrig schimmerndes Hemd entdeckte, musste er schmunzeln. Brooke würde das gefallen. Es war schade, dass sie nicht dabei sein konnte. Doch wenigstens würde er seine Freunde und Familie bei sich haben.

Fynn blickte auf seine Reisetasche, die noch immer auf darauf wartete, ausgepackt zu werden. Ein letztes Mal würde er das tun. Sich nur noch hier in diesem Hotel für kurze Zeit einrichten. Bis zur Verleihung. Danach …

Er trat ans Fenster und öffnete die breite Schiebetür, die hinaus auf eine Dachterrasse mit privatem Infinitypool führte. Das Wasser des beheizten Pools dampfte in der kühlen Januarluft und erinnerte an die Morgennebel über dem Matanuska River. Alles in ihm sehnte sich danach, mit dem Ruderboot auf den Fluss zu fahren und in absoluter Stille und Abgeschiedenheit die Angel auszuwerfen. Seit Monaten hatte er keinen Tag für sich. Keine Stunde, in der er sich nicht mit Paul, Isaac oder gar der ganzen Welt dank ständiger Social-Media-Aktivitäten auseinandersetzen musste.

Er bückte sich und hielt die Finger ins Wasser. Es war warm. Aber das gefiel ihm nicht. Er sah sich mit Bryan und Jen ins eiskalte Flusswasser tauchen, wie sie es so oft getan hatten, wenn sie eine Woche lang zur Jagd in der Waldhütte gewesen waren.

Wenn einem das kalte Nass wie Nadeln in die Haut stach, die Lunge vor Kälte krampfte und das wilde Gurgeln der Strömung einen mitzureißen drohte, dann wusste man, dass man wirklich am Leben war. Dann spürte man jeden einzelnen Faden, der einen mit der Welt verband, jede Verbindung mit dem Universum. Nicht so wie hier, wo viel Glanz über wenig Substanz hinwegtäuschen sollte.

Er tastete nach seinem Handy und wählte Coreys Nummer. Er brauchte diese Verbindungen. Mehr denn je.

»Verfluchte Scheiße, Fynn! Wir sind tatsächlich in L.A.!«, jubelte Steve und klopfte seinem Kumpel freundschaftlich auf den Rücken. »Ich werde mir so was von einem Sonnenbrand holen!«

Fynn lachte. »Es ist Januar, Steve. Draußen sind es gerade mal fünfzehn Grad.«

»Sag ich ja. Das sind immerhin zwanzig Grad mehr, als in Palmer.«

Steve trat staunend in Fynns Hotelsuite. »Ich werde verrückt! Schau sich das einer an!«

Auch Jen konnte ihre Bewunderung nicht verbergen, als sie Fynn zur Begrüßung um den Hals fiel. »Du bist ja sowas von berühmt«, kicherte sie und hauchte ihm einen Kuss auf die Wange. »Niemand in Palmer hat je in einem derartigen Hotel übernachtet!«

Fynn grinste. Es war so schön, sie alle um sich zu haben. »Das Hotel ist vielleicht schick, aber bis eben war es hier trotzdem ziemlich langweilig.«

Bryan schüttelte den Kopf. »Langweilig? Da draußen ist ein Pool auf der Terrasse!«

»Echt?« Jen reckte den Hals und schmiegte sich dabei dichter an Fynn. Sie grinste ihn an und zwinkerte ihm zu. »Warum stehen wir noch hier? Wir sollten uns ganz dringend ausziehen und …«

»Schau dir an, was der Ruhm mit sich bringt. Unsere kleine Jen verliert ihre Scheu und geht gleich richtig ran!«, lachte Steve kopfschüttelnd.

»Idiot!«, brummte Jen, ließ Fynn los und setzte sich auf sein Bett, wo sie federnd die Matratze prüfte. »Du weißt, dass ich Fynn schon immer vom Fleck weg geheiratet hätte! Er braucht keinen Pool, um mich von sich zu überzeugen!«

»Das wäre Inzucht!«, warf Bryan kichernd ein. »So lange, wie wir uns kennen, Jen, hätte es echt was von Inzucht, wenn ihr …« Er machte eine eindeutige Bewegung mit seinem Becken, um zu zeigen, was er meinte.

Fynn schüttelte den Kopf. »Ich versuche mich gerade daran zu erinnern, warum ich euch eigentlich vermisst habe«, scherzte er. »Ich hatte tatsächlich schon fast vergessen, wie anstrengend ihr seid.«

»Dann warte mal, bis Corey mit Ava hier auftaucht. Sie hat so um die siebzehn Koffer dabei!«

Das Glück, das Fynn empfand, als er an seine Schwester dachte, und daran, dass es ihr gut genug ging, ihn morgen auf die Verleihung zu begleiten, war nicht in Worte zu fassen. Es würde ein perfektes Ende für dieses Abenteuer bilden. Ein Ende, das er sehnlichst herbeiwünschte.

Denn erst jetzt, wo er wieder von seinen Freunden umgeben war, sah er, wie die Branche auch ihn in der kurzen Zeit verändert hatte. Er beobachtete, wie sie das Hotelzimmer auf jeden möglichen Luxus hin untersuchten, wie sie begeistert annahmen, was ihm vollkommen egal war. Er konnte sich an all dem nicht erfreuen, weil er, genau wie Brooke, Grenzen überschritten hatte.

Seine Liebe zu Ava war so groß, dass er alles getan hätte, um sie gesund zu machen. Und diese Liebe war es auch, die ihn dazu getrieben hatte, Brookes Leben zu zerstören. Er wusste, wer immer der passende Empfänger für Brookes Stammzellen auch sein mochte, er oder sie war auf Hilfe angewiesen. Er oder sie würde Familie haben. Menschen wie ihn selbst, die mit dem Verlust nicht klarkommen würden. Auch deshalb hatte er getan, was getan werden musste. Er hatte es aus Überzeugung gemacht. Und doch bereute er nichts im Leben so sehr, wie das.

»Hey, Fynnie«, rief Jen gut gelaunt. »Das ist jetzt nicht dein Ernst, oder? Du kannst nicht hier stehen, in all dem Protz, und so ein Gesicht ziehen! Lach doch mal!«

»Ja, Fynnie!«, wiederholte die sanfte Stimme seiner Schwester diese Bitte.

Langsam wandte Fynn sich um und breitete die Arme aus. »Hi, Kleines«, flüsterte er mit belegter Stimme. »Du siehst fantastisch aus!« Er musterte ihr raspelkurzes Haar, das zumindest ansatzweise erahnen ließ, wie schwer die letzten Monate mit der Chemo und all den Therapien für sie gewesen sein mussten. Betrachtete ihr strahlendes Lächeln, das er so sehr vermisst hatte, und genoss ihre zaghafte Umarmung, bei der er fürchtete, sie zu zerbrechen.

»Ich kann es nicht fassen!«, flüsterte sie den Tränen nahe. »Stellt euch nur mal vor, der Krebs hätte mich klein gemacht, ehe ich bei den Grammys war!« Sie lachte und küsste Fynn auf die Wange. »Das hätte ich echt nicht überlebt!«

»Dich macht niemals etwas klein«, gab Fynn gerührt zurück und umarmte auch kurz seinen Bruder, der noch immer etwas unbeholfen in der Tür stand.

»Grüße aus der Werkstatt«, sagte er und reichte Fynn ein Stück eines Kotflügels, auf dem dutzende Unterschriften prangten.

»Was ist das?«

»Die Kunden in der Werkstatt wünschen dir für morgen Glück. Wir hatten kein Papier, also ...«

Alle lachten als Corey ihm das unhandliche Stück Blech überreichte. »Sie wollten mich fast nicht damit in den Flieger lassen!«

Fynn lachte. »Kleiner wäre es nicht gegangen?«

»Wir dachten, in dieser Branche kommt es auf Größe an«, lachte Steve und schlüpfte aus seinen Schuhen. Mit einem Zwinkern in Richtung der anwesenden Damen öffnete er seine Hose. »Und weil ich keine Badehose dabeihabe, werdet ihr gleich von *meiner* Größe beeindruckt sein!«, rief er und hopste auf einem Bein in Richtung Pool, während er sich gänzlich aus seiner Hose befreite.

KAPITEL 31

Der Gang über den roten Teppich war verrückt. Fynn sah überhaupt nicht, wohin er ging, so blendeten die Blitzlichter der Fotografen. Aus allen Richtungen scholl sein Name, jeder wollte, dass er in seine Richtung blickte, hunderte Mikrofone wurden ihm entgegengereckt. Isaac hatte ihm eingetrichtert, was er tun und lassen sollte, was er sagen sollte, und wie er sich für den perfekten Shoot hinzustellen hatte.

Fast schon ohne nachzudenken folgte er diesen Anweisungen und fragte sich zugleich, wie man so ein Leben anstreben konnte.

»Denken Sie, dass Sie einen Grammy gewinnen werden? Sie sind in zwei Kategorien nominiert. Ehrt Sie das?«

»Wie schätzen Sie die anderen Nominierten ein?«

»Welchen Designer tragen Sie, Fynn?«, und »Wie stehen Sie zu Brooke Adams? Haben Sie eine Beziehung? Man sieht sie seit Längerem nicht mehr an Ihrer Seite?«

Fynn lächelte über alle Fragen hinweg. Er hatte seine Liste mit möglichen Antworten, die er geben durfte. Alle anderen Fragen überhörte er, auch wenn sie in seinem Kopf noch nachhallten, als er schon im Saal Platz genommen hatte.

»Haben Sie eine Beziehung mit Brooke Adams?« Was hätte er schon sagen sollen? Dass sie gemeinsam gearbeitet hatten?

287

Dass sie miteinander geschlafen hatten? Dass er sich in sie verliebt hatte, obwohl sie doch überhaupt nicht zusammenpassten? Dass er heute ein silbernes Hemd trug, um ihr zu gefallen, oder lieber: dass er sie hatte feuern lassen, weil er geglaubt hatte, der bessere Mensch von ihnen beiden zu sein und zum Wohle der Allgemeinheit zu handeln? Vermutlich würden selbst die Geier der Presse, die Brooke nur zu gern am Boden sehen würden, begreifen, was er nicht gesehen hatte. Dass es eine absolut linke und miese Nummer von ihm gewesen war, sie rausschmeißen zu lassen.

Das wäre eine wirklich üble Schlagzeile.

Hastig arbeitete er die Reihe der Weltpresse ab und floh in den Saal. An runden Tischen hatten bereits etliche Gäste Platz genommen, und obwohl Fynn nicht gerade ein Experte auf dem Gebiet war, erkannte er doch einige der Stars und Celebreties wieder. Es kam ihm unwirklich vor, ein Teil dieser Gesellschaft zu sein, und er rückte etwas verlegen seine Krawatte zurecht. Er machte den Tisch von Dream Music seitlich von sich aus und atmete erleichtert durch. Seine Freunde waren bereits hier. Sie hatten natürlich den Hintereingang genommen, denn der Gang über den roten Teppich war nicht für jedermann gedacht. Es überraschte Fynn, dass Brennan ebenfalls am Tisch saß. Von dem Musikproduzenten hatte er eigentlich einen großen Auftritt erwartet. Er ging zu ihnen hinüber und erstarrte kurz, als er die blonde Begleiterin von Brennan auf dem Stuhl neben ihm sitzen sah. Sie legte dem Produzenten zärtlich die Hand auf den Arm und lächelte ihn an. Fynn schüttelte den Kopf. Die Ähnlichkeit mit Brooke war frappierend. Aber es war nicht Brooke. Trotzdem hatte ihn der Moment der Täuschung aus dem Konzept gebracht. Das kurze Aufwallen von Freude, der Schock, als er dachte, sein Handeln hätte sie zurück in Brennans Arme getrieben.

»Da ist er ja! Unser Goldkehlchen!«, rief Brennan und erhob sich von seinem Platz, um Fynn die Schulter zu klopfen. »Nimm Platz, du verdammter Rockstar! Nimm Platz und trink einen Schluck. Du wirst deine Kräfte brauchen, um deine Grammys nach Hause tragen zu können!«

Unter den begeisterten Blicken seiner Freunde ließ sich Fynn nieder, und obwohl er den dummen Sprüchen von Brennan nichts abgewinnen konnte, freute er sich, als seine Schwester ihn glücklich und stolz umarmte. Ava sah bezaubernd aus. Die Blässe ihrer Haut wirkte unter dem künstlichen Bühnenlicht beinahe ätherisch, und ihr zartes Chiffonkleid erinnerte an eine Elfe. Allein für die Freude in ihrem Blick hatten sich all die Ärgernisse der letzten Monate gelohnt.

»Ich bin so froh, dass du hier bist«, flüsterte er ihr ins Ohr und griff nach ihrer Hand.

Avas Augen leuchteten. »Und ich erst!«, kicherte sie. »Dort drüben sitzt Beyoncé. Wir atmen die gleiche Luft! Das ist so verrückt!«

»Beyoncé kann sich glücklich schätzen«, scherzte Fynn, als die Lichter im Saal gedämpft wurden und langsam Ruhe einkehrte.

Der erste Akt des Abends eröffnete die Verleihung und gab Fynn damit Gelegenheit, die Menschen im Saal, aber auch die an seinem Tisch unter gesenkten Lidern heraus zu beobachten. Brennan saß da wie ein König. Die Hände vor der Brust verschränkt, das Kinn erhoben und ein selbstgefälliges Lächeln auf den Lippen. Er war definitiv hier, um zuzusehen, wie sich sein *Produkt* eine Auszeichnung abholte. Wer seine Begleitung war, wusste Fynn nicht. Und es interessierte ihn auch nicht. Er fragte sich nur, ob Brennan die Blondine bewusst mitgebracht hatte, um ihn mit der Ähnlichkeit zu Brooke zu verhöhnen, oder ob Brennan selbst damit versuchte, Brooke in seinem Leben durch einen billigen Abklatsch zu ersetzen. Verübeln konnte er das dem Musikmogul kaum, denn auch in seinem Herz klaffte ein riesiges Loch, seit Brooke fort war.

Er hob den Kopf und begegnete Jens Blick. Sie sah wunderschön aus, und Steve starrte sie ungeniert mit vollster Bewunderung an. Jen zwinkerte ihm zu und formte mit ihren Lippen ein stummes OMG. Sie war süß, in ihrer Begeisterung für diese Veranstaltung und die Künstler, die um sie herumsaßen. Mit zärtlichem Bedauern erkannte Fynn, dass er und Jen vielleicht in einem anderen Leben ein funktionierendes Paar abgegeben hätten. Nicht gerade ein vor Leidenschaft brodelndes Paar, aber ein durchaus zufriedenes. Sie war wie eine zweite Schwester für ihn. Und genau da lag das Problem. Er sah zu Corey, Ava, Steve und Bryan. Sie alle waren sein Leben, seine Familie und der wichtigste Teil von ihm. Und doch sehnte er sich nur nach dem Mädchen mit den grünen Augen und der verwundeten Seele, um den Schmerz, den er ihr zugefügt hatte, zu lindern, und …

Er atmete tief durch und versuchte diese Gedanken zu vertreiben.

»Bist du nervös?«, deutete Ava ihn falsch.

»Klar. Immerhin geht es um den Grammy.« Es war einfacher, das zu bestätigen. Niemand hier am Tisch würde verstehen, was er fühlte. Er verstand es ja selbst nicht. Brooke war nicht die Richtige für ihn. Und doch liebte er sie. Mit jeder Faser seines Herzens. Und so sehr er das auch tat, wusste er doch, dass es keine Zukunft für sie gab.

Sein Song traf es ganz gut. Liebe reißt die tiefsten Wunden. Und er glaubte, an seiner Wunde zu verbluten.

»Es ist so weit«, raunte Brennan und rieb sich nervös die Hände. Er deutete auf die Bühne, wo die Laudatoren sich gerade anschickten, die Nominierten für die Kategorie »Beste Single des Jahres – Pop« zu verkünden.

Kameras, die den Saal einfingen, zoomten auf die fünf Genannten und fingen die freudige Erwartung in deren Gesichtern ein. Auch Fynn zwang sich zu einem Lächeln. Natürlich war er aufgeregt. Aber für sein persönliches Glück brauchte er diesen Preis nicht. Er würde ihn gern gewinnen. Für Brooke. Denn er wusste, dass es allein ihr Verdienst war, dass er überhaupt zu den Nominierten zählte.

Sein Herz schlug hart, während der Saal darauf wartete, dass die Laudatoren den Umschlag mit dem Namen des Gewinners öffneten.

»Der Grammy in der Kategorie Beste Single des Jahres – Pop geht an Kaia Rouge mit der Single *Speeddate*!«, verkündete der Laudator und klatschte lautstark Beifall, während die Begeisterung an Kaias Tisch auf die Videoleinwand übertragen wurde.

»Was?« Brennan funkelte Fynn über den Tisch hinweg zornig an. »Wie kann das sein? Ich habe die Umfragen gelesen. Fynn lag weit vor dieser Bitch!«

Die *Bitch* hatte inzwischen die Bühne erklommen und ratterte ihre Dankesrede hinunter, während die Band hinter ihr auf der Bühne den goldenen Award herumreichte.

»Ich fasse es nicht!«, knurrte Brennan und entriss seiner Begleiterin die Hand. »Du hast mich ein Vermögen gekostet! Dieser Award hätte an uns gehen müssen!«, fuhr er Fynn an und ließ auch Isaac nicht ungestraft davonkommen. »Es war dein verfluchter Job, diesen Hinterwäldler erfolgreich zu machen, verdammt!«

»Fynn ist erfolgreich. Die Platte ist ein Erfolg. In diesem Jahr ist die Konkurrenz einfach sehr stark!«, wehrte sich Isaac und lächelte in die Kamera, denn als schlechter Verlierer wollte man sich natürlich nicht zeigen.

»Kaia hat schon aus dem Vorjahr eine gigantische Fanbase. Da kommt man eben nur schlecht dagegen an«, erklärte Isaac gedämpft weiter, als die Laudatoren der nächsten Kategorie aufliefen.

»Spar dir deine verdammten Ausflüchte, Isaac!«, fauchte Brennan und kippte seinen Drink hinunter. »Wenn wir hier leer ausgehen, dann …«

Fynn beugte sich über den Tisch und brachte Brennan mit seinem Blick zum Schweigen. »Wenn wir leer ausgehen, dann heißt das eben, dass andere Songs besser waren«, fuhr er ihn an. »Das ist nicht das Ende der Welt!«

»Ihr habt euren verdammten Job nicht erfüllt, wenn wir leer ausgehen! Und glaubt mir, für so manche Zusammenarbeit ist sowas dann das Ende!«

Die Stille im Saal zwang auch die erhitzten Gemüter an Fynns Tisch zur Ruhe und so warteten sie schweigend ab, wie weitere Preise in der Kategorie Pop übergeben wurden. Auch der Albumpreis ging an Kaia Rouge, aber in dieser Kategorie war Fynn trotz guter Verkaufszahlen nicht nominiert, da sein Album zu spät erschienen war.

Erst als es an die Kategorie »Bester neuer Künstler – Pop« ging, richteten sich die Scheinwerfer wieder auf ihn. Die Stimmung am Tisch war angespannt, und nicht nur Fynn hielt die Luft an, als die beiden Laudatoren mit lustigen Sprüchen die Nominierten vorstellten.

»Ich spüre, dass du gewinnst«, flüsterte Ava und strahlte Fynn an. »Ich weiß es einfach!«

Seine Lippen verzogen sich zu einem Lächeln. »Ich hab schon gewonnen, weil es dir besser geht, Kleines«, gab er zärtlich zurück und küsste ihre Wange, auch wenn diese Geste dank der Kameras für jeden im Saal mitzuverfolgen war.

»Und der Grammy geht an … Fynn!«

»YES!« Brennan sprang auf und riss Fynn regelrecht mit sich auf die Beine. »Glück gehabt, Freundchen!«, zischte er ihm zu, ehe er ihn medientauglich umarmte und beglückwünschte.

Fynns Freunde jubelten lauter, als alle anderen es an diesem Abend für ihre Stars getan hatten, und die Begeisterung breitete sich auf die Nebentische aus, wo sich immer mehr Künstler erhoben, um Fynn zu gratulieren.

»Geh auf die Bühne!«, hetzte ihn Isaac streng und gab ihm einen leichten Stoß in die entsprechende Richtung. »Hol das Scheißding nach Hause!«

Überwältigt von einem unerwarteten Gefühlschaos taumelte Fynn mehr dorthin, als dass er bewusst ging. Er freute sich. Aber etwas anderes überwog. Das Gefühl, hier nicht allein stehen zu sollen. Er blinzelte in die Scheinwerfer und nahm dankend seinen Award entgegen, das goldene Grammophon wog schwerer als gedacht. Man dirigierte ihn zum Mikrofon, und er hätte in die Tasche seines Anzugs greifen sollen, um die Dankesrede zu halten, die Isaac für ihn geschrieben hatte. Aber das tat er nicht. Stattdessen wischte er sich den Schweiß von der Stirn und kämpfte gegen die Übelkeit an, die in ihm anwuchs.

»Liebe reißt die tiefsten Wunden«, fing er an und lächelte seiner Schwester über die Köpfe der namhaften Prominenz hinweg zu. »Ich lebe mit solchen Wunden, denn ich … bin ein Romantiker. Ich … lasse Gefühle zu. Gerade überwältigt mich das Gefühl der Freude über diese Auszeichnung, aber ich weiß, dass sie eigentlich einer Person gebührt, die heute nicht hier sein kann.« Sein Blick glitt zu dem Brooke Double an Brennans Seite. »Ohne Brooke Adams und ihren verfluchten Sturkopf wäre weder ich heute hier noch mein Song oder gar mein Album ›Heart Hospital‹.« Er sah in die Kameras. »Dieser Grammy gebührt eigentlich ihr. Brooke, ich … ich wünschte, du wärst hier.«

Er hob den Award in die Höhe und trat unter erneuten Glückwünschen aus dem Publikum den Rückzug an. Als er den Tisch erreichte, stellte er die Trophäe unter dem Jubel seiner

Freunde in die Mitte und wandte sich an Brennan, der ziemlich zornig schien.

»Manche Zusammenarbeit endet aber auch trotz eines Grammys«, erklärte Fynn und reichte seiner Schwester die Hand, um sie zum Aufstehen zu bewegen.

»Was wird das?«, verlangte Brennan zu erfahren und packte Ava am Kleid. »Erst diese peinliche Rede, und jetzt …?«

»Wir gehen«, erklärte Fynn trocken und bedeutete auch seinen Freunden, sich zu erheben. »Wir sind durch. Bis zu den Grammys steht im Vertrag. Hier ist er. Und damit sind wir durch.«

»Du kannst jetzt nicht einfach gehen!«, rief Isaac, aber Paul kam Fynn lachend zu Hilfe.

»Im Grunde kann er das schon. Wer will ihn denn davon abhalten?« Er neigte den Kopf in Richtung der Kameras. »Man bedenke die Außenwirkung einer Auseinandersetzung …«

Fynn nickte ihm dankbar zu, wandte sich dann aber wieder an Brennan. »Du hörst es. Schließlich ist in dieser Welt doch der Schein das einzig Wahre. Und jetzt nimm deine Drecksgriffel von meiner Schwester, sonst …«

»Du hast sie doch nicht mehr alle, du Hinterwäldler!«, fauchte Brennan, ließ aber Avas Kleid los. »Keinen Schimmer von der Branche, der Idiot! Weiß wohl nicht, dass er sich gerade sein verfluchtes eigenes Grab geschaufelt hat!«

Fynn zuckte mit den Schultern. »Mein Grab schaufle ich mir lieber in Alaska. Wie es sich für Hinterwäldler gehört!«

Damit fasste er Avas Finger fester und bahnte sich mit ihr im Kielwasser einen Weg aus dem Saal. Er steuerte nicht den Ausgang an, an dem die Fotografen lauerten und die Limousinen warteten, sondern strebte auf einen der seitlichen Notausgänge zu.

»Das hast du gerade nicht wirklich getan?«, flüsterte Ava geschockt und deutete unauffällig zu dem nun ziemlich dünn besetzten Tisch zurück.

»Sicher. Du hast doch hoffentlich nicht gedacht, dass ich diesen Quatsch auch nur noch eine Minute länger ertrage?«

»Das ist die Grammyverleihung!«, erinnerte sie ihn mit einem ungläubigen Lachen.

»Ich weiß. Es ist furchtbar, oder?«

Steve hatte inzwischen zu ihnen aufgeschlossen. »Du hast echt Eier, Alter! Hast du dem sein Gesicht gesehen?«

Fynn grinste breit.

»Ich hoffe, er …« Der Satz blieb ihm in der Kehle stecken.

Da stand sie. Direkt vor ihm.

Sie sah ihn an und nur ein geflüstertes »Hi« entschlüpfte ihren Lippen. Sie trug die Haare zu einem strengen Pferdeschwanz gebunden und einen eleganten schwarzen Jumpsuit. Die dazu passenden Pumps ließen ihre Beine endlos wirken.

»Brooke«, stellte er unsinnigerweise fest. Er klang atemlos. »Was …? Was machst du denn hier?«

Ihr Blick glitt kurz über seine Begleiter, und er war dankbar für Avas schnelle Reaktion.

»Wir gehen schon mal vor«, entschied sie und bedeutete seiner übrigen Entourage weiterzugehen.

»Ich komme sofort.« Er wartete ungeduldig, bis er mit Brooke allein war. Das schiefe Grinsen von Steve hatte er durchaus bemerkt.

»Hi«, wiederholte sich Brooke und knetete ihre Finger. »Glückwunsch, du hast …«

»Was machst du hier?«, fiel er ihr ins Wort und trat unbewusst einen Schritt näher. Der Blick aus ihren grünen Augen zog ihn magisch an, und am liebsten hätte er sie hier im schummerigen Licht dieses unbenutzten Seiteneingangs in seine

Arme gerissen und alles fortgeküsst, was jemals zwischen ihnen gestanden hatte.

Unsicher spielte Brooke an der silbernen Halskette herum, die ihr Outfit vervollständigte. »Ich … ich arbeite. Was sonst.«

»Du arbeitest?« Verwirrt strich er sich die Strähnen aus der Stirn. »Ich dachte, du …?«

»Du hast mich feuern lassen, Fynn. Willst du das sagen?« Sie ließ die Kette los und stemmte kampfbereit die Hände in die Hüften.

»Nein, ich meine …« Er kam sich so dumm vor!

»Brennan hat mich nicht nur rausgeworfen, weißt du?«, redete sie einfach weiter. »Er hat mich regelrecht verbannt. Niemand in der Branche will mehr mit mir arbeiten. Alle halten mich für unberechenbar! Keine Ahnung, was er über mich gesagt hat, aber dass ich heute hier bin – und das war ja schließlich deine Frage –, verdanke ich meiner *tollen* neuen Position als Assistentin der Assistentin eines vollkommen unprofessionellen Indielabels!« Der Frust in ihrer Stimme war kaum zu überhören.

»Assistentin der Assistentin?«, hakte Fynn ungläubig nach.

Ein schiefes Grinsen breitete sich in Brookes Gesicht aus. »Oder Depp vom Dienst, wenn dir das lieber ist.« Ihre Haltung entspannte sich. »Ist gar nicht so übel, wenn man sich erst mal daran gewöhnt hat, dass das Besorgen von Fastfood der Hauptbestandteil meines Tages ist.«

»Es tut mir so leid, Brooke«, versuchte Fynn das schlechte Gefühl, das ihn überkam, zu lindern. Brooke war richtig gut in ihrem Job, das hatte er dank Isaac erst zu schätzen gelernt. Dass sie nun so einen Mist machen musste – seinetwegen –, das traf ihn hart. »Ich war so bescheuert. Ich wollte doch nur, dass …«

»Ich weiß, warum du das getan hast«, kam sie ihm zuvor. »Ich … vielleicht …«

»Es war ein Fehler. Und es tut mir wirklich leid. Das musst du mir glauben. Ich wollte dir nicht schaden.«

»Ich glaube, das weiß ich«, gestand sie leise und zuckte mit den Schultern. »Und es war lieb von dir, was du da auf der Bühne gesagt hast. Vielleicht öffnen sich mir ja die Türen der Musikwelt wieder, nachdem du mir deine Dankesrede gewidmet hast.«

»Ich habe jedes Wort so gemeint, Brooke. Ohne dich ...«

Sie winkte ab. »Schon okay. Ich habe ja wirklich etwas Zeit gebraucht, mich neu zu sortieren.«

Bei der Bewegung bemerkte Fynn einen dunklen Bluterguss in ihrer Armbeuge. »Hast du dich verletzt?«, fragte er und griff besorgt nach ihrem Arm.

Zärtlich strich er über die Einblutung und sah sie an. »Was ist das, Brooke?«, flüsterte er und trat näher.

»Nichts.« Sie versuchte sich zu befreien. »Ich ... war ...« Sie schnaubte. »Ich war Blut spenden, okay? Bist du jetzt zufrieden?« Sie entriss ihm ihren Arm und verschränkte die Hände vor der Brust, sodass der Bluterguss nicht mehr zu sehen war. »Nachdem Brennan mich ...« Sie schüttelte den Kopf. »Egal. Ich ... ich hatte ja dann Zeit, und obwohl ich so sauer auf dich war, dass ich am liebsten gar nichts gemacht hätte ...«

»Du hast die Stammzellen gespendet?« Fynn traute seinen Ohren nicht. Sein Herz schlug schneller, und es fühlte sich an wie Weihnachten, als sie verlegen mit den Schultern zuckte.

»Was hätte ich sonst schon tun sollen?«, gab sie sich unversöhnlich. »Es war dir ja immerhin so wichtig, dass du mich eiskalt abgesägt hast.«

»Ich habe mich falsch verhalten, Brooke. Das weiß ich. Aber dass du das gemacht hast, das ...« Ihm fehlten beinahe die Worte. »Das ist ...« Er sah sie traurig an. Er hatte alles zerstört, weil es nicht so aussah, als könnte sie jemals zu ihm passen. Und trotzdem liebte er sie. »Danke, Brooke. Danke, dass du das gemacht hast.« Wieder griff er ihren Arm und hauchte einen Kuss auf den Bluterguss.

»Du Idiot!« Brooke schob ihn von sich. »Das ist Wochen her! Der Bluterguss ist vom Blutspenden. Gelegentlich mache ich das jetzt.« Sie fasste nach ihrer Kette und zwirbelte sie zwischen den Fingern. »Denk nicht, dass ich das für dich mache. Ich … habe gemerkt, dass … ich mich etwas besser fühle, seit der Sache mit den Stammzellen.« Sie lachte verlegen und wich seinem Blick aus. »Es kommt mir manchmal vor, als würde ich dadurch einen Teil meiner Schuld an Jasons Tod … abgelten.«

»Brooke, du …«

Sie hob die Hand, um ihn zum Schweigen zu bringen. »Ich bin nicht böse auf dich, Fynn«, murmelte sie und sah ihm wieder in die Augen. »Ich bedaure nur, dass wir … keinen anderen Weg für …«, sie machte eine allumfassende Bewegung, »für uns und das alles gefunden haben. Ich … mochte dich wirklich gern.«

»Brooke …«

»Ich muss jetzt los. Glückwunsch zum Grammy. Ich wusste, dass du es schaffen wirst.« Sie wandte sich ab und ging davon.

Wortlos blieb Fynn zurück. Es kam ihm wie eine Ewigkeit vor, in der er ihrer schlanken Silhouette hinterherblickte, bis sie im Saal verschwand, um den Deppen für irgendein Indielabel zu machen. Er ballte die Hände zu Fäusten und stieß einen Fluch aus.

Alles in ihm schrie danach, ihr zu folgen. Irgendetwas zu tun, um … sie in sein Leben zurückzuholen. Aber da war nichts. Es gab keine Verbindung. Keinen Grund, aus dem sie ihr Leben seinem anpassen sollte. Keinen, außer seiner unbändigen Sehnsucht nach ihr.

KAPITEL 32

Eine Woche später in Palmer, Alaska

Fynn hatte die Augen geschlossen. Er lauschte gedankenverloren den Geräuschen um sich herum. Gläser klirrten, feuchte Stiefel schmatzten auf den Bodendielen, und lautstarkes Gelächter um ihn herum zeugte von einem ganz normalen Abend in der Bar. Weiter hinten zupfte derselbe Junge wie immer an der wie üblich verstimmten Gitarre herum. Der Dunst von Alkohol hing in der Luft, vermischt mit dem altbekannten Geruch von frittiertem Fisch.

Ein kalter Luftzug von der Tür her ließ Fynn ein Auge öffnen und den Kopf drehen. Er war so müde. Nicht weil er den ganzen Tag Corey in der Werkstatt geholfen hatte. Sondern wegen der Eintönigkeit, die ihn zu ersticken drohte. Er sehnte sich nicht zurück nach New York. Oder zurück auf die Bühnen der Stadien. Etwas anderes war der Grund für seine Ruhelosigkeit. Und dieser Grund hatte grüne Augen!

Seine Geschwister kamen zusammen mit Jen, Steve und Bryan lachend herein und steuerten geradewegs auf seinen Tisch zu. Er stöhnte, setzte sich auf und fuhr sich matt durch die Haare. Sie wuchsen ihm langsam in die Augen.

»Hältst du ein Nickerchen?«, fragte Jen und glitt auf die Bank neben ihm.

»Bin wach«, gab er zurück und versuchte sich an einem Lächeln. Schließlich hatte er im letzten Jahr gelernt zu lächeln, auch wenn ihm gar nicht danach war.

»Hast du was von Brooke gehört?«, fragte Ava ihn geradewegs, so, wie sie es jeden Tag tat, seit sie zurück in Alaska waren.

Und wie immer half das nicht, seine Stimmung zu heben. »Nein. Hör auf zu fragen, Kleines. Sie wird sich nicht melden.«

»Du könntest sie anrufen«, schlug Jen vor und zwinkerte Steve zu. »Manchmal ergibt sich da was, wenn der Kerl nur den Mut aufbringt, den ersten Schritt zu machen.«

Corey riss die Augen auf. Als Einziger am Tisch schien er die Zweideutigkeit ihrer Aussage zu verstehen. »Sag bloß, du und Steve …?«

Unter seinem dunklen Bart verfärbte sich Steves Haut feuerrot. »Halt die Klappe, Corey! Geht dich nichts an, wen ich date.«

»Ihr datet?«, riet nun auch Ava mit einem breiten Grinsen im Gesicht. Sie stieß Fynn in die Seite und zwinkerte. »Da hat mein Bruderherz sich offenbar das beste Mädel Palmers entgehen lassen!«, neckte sie ihn und erntete dafür einen bösen Blick.

»Jen ist wirklich die Beste hier«, stimmte er liebevoll zu und hauchte ihr einen Kuss auf die Wange. »Und Steve wird sie in den Wahnsinn treiben, aber ich freue mich schon darauf, das mit zu erleben.«

Jen drückte seine Hand. »Ein Rockstar wie du wird das verkraften, oder nicht?«

Fynn nickte, auch wenn er sich nicht so sicher war, dass das stimmte. Jen und Steve. Das … kam überraschend. Nicht, dass er sich selbst an Jens Seite gesehen hätte. Aber sie war doch immer da gewesen. Immer das Mädchen, das perfekt zu ihm gepasst hatte. Das genau die gleiche Einstellung zum Leben hatte wie er. Das ein ehrliches und großes Herz hatte, das mit seinem durchaus im Einklang geschlagen hatte.

Stumm beobachtete er, wie Steve nach Jens Hand griff und seine Finger mit ihren verwob.

Es passte. Und das tat weh. Er sah sich in der Bar um und fragte sich, was in aller Welt jemals so gut zu ihm passen würde. Frustriert trank er sein Glas leer und stand auf.

»Was machst du?«, fragte Ava und hielt ihn liebevoll fest.

Ihr Lächeln zeigte ihre Sorge, aber Fynn wollte und konnte jetzt nicht über seine Gefühle sprechen. Er wollte sich auch nicht analysieren lassen. Er wollte nur … Musik machen.

»Ich hab dir doch ein Privatkonzert versprochen, Kleines«, flüsterte er ihr ins Ohr und küsste ihre Schläfe. »Wird Zeit, dass ich meine Versprechen einlöse, meinst du nicht?«

»Glaubst du echt, in dieser Bar darf jeder dahergelaufene Grammygewinner einfach so Lärm machen?«, scherzte Corey und hob sein Glas in Fynns Richtung.

Bryan lachte laut auf. »Lass ihn doch. Vielleicht will er sich ja damit auch nur als Hochzeitssänger für Jens und Stevens Hochzeit empfehlen.«

Steve riss überrascht die Augen auf. »Reden wir echt schon von Hochzeit?«, empörte er sich gespielt und beugte sich über den Tisch, um Jen einen feuchten Kuss zu verpassen.

»Wenn du mich noch mal so küsst, dann vergiss die Hochzeit!«, drohte Jen und wischte sich übertrieben die Lippen.

Ava lachte glücklich und schob Fynn liebevoll weiter. »Geh und sing mir was Schönes, denn dieser Unsinn hier ist ja nicht auszuhalten!«

Dem konnte Fynn nur zustimmen. In den ersten Tagen ihrer Rückkehr nach Palmer hatte er sich frei gefühlt. Losgelöst von den Verpflichtungen, die diese verlogene Musikbranche mit sich gebracht hatte. Und er war glücklich, dass es Ava dank der Pflege zuhause und der medizinischen Überwachung, die er finanzierte, wirklich sehr gut ging. Selbst die Arbeit in der Werkstatt war ihm willkommen, auch wenn es noch immer nicht das war, was er wirklich machen wollte. Alles hätte perfekt sein können …

Entschlossen zog er sich die Hose an den Gürtelschnallen höher und warf das Geld für den Drink auf den Tisch, ehe er die Bar durchquerte. So lange hatte er für andere Musik gemacht. Heute würde er nur für sich spielen. Für sich und Ava. Und für die Frau, die ihn nie wieder singen hören würde.

Er nahm dem jungen Möchtegernmusiker die Gitarre aus der Hand und schickte ihn an die Bar. »Lass dir von Kelly ein Bier auf meine Rechnung geben«, bat er und setzte sich auf den Hocker. In Ruhe stimmte er die Gitarre. Wie früher fielen ihm die Haare in die Stirn, als er Saite für Saite stimmte und immer wieder ihren Klang prüfte. Er dachte an Leif, Bobby und August. Ob sie wohl jemals noch seine Songs spielten? Vermutlich nicht.

Endlich zufrieden mit dem Klang spielte er einen Akkord und fing dann direkt an zu singen. In der ersten Strophe fühlte sich seine Stimme zittrig an. Fremd. Dabei war sie doch hier in dieser Bar viel mehr zuhause als in irgendeinem riesigen Stadion. Er schloss die Augen und sang sich seine Gefühle von der Seele.

Brooke warf die Wohnungstür hinter sich ins Schloss, schlüpfte aus den Stiefeln, warf den Mantel mitsamt ihrer Handtasche über den Kleiderständer und strich sich die schmelzenden Schneeflocken aus den Haaren. Sie mochte den Winter eigentlich nicht, aber diesmal schien es fast so, als klärte der Frost auch ihre Gedanken.

Die Last auf ihren Schultern hatte sich verflüchtigt, und zum ersten Mal seit vielen Jahren atmete sie frei durch. Sie trat ans Fenster und ließ die frische Winterluft herein. Die Kälte weckte ihre Lebensgeister und verlieh der Stadt vor ihr einen glänzenden Überzug aus Schnee und Eis. Alles kam ihr weiter entfernt vor, als wären die Häuser auseinandergerückt, um ihr Luft zum Atmen zu ermöglichen.

Gänsehaut breitete sich auf Brookes Armen aus, und sie rieb sich die eisigen Finger. Mit einem Seufzen schloss sie das Fenster und ging in die Küche. Sie kochte Kaffee und riss eine Packung mit Keksen auf, die sie auf dem Sofa aß. Ihr neuer Job verlangte es nicht, dass sie von zuhause aus weitermachte. Sie war zur Randfigur der Branche geworden, nicht wichtig genug, sich die Nächte um die Ohren zu schlagen. Sie hatte wirklich Feierabend, wenn die Uhr fünf schlug. Dabei hatte sie doch überhaupt keine Ahnung, was sie mit all dieser Zeit bis zum Schlafengehen, oder auch mit der Stunde nach dem Aufwachen, zwischen Zähneputzen und der mageren Scheibe Toast, die sie aß, anfangen sollte.

Die Kekse waren aufgegessen, und nur die leere Packung ermahnte sie, dass ausgewogene Ernährung anders aussehen sollte. Sie könnte kochen. Zeit hätte sie ja. Aber nur für sich allein lohnte der Aufwand nicht.

Sie schaltete den Fernseher an und zappte lustlos durch die Programme. Flocht gelangweilt ihre Haare, nur um sie wenig später wieder zu lösen. Bei einer alten Sitcom blieb sie hängen und schmunzelte gelegentlich über die abgedroschenen Witze. Der Abend wollte einfach nicht vorübergehen! Sie hätte ein bisschen im Internet surfen können, aber sie wusste, sobald sie den Laptop hochgefahren hätte, würde sie ja doch nur nach Fynn Keller suchen. Und das hatte sie sich eigentlich streng verboten.

Fynn Keller war Geschichte.

Sie schaltete den Ton des Fernsehers lauter, damit der ihre Sehnsüchte übertönte. Sie wollte nicht an Fynn denken. Wollte sich nicht an seine einmalig blauen Augen erinnern, wollte nicht daran denken, wie wunderbar sich seine Umarmung, seine Küsse und sein Lachen angefühlt hatten. Sie wollte nicht über die Worte nachdenken, die er bei der Verleihung gesagt hatte, oder auch nur an seine dunkle gefühlvolle Stimme denken. Sie war mit ihm durch. Und mit der Branche im Grunde auch. Die Musik, sie hing ihr zu den Ohren raus. Sie hatte schon lange keinen wirklich guten Song mehr gehört. Und das Indie-Label, für das sie jetzt arbeitete, würde einen guten Song noch nicht mal erkennen, wenn er ihnen zufliegen würde.

Wieder flocht Brooke ihre Haare zum Zopf und spielte mit den Strähnen zwischen ihren Fingern herum. Vielleicht brauchte sie mal einen Tapetenwechsel. Oder eine neue Frisur? Sie stand auf und stellte sich vor den Spiegel. Sie schnitt eine Grimasse und stellte sich vor, wie sie mit kurzen Haaren aussehen würde. Das war doch bescheuert. Jeder Psychoanalytiker würde ihr sagen, dass ein verzweifelter Haarschnitt ein Hilferuf war. Ein Symbol für Liebeskummer. Der verzweifelte Versuch, sich selbst neu zu erfinden, weil man sein altes Ich einfach satt war. Sie selbst würde solche Aktionen genauestens unter die Lupe nehmen und zu ihrem Vorteil ausnutzen. Zumindest hätte sie das früher getan. Als Manipulation noch ihr Tagesgeschäft gewesen war. Es waren gute Zeiten gewesen. Gut, aber auch hart und zerstörerisch, wie sie heute erkannte. Und doch sehnte sie sich irgendwie danach. Nicht nach den Aspekten ihrer Tätigkeit, die ihr die Seele geraubt und sie Stück für Stück zerstört hatten, sondern nach der Aktivität, nach dem künstlerischen Teil, für den sie die Entstehung eines Produkts, eines Künstlers oder Songs, eines Films oder einer Marke immer gehalten hatte. Gute Unterhaltung für die breite Masse zu erschaffen war eine echte Kunst. Die Gelüste, Sehnsüchte, Hoffnungen und Wünsche der Menschen zu kennen, eine Gabe. Es juckte sie in den Fingern, dorthin zurückzukehren, und zugleich schnürte ihr die Vorstellung die Luft ab.

»Puhhh!«, stöhnte sie ihr Spiegelbild an. »Ich weiß nicht mal, wer ich bin!«

Das Piepsen ihres Handys rettete sie aus ihrem Selbstmitleid und beschleunigte ihren Puls. Diesen Signalton hatte sie lange nicht gehört. Und doch zog er sie wie ein Magnet zu ihrer Tasche, um nach dem Handy zu suchen.

Ihr war bewusst, dass ihre Finger zitterten, als die Social-Media-App ihr mitteilte, dass ein neues Video von Fynn hochgeladen worden war.

Mit wild klopfendem Herzen tappte sie zurück zur Couch. Sie legte das Handy auf den Tisch vor sich und starrte auf das sich langsam wieder abdunkelnde Display.

Es war ruhig um Fynn geworden. Er selbst hatte nie eine Erklärung abgegeben, aber kurz nach den Grammys hatte Dream Music das Ende der Zusammenarbeit angekündigt, auch wenn sich »Heart Hospital« ihres Wissens nach richtig gut verkaufte. Vermutlich hatte nicht Brennan diese Entscheidung getroffen, überlegte sie.

»Fynn war schon immer verrückt«, wisperte sie atemlos. Niemand würde so eine Karriere hinwerfen. Niemand außer Fynn Keller, dem der Ruhm vollkommen egal gewesen war. Schmunzelnd erlaubte sie sich nun doch, sich an sein Lächeln zu erinnern. Dieser Spinner! Er hatte es gehasst! Also warum lud er nun ein Video hoch?

Ihre Fingerspitzen kribbelten, so sehr verlangte es sie danach, das Video zu starten.

Warum tat er das? Bereute er seinen Ausstieg? Das würde nicht zu ihm passen.

Die Neugier siegte, und Brooke tippte auf das Display. Mit angehaltenem Atem startete sie das Handyvideo und musste sofort lachen, als sie Steves bärtiges Gesicht erkannte. Mit einem Augenzwinkern in die Kamera schwenkte er auf Fynn, der mit der Gitarre in der Hand auf einem Barhocker lümmelte und sang und offenbar keine Ahnung hatte, dass er schon wieder gefilmt wurde.

»Wer solche Freunde hat, braucht keine Feinde«, murmelte sie glücklich, als Fynns Stimme durch sie hindurchdrang, wie ein Messer durch Butter. Tränen stiegen ihr in die Augen, als sie dem Text lauschte.

»Let me turn back time, cause I'm lost in your green eyes«, sang er mit einer Intensität, die den gesamten Raum erfüllte. Brooke presste sich das Handy an die Brust und ließ die Tränen laufen.

»Verdammter Idiot!«, schluchzte sie. »Niemand kann die Zeit zurückdrehen!« Und dabei würde sie alles dafür geben, in die Zeit zurückzukehren, in der sie Fynn Keller noch nicht liebte.

Seit Stunden saß sie da, beinahe bewegungslos, und startete nur ein ums andere Mal das Video. Inzwischen kannte sie den Text auswendig. Sie hielt den Finger bereit, um das Video in der einen Sekunde zu stoppen, in der Fynn den Kopf hob und die Kamera genau seine Augen einfing. Blaue Seen in einem Gesicht, das sie noch immer nicht komplett ergründet hatte. Die kleine Narbe am Kinn. Warum hatte sie nie gefragt, woher er sie hatte? Warum wusste sie das nicht, wo sie doch versucht hatte, für ihre Arbeit alles über ihn herauszufinden? Sie strich über die Narbe auf dem Display, und das Video lief weiter. Diese verfluchte kleine Narbe. Sie ließ ihr keine Ruhe.

Sie könnte Fynn anrufen. Ihn fragen. Nur, damit sie es wusste und endlich damit abschließen konnte.

I'm lost in your green eyes, hallte es in ihrem Kopf, und sie rieb sich unruhig die Schläfen. »Gletscherblaue Augen sind auch nicht leichter zu verkraften!«, murrte sie und griff nach dem Handy, um das Video erneut zu starten, als ein eingehender Anruf sie erschrocken zusammenzucken ließ.

Sofort beschleunigte sich ihr Puls, und sie starrte irritiert auf die fremde Nummer.

War das Fynn? Warum sollte er nach so langer Zeit anrufen? Bestimmt nicht, weil er spürte, dass sie an ihn dachte. Bestimmt auch nicht, um über diese schnuckelige Narbe zu reden. Und was, wenn es jemand ganz anderes war? Warum nahm sie überhaupt an, dass es Fynn sein könnte?

»Gott, bin ich verzweifelt!«, flüsterte sie kopfschüttelnd und nahm dann gespannt das mysteriöse Gespräch an.

»Brooke Adams«, meldete sie sich etwas atemlos, nur um sogleich mit Ernüchterung festzustellen, dass natürlich nicht Fynn am anderen Ende der Leitung sprach.

Die Enttäuschung darüber traf sie wie ein Eimer Eiswasser, auch wenn das, was sie hörte, durchaus ihr Interesse weckte.

»Ein Job?«, hakte sie nach. »Ich … bin *eigentlich* raus aus der Branche«, erklärte sie und lauschte dann erneut der Stimme am anderen Ende. »Sie haben also gehört, was Fynn in der Dankesre…«, griff sie auf, was gesagt wurde, wurde aber unterbrochen. Gespannt hörte sie weiter zu, und mit jedem Satz, den sie vernahm, schlug ihr Herz schneller. »Ein eigenes Team?«, wiederholte sie ungläubig. »Mit alleiniger Entscheidungsgewalt?« Sie schloss die Augen und ließ sich das letzte Wort, das ihr Gegenüber gesagt hatte, durch den Sinn gehen.

»Showrunner!«

Sie würde der ausführende Produzent sein, wenn sie das richtig verstand. Das war eine Wahnsinns-Chance!

»Ich … ich denke darüber nach«, versprach sie.

Dabei war das gar nicht nötig. Sie hatte sich längst entschieden. Ein letztes Mal spielte sie Fynns Video ab.

»Let me turn back time, cause I'm lost in your green eyes«, sang sie mit und trat erneut vor den Spiegel. Nein, sie würde ihr Haar nicht schneiden. Es war bescheuert, sich vorzumachen, dass sie dadurch ein neuer Mensch werden konnte.

»Vielleicht weiß ich ja doch, wer ich bin«, sagte sie zu sich selbst, und ein befreites Lachen brach aus ihr heraus.

KAPITEL 33

Palmer, Alaska

Fynn summte passend zur Melodie aus dem Radio vor sich hin, während er sich auf dem Rollbrett unter den Wagen schob. Im Grunde gehörte die Karre auf die Hebebühne, aber da war Corey mit einem anderen Auto zugange. Trotzdem ließ sich das Problem mit der Lenkung hier unten nicht beheben.

»Da kann man nichts machen«, murmelte er, blieb aber dennoch unter dem Wagen liegen. Er versteckte sich hier, während Ava im Büro der Werkstatt schon seit Tagen Anrufer abwimmelte. Anrufer, die das neue Video, das Bryan im Internet hochgeladen hatte, gesehen hatten. Schon wieder wollten ihn wildfremde Leute für dämliche Auftritte buchen. Sogar Dream Music hatte die Frechheit besessen, sich zu melden!

Fynn hob die Stabtaschenlampe höher, um sich das Problem mit der Lenkung wenigstens genauer anzusehen. Er musste echt mal ein ernstes Wörtchen mit Bryan reden. Der fand das Ganze auch noch lustig.

»Hallo?«, riss ihn eine Stimme aus seinen Grübeleien. Er hielt in der Bewegung inne und horchte.

»Hallo? Ist da jemand?«

Fynn erstarrte. Er musste sich irren. Der dumpfe Hall in der Werkstatt ließ Stimmen oftmals anders klingen. Und bei der Stimme musste eine Täuschung vorliegen.

»Hier!«, rief er und fragte sich, warum Corey eigentlich nicht antwortete. Er schielte hinüber zur Hebebühne, wo sein Bruder mit einem breiten Grinsen lässig am Hebewerk lehnte.

»Mein Bruder ist dort drüben«, bedeutete Corey der Stimme, zu der Fynn von seiner Position unter dem Auto noch kein Gesicht hatte.

Vertraute Schritte kamen näher und Fynn sah ein Paar ihm durchaus bekannte Sneakers und schlanke Beine in einer enganliegenden Jeans. Er wollte aufrumpeln und schlug krachend mit der Stirn gegen die Radaufhängung.

»Verfluchte Scheiße!«, murrte er und rollte stöhnend unter dem Auto hervor.

Brooke blickte auf den Mann hinunter, der fluchend und schimpfend unter dem Wagen erschien. Er rieb sich die Stirn und funkelte sie aus eisblauen Augen ungläubig an.

»Ich hatte mir unser Wiedersehen irgendwie anders vorgestellt«, kicherte sie und reichte ihm die Hand zum Aufstehen.

Er ignorierte ihren ausgestreckten Arm.

»Was machst du denn hier?«, fragte er und ein leises Misstrauen schwang in seiner Stimme mit.

Brooke sah sich um. Einige Motorboote und eine Handvoll dreckverkrusteter Autos warteten auf die Reparatur. An der Hebebühne sah sie Corey in einem ölbeschmierten Blaumann stehen, der ganz ungeniert und ohne seine Neugier zu verbergen zu ihnen herüberschaute.

Da Fynn ohnehin keine Anstalten machte, aufzustehen, ging sie neben ihm in die Hocke, um etwas unbeobachteter zu sein.

»Ich habe dein Video gesehen«, sagte sie schlicht, denn sie traute ihrer Stimme nicht so ganz. Ihm nach so langer Zeit so nah zu sein entfachte einen ganzen Strudel an Gefühlen.

Fynn strich sich die Haare aus der Stirn, wobei er einen dunklen Streifen auf der Haut hinterließ. »Ich muss Bryan umbringen!«, antwortete er kopfschüttelnd. »Das Video war nicht für die Öffentlichkeit bestimmt. Du kannst wieder gehen, Brooke. Ich mach so einen Mist nicht noch einmal mit.«

Brooke setzte sich im Schneidersitz auf den Werkstattboden und blickte in das Gesicht des Mannes, in den sie sich verliebt hatte. Er hatte eine abweisende Haltung – so, wie schon bei ihrem ersten Besuch hier in Palmer.

»Hast du gehört, was ich gesagt habe?«, fragte er, da sie auf seine Erklärung hin schwieg. »Führt der Job dich her? Oder was?«

Langsam nickte Brooke. »Ja. Ich … ich habe ein tolles Angebot bekommen.« Sie wischte sich die Hände an der Jeans ab. »Etwas, das ich gern … mit …«, sie suchte seinen Blick, »… mit dir besprechen würde.«

Fynn traute seinen Ohren nicht. Hatte Brooke nun endgültig den Verstand verloren? Sie konnte nicht ernsthaft glauben, dass er sich noch einmal auf diese Musiksache einlassen würde.

»Vergiss es!«, blockte er kalt ab und stand nun doch auf. Er sah auf sie hinab und ballte die Fäuste. Sie war so schön. Unschuld sprach aus ihrem Blick, genau wie in der ersten Nacht, die sie gemeinsam verbracht hatten. Unschuld, die, wie er nun wusste, teuflisch war. »Ich kann nicht fassen, dass du herkommst, um …«

»Kannst du mir nicht mal fünf Minuten zuhören?« Sie rappelte sich auf und verstellte ihm den Weg.

»Als ich dir zuletzt fünf Minuten zugehört habe, da …«

»Da habe ich dir einen riesigen Scheck und einen Grammy verschafft!«, beendete sie den Satz für ihn und funkelte ihn warnend an. »Ich weiß, ich weiß, du hättest das nicht gebraucht und auch nicht gewollt, aber angenommen hast du es trotzdem, also halt mal kurz die Luft an.«

Ein leises Glucksen vom anderen Ende der Werkstatt zeigte, dass Corey jedem ihrer Worte lauschte.

»Ich mach das nicht noch mal, egal was du diesmal anzubieten hast!« Fynn verschränkte entschlossen die Arme vor der Brust.

»Na dann ist es ja gut, dass ich überhaupt nichts anzubieten habe.«

»Was meinst du damit?« Er konnte nicht glauben, dass sie immer noch lächelte. Ja, er hatte sogar den Eindruck, ihr Grinsen war breiter geworden. Wenn das wieder eines ihrer Spielchen war, dann …

Fynn schnaubte. »Ernsthaft, Brooke, ich habe keine Ahnung, wovon du sprichst. Und ich wäre echt froh, wenn du mal zur Sache kämst.«

Brooke trat näher an ihn heran. Sie sah ihm geradewegs in die Augen und lehnte sich sanft an ihn. »Fahr mit mir zum Kissing Secret«, bat sie. »Ich schwöre, ich erkläre dir alles, und ich will nichts von dir, das du nicht … freiwillig tust. Es wird … anders sein, diesmal.« Sie senkte die Wimpern und strich sanft über die Narbe an seinem Kinn. »Lass mich doch bitte die Zeit zurückdrehen. Nur heute.«

Fynn fluchte innerlich. Jetzt zitierte sie auch noch seine Lyrics. Sie musste wissen, dass der Song von ihr handelte. Dabei reichte schon ihre Nähe, dass er nicht mehr klar denken konnte. Ihr zarter Duft weckte Erinnerungen, und das Flehen in ihren Augen brach seinen Widerstand.

»Bryans Quad steht hinten im Hof!«, rief Corey und deutete durch das große Hallentor. »Ich habs vorhin vollgetankt, als ich die Lichtmaschine gecheckt habe.«

Fynn brummte etwas Unverständliches und funkelte seinen Bruder böse an. »Ich bin von Verrätern umgeben!«, knurrte er, aber Brookes heiteres Lachen machte es ihm schwer, an seiner Wut festzuhalten.

»Na schön!« Er griff nach ihrer Hand. »Wenigstens belauscht uns dort keiner«, erklärte er laut genug, dass Corey ihn hörte. »Aber ich sag dir eines, Brooke, du manipulierst mich nicht mit meinem eigenen Song, kapiert?«

Es war unfassbar, aber dieses Weib lachte, als er sie hinter sich aus der Werkstatt zog. Dabei ging er nicht mal besonders zärtlich mit ihr um.

»Ich mag den Song«, sagte sie wieder mit dieser Unschuldsmiene, als er ihr den Helm reichte.

»Schön für dich«, murrte er und stieg auf das Quad. Mit einem knappen Kopfnicken bedeutete er ihr, sich hinter ihn zu setzen. Dabei fürchtete er die Umarmung, die unweigerlich kommen würde, sobald er losfahren würde. Brooke körperlich so nahe zu sein, machte ihm mehr als deutlich, dass er sich in den letzten Wochen etwas vorgemacht hatte. Er war noch lange nicht über das hinweg, was zwischen ihnen gewesen war. Er war noch lange nicht so weit, sich einzureden, dieser blonde Sturkopf wäre nicht wichtig für ihn.

Verdammt, er war noch lange nicht so weit, mit ihr an den romantischsten Ort der Umgebung zu fahren, ohne sich vorzustellen, was er dort gern mit ihr tun würde!

Brooke war froh um den Waffenstillstand, den die Fahrt in die Berge erzwang. Ihr Herz hämmerte viel zu schnell gegen Fynns Rücken, und sie wusste, sie musste sich nicht so fest an ihn klammern, wie sie es tat. Aber der Wunsch, ihn nie wieder loszulassen, kam tief aus ihrem Inneren, und so lehnte sie ergeben ihren Kopf gegen seine Schultern und hielt umschlungen, was sie nicht noch einmal verlieren wollte.

Sie sog den Anblick der Landschaft in sich auf, sah sich um und fragte sich, wie sie hierher passen würde. Die raue Schönheit der Natur war nicht zu leugnen, auch wenn ihr die Weite etwas Angst machte. Zum Glück war sie nicht allein. Sie spreizte die Finger und streichelte Fynns trainierten Bauch. Im Moment war sie nicht allein. Aber wenn ihm nicht gefiel, was sie vorzuschlagen hatte, würde er sie vermutlich mutterseelenallein in der Wildnis zurücklassen …

Brooke schmunzelte. Sie konnte nur hoffen, dass sich dann schnellstmöglich ein Bär einfände, um sie von ihrem Leid zu erlösen.

Sie überquerten den rauschenden Matanuska River, und das Quad trug sie immer tiefer in die schroffe Bergwelt hinein. Während Fynn hier das Tempo drosselte, beschleunigte sich Brookes Puls. Sie erkannte die Umgebung wieder, obwohl es bei ihrem ersten Besuch stockdunkel gewesen war. Sie erinnerte sich an das laute Gurgeln des Gebirgsflusses unter ihnen im Tal und an den Duft der Fichtennadeln. Sie wusste, die kleine Lichtung, die von den Einheimischen Kissing Secret genannt wurde, war nicht mehr weit.

Als Fynn wenig später tatsächlich auf die Lichtung einbog, hielt Brooke gespannt den Atem an. Die Aussicht war atemberaubend. Beinahe noch schöner als nachts.

»Hier sind wir«, erklärte Fynn unnötigerweise und stieg ab. Er setzte seinen Helm ab und legte ihn auf den Sitz. Dann schlenderte er bis vor an die Klippe.

Brooke atmete einige Male tief durch, ehe sie ihm folgte.

Wortlos stellte sie sich neben ihn und blickte in die Ferne.

»Ich habe wohl eine Weile gebraucht, die Schönheit zu erkennen, die … Alaska hervorbringt«, flüsterte sie und sah Fynn an. »Es gibt hier doch so einiges, das … mir ganz gut gefällt.«

Das schwache Kopfschütteln von Fynn war nicht gerade ermutigend. »Allein die Fahrt hierher hat weit länger als fünf Minuten gedauert, Brooke. Kannst du nicht endlich sagen, was du hier willst?«, fragte er. »Du bist sicher nicht hier, um über Alaskas Schönheit zu reden. Du willst doch was«, stellte er fest.

Brooke rollte mit den Augen. Sie setzte sich an die Felskante, die senkrecht abfiel.

»Komm da weg«, warnte Fynn und legte ihr die Hand auf die Schulter. »Du darfst dich nicht so nah an den Abgrund setzen.«

»Unsinn!«, wehrte Brooke ab. »Das ist schon okay. Ich bin ja leicht.«

»Leichtsinnig!«, verbesserte Fynn sie.

Brooke drehte sich zu ihm um, die Beine weiterhin über dem Nichts baumelnd. »Du willst wissen, warum ich hier bin?«, setzte sie das Gespräch ohne seine Sorge zu beachten fort. »Ich habe deinen Song gehört. Er ist unfassbar schön.«

Fynn rieb sich den Dreitagebart. »Er war nicht für deine Ohren gedacht. Für niemanden eigentlich.«

Brooke lächelte. »Ja, dein Freund Bryan hat einen eigentümlichen Humor«, stimmte sie zu und strich sich die Haare aus dem Gesicht. Der Wind spielte mit ihren Strähnen und kitzelte sie.

Fynns Blick folgte der Bewegung ihrer Finger. »Ich singe in Zukunft einfach nicht mehr in der Bar.«

»Wo willst du denn dann singen? Ich hatte den Eindruck, du wärst mit der Musikbranche durch.«

»Bin ich auch. Darum weiß ich nicht, was du hier willst. Es ist egal, was du sagst, Brooke, ich komme nicht noch einmal mit dir nach New York.«

Brooke nickte. Sie fasste nach Fynns Hand, die noch immer schützend auf ihrer Schulter lag. Zögernd verwob sie ihre Finger mit seinen und blickte wieder in die Ferne. »Dann willst du nicht wirklich die Zeit zurückdrehen.«

»Wenn es bedeutet, noch einmal meine Freiheit aufzugeben, um mein Leben in die Öffentlichkeit zerren zu lassen, für einen Ruhm, der mir nichts bedeutet, dann nein. Dorthin möchte ich die Zeit nicht zurückdrehen.«

Brooke sah ihn an. Bedauern sprach aus ihren wunderschönen Augen, die das Grün des Waldes reflektierten. »Was hast du dann gemeint?«, fragte sie und küsste sacht seine Fingerspitzen.

Seufzend zog Fynn Brooke auf die Beine. Er griff auch nach ihrer zweiten Hand und trat einen Schritt vom Abgrund weg. »Du weißt, was ich gemeint habe«, flüsterte er.

Brooke lehnte sich leicht gegen ihn und legte den Kopf in den Nacken, um ihm in die Augen sehen zu können. »Was würdest du sagen, wenn ich dich bitten würde, mit mir zu kommen?«

Fynn schluckte. Seine Lippen näherten sich ihren. »Ich würde nein sagen, Brooke. Das weißt du.«

Das Lächeln auf ihren Lippen wurde weicher. »Damit habe ich gerechnet«, gab sie gut gelaunt zurück und hob sich auf die Zehenspitzen. Nur noch Millimeter trennten sie. »Und was würdest du sagen, wenn ich dich bitten würde, mit mir in den Klondike zu kommen?«

Fynns überraschter Blick brachte sie zum Lachen.

»In den Klondike? Ist das ein Scherz?«

»Kein Scherz!«

Fynn vergrößerte den Abstand zwischen ihnen. Er runzelte die Stirn und wirkte misstrauisch. »Was willst du denn im Klondike?«

Brooke lachte. »Vielleicht habe ich einen Claim? Vielleicht gehe ich unter die Goldgräber?«

»Vielleicht hast du auch den Verstand verloren!«, bot Fynn kopfschüttelnd an. »Mal im Ernst, Brooke. Was soll das? Du hast doch überhaupt keinen Schimmer vom Schürfen. Ganz abgesehen davon, dass du da oben keine drei Tage überleben würdest.«

»Ich weiß. Darum bitte ich dich ja auch, mich zu begleiten.« Sie fasste nach seinen Händen. »Du wolltest doch unter die Goldgräber gehen. Warum nicht mit mir? Sag nicht, du spürst das zwischen uns nicht ebenso. Wir könnten herausfinden, was das ... ist.«

Fynn schüttelte den Kopf, riss Brooke aber in seine Arme. »Herrgott, Weib!«, raunte er. »Was das ist, wissen wir doch beide. Und wir wissen auch, dass wir verflucht noch mal einfach nicht zusammenpassen.« Er presste seinen Mund auf ihre weichen Lippen und grub seine Hände in ihr Haar. »Du hast gesagt, dein Job ist dein Leben. Und das stimmt«, murmelte er gegen ihre Lippen. »Du würdest sterben, ohne ... ohne diese Herausforderung.«

Brooke öffnete ihre Lippen und hieß seine Zunge willkommen. Mit dem Gefühl, endlich wieder vollkommen zu sein, schmiegte sie sich an ihn und schob ihre Hände unter sein Shirt. »Ich würde sterben ohne dich«, gab sie zurück und sah ihm in die Augen. »Im Ernst, Fynn. Du hast natürlich recht. Ich liebe meinen Job. Aber dich ... liebe ich auch. Mir ist noch nie ein Mensch wie du begegnet.«

»Ein Hinterwäldler?«

Sie verpasste ihm einen Klaps auf den Po. »Ein Romantiker«, verbesserte sie ihn lachend.

»Es ist ziemlich unromantisch, das Grundgestein mit Bulldozern nach Gold zu durchwühlen und den Abraum von riesigen Waschanlagen wegschaufeln zu müssen.« Fynn zwinkerte und klopfte nun ihr auf die Kehrseite. »Da ist nix mit feuchten Höschen, Brooke.«

»Aber es macht sich dennoch super vor der Kamera. Alaska-Dokus sind megakommerziell und total angesagt. Ich habe ein riesiges Budget, Fynn. Goldhaltigen Boden und professionelles Equipment. Ein ganzes Kamerateam, mit Drohnen, Kamerakran ...«

»Was?« Fynn erstarrte. »Eine Doku? Sag bitte, dass das nicht dein Ernst ist.«

»Es ist mein Ernst, Fynn. Du musst nur ...«

Fynn ließ sie schlagartig los, als hätte er sich an ihr verbrannt. »Vergiss es, Brooke. Ich werde nicht noch einmal vor eine Kamera treten. Ich dachte wirklich, dass du mich inzwischen gut genug kennen würdest, um das zu verstehen!«

»Fynn!«, sie gab nicht nach. »Denkst du nicht, dass ich das weiß. Ich bin nicht hier, um dich vor eine Kamera zu zerren. Ich bin hier, weil ich dich liebe. Weil ich sehen will, wie wir miteinander auskommen, wenn ... du nicht tun musst, was ich von dir verlange.«

Fynn schmunzelte. »Als könntest du jemals die Kontrolle abgeben«, scherzte er noch immer nicht überzeugt. Er traute Brooke noch nicht so ganz über den Weg, aber sie hatte in kurzer Zeit zweimal gesagt, dass sie ihn liebte.

Sich das vor Augen haltend, räumte er ihr einen kleinen Vertrauensvorschuss ein. Außerdem kribbelte etwas in seinem Magen, wenn er an den Klondike dachte. Und natürlich, wenn er sich erlaubte zu glauben, dass sie ihn liebte.

»Das Gute ist, ich müsste die Kontrolle nicht ganz abgeben«, erklärte Brooke lachend und kam wieder näher. Sie strich über seine Wange und fuhr über die kleine Narbe an seinem Kinn. »Ich produziere eine Doku. Was denkst du, wie gut ich da meinen Kontrollzwang ausleben könnte. Und ganz nebenbei würdest du − natürlich hinter der Kamera − das Oberkommando führen, denn du hast recht. Das Einzige, was ich über Gold weiß, ist, dass es glänzt und man riesige Maschinen, mit denen du dich auskennst, braucht, um es aus dem Boden zu holen.«

Fynns Herz schlug schneller. »Ich müsste dir vermutlich jeden Tag mehrmals das Leben retten«, überlegte er laut. »Du müsstest tun, was ich sage, um auch nur einen Tag zu überstehen.«

Brooke lachte. Sie kuschelte sich an ihn und küsste seinen Mundwinkel. »Das müsste ich.« Sie küsste seine Narbe. »Allerdings muss ich erst noch wissen, ob du dafür auch geeignet bist.« Sie grinste. »Woher ist die Narbe. Hat dich ein Bär angegriffen und du hast ihn erledigt? Ist ein Holzfäller mit der Axt auf dich los? Oder welche anderen Gefahren lauern hier, die zu so etwas führen?«

Fynn hob sie hoch und setzte sich mit ihr auf einen Felsen. Er umfasste ihr Gesicht und küsste sie. »Es schmeichelt mir, dass du denkst, ich würde mit so einer kleinen Narbe davonkommen, wenn mich ein Bär oder ein durchgeknallter Holzfäller angreifen würden. Aber keine Sorge. Sowas wie das hier ...« Er berührte selbst sein Kinn. »Jeder von uns hat seine Wunden. Die Liebe bringt das mit sich«, flüsterte er. »Aber das kann dir am Klondike nicht passieren, außer wir würden Ava auch noch mitnehmen.«

»Ava? Sie war das?«

Fynn rieb sich verlegen den Nacken. »Sie ist furchtbar schlecht mit der Steinschleuder«, erklärte er, kurz bevor Brooke ihm laut quiekend den Mund zuhielt.

»Sei still! Hast du eben gesagt: *außer wir würden sie auch mitnehmen!*?«, rief Brooke und schlang ihm die Arme um den Hals. »Heißt das, du kommst mit?«

Ein heiseres Lachen bahnte sich den Weg aus seiner Brust. Er verlor sich in dem glücklichen Glanz ihrer grünen Augen. »Verdammt, Brooke, wie sollten wir denn sonst herausfinden, ob wir nicht vielleicht doch ganz gut zusammenpassen.« Er umfasste ihre Kehrseite und küsste sie. »In manchen Bereichen harmonieren wir ja wirklich gut.« Er biss in ihre Lippe, um ihr zu zeigen, was er meinte. »Und in allen anderen Bereichen ... müssen wir uns eben zusammenraufen.« Er strich ihr die Haare aus der Stirn und sah ihr in die Augen. »Wir werden den Klondike rocken, Brooke.«

»Man wird Lieder über unsere Abenteuer schreiben«, lachte sie und lehnte sich glücklich an ihn. »Du könntest Lieder darüber schreiben.«

Fynn küsste ihren Scheitel, und sie blickten gemeinsam in die Ferne. »Ich könnte davon singen, wie sehr ich dich liebe. Aber das darf Bryan nie hören, sonst fängt das alles wieder von vorne an.«

Zeitfracht Medien GmbH
Ferdinand-Jühlke-Straße 7
99095 Erfurt, Deutschland
produktsicherheit@kolibri360.de

Druck:
CPI Druckdienstleistungen GmbH
im Auftrag der
Zeitfracht Medien GmbH
Ein Unternehmen der Zeitfracht - Gruppe
Ferdinand-Jühlke-Str. 7
99095 Erfurt